顾词

你会好起来的

相信我·

他怎么还不逃

Ta Zen Me Hai Bu Tao

半坛酒 著

四川文艺出版社

在逃圣母
电工物理，一生之敌。
想喝快乐水，还想吃炸鸡。

快来个家长按孩子放学吧QAQ

目录 CONTENTS

他怎么还不逃

Ta Zen Me Hai Bu Tao

第一章

好久不见

1

"颜小姐，请您回答我，您有自主意识到这是又一个新的人格吗？"

颜路清意识苏醒的时候，听到耳边有人这样问自己。那声音由远到近，像是拨开层层云雾，逐渐清晰。

她睁开眼，视线最初接触到白花花的墙壁，然后落到了声音源头处——白花花的外套上。

颜路清发现自己正坐在一把舒适的椅子上。她面对着一个穿白大褂的女人，自己面前有一份试卷似的东西，仔细一看题目：人格分裂测试。

颜路清：？

……这不对劲！

这不对劲！

闭眼之前，自己不是正经历着一场空难，并且在飞机颠簸的中途就撞昏头了吗？就算没死，也不应该被带着来看心理医生吧？

不等她再往下想，对面的女人又说话了。

"又分裂出来一个新人格。"白大褂笑了笑，看着面前患者荒唐的病状，硬生生压住气说，"颜小姐，要不是见过您病理性精神疾病的化验单，我都要怀疑您这一年来是在耍我玩了。"

"？"颜路清很蒙，"谁分裂人格了啊？我又没精神病。

"侮辱谁呢？"

可面前这白大褂听到这回答，却一脸"你病入膏肓无药可救"的样子，似乎并不打算回复她这个问题，说："开的药还是之前那些，定期复检，稳定不住再换药。"

我换个锤子药。

在心里吐槽了一嘴，这人怕是脑子不太正常，颜路清起身就想逃。

她快步走到距离自己最近的门旁边，甚至还跟跄了一下。却不料门把手拉开后，外面的景象把她吓得又是一个跟跄。

——长长的楼道里，站着一排好像在警匪片里面充当"匪"角色的高大男人。统一的黑西装，一个个还在室内戴着墨镜，相当反常。

颜路清愣了一下，瞬间明白了什么，低头看了看自己。

这皮肤白得太病态，这胳膊、腿细得像个从二次元漫画走出来的女孩——这不是她的身体！

颜路清下意识看向距离自己最近的看起来很高大的"大黑"，说："……跟您打听个事儿，这是什么世界？不，这是什么年代？这还是现代吧？什么时代背景？"

颜路清语速奇快，吐泡泡似的一个接一个问题问出来。她越问越慌："兄弟，对个暗号，奇变偶不变？"

刻在骨子里的顺口溜让大黑立刻开口："符号看象限。"

颜路清瞬间松了口气——

她觉得自己虽然来到了一个陌生的世界，但是不管怎么说，只要接受九年制义务教育的是同一批人就说明世界观没出大问题。

颜路清笑笑："谢了兄弟。"

没想到她的道谢却让这大黑看起来惊恐又迷惑："颜小姐？"

他惶惑地问完了，随后像是意识到了什么，转头对着颜路清身后加大音量："曲医生，我们小姐病情又加重了？"

颜路清："？"

什么"我们小姐"？

这大黑是她手下？

里边传来医生的回复："你们小姐的病情一直挺重的，你倒也不用太大惊小怪，看这次她的人格也不具有攻击性，多照顾就好了。"

颜路清心说你才病情重，身边的大黑却已经跟医生道谢，而后转头凑到颜路清耳边道："颜小姐，人在半小时前就已经送到了。"

"啊？"颜路清从开始到现在满头都是问号，"什么人？"

大黑闻言，脸上闪过一丝尴尬："是、是顾词，您让金少他们今天把顾词送到您的别墅……您这次连顾词也忘了吗？"

"顾……"颜路清怔了怔，像是"咣"的一声被大锤砸中，提高声调重复道，"顾词？！"

等等。

精神病颜小姐、被送到的顾词、金少……

颜路清傻眼了。

她不是单单地来到另一个世界——她怕是来到书中的世界了！变成了昏迷之前看的那本小说里跟自己同名同姓的法制咖女配角！

在飞机上撞昏头之前，颜路清正在看一本叫作《心动限定》的小说。

这篇是今年的出圈大作，披着言情的皮，实际上偏群像，其中反派大佬的角色塑造得特别出彩，他年少遇难，受尽折辱，翻身后虽然复仇手段残忍，却从不伤害好人。颜路清还因为实在太心疼反派大佬而在评论区重拳出击。

大佬的名字就是顾词。

而没记错的话，《心动限定》里只有一个姓颜的女性角色，是跟颜路清同姓同名的女配角，一个万人唾弃的物理神经病。

顾词年少时是正儿八经的天之骄子，家境优渥，容貌惊艳，在校园里熠熠发光，是无数青涩少女的暗恋对象，女配角也是其中的暗恋者之一。

那时候她还没什么别的表现。

顾家是由外地迁入的，新家族迅速地崛起导致本土家族暗中心生歹念。顾词刚上大学没多久，顾父顾母一朝被自家内部极为信任的人反水坑害，产业坍塌，顾氏夫妻二人紧接着就在一场"意外"车祸中不幸身亡。

父母去世后，顾词在大众视野里销声匿迹——他被仇家的纨绔掳走了。那货喜欢的姑娘痴心喜欢顾词多年，于是他逮着机会就对顾词借机报复。顾词被限制人身自由、被注射药物、被纨绔嬉笑玩闹着要弄，受尽折磨、生不如死。

颜路清当时看到这儿：……硬了，拳头硬了。

可更让人硬的还在后面，法制咖女配角就是在这时候出手的。

女配角是个货真价实的千金大小姐，是顾词的初中校友兼高中同班同学。喜欢顾词足足六年，还是暗恋。

这听起来确实纯情又美好，可这大小姐从小思想便异于常人，喜欢久了，竟然把自己给喜欢成变态了——

顾词被纨绔折腾到视力出问题之后，女配角得到风声，带人去把顾词从纨绔那儿威威逼利诱地"要"了过来。

她承诺同学一场，会给顾词自由，她承诺会治好他的眼睛，她承诺等他的身体养好了就放他走……但神经病说的话肯定不算数啊！

她把他囚起来了。

顾词就这样从一个地狱去到了另一个地狱。

……

颜路清当时快看吐了。骂她就像骂自己，越骂越气。

她想，如果我有罪，请让法律制裁我，而不是让我看着这个神经病顶着我的名字虐我最爱的角色。

所以——

尽管要素齐全，证据确凿，颜路清依然不愿意相信她现在成了这个天杀的——

"颜小姐？"

颜路清听到这仨字儿，突然觉得头疼到爆炸。她闭了闭眼想缓缓，大黑却还嫌不够炸似的，凑到她耳边轻声说："顾词半小时前就到了，也按照您的吩咐绑好了。"

颜路清："……"

她眼睛"唰"地瞪到最大，脑海里堆满了爆炸般的感叹号。

在静谧的走廊里，大黑压低嗓音说的"绑好了"也并没有什么保密性。

这话把颜路清听得头皮发麻，却见其余"黑衣服"都非常整齐划一地目不斜视，没有丝毫反应。只除了一个面部控制力很差的张大嘴的愣头青。

大家都很淡定，他在这幅画面里就显得十分突兀。

"你，对，就是你。"颜路清忍着颤抖抬起手，指着那个藏不住惊愕的愣头青，"你这是什么表情？"

愣头青被身边的人捅了下，冷汗瞬间流下来——他知道自己闯大祸了。颜家小姐喜怒无常到极点，尽人皆知，他能做的只有立即低头认错："对、对不起，小姐！我今天上午刚办完入职，还不熟悉您的作风——不是不是！是我不该——"

颜路清却打断他的道歉："你说你刚入职？"

"是！"

"知道我是谁吗？"

"知道！"

"那你现在，大声说给我们听听，我是谁？"

愣头青果然很愣，以为这是测试，闻言当场大声背诵："颜小姐全名颜路清，父亲颜光林，母亲沈思安，是颜家唯一的女儿，从小备受宠爱，顺风顺水地长大，于前年确诊精神障碍类疾病，包括但不限于精神分裂。喜欢顾词六年，今日终于得手，恭喜小姐，贺喜小……"

好家伙，我直接好家伙。

本就觉得脑袋疼得爆炸，受此打击，颜路清直接眼皮一翻，晕过去了。

颜路清醒来的时候，周遭已然换了一幅景象。

纹理复古的天花板，贵气十足的欧式墙画。显而易见，是原主的卧室。

原主是个身体极差又经常发疯的"定时炸弹"，所以别墅里有常驻医护人员。颜路清醒了后又瘫在那儿接受了一番检查。

昏了一通，也平静了一点。颜路清接受了自己变成书中人物的这个事实。

她确实变成了《心动限定》里那个被她骂了无数次的偏执狂神经病女配角。而顾词，正是今天刚被"送"到她所在的这栋别墅里。

颜路清醒来的第一件事就是让人去给顾词"松绑"。

第二件事自然就是去见他。

接受完各项检查，颜路清下了床，在大黑的带领下下楼，准备去顾词所在的房间。

别墅的装潢都是一个风格，楼梯都是复古旋转式的。她看着身边沉默的匪徒一样的保镖，心道大白天在室内戴个墨镜真是让人出戏。

颜路清忍不住问离自己最近的大黑："你们怎么在室内戴墨镜？耍酷？"

"？"

大黑看了她一眼，这一整天都觉得小姐哪里都好奇怪，但下一秒——哦，差点忘了她有精神分裂，那没事了。

大黑在心里与自己和解，低眉顺目地回答"病患"："因为您说嫌我们丑，要求我们出现在您面前的时候必须戴能遮住半张脸的墨镜。"

颜路清嘴角一抽："倒还真是个精神病理由……"

下完台阶，颜路清站在原地喘了两口粗气。

——她先前之所以那么容易晕倒，也是因为这具原属于精神病的身体已经被原主折腾得相当虚弱了。还没来得及照镜子，但目光所及的胳膊和腿上都几乎没几两肉，仅仅下个楼，颜路清都觉得胸闷气短、头昏眼花。

五分钟后，终于来到顾词所在的房间门前。

因为读的时候加了书签，所以颜路清记得格外清楚，这是书中第五十四章，顾词从仇家纨绔那里消失、被偏执狂"金屋藏'词'"的第一天。

按照原书剧情，后来顾词确实崛起了，但也黑化了。他从神经病女配角手里逃出去之后蛰伏了几年，亲手解决当年的仇家，报父母之仇，又手刃了以前践踏、侮辱过他的人。最终因为这些年身体亏损太严重，他自己也没什么好好活着的念头，年纪轻轻便死在了父母的墓园里。

总之，没一点阳间的事。

看着这扇门，颜路清想起了自己生前在飞机上被顾词的结局气得不行，跟闺密疯狂吐槽"女配角被虐得还不够狠"的样子。

书里这女配角最后众叛亲离，进监狱蹲了几年，出来后又暴尸街头。虽说这对于那个神经病来说绝对是罪有应得、活该，但为什么她偏偏要变成这个玩意儿！

难道要替她受罪吗！

灵魂都脏了好吗！

果然取名不能太玛丽苏，容易变成书里的人。

"小姐？"大黑在身后低声询问。

颜路清回过神来，装作面无表情地对一排"黑蛋"点了点头。不用说话，便有人替她推开了门，里面的光景一览无余——

房间跟她刚才待的那间大同小异，同样的装修风格，除了一张大床，空荡荡的什么也没有。

窗户紧闭，还算灿烂的阳光从窗帘拉开的缝隙倾泻下来，与墙壁上装修的复古纹路交相辉映。

床上躺着一个人。尽管离床还有一段距离，她也能从轮廓看出那人有张令人一望惊艳的脸，漂亮又干净。

虽然有些不合时宜，但颜路清莫名觉得他躺在这里的画面，简直像是白雪公主和睡美人的结合体，可以直接无差别代入这俩童话。

只可惜。

她的身份不是救世王子，是递出毒苹果的巫婆。

颜路清走到床边，垂眼的一瞬，下意识屏住呼吸。

原来，这就是顾词。

原来这就是那个书里极尽一切美好词汇描写的，让女配角惦记到发疯的人。

消瘦得明显，却仍然好看得不似真人。

仿佛久居室内不见光，他的皮肤白得像冰雪。头发有些长，几缕发丝散落在颈侧，薄薄的眼皮下是纤密的睫毛。睫毛和发丝的黑与肤色的白有着极为强烈的反差美感。

他似乎屏蔽了外界的声音，躺在那里，连呼吸起伏都轻到几乎看不出来。

就好像……死人一样。

2

这个念头生得突然，但顾词现在的样子，确实跟放进水晶棺材里的美丽冰雕没什么差别。

从大黑给她汇报顾词被送到别墅开始算起，到现在少说也有几个小时了，他怎么还在昏迷？

这个念头一闪，颜路清的太阳穴突然狠狠地跳动了一下。

她猛地闭上眼，紧接着发现自己脑海内浮现出了陌生的场景——

画面里呈现出一男一女两个人，一个是现在颜路清的身体，一个是大黑。

她看见"颜路清"说："给他注射 ***，绑好，关在一楼房间。"

这必然是原身记忆。

但那个"注射"二字后面的关键药剂名称颜路清是一点儿没听到，大脑给自动"哔——"掉了……这具身体的记忆竟然还能打码！

颜路清：好高级。

合理猜测，这段记忆是中午发生的。在这之后原主去看了心理医生，又气了那个医生一通，然后被颜路清取代，再然后就稀里糊涂地到了现在。

所以原主到底给他注射了什么？

这就是他到现在还在昏迷的原因？

以大黑为首的保镖都在门外候着，颜路清朝外探头，正想叫个人进来问问，耳边突然传来几道略显清冷的咳嗽声。

她愣了一下，瞬间转过头看向声源，视线一下子跟刚睁眼的顾词直直撞上——

书里用大量字句描写过许多次顾词从前的眼睛，那双眼好看得惊人，深邃乌润，哪怕最漂亮的黑曜石也比不了。

颜路清没想到他会醒得这么突然，一时间愣在原地没动静。

她愣愣地想，书里说得没错。

刚才闭眼看不出具体轮廓，睁开后才明显了。顾词眼头是标准的桃花眼勾曲，眼尾却又有凤目神韵，双眼皮开端窄俏，尾部又像开扇似的。

颜路清从没见过这么好看的眼睛，闭眼的时候像是画，睁开眼，人就从画里走出来了。

只可惜好看虽好看，他的眼珠却像是蒙上了一层雾，没有聚焦。

现在想想，原书那么频繁地描写他从前如何如何，大概是想要人深切地体会到那种对比：以前的眼睛多漂亮，后来被毁就有多可惜。

毕竟在书里，一直到顾词死，他的眼睛都没有恢复如初，最佳治疗期就是从现在开始，在原主这里被耽误的。

想想又觉得拳头硬了。

只是几秒钟的对视，颜路清脑海里闪过许多念头，直到她又听到了顾词的声音。

"颜路清。"顾词一边半低头撑着身子坐起来，一边吐字清晰地叫出她的名字。

"……"

颜路清像个上课玩手机被教导主任点名的学生，莫名紧张地屏住了呼吸。

她看着顾词一点一点地撑着身体坐直——这个动作现在对他来说大概并不算特别轻松，但他看起来不紧不慢，还有空笑了笑，说："又见面了。"

颜路清顺势点了点头："嗯。"

随后想到，按照书里他们是高中同学的设定，现在时间线大概是毕业半年，她又客套道："好久不见啊。"

这话刚一落音，顾词不紧不慢的起身动作突然停住，再次抬眼看了过来。

那一瞬间，颜路清感到周身突然变冷，似乎从顾词身上感受到了极为冰冷的厌恶情绪。

但顾词很快收回了视线。

他的目光一收，颜路清那种仿佛置身冰窖的感觉顷刻间荡然无存，仿佛一切只是她的幻觉。

顾词靠在床头，神态明明是柔和的，语气也是正常的，甚至唇角还带着一丝笑意："其实也不算很久。"

"……"颜路清有点惊了。

说"好久不见"应该没错吧？这不是万金油吗？而且顾词现在对她肯定没有敌意啊，那又哪儿来的厌恶？

"还没谢谢你。"

颜路清从惊疑中回过神来："什么？"

"我说，谢谢你。"大概是怕她不明白，顾词多加了几个字，"帮我从金家出来。"

他在向她道谢——这反应才对嘛！刚才果然是她精神太紧张了。

也不知道为什么，他一个连行动能力都没有的人，一个眼神竟然能给她那么大的威压。

这大概是大佬的天赋技能。

颜路清收起了疑惑，顺带着松了一大口气："我们认识这么久了，也是朋友，这不是应该的吗？"

有钱人基本都互相认识，书里设定原主的父母和顾词的父母也是朋友。只可惜造化弄人，原主的父母想帮顾氏夫妇一把却晚了一步，想帮顾词一把的时候，又晚了一步，再然后就查不到任何关于顾词的消息了。

室内沉默了几秒。

突然，颜路清意识到哪里不对劲，转头看向顾词："你的眼睛——"

"看不清，只有大概轮廓。"顾词接道。

明明是在讲眼睛看不见这么沉重的事情，他的表情却没有丝毫变化，语气甚至称得上轻描淡写。

"可是……"颜路清更纳闷了，"刚才我没说话的时候，你就叫了我的名字。"

"因为我之前听到了你的保镖和金起安自报家门。"

金起安？

颜路清看文的时候只记得那个把顾词搞走的浑蛋姓金，现在看来，他口里的"金起安"肯定就是那个纨绔败类的全名。

金起安搞了这么一出，自己乐得一时，后来有他对着顾词哭的时候。颜路清想想自己读到金起安被制裁的那个片段都觉得爽。

"你现在有什么地方不舒服吗？"颜路清问。

"有。"

"哪里？"

"哪里都不舒服。"顾词转了转瘦削的手腕，蹙眉的样子也很好看，他说，"我好像被打了什么药。"

"……"

仿佛被一盆冷水兜头泼脸，颜路清猛地想起之前自己大脑里播放的画面，心里"轰隆"炸了一下。

心虚到极点。

——你当然被打药了，那药就是我这个身体吩咐打下去的。

"……金家这个小少爷真是被惯上天了，什么缺德事儿都干。"思索两秒，颜路清不动声色地把"打药"的锅瞬间甩到金起安身上，紧接着话锋一转，神情、语调殷殷切切地关心顾词，"我待会儿马上叫医生来帮你做个检查，她是专业的，你放心，不会有事的。"

——将自己撇得一干二净，这俨然是一个相当可靠的挚友！

顾词听到颜路清这一连串声情并茂的话，似乎停顿了一下，才又笑着道了声谢："好，谢谢。"

颜路清也笑了。

这波啊，这波她在大气层。

然而还没嘚瑟多久，颜路清听到顾词再度开口："对了。"

她抬头："什么？"

顾词靠着雪白的枕头，脸色看起来比枕头还要白几分，状似随意地说："还有件事想跟你确认一下。"

"你说。"

"我觉得有些奇怪。"顾词抬眼，声音温温淡淡，"我依稀记得，我是被你家保镖绑上车的，你知道这是怎么回事吗？"

他眼神平和地看过来："别担心，没有别的意思，只是突然想起来。"

颜路清一下子愣住了。

他说的最后这句话，让颜路清瞬间联想到书里非常戳她的场景之一——

在原主认罪伏法、刑满出狱之后又坚持不懈继续作妖一段时间后，顾词挑了风和日丽的一天，结束了她的生命。

他话不多，态度却很好，找到女神经之后，甚至算得上温和地对她说："别担心，我这趟没什么别的目的，只是来送你上路。"

然后女神经就嘎屁了，颜路清当时一激动还在评论区刷了个深水鱼雷庆祝。

"……"

这语气，怎么跟现在这么像呢。

可我是一个何其无辜的背锅侠啊……我还是你的粉丝……我发的评论都是帮你骂这些败类的，女神经跟我重名我都不关心，我骂她骂得最凶……我那么抠，却眼也不眨地给你刷了好几百块的雷……

颜路清欲哭无泪。

原主确实吩咐绑人了，但吩咐的顺序是先打药再绑，按说顾词不应该有意识才对。

他说的"依稀记得"……那应该就是不确定。

不管怎么说这事儿都不能承认啊！

颜路清只得换了种较为轻松的语气说："我家保镖都五大三粗的，你看他们一副力大无穷的样子，可能把你带上车的时候让你磕碰了哪儿吧。"

顾词定定地朝着她的方向看了她一会儿，脸上没什么表情，一直看得颜路清止不住心里发毛的时候，他又突然笑了："那应该是我的错觉，抱歉。"

落日余晖移动到窗沿，顺着半拉的帘子照进房间，恰好落在了顾词身上。

他现在很瘦，可面相实在太过完美，丰肌秀骨，即使这样差的身体状态也没有对容貌有什么损毁。

他坐在这一束光中，好像精美的油画有了鲜活的生命。

颜路清的心情跟坐过山车一样，前一秒还在担惊受怕，现在看着他，又突然觉得很是心酸。

在见到顾词之前，顾词对她来说，只是个她真心实意喜欢的纸片人。

但现在她见到了活生生的人。他会动、会说话，刚刚从败类手里逃脱出来，以为自己离开魔爪，实则是进入了另一个深渊。

颜路清来到这里几小时，一切经历都匪夷所思，满脑子光怪陆离，身体也非常不适应。这是她第一次觉得变成女神经是件好事儿。

她可以救他。

她可以改变他后面的人生。

颜路清认真地盯着他的眼睛，第一次有些生涩地叫他的名字："顾词。"

顾词没有应。

眼前只有模糊的轮廓，但是属于少女独有的声音还是伴着一字一句传到了他的耳朵里。

"你会好起来的，相信我。"

颜路清带着保镖走了，房门开了又合，门外脚步声渐远。

偌大的房间里只剩顾词一人。

然而很快，另外一拨人推门进来，带头的是个敞开穿着白大褂的、头发短得出奇、个子高得出奇的女医生，她身后跟着几个推着仪器的护士，动作迅速地在房间内找到合适位置将器具摆好。

女医生走到床边，干脆利落道："顾先生您好，颜小姐让我过来，说您体内被注射了不知名药物，现在请您配合验血。"

顾词没说话，对着护士伸出手。

因为微微低着头，没人注意他唇角勾起一道弧，不明显，却溢满嘲讽。

颜路清先前当着他的面暗骂金起安，她却不知道，金起安给他打过什么，他都了如指掌。

他甚至熟悉每一种的副作用、发作时的症状和时长，以及怎样最大限度地缓解。

但今天的药不是其中的任何一种。

而他也清楚地知道他没记错，他是被绑上车的。

医生、护士在房间里走来走去，却都因为深知这家小姐的脾性，没一个敢上前跟床上这位容貌异常出众的陌生病人搭话。

顾词正好也懒得开口。

他的目光随意落在某处，莫名想起这次颜路清见到他后说的第一句话。

……好久不见？

顾词脸上所有表情渐渐敛起，眉眼里的温度一度一度地降下来，凸显出异常冷淡的气质，与刚才举止虚弱又说话温和的样子判若两人。

他垂着眼睫毛，挑了挑唇，瘦长苍白的手指虚握。

确实。

上一次正式见面时，他见的还是这个精神病面目全非的尸体。

3

颜路清头昏脑涨地回到房间，站都没站稳就看到一个一闪而过的影子"嗖"地从眼前飞过。

她吓了一大跳，等定睛一看才发现那不是人，而是——一台机器。

或者更准确地说，这是个不太像人的机器人——它的脑袋是扁的，四肢是金属的，躯干像个电脑主机，金属末端带着轮子，不是"走路"而是滑行——完全是在电脑主机上安了个扫地机器人的既视感。

这个四不像滑到颜路清面前，然后一个机械的女性声音从扁扁的"脑袋"里传出来："主人，洗澡水给您放好啦。"

颜路清："……"

尽管外形丑绝，但人工智能很牛。

就是被叫作"主人"也太别扭了。

颜路清是动手派，立马上手捣鼓了一下主机，发现有个代号系统。"主人"代号似乎是初始的，而原主从来没设置过，现在可以随意修改。

颜路清想了想，改成了"玛利亚"。

——她得用这个代号时刻提醒自己：既来之，则安之，不要轻易动怒，向真正的圣母玛利亚学习，向世界赎罪。

于是颜路清生平第一次享受了人工智能的服务，在价值不菲的按摩浴缸里泡了个澡后，这个破烂一样的身体总算舒服了不少。

洗完澡，颜路清在浴室的全身镜前看着镜子里的脸。

颜路清从前没谈过恋爱，但从小到大都是学校表白墙上最知名的大户，学校里谁提到美女，第一个提的肯定是她的名字。

除了发色浅了许多，镜子里人的眉眼、鼻唇，都跟以前的自己几乎一样。但凑到一起，却给人一种完全不同的感觉。

脸太瘦显得眼睛更大，虽然形状漂亮，眼瞳却没什么神。加上脸色苍白过头，不做表情的时候倒显得阴气沉沉，搞搞头发、简单化个妆就可以直接出演女鬼。

身上简直瘦得离谱。

颜路清原本也瘦，腰细腿长，瘦得很符合大众审美，可她自认为自己之前的身材看起来十分健康，完全不像现在这么病态——四肢和腰细得仿佛能轻易折断，像个从二次元走出来的逼真的纸片人。

非常不合时宜地，颜路清想到有些小说里总是形容女主角"像被玩坏的破布娃娃"，似乎非常符合她现在的身体。

……这可真是让人相当愉快呢！

"破布娃娃"把头发用吹风机吹干后，又随意用手捋了几下。然而她余光往下一扫，却突然发现自己脚边那一小缕、一小团的……似乎是头发。

新鲜的，刚掉的。

破布娃娃人傻了。

她！为什么！会！掉！这——么多头发！

这身体到底是什么破烂啊！

她变成的不是精神病吗？为什么像变成绝症患者一样？

颜路清无语凝噎，看着镜子里的自己。

我变秃了。

却没变强。

颜路清当晚觉都没睡好。因为她梦见自己的头发掉得越来越多，最后一根不剩，成了秃瓢。

次日一早，颜路清刚醒，耳边就传来了机械女声的问候："玛利亚，早上好！"

"……"

颜路清听着"玛利亚"，心道：去你的"向世界赎罪"，秃头谁受得了？玛利亚也不好使。

所以她睁眼后第一件事就是对着机器人说："给我来一杯生发水。"

"？"

机器人对于听不懂的话自动过滤，最后给她递了一杯纯净水，并问："玛利亚，您早餐想吃什么呢？"

"……"

突然有点后悔取这个代号了，不知道的还以为她穿进了西方幻想小说里。

颜路清起床洗漱完又头晕，靠坐在床头，仿佛瘫痪加孕吐一样艰难地喝了碗白粥，缓了好久才挪出了卧室。

房门外站着个黑衣保镖，看见她的瞬间，猛地做了个九十度鞠躬："颜小姐早！"

颜路清："……你有话好好说，抬起头来。"

保镖直起身，颜路清这才看清，他就是之前那个大声背诵原主生平的愣头青。

原本昨天大黑说顶撞她的保镖已经安排离职了，幸亏颜路清及时想起来是这个愣头青，才给拦了下来。他现在大概是为了这事来的。

果然，愣头青郑重对她道谢："谢谢颜小姐昨天的不杀之——不是，是谢谢颜小姐给我个机会让我犯错——不对，是谢谢颜小姐让我原谅——"

……所以这二傻子能入职绝对是因为武力值高吧？

颜路清听不下去了，温声打断他："要不，你先跟你的嘴商量商量再说话？"

"……"

愣头青羞红了一张黝黑的脸，终于闭嘴，转身下楼了。

大黑见到满脸通红的小保镖，愣了一下，而后把他叫到一边："你跟颜小姐说什么了？没惹她生气吧？"

愣头青："没有。而且我觉得颜小姐也没有传说中那么可怕，她真的挺好的。"

大黑语气沉痛，却斩钉截铁："她是装的。"

颜路清还不知道自己被自家保镖编派了。

她正坐在客厅，捧着一杯枸杞、大枣、菊花泡的养生茶，一口一口地艰难下咽。

在拥有这副身体以前，十八岁的颜路清一直是年轻人中注重养生的佼佼者。只不过她身体底子好，奉行的是"虽然我喝酒熬夜打游戏但我是好女孩"原则。

一朝变成了一个相当病弱的精神病，还有秃头的风险，那就得认真起来了。

——虽然我有副绝症患者的身体，还有精神病，但我是个养生女孩。

颜路清现在其实满脑子疑惑。

她代替了原主的位置，那原主去了哪儿？

如果她不按照原主的剧情走，会发生什么？

别人来到书中的世界有金手指、有系统，她真的什么都没有吗？

颜路清一边想，一边喝养生茶。喝到一半，客厅卫生间的门突然"啪嗒"传来内置锁扭开的声音，她转头望过去。

从里面走出来的人是她万万没想到的。

顾词头发还有些湿润，肩膀上搭着条白色毛巾，衣服上有几处水渍，明显是刚洗完澡要回房间。

他步伐很慢，因为这房子不仅大，而且到处都是装饰物，弄得相当奢华。根据顾词昨天形容的"只能看清大概轮廓"来说，他应该也只能试探着走路。

颜路清满脑袋问号。

昨天去顾词那儿的时候她看了一圈，那房间明明是带卫浴的——顾词一个几乎相当于盲了的人为什么不在自己房间洗澡，却来客厅折腾？

正想着，顾词脚边就几乎要挨到一个矮矮的花瓶架了。

颜路清急忙出声制止："欸，等等！"

顾词站定在原地。

颜路清立刻走过去，解释道："我叫住你是因为这里有个花瓶架，你好像没看到。"

说着，她扯了一下顾词的手腕，带着他往身侧那个方向摸："在这里。"

顾词的手腕很凉，也很瘦，颜路清自己的手也瘦得离谱。她在接触到他的那一瞬间，突然生出一种跟顾词同病相怜的感觉，以至于都没感受到身边的人明显的僵硬与低气压。

两秒后，她听到顾词说："嗯，摸到了。"

"我带你回房间吧。"颜路清松开手，走在他前面一点的位置。

这条走廊真是巨长无比，最后到了房门口，颜路清还是没忍住，问道："顾词，你怎么不用里面的卫浴洗？"

这么大的房子，这么多用人，总不会设施还能出问题吧？

顾词闻言转过脸来。

那双漆黑漂亮的眼睛看着她。颜路清总觉得有一瞬间与那目光对焦上了，那目光如有实质地刺向她，可下一瞬间又涣散开来。

"有是有。"他的声音依旧平和，带着点早起的哑，还有股说不上来的意味，侧过身道，"你方便进来一下吗？"

于是颜路清捧着养生茶，第二次踏入这个房间。

她跟在顾词身后，看着顾词推开房内浴室的门。

他不紧不慢地打开洗手台的开关，没水。

又打开淋浴开关，也没水。

做完这些，顾词靠在洗手台旁边，就那么静静地看向颜路清的方向，也不说话，浑身都冷淡淡的。他这副样子总给人一种他仿佛对什么事都了如指掌的感觉。

"竟然真是坏了……"颜路清咋舌，"你先出去等一下，我找人帮你修。"

顾词对她笑了下："好，谢谢。"

颜路清还是没习惯这张颜值扛把子的脸。她因为这个笑小小地愣了会儿神，而后才出门把大黑叫进来。

"这里为什么不出水？你叫人来看看吧。"颜路清说完，又自觉很体贴地替顾词抱怨，"他行动本来就不方便，这也太折腾人了。"

然而大黑的表情竟然有些……有些便秘。

这个外表忠厚可靠的高大男人突然回身带上了卫生间的门，走回颜路清身边，声音压得极低，似乎是怕外面的人听到——

"颜小姐，您到底是演给顾先生看的，还是演给我看的？"他语气焦急，"您不跟我事先通气，我不知道您什么意思啊！"

颜路清也压低声音回："我演什么了我？"

大黑像看傻子一样看着她。

片刻，他打了通电话："曲医生，颜小姐这次可能是真的分裂……或者是别的什么症状，我觉得很严重，您再给她看看吧？"

颜路清：？

她突然意识到了什么。

原主的记忆不会自己跑出来，得有意识地去想才能看得见。鉴于现在的种种迷惑，颜路清又像昨天那样稍微在脑海里查找了一下……

果不其然，找到了原主吩咐大黑提前把顾词房间的卫浴弄坏的场景。

"……"

小丑竟是我自己。

爷吐了。

4

颜路清现在有一个巨大的疑惑横亘心头——她究竟是来书中的世界生活的，还是来背锅的？

她身上背的锅已经可以拿出去开个锅店了吧？

而恰好这时，仿佛还嫌此刻的尴尬不够，顾词的声音从外面传来，语调好像很关心："厕所很难修吗？"

颜路清："……"

这话本身没有问题，放在这儿听怎么就这么阴阳怪气呢。

可那是顾词，现在又没被逼成黑化大佬，那么可怜、那么善良的顾词怎么可能会对别人阴阳怪气。

算了。

等大黑挂了电话，颜路清对着他做了个嘴巴拉上拉链的动作，而后转身拉开厕所的门。

顾词正在床沿上坐着。

更准确地说，他是整个上半身靠在床头很软的枕头上，没骨头似的，看起来竟然很舒服、很惬意。

颜路清对着他挤出个笑脸："厕所不难修，突然关门是因为他接到电话，有急事要跟我说。"

"嗯。"顾词很配合地点点头。

颜路清对着大黑使了个眼色，一边朝着门口走一边说："那我就先——"

"走了"还没说出口，顾词突然开口打断了她。

他在床上慢慢坐直，问了一个风马牛不相及的问题："今天你会出席吧？"

颜路清：？

颜路清蓦地停下脚步："我出席……出席什么？"

不等顾词答话，大黑清了清嗓子提醒道："颜小姐，金少爷的生日宴会在今天中午举行，您母亲给您定的造型师马上就要到了。"

金少——金起安的生日宴会？

大概是因为不牵扯故事主角，这是原书没写过的未知剧情。

但颜路清最先奇怪的不是这个。

她走到距离顾词更近的地方站定，好奇："你为什么会关注金起安的生日宴会？"

"本来不关注，"顾词笑了笑，"但我还有东西在他那儿。如果你去的话，方便帮我带回来吗？"

颜路清更好奇了："那东西很重要吗？"

"手机。"

噢。

这可是当代人类的命根子！太重要了！

颜路清正要答应，话到嘴边转了一圈，却突然生出一个奇妙的想法。

她张了张嘴："顾词。"

"嗯。"

颜路清为自己的提议打心底里生出一股兴奋："你想不想……跟我一起去？"

——这是原书没写过的剧情。原主大概率是去了的，因为金起安先卖了她面子，把顾词"转"到她手里，正巧隔着两天就是金起安的生日，原主不出席怎么也说不过去。

在书中的那个时候，顾词一定被困在了这栋别墅里。

借着原主的身份背了这么多锅，能利用的时候自然也得充分利用。

凭什么那个败类痛痛快快、风风光光地过生日，大吃大喝，顾词要受这个罪？

颜路清偏要带着顾词去。

偏要给他找不痛快。

偏要让他鸡飞狗跳，过不好这个生日！

问完那句话之后，颜路清见到了从来到这个世界到现在，顾词脸上出现过的变动最明显的表情。

虽然只有一瞬，但那是明显的怔愣。

顾词一直以来都是那种云淡风轻、运筹帷幄的样子。虽然不明白为什么，但看到这种人因为自己而感到惊讶，其实还蛮有成就感的。

她不知道的是，顾词原本只是待得有点无聊罢了。

身体上的病痛和不适对他来说无所谓，他倒是更想看看这个精神病这次表现得如此截然不同，到底有什么目的。

还想看看，这个女人能装到什么时候、装到什么地步。

手机不需要她帮忙，顾词也有无数种办法拿回来。

所以他在试探。

他猜测了很多种结果，却唯独没想到会发展成现在这样：他和这个女人正一起坐在化妆室，即将一起去参加金起安的生日宴会。

"……你在笑什么？"

颜路清的眼妆化完，刚一睁开眼睛，就看到镜子里映出顾词挂着笑意的脸。他眼睫毛低垂，嘴角上弯，仿佛遇到了什么有趣的事。

顾词抬起眼帘，乌黑的眼睛仿佛能看清她一样："我在笑，果然物种不同，是无法互相理解的。"

"？"

确实，比如颜路清就理解不了他这句话。

但她的注意力很快被另外的触感吸引——

"欸欸欸——有话好好说，别动我头发！"颜路清及时喝止住了造型师要揪她头发的手。

造型师是一个瘦高的金发男人，穿着简约，长得也清秀。他此时似乎被颜路清的举动吓到了，结结巴巴地道："颜、颜小姐，这造型只是简单的盘发，很快就好。"

颜路清誓死保护自己的头发，婉拒："不了不了，你随便卷两下就好，我头发快秃了实在经不起折腾，不盘了。"

造型师没想到是这个理由，愣了一下后，依言照做。

弄好头发，原本以为走个过场般的做造型，最后出来的效果却让颜路清大吃一惊。

昨晚刚在镜子前被自己嫌弃过的外貌，此时已经顺眼了十倍。黑眼圈没了，在妆容的衬托下，苍白的肤色也没有了诡异感，五官精致秀美，头发微微带卷，卷得很蓬松，显得颅顶饱满、发量喜人。

仿佛又看到了曾经的自己。

顾词比颜路清更早地换好了衣服，而且他那张脸光是摆在那儿，就让造型师带的助手无从下手。助手是个小姑娘，左看右看，羞红了一张脸，蹭过来跟造型师小声说："我觉得这位不太用做造型……"

本来男士能做的造型就比女士少，所以最后顾词只是换了套衣服，就坐在一旁的椅子上闭眼休息了。

颜路清跟着小助手去更衣室调整裙子的时候，化妆室里只剩下造型师、大黑和顾词三人。

给颜路清这种著名"炸弹"做造型，堪比跑完一场马拉松。造型师做完一套下来，累得满头大汗。他跟大黑还算熟悉，悄悄问了句："颜小姐怎么最近性情大变？我上次见她的时候也不是这样啊，脑子那儿治好了？"

大黑站在门边，没注意到顾词其实是在假寐，直接答："不，是又病了，这次病得厉害。"

随后考虑到颜路清的"前科"，他又补充道："不过暂时还不知道是不是装的。"

顾词："……"

"唉，那挺可惜。"造型师很惋惜地说，"我还觉得她这次病得比以前可爱多了。"

"……"

顾词终于睁开眼，缓缓地从椅子上站起身。他随意整理了下身上的衣服，整个人就显得异常笔挺，犹如修竹。

大黑和造型师都被吓了一跳。

顾词经过两人的时候，对着他们微微示意："转告颜路清，我去车上等。"

大黑愣了下："为什么？"

顾词："怕染上。"

"？"

上午十一点。

颜路清的衣服出了点儿问题，因为她又瘦了，腰围得现改小，耽误了些时间。

刚从更衣室出来，大黑已等在门外："颜小姐，可以出发了。"

"顾词呢？"

"已经在车上了。"

出了别墅大门，颜路清觉得一直叫大黑"喂"不太好，在心里想，给人家取外号也挺不礼貌的。所以她先问道："对了，你叫什么名字？"

大黑现在极快地适应了她这"失忆"的症状："颜小姐，我们都是按编号排的，您在昨天之前也一直都叫我们的编号。"

"那你编号多少？"

"007。"

"……"

你好像跟这编号不大相配。

颜路清欲言又止，最后还是叫不出口这个特工代表编号："……好，从今天开始我叫你大黑。"

"？"

大黑虽然奇怪，但仔细想想也并没什么好奇怪的。

毕竟只要默念十遍"颜小姐是精神病患者"，那么所有的一切都是如此地顺理成章。

大黑又问："您准备带几个人过去？"

"就两个。你，还有小黑，小黑就是——"颜路清指了指他，又指了指门口那个有嘴跟没有差不多的愣头青，"他。这是我刚取的名字，待会儿你记得告诉他，你俩习惯习惯。"

大黑稳重睿智，小黑莽撞愚钝。

她真是个取名天才。

颜路清继续吩咐自己事先安排好的计划："这次呢，计划就按照我早上跟你说的来。我干这事儿就算被金起安知道了，他也只能往肚子里咽。你做行为指导，小黑做动作指导，咱们的目标是要他的一条腿，记得给小黑交代清楚了。"

"明白。"

颜路清看着快速朝自己跑过来的魁梧黝黑的青年，终于忍不住问出了自己的猜想："对了，小黑是不是因为特别能打才招进来的？"

大黑点点头："毕竟智商您也看到了。"

上了车，因为是加长车型，颜路清跟顾词面对面坐着。

顾词身上是一套黑西装，没有任何图案花纹，简简单单的剪裁却把他的颜值烘托得又上了一个档次。

安静的车厢里，智商最低的是最先开口的那个。

小黑一有问题就憋不住，再加上之前也没有因为说错话而受罚，想问就问了："颜小姐，为什么顾先生也要跟我们一样戴墨镜？"

顾词脸上确实挂了副墨镜，这是颜路清和他商量好的。

算算时间，顾词消失在大众视线内已经有两个月了，他的眼睛突然看不见这事儿很难解释。生日宴会这种场合，富二代本来就爱装，戴墨镜是常规操作，而且就算有人问起来，颜路清也可以帮忙解释是出去滑雪玩的时候伤到了眼睛。

小黑听完解释后便明白了。

但是看到顾词的穿着与他和大黑并无区别，一身黑西装，现在连黑墨镜都一样，他又忍不住问："那我们的装扮这么像，顾先生被当成保镖怎么办？"

颜路清理所当然地说道："这个你不用操心啦，他一看就是少爷啊。"

小黑："……"

杀伤力不大，侮辱性极强。

别墅位于郊区，开到目的地少说也得四五十分钟，颜路清左瞄右瞄，看上了车里安的电视。她先是征得了顾词的同意，而后由于缺乏当有钱人的经验，不知道怎么开，便指示着大黑把电视打开。

原本颜路清只是想缓解尴尬，却没想到播放的连续剧竟然非常引人入胜——

女一号是重生的，看上男主角的女配角也是重生的，而男主角没有。这就导致两个知道全部剧情又喜欢上同一个人的女人互相坑害。目前是恶毒女配角更胜一筹，又绿茶又白莲，女主角完全玩不过她。

重生的恶毒女配角把男主角哄得一愣一愣的，但她其实并非真心喜欢男主角，只是上辈子死得奇惨，这辈子抱大腿罢了。

剧情现在十分肉疼，真正的好姑娘黯然神伤，坏女人得意扬扬。

中间插播广告的时候，颜路清由衷地感慨道："我没想到这儿还有这么有意思的重生剧。"

小黑忍不住吐槽："这女的真坏，明明是上辈子死得太惨了，这辈子又装好人，男主角竟然还真被她耍得团团转。"

颜路清："那不是很明显吗？"

后来大黑也忍不住加入了群聊，颜路清觉得他们几个在这儿讨论有点太不够意思，于是主动跟顾词找话题："顾词，你以前看过这部剧吗？"

顾词说："看过。"

竟然看过！

颜路清眼睛一亮："那你觉得这剧怎么样？"

顾词看着她的方向，眼睛显得异常深邃，轮廓却显得很柔和："我觉得这个上辈子死得很惨的重生女配角演技不错。"

颜路清一拍大腿："哈哈，我也这么觉得！"

"……"

5

金起安举办生日宴会的酒店门口装潢得相当张扬。"金起安"三个烫金大字就挂在入口，土得别具一格，不知道的还以为这是新娘的名字被刮跑了的结婚典礼。

这是颜路清头一次走出别墅大门呼吸到外面的空气。

现在这个季节应该是秋天的后半段时间，她仔细地观察了下花草树木的品种、外形，看了看周围停的各路豪车牌子，再加上之前考大黑的"奇变偶不变"，可以确认这个世界跟现实世界在设定上几乎无差别。

颜路清揪着顾词胳膊肘的一点衣料，担心他走偏，但从外表看起来，两人就跟正常的男女伴没有区别。

在一众陌生面孔中，颜路清再次莫名感到了跟顾词之间同仇敌忾、同病相怜的感觉。

这种富二代举办的宴会和那种觥筹交错的上流酒会完全不同，虽然到场的人各个打扮得光鲜亮丽，但现场真是相当闹腾。想划水也非常简单，只要稍微走外圈人少的地方，避开最中间玩游戏的圈子就行。

但外圈有个不好的点——即时打扫的阿姨与补充食物的服务生多，颜路清得左扯右拽才能防止顾词撞到人。

突然，大黑在身后道："右前方那个女生看起来要跟您打招呼了。"

颜路清之前就想过，自己这个身体的主人既然出自名门望族，那估计少不了这种寒暄。

她问大黑："这人知道我有精神病吗？"

这话问得周围三个人都尴尬住了。

空气似乎都凝固了几秒。

颜路清催促："快点，她到底知不知道啊？"

大黑说："这件事多数人应该都是知道的，但是您放心，他们从来不敢当面说您什么……"

颜路清摆摆手："我不是担心这个，既然他们都知道，那就更好办了。"

没人知道她在说什么。

直到那个女生真的走上前来，挤着凑成一团的笑容跟颜路清打招呼："清清，好久都没见你出现在这种场合啦，金少爷真是好大的面子！"

"确实好久不见。"颜路清笑得比她真诚多了，"唉，主要是最近病情比较稳定啦。"

"？"

论一个精神病说这话的杀伤力有多强——那女生的笑容先是僵住，然后没几秒就变成了痛苦面具，很快便白着脸匆匆忙忙地寻了个由头走了。

小黑想笑又憋不住，在后面"扑哧扑哧"的跟放屁似的。

很快，大黑又开始通报："那边来了个您认识的，白裙子，黄……"

大概原主确实挺久没露面了，众人几乎都是一样虚伪的话术，上来就"很久没见了，最近很忙吗"，颜路清便扔回去一句轻飘飘的"不忙呀，最近病情很稳定"，就这么收获了十几张痛苦面具。

还有一个姑娘被她说愣了，傻呵呵地问道："你那种病情……要怎么稳定？"

颜路清想了想："就……稳定地发发神经？"

……

总之，每位全程对话均不超过三十秒，伴随着身后某人"扑哧扑哧"的伴奏，强行快速结束了寒暄。

不出意外，这十几张痛苦面具会把他们的痛苦发散，很快金起安就会知道她来了。

这可真是既不用带着顾词去内圈，又不用费心费力想寒暄词的好办法。

颜路清带着三个男人站在原地等了十分钟，浑身挂了一堆装饰品、庆祝物的金少爷终于来了。

染着金毛、走路吊儿郎当、耳朵上好几个洞……秉着客观的态度评价，打扮非主流，一脸肾虚相。

颜路清心里早已经吐他八百口唾沫，表面还是装得相当淡定。

"寿星来了？"

金起安表情一僵。

刚才听好几个妹妹说，来了个疯女人，不知道是不是砸场子的，金起安心道不可能啊，她刚从我这儿要走了人，怎么可能来砸我的场。

但现在听这语气，怎么这么不妙呢。

"这哪儿的话，颜大小姐来了，我肯定得出来迎接啊。"金起安正准备再聊点别的，投其所好，目光一转，却落在她身边的男人身上。

金起安眉毛挑得老高："顾词？"

他迅速看向颜路清："您这带他来是……"

"不是他，我何必来你的生日宴会。"颜路清忍住了翻白眼的冲动。

金起安一愣："什么？"

颜路清太烦他的长相了，抱着胳膊说："你是不是还有什么该还的东西没还，自己想好了，待会儿要么叫人来给，要么亲自来给。"

颜路清不知道原主是怎么跟金起安对话的，但她觉得端着架子准没错，于是就那么面无表情地看着金起安。

任谁被一个精神病盯着看都不会觉得好受。

金起安想讨好颜家，却不想再跟这个疯婆子有任何接触了。他又装傻充愣地说了几句屁话圆场，头也不回地转身就走。

在刚才那一串对话中——不，是今天从进了这个门以来，颜路清一直觉得自己像是个台上的演员。

不是因为她知道自己在演戏，而是因为有带着探究的目光一直不轻不重地落在她身上。

像是在观察。

是谁呢？会是……顾词吗？

颜路清收起了胡思乱想，也收起了演戏的做派。看着金起安的背影，她摸了摸脸，说道："我今天的妆吓人效果这么好吗？我什么表情也没做。"

小黑在后头心直口快："是您的名声吓人吧，我入职之前我哥们儿都劝我别来，说给您打工是玩命呢。"

颜路清回头看了他一眼。

小黑立刻改口："但是我明明工作了一天半，命还在哪！"

颜路清："……"你还不如不改。

几人站了没多久，就有人声称是代表金少爷来送东西的。

颜路清眼神示意大黑接下东西，知道自己的一举一动都会传到金起安耳朵里，便当场又摆起架子抱上了胳膊，吐字非常清晰地说道："喊，没诚意。"

跑腿的跑了，大黑把东西递给顾词。

颜路清也凑过去，把顾词拽到最近的桌椅旁坐下，催促他："你要不打开检查检查？"

此时此刻，站在原地的大黑突然一把拽住小黑，压低声音说："我带你再熟悉一遍上午说的流程。"然后走到了距离顾词和颜路清十米远的地方。

颜路清的目光集中在顾词手上。十指指节白皙清瘦，放在黑色的布袋上非常赏心悦目，却并没有打开的打算。

顾词说："看不清，而且不用检查，如果有问题根本不会还回来。"

说的也是……

随后，顾词又说："手机的事，谢谢。"

他这句话讲得很生硬。

颜路清听得愣了一下。

她抬头看着顾词正对着她的侧脸，墨镜遮住了大半张脸，只露出近乎尖削的下巴和优美的下颌线条。

原来如果完全遮住了眼睛，他的轮廓会呈现一种锋利的美，看上去相当富有冷感、难以接近。

颜路清沉默几秒，随后小声哼哼："你这个'谢谢'就很不真心。"

而顾词听到了。

因为他突然冲着颜路清转过头，单手摘掉了墨镜，上半张脸整个露出来，睫毛像鸦羽一样半垂，对着她的方向注视着，说："谢谢。"

他取下墨镜而微微偏头的那一瞬间，眼里像是划过一道流光。

颜路清还在回味，顾词却又重新戴上墨镜："现在呢，够真心了？"

颜路清："……"

生动演绎《冷酷无情》。

仿佛完全感受不到颜路清的情绪变化，戴上墨镜就变成冷酷"鲨手"的顾词继续进行灵魂拷问："拿到了，还留在这里做什么？"

颜路清深吸一口气，再缓缓吐出来。

"——等。"

谁都知道，金家少爷每年生日都必须要在自己出生的那个时间切蛋糕，一分都不能差，就算是大白天，也必须来一出在黑暗中点蜡烛、唱生日歌的戏码，歌还必须唱完。

今年也是如此。

灯光熄灭，蜡烛点燃，众人正闭着眼唱歌的时候——

"咻——嘭！"

放蛋糕的小桌子底下突然传来极响亮的炮仗爆炸声，众人被吓了一跳，哄地挤作一团，不知谁把桌子挤向了寿星方向，一整个超大蛋糕直接盖了金少爷一头一脸一身——还带着蜡烛。

不仅如此，金少爷气急败坏地想要下台阶找罪魁祸首时还撞到了人，加上地上奶油太滑，不慎摔断了腿，惨叫声绕梁三天不绝。

好心人帮忙叫的救护车来得相当之快，仿佛早早就知道有人要摔断腿一样。

不远处的"好心人"默默看着满身白奶油的祸害被抬上了担架，对着身边的青年比了个大拇指："小黑牛！"

颜路清戳了戳顾词，兴奋劲儿还没过："欸，你知道刚才发生了什么吗？看不见也没事，我告诉你，金家这个少爷在生日这天啊——"

"大概知道，听出来了。"顾词接过话头。

"所以我们等到现在，就是为了……"他停顿了一下，似乎不知道该用一个什么样的词来形容这个行为，最后想到一个十分幼稚却又确切的，"替我报仇？"

"……"

其实这事儿，颜路清想做好久了。

当原书读者的时候，金起安的骨灰被评论区扬了得有千八百遍——当然，原主被扬得更多。

颜路清既然进到了书中的世界，自然要为了自己喜欢那么久的纸片人教训他一下。

所以听见顾词说的，颜路清顿时不乐意了："这才不叫替你报仇，这就是出口恶气！"

"出谁的气？"

"出我的。"

顾词停顿好久，在周遭比菜市场还要喧嚣的环境里，突然有种荒谬的、想笑的冲动："你有什么气？"

"谁让他欺负你？"

少女用故作恶狠狠的语气道："他欺负你，他活该。"

6

生日宴会场地一片狼藉，最后酒店的安保人员开始进来维持秩序，陆续送客人离开。如果没人出更大的丑，不出意外，这场生日宴将会成为接下来半年的笑谈。

颜路清临走前去了趟洗手间。

这酒店的洗手间在后花园，别说，搞得挺有创意，上完厕所出来还能欣赏欣赏风景。

颜路清正慢慢悠悠地往回走，感慨四下无人，欣赏花花草草，脖子忽然一紧，被从后方传来的大力猛地拉住——

接下来是一瞬间的天旋地转，她感到自己的额角撞上一块硬物，发出了闷响，紧接着有温热的液体从那儿流淌而下。

"……"

这谁啊！

颜路清被人占了先手，又是现在这副破布娃娃型体格，被制住基本就不能动了。

一道女声突然从身后响起。

"表姐，顾词在你那儿，对吧？"

表姐？顾词？

颜路清飞速转动大脑，原主的表妹、顾词……这是那个金起安喜欢的女配角！

没记错的话，这个女配角叫虞惜，是颜路清的远房表妹。金起安暗恋她，她单恋顾词。

虞惜在原著里是那种典型的小白花性格，生活里可能还有点茶茶的，按说应该人气不高，但鉴于她是原书里骂颜路清骂得最狠的女角色，并且真心喜欢顾词，也收获了不少书粉的喜爱。

可笑的是，颜路清曾经也对她骂颜路清的话表示过赞赏，转眼自己却成了这个被虞惜暗算的颜路清。

颜路清如果不是被搞得头破血流还说不了话，她真想大喊一句：我是你同盟啊！

"颜路清，你什么时候能知道你就是个精神病？"

开始了，她又开始了！

以"你是个精神病"为开头，以"你也配喜欢他"为主干，以"我求求你快去死吧"等"温暖祝福"为结尾，这就是虞惜辱骂颜路清必不可少的三件套。

颜路清可能比虞惜自己都熟悉。

颜路清这人很拎得清的一点是，她不会把这种明显针对原主的怨气揽到自己身上——但是二话不说直接撞了她的头，痛是她自己受着的，这必须得还手。

虞惜毕竟是女生，加上骂人分散注意力，力气很快就没最初那么扎实了。

颜路清嗓子蓄力，愣是说出了一句完整的话：

"对，顾词现在就是在我家，我明明白白告诉你了，我们现在住在同一屋檐下，你又能怎么样？"

虞惜一下子停住了所有的动作，颜路清抓住这刹那的机会，趁其不备快狠准地揪住她的头发发根，狠狠地薅下来一把头发！

颜路清在去厕所十多分钟未归后，顾词突然开口对大黑、小黑说："你们可以去后花园看看了。"

大黑不解："为什么？"

顾词靠在沙发上，一条一条地分析："我以前对这里还算熟悉，从大堂走到后花园上完厕所回来，最多五分钟，就算女生走得慢也不会超过七分钟。现在这个时间点，卫生间几乎不可能存在排队上厕所的情况，所以，有可能是后花园发生了什么。"

两人非要带着顾词一起走，怕他一个人看不见，留下不安全。

于是三人到达后花园的时候，大黑、小黑正好看见他们的颜小姐一脸血地揪住她表妹头发的场景。

那场面着实震撼。

颜路清的血没有一直淌，她稍微有点头晕但是不耽误走路。等到了车上，大黑用医药箱简单处理了一下颜路清脸上的血，一边处理一边感慨："您已经很久没见表妹了，每次见了都打不过，骂不过，还不如以后……"

颜路清斩钉截铁："不，这次是我赢了。"

小黑没有眼力见儿地在一边小声念叨："可是您出血了她没出，明明就是她赢了……"

说到这儿，一直沉默的顾词突然开口："你家小姐干什么了？"

小黑道："她把虞惜的头顶薅秃了。"

"……"

颜路清笑了笑："说了你们也不懂。"

在头顶的位置，连根失去这么一小把头发对于女孩子来说有多痛，你们男人永远不会懂。

……

这趟生日宴原本是圆满之旅，圆了颜路清做读者时候的一个梦。但她这一撞头属实是意外之灾，尽管是不算太严重的皮肉伤，医生说也得在床上躺几天。

颜路清也是从生日宴帮顾词拿回手机这事儿之后，才想起自己来到这里以来压根儿就没碰过手机。

于是回到家第二天一大早就问大黑要来了自己的命根子。

一台黑色的最新款小板砖。

颜路清刚拿到手的时候，莫名其妙听到了一股电流声。她当时吓了一跳，可随后却发现手指没有一点儿触电的感觉，连酥麻都没有，便又放下心来。

开机之后，她最想先看的是微信。

大眼一扫，却没找到熟悉的绿色标识。

这个手机屏幕上软件不多，只有两页桌面。颜路清又挨个软件看过去，最终视线定格在了第三排第一个——

那个鲜红色的 App。

颜路清实在没忍住，爆了粗口："小黑，我这微信图标怎么这样？"

大黑有事被叫到颜家本家去了，所以跟颜路清第二熟悉的小黑站岗。

小黑快步走到她床前，瞪大眼看："哪样了？"

颜路清愣了下，猛地抬头："你难道看不出来我这图标是红色的吗？"

难道这个世界的微信被设定成了红色图标？

颜路清内心的这个假设刚刚做出，就见身边的小黑突然皱着眉拨了通电话。

"喂，曲医生，您好。您之前让我们密切观察颜小姐，今天发现她出现了新症状，色盲。"

颜路清："……"

她捏了捏鼻梁，小黑还在那边絮絮叨叨的时候，颜路清硬着头皮点开了这个鲜红色的红到辣眼睛的微信。

它的内里竟然是正常的，跟颜路清所知道的那个微信一模一样。

……难道她真的成了色盲？

颜路清顺着对话列表往下翻，看到了两位熟人的名字。

金起安、虞惜。

她先是点进了跟金起安的对话框，而后发现两人之前的聊天记录已经被删掉了，是一片空白。

这人的头像……

等等！

这人的头像顶上，竟然一直有逼真的动态特效，在冒蓝色的泡泡。

她不会真的产生幻觉了吧？

颜路清在心里默念十遍"相信科学"，最后试探着点了一下那个泡泡——

屏幕上突然弹出了一个大大的蓝色框，里面写着一行框起来的字：

"虞惜怎么又问顾词，那小白脸有什么好的？老子不比他强？呸！"

"……"

颜路清的白眼差点儿翻得背过去。

他那么普通，却又那么自信。

所以……

这其实是金起安内心的想法？

实时的？

按理说，现在金少爷应该正躺在医院，一条腿打着石膏，哪儿也去不了，一回忆起自己的生日宴会就生不如死吧。

颜路清直截了当地打字给他发了条消息。

【YLQ】："你的腿好了吗？"

然后她开始等。

差不多过了三十秒，这条消息的最左边竟然显示了"已读"。

颜路清：……这不是浪国已经下线许久的功能吗？

显示了已读之后，那边又冒出了一团又一团鲜红色的泡泡，看起来争先恐后、十分着急。

颜路清连点了两下，屏幕上接连弹出两个鲜红色的框框：

"这个疯女人真是个精神病！"

"老子的腿绝对是你搞的吧？"

"……"还真是实时的。

那就说明，不发消息也可以看到对方此刻在想什么？

金手指。

哇！金色传说！

颜路清亢奋了，她现在唯一后悔的事情就是没早点要手机。

那这些泡泡的颜色又是什么意思？

颜路清退出跟金起安的对话框，转而进到跟虞惜的对话框。

两人的对话也跟金起安的对话框一样是完全空白的。等了一会儿，她看到虞惜的头像上冒出的是两种颜色的泡泡——蓝色和粉色，交叠在一起竟然还挺好看。

颜路清连点三下粉色泡泡，显示出三个粉色框：

"想见顾词。"

"想见顾词。"

"想见顾词。"

她又连点三下蓝色泡泡，显示出三个蓝色框：

"颜路清去死。"

"颜路清去死。"

"颜路清去死。"

颜路清："噗……"

要不要这么真实。

颜路清越看越兴奋，通讯录里没有其他眼熟的名字，她对着窗边站着的小黑招招手："小黑，来。"

小黑几步走过来："颜小姐。"

颜路清摆出自己的二维码，眼睛亮亮地盯着他："来，加个微信。"

小黑惊疑地睁大双眼："不、不行……我的合同上说由于我还不是私人保镖，不能跟颜小姐私下有任何联系，我不配！"

"？"这什么奇怪合同？颜路清无所谓地摆摆手，"你很高贵，我说你配你就配，快点扫我。"

颜路清加上满脸绝望的小黑之后，发现他头像上放的泡泡也相当密集，分为灰色和蓝色。

她首先点了三次灰色的——

"颜小姐疯了。"

"颜小姐疯了。"

"颜小姐疯了。"

而后又点了三次蓝色的——

"快发工资吧，撑不下去了。"

"快发工资吧，撑不下去了。"

"快发工资吧，撑不下去了。"

"……"真是毫不意外呢。

接下来一小时，颜路清又拿小黑做了好久的实验。

她说了很多话来刺激他，发现每个泡泡的颜色代表不一样的情绪，目前小黑身上出现过的最多的是蓝色和灰色。

颜路清一说那种带着点神经质的话，小黑就一脸惊恐，微信上就冒灰色泡泡显示"颜小姐病得到底有多重？""颜小姐吃人吗？""她好像想吃了我"等。

蓝色是后来转变的。

泡泡变成蓝色后，小黑的内心戏变成了"我活不了多久了吧……""想再见我妈一面"等。

根据语境来分析，灰色是恐惧，蓝色是悲伤，刚才金起安的鲜红色大概是生气。

但虞惜的粉色是什么？颜路清暂时没有猜出来。

颜路清满微信列表搜索，发现她的通讯录没有顾词，没有 guci，没有 GC，没有 gc，她搜遍了，怎么搜都没有。

她要去找顾词！她要加他为好友！她要看他的泡泡！立刻，马上！

于是她当即就下了床，在小黑极为惊恐的目光中说："我有点事，你想干点什么就干点什么吧。"颜路清想到刚才他可怜的内心戏，暗示道，"想家还能给你家人打个视频电话。"

然后颜路清又看见了他的泡泡。

灰色惊恐泡泡："她这是要我交代后事？"

蓝色悲伤泡泡："她终于要处理我了。"

颜路清："……"

这孩子脑容量不大，想得倒是复杂。

颜路清一边飞奔下楼，一边后悔她为什么没早点看手机，这么重要的"作案工具"现在才拿到手！

自从拥有这个身体以来，这绝对是她行走速度最快的一次。

——她要知道顾词的内心了。

——她终于不用再猜大佬的心思了。

进入书中的世界之后她才发现古时太监难当，天天揣测别人的想法，这可真不是一般人能干的事。

颜路清到了顾词房门前，"咚咚咚"敲了三下门。

里面传来一声"进"。

颜路清推门而入，正想开口直奔主题，却发现顾词正半躺在床上，一只手把玩手机，另一只手搭在一旁输液。

颜路清走到顾词床边，问道："你……这次是为什么输液？"

"因为不能进食。"

"……"

颜路清之前看这人能下床，能洗澡，能跟自己去宴会走动，还以为他好得七七八八了，只要平时调养着就行。

她只觉得既然自己替代了原主，那些原主带给他的伤害自然不会有了，那顾词应该就没什么大事。

颜路清来到这里的这几天，心知自己身体有多差——来之前的身体那叫一个身轻如燕，现在仿佛浑身上下绑着几十斤的沙袋，无论吃点什么、喝点什么都有点恶心。

但她还可以正常进食。

顾词严重到只能输液……那得多难受。

要金起安一条腿还算便宜他了。

正在心里咒骂着，顾词突然抬眼朝着她的方向看过来，那个表情和他刚来那天的大部分时间很像，表面看起来冷淡，但是多看一会儿他的眼睛，又会让人觉得很温和。

顾词说："找我有什么事？"

颜路清顿时想起自己的来意，眼睛"唰"的一下亮起来。

如果顾词能看得清，就会发现自己面前有双跟灯泡一样亮的大眼睛正直直地盯着他。

"顾词，我才发现我们都认识这么久了，我竟然还没有你的联系方式。"颜路清不等他开口表达任何想法，继续道，"正好你的手机昨天拿回来了，我们不如趁现在加个微信？"

如果只有前面一句，那不够劲儿，后面那句才是重点——顾词的手机是颜路清帮忙要回来的，所以这么一提，不管顾词认不认她这个朋友，不管他想不想加，这个微信，都加！定！了！

这话术实在是高超白莲，但此时此刻属于特殊情况，颜路清愿意奖励莲莲的自己一篇《爱莲说》。

果然。

顾词原本把玩手机的那只手停下，微微笑了笑，用面部解锁屏幕后把手机递给她。

"你自己加。"

颜路清捧着他的手机，就像捧着自己的未来。

第二章

在逃公主

7

颜路清拿着顾词的手机扫自己的二维码，顺利地让顾词添加自己为好友。

顾词的微信头像是黑白色调，昵称是"word"。

词，word。

"我加好了，也备注了我的名字。"颜路清把手机重新递到顾词手中。

然后她的眼睛便一眨不眨地盯着自己的屏幕——

和刚才跟金起安、虞惜他们的对话框一样，虽然顾词没有发过消息，但是他的头像会挂在左上角。

一秒。

两秒。

……

在心里默默数到5的时候，终于——顾词的这个黑白头像冒泡泡了！

顾词会想什么？大佬的内心世界是什么样的？顾词现在怎么看待她？他觉得她是个神经病吗？……这些是不是待会儿全都能知道了？

颜路清强忍内心喜悦不被顾词发现，咬着嘴唇控制住自己使呼吸平稳，仔细看了看那几个泡泡。

什么颜色都没有，泡泡是透明的。

大概是某种新的情绪？

颜路清点了一下，蹦出一个白色的框——

"。"

里面只出现了一个句号。

再点一下，还是只出现一个寂寞的句号。

颜路清：？

金手指刚出现就坏了？

颜路清又切回跟小黑的对话框看了看，那孩子头顶上还在不断地冒大量灰色、蓝色的泡泡，随便戳一个就是"我好后悔""我还没来得及尽孝"。

点到和金起安这弱智的对话框，还是在冒鲜红色的泡泡咒骂"疯女人""神经病"。

既然没有坏，那顾词的泡泡是什么情况？

颜路清又切回和顾词的聊天框。

她来回观察了大概半分钟，这个透明泡泡冒得很有规律，跟别人杂乱无章、争先恐后的那种泡泡不同，它是有固定两三秒的时间间隔的，看起来非常假。

而且不管怎么戳，都只有一个句号。

没想到激动了半天，她竟然只能读出大佬的句号。

颜路清的心情从云端跌落谷底，一时间都忘记这是在谁的房间，忍不住重重叹了口气。

顾词的声音随之传来："怎么了？"

颜路清憋屈腹诽：还能怎么了？我就想看看你在想什么，结果你就给我看句号。

但她嘴上却是另一副说辞："我在想……你什么时候才可以康复呢？"

颜路清抬头看着顾词，他大概是没有料到会听到这么一句回答，眨了一下眼，从这个角度看显得睫毛纤长分明。

不愧是她喜欢的纸片人，长得真叫一个绝。

颜路清继续问："你现在感觉怎么样？比刚到这里的时候好点了吗？"

字字句句，关怀切切。

顾词却突然听笑了。

少年仍然泛着苍白的唇弯成一个好看的弧度："你怎么会这么问？"他声音温和地说，"当然好多了，还得多谢你。"

"那就好那就好……"颜路清松了口气，进而想到今天派大黑出去办的事，语调都变得轻松起来，"对了，我让大黑去联系了一个外省非常有名的眼科医生，他应该这两天就能到了。"

言下之意就是他的眼睛有救了。

顾词当然听得出来，他还是那么笑着道谢，并且还回赠了颜路清一句关心："你的头怎么样了？"

本来颜路清从来到这里的第一天明确了自己的身份开始，目的就已经定好了。她要跟原主反着来，她要对顾词好，她要救他的命。

而能被大佬关怀，这可是两人关系更进一步的重要标志啊！

颜路清十分感动，原本以为这一趟下来金手指没用上，联系方式白加了，没想到收获了意外之喜。所以她最后离开得十分欢快。

看着门被重新关上，顾词慢慢把手机放到一旁，手掌心朝上。

从他的小臂，到手腕，一直到手指，整条胳膊都处于一种不受控制的肌肉自发的轻度痉挛中。

——因为疼痛。

顾词很熟悉这种感觉，因为不是第一次了。

从手指到小臂，每一处都像是有尖刀划开血管再剜掉皮肉那样的疼痛——都来自他来到这栋别墅的第一天被打入的带有致幻性质的成瘾药，每次发作持续的时间不确定，部位也不确定。

所以，刚才颜路清问比起刚到这里的时候感觉怎么样，顾词忍不住想笑。

顾词垂着眼，面无表情地感受着自己仍然在小幅度痉挛的手，脑海里迅速过了一遍短短几天内颜路清做过的事。

给他找医生、带他去宴会、要手机、断了金起安的腿。这中间频繁地、多次地对他示好——并且是在给他注射过这种东西之后。

或许她的保镖是对的，颜路清这次病得尤为分裂，又或许只是单纯地入戏太深。

但是都无所谓。

如果这次精神病想换个花样，那他也可以让她换个死法。

颜路清回到房间后，那个住在这里、随时应对原主身体状况的家庭医生来给她换了一次额头上的药。

颜路清第一天昏迷是这个医生给治的，顾词也是她给治的。这个女医生长的就是一张专业脸，看起来非常可靠。换药期间，她顺便向医生打听了一下顾词现在的情况。

但得到的结果却跟顾词说的不太一样。

医生说顾词输液多久要看他的胃恢复的具体情况，他被注射过的药也有很多副作用难以查明，只能慢慢排查调养。

而后医生又说到他的眼睛："他的眼睛也有伤，不属于我的治疗范围。我大概做过检查，是近期的人为破坏，但具体原因和病症我不能确定，您最好尽快找这方面的专业医生来。"

换完药，医生离开，颜路清捂着心口躺回了床上，一连嘀咕了好几句："顾词真是太惨了……"

"我都要被虐成他的妈妈粉了。这人怎么会这么惨……"

"玛利亚，顾词是谁？是家里的新客人吗？"可能是"顾词"这个词汇出现的频率过高，一旁的"人工智障"突然发出了询问。

颜路清想了想："算是吧。"

不仅是客人，还是个她想供起来的客人。

机器人又说："我的系统没有检测到'顾词'的相关信息，是否要为'顾词'取新代号？"

"好啊。"

颜路清也不知道自己怎么了，想到给顾词取外号，满脑子都是那些又美又惨的童话公主形象，便脱口而出道："公主词，睡美词，灰顾词，海的词词……你随便挑一个吧。"

然后她打开微信，戳开了顾词的个人信息，顺手给他改了个备注。

——"在逃公主"。

这个备注怎么看怎么顺眼。

颜路清也不满意自己的微信名："YLQ"，不知道的还以为是"娱乐圈"的缩写。

她想了想，改成了个跟顾词配套的。

——"在逃圣母"。

接下来的两天，颜路清为了测试金手指，加了别墅里许多人的微信，造成了别墅里人心惶惶的氛围感。

通过观察一定数量的例子，除了蓝色、灰色、红色，她又确定了两种颜色——黄色和粉色。

黄色代表高兴一类的感情。

粉色则有些复杂。一开始颜路清觉得像是"喜欢"，但后来发现，这是对某件事情抱有期盼的时候才会冒出的颜色——可能是喜欢什么，也可能是单纯许了个愿。

不过，她加了这么多人，都只出现过五种颜色，唯独顾词一人例外：他的泡泡没有颜色。

颜路清就算从清晨盯到日暮，一有空就打开跟顾词的对话框，他头顶的泡泡从头到尾也没有过一丁点儿颜色，内容也是亘古不变的句号。

直到两天后，眼科医生约定要来的那天。

那天一早，别墅里先是来了一位常驻新成员——大黑带回来了一个跟他一样打扮却没戴墨镜的人。颜路清坐在沙发上看着大黑对自己介绍那个男人："颜小姐，这是您家人那边安排过来的您的新私人保镖。"

"家人"一词让颜路清挑了挑眉。

原主是自己住的，要不是大黑这一说，颜路清简直要忘了原主还有家人。

新来的这人比大黑瘦，比大黑帅，长得斯斯文文。等大黑带人走了，小黑过来跟颜路清嚼舌根："我听说这位新来的大哥很出名。"

小黑自从发现颜路清并没有把他处理掉的打算，便又开始春光灿烂了。

颜路清："怎么出名的？"

小黑："他们都说他脾气特别好。"

这还能算什么出名的点？颜路清好奇："有多好？"

"他们说这位大哥打《王者荣耀》从来不生气。"

"……那不叫脾气好。"颜路清顿时对这位大哥肃然起敬，"打《王者荣耀》不生气的那是活菩萨。"

两人正胡侃的时候，那个颜路清花重金约的终于空出档期的外省眼科医生总算到了别墅。

他们来了一行人，为首的白大褂医生率先过来跟颜路清打招呼。他是个看起来很和蔼的中年"地中海"，眼睛眯起来问她："颜小姐是吧？我姓刘，叫我刘医生就好。"

他端详了一会儿颜路清，这姑娘浑身就数眼睛长得最出彩，外形漂亮倒是其次，重点是眼神，干净、透亮，看着还特别灵，鬼灵精怪的。

"您这眼睛看起来健康得很，出什么问题了？"

颜路清连忙摆摆手："刘医生，要治眼睛的是我朋友，我带您过去。"

说着，颜路清带着他和他的助手走到顾词房间门口。

治顾词的眼睛是颜路清从看书的时候就一直在想的事情，她着实期待了太久，以至于都忘了敲门。

她推开顾词的门，率先入目的是一片光裸的背——顾词站在床沿，衣服换到一半，恰好挂在形状漂亮的蝴蝶骨上方，在清晨里镀了一层光，凸显出过于清瘦又极具少年感的身材。

颜路清蒙了一下，动作先于大脑的反应，在顾词回头之前，正直而迅速地"砰"的一下关上了门。

因为颜路清走在刘医生一行人前面，所以刚才那个场面，应该只有她自己看到了。

这也太……

还没来得及吐槽什么，不过几秒钟的时间，门又从里面被拉开。

顾词的脸出现在众人视线内，他微微垂着眼，好像刚洗过脸，睫毛湿漉漉的，恰好对着颜路清的方向。

虽然知道他现在看不清，颜路清依旧万分尴尬地错开了他的视线。

"早，"顾词像是什么都没发生一样，语调带着笑，"什么事？"

颜路清微微侧过身："这是我之前跟你提过的眼科医生……"

她开了头，健谈的刘医生就跟顾词做了自我介绍。听明来意，顾词自然很配合地点了头，下面的一切检查都进行得顺理成章。

颜路清在一边的单人沙发上坐着，依然不忘自己近几天来最关注的事情——顾词的微信气泡。

但是遗憾的是，在这种关乎眼睛的重大事件过程中，他的内心依旧是毫无波澜起伏。

一小时后，刘医生的助手在写病历的时候，颜路清想凑过去看看到底是什么病，结果……奇奇怪怪的知识增加了。

——那诊断书上是一团马赛克，除了病人的名字，其余糊得什么字都看不见。

于是她又口头问医生顾词眼睛是怎么回事，医生张嘴跟她讲话，发出的声音却也打了码，变成了"哔——哔——"

他明明在说人话，看周围人也没有奇怪的反应，但颜路清就是听不到具体内容，这刘医生的嘴巴一开一合的活像个电报机。

颜路清："？"

她要出现痛苦面具了。

众人皆醒我独醉？还能这么玩？

医生完全不知道颜路清经历着怎样诡异的场景，见她一脸惊悚，以为她太担心，安抚道："您别担心，我接手过这样的病例，两到三个月就能恢复90%的视力，如果治疗得当还可能效果更好。"

这话颜路清倒是能听见了。

只有牵扯到病情的地方才会打码，之前在原主记忆里的那个药剂也打了码……

原书作者从来就没写过顾词的眼睛到底是被具体什么药给弄瞎的，也从来没在书里提过打的药剂的名称——难道只要没具体写的，都会变成刚才那个样子？

……无良作者只顾自己省事儿，有没有考虑过进入书中世界的人的感受啊！

在想明白这一点后，场面依旧很诡异。

毕竟除了跟顾词眼睛病情相关的学名，颜路清还是能够听到他们交流的。于是画面就变成了——

医生对着顾词道："这个'哔——'没有听上去那么可怕，本质是因为'哔——'造成的，属于'哔——'。幸亏你还年轻，恢复能力强，基本上是不会有什么后遗症的。"

好一幅世界名画。

顾词点头对医生说："好，谢谢您。"

刘医生笑呵呵地指颜路清："叫我过来的是那边那个姑娘，你得谢谢她才对。"

顾词朝着床的另一侧，颜路清站着的方向看了一眼。

他眉目舒展，笑容有点懒洋洋的感觉："嗯，我会好好谢谢她的。"

刘医生带着助手在定治疗方案。

颜路清趁机坐在了顾词的床边，手里捏着的手机屏幕依旧是跟他的聊天界面。

两人相对无言了一阵，颜路清咬咬牙，硬着头皮开口叫他："顾词。"

"嗯。"

"你刚刚不是说要好好谢谢我？"颜路清忍着尴尬问，"你要怎么好好谢谢我？"

这话说完，她立刻低头去看手机。

在逃公主头像上果然开始冒泡泡了！

颜路清立刻点下去——

"……"

对话框里，缓缓出现了一串省略号。

他这是无语了？

虽然不再是句号，但颜路清一点儿也开心不起来——这依旧是标点符号啊！

颜路清还真就跟他杠上了。

她不信这个邪，她非要把这位大佬刺激到显示出一句完整的话来。

"其实我也不是想让你谢我，"颜路清清了清嗓子，"我就是想听你讲一句话……"

"……什么话？"

"你就对我说一句——"颜路清凑到距离顾词身边十几厘米的位置，嘴唇冲着他的左耳，压低声音道，"'尔康！我的眼睛看不见了！'"

颜路清说完这句台词，明显感到顾词有那么一瞬间的呼吸凝滞。

与此同时，在逃公主的对话框冒出的泡泡终于变了色，变成了白色！颜路清喜出望外，立刻戳上去——

大大的对话框里画着一个大大的"？"

颜路清愣在那儿了。

颜路清本以为这次带了颜色，那总算能有文字了，没想到是个大写的问号。

而顾词也并没有复读她说的台词，甚至他的举动与两人之前的对话毫不相干。

顾词把自己的手机解开锁，递到她面前："帮我个忙，下载一个能听书的软件。"

"哦……好。"颜路清接过来，在软件商店随便搜了一个下载，顺便问道，"你要听什么书？我待会儿帮你加到书架里下载，方便你以后听。"

"那就麻烦你了。"顾词清晰地道出五个字，"《变态心理学》。"

颜路清手指一顿："……"

好家伙，搁这儿研究我呢。

8

颜路清这是第一次没有答应顾词的要求，也没有帮他的忙，听书App还没下载完就把手机还到了他手里。

她觉得自己被深深地内涵①到了。

原本与日俱增的"革命战友情"和颜路清单方面积攒的怜惜之情，被顾词这一出《变态心理学》给无情摧毁了。

颜路清决定单方面宣布两人的友情暂时破裂。

——但这个"暂时"只维持了一天半，就又恢复成了颜路清主动往顾词房间跑的状况。

那位以脾气好而著称的新保镖进入了别墅之后，第一次去找颜路清就把她吓了一跳。

当时颜路清刚拆了纱布，在床上津津有味地摆弄手机，有时候看看金大傻子无能狂怒的鲜红色泡泡，有时候在通讯录里找自己有印象的原书人物，观察他们的泡泡。

除了顾词那人例外，让人不爽，这个金手指简直太有意思了——因为它带着类似于情绪总结与归类的功能，所以颜路清觉得它比读心术还要好。

新保镖敲门进来的时候，颜路清看了他一眼，脑中立刻想起那天小黑说的"这大哥打《王者荣耀》从来不生气"一事："啊，你是那个'活菩萨'。"

新保镖："？"

"没事儿，我随口一说，"颜路清摆摆手，"你来找我做什么？有

---

① 网络用语，指含沙射影，影射某人。

事情直接告诉大小黑就好了。"

活菩萨手里还端着东西，走到她床边说了一大串话："颜小姐，我询问了您的家庭医生和心理医生，得知前段时间您有突然晕倒的现象，前几天跟人起了冲突，磕破了头，因为担心您的身体承受不住副作用，所以医生暂时停了您的精神类药物。但经过您的两个保镖反映，您的心理问题似乎变得更严重了……"

活菩萨此处又复述了一遍颜路清被大黑告状"分裂实锤"和被小黑告状"色盲实锤"的事，花了足足三分钟，最后才总结道："总而言之，从今天开始，您该恢复吃药了。"

颜路清听完第一反应：这人怎么跟唐僧一样能说？

而且他的语调也不疾不徐，很像唐僧那种听起来似乎循循善诱，但一细听久了便令人抓狂的风格。

第二反应——

等等，精神类药物？

治身体就算了，这种东西绝对不能瞎吃吧！

颜路清内心活动丰富，外表看上去稀松平常。她装作很淡定地指挥："你把药先放那边吧，我一会儿吃。"

菩萨依言照做。

但放在一边之后，他并没有离开。

"……你站在我房间干什么？"

"我看着您吃完再走。"

颜路清："有人在，我吃不下。"

面对熊孩子一样的拒绝，菩萨的情绪没有一丝变动，摆着笑脸说："是您父母派我来的，他们很担心您的心理状况，所以请您……"

颜路清直接打断道："他们担心，那你就让他们来看着我吃。"

最后菩萨无言以对，走了。颜路清立刻起身把那一把花花绿绿的药包起来冲进了厕所。

虽然"有病百度，癌症起步"，但颜路清仍然对一件事感到困惑——

她这些天没有觉得大脑和心理有任何异常，虽然她来到了书中构造的世界，也看到了很多匪夷所思的场景，但她从没有怀疑过这一切的真实性。

颜路清知道自己的首要任务就是活着，而且是清醒地活着，所以她不可能吃那些药。

但是……

如果长时间使用一个精神病的身体，她会被影响吗？

这样的问题在网上是不可能搜到答案的。

问顾词？她和顾词在冷战。问大小黑那更是不可能——他们俩只会跟她的心理医生告状。

于是颜路清摸到了一个据说是国内最活跃的论坛，选择了生活百科板块，万分紧张地进去以游客身份发了个帖——

主题：李涛，正常人 A 的灵魂进入了精神病 B 的身体里，（注：A 的灵魂是正常的！）那此时有着 A 的灵魂的 B 应该不是精神病吧？

"李涛"就是"理性讨论"的简称。

打完之后，颜路清信心满满地刷新——

1L：？请精神病患者不要上网，谢谢。

2L：@* 京精神科主任 @B 市精神疾病管控中心。

3L：别告诉我你是 A？如果你觉得自己是 A，那你去搜一下妄想症的定义吧，挺符合你的。

颜路清："……"

气抖冷，她对这个无情的世界太失望了。

果然网络什么的是靠不住的。

还是低下高贵的头颅，去找顾词和好吧。

五分钟后，颜路清下楼穿过长长的走廊，站在了顾词房间门口。

抬手敲了三下门，里面却没有人应答。

顾词现在应该在天天敷眼睛泡药水，绝对整日都在房间里，怎么会没声？除非是他还不想和好——

颜路清正想到这儿，面前的门却突然从里面打开了。

顾词额前的头发不太平整，露出光洁的额头。他的眼周略微发红，好看得别具一番风味。看了她几秒，顾词侧身让了一下："进来。"

"公主词"虽然没有应答，但是却亲自下床给她开了门。

颜路清彻底原谅了"她"，并在内心告诉自己：因为阴阳话术而单方面和顾词的冷战行为到此为止了。

这一天半里虽然在冷战，但是颜路清还是让大小黑实时播报了顾词的最新情况。现在，她在顾词的房间里亲眼看了一次他敷眼睛泡药水的全过程。

顾词本身皮肤就白，脸上带一点颜色就会格外明显，用特殊工具泡完药水又敷在了一个仪器里头，出来后，他眼睛周围的皮肤变得通红，眼睛里还有不少血丝。

怎么看都让人觉得应该是挺疼的，可是他不管表情还是举止，都没有一丁点表现出"疼"的迹象。

还是那么云淡风轻，游刃有余。

颜路清突然想起，自己在刚才被新保镖找上门来的时候发现了一件事。

她好像会在感受到事情不对劲的时候，非常迅速地先想到求助顾词，然后才会想到大黑、小黑。

她当时很奇怪，来到这里以来，顾词似乎并没有做过任何保护她的举动，扮演保护角色的明明是忠心耿耿的大小黑——为什么顾词的名字会第一个出现在她的脑海里呢？

似乎就是现在这种特殊的仿佛能掌控一切的气质，才让人非常有想要依靠的冲动。

啧，这难道就是在逃公主的魅力吗？

接下来，颜路清看着顾词在护士的帮助下完成一系列的治疗，又戴上了特制眼镜——这特制眼镜是那位刘医生以前做出来的，正好派上用场。

眼镜的原理依旧对颜路清打码。她只知道这副带治疗功效的眼镜竟然是金边框的，镜片薄，边角还相当有切割感，着实貌美过了头。

顾词的鼻梁架上它之后，整个人的气质都发生了微妙的变化，有种说不出的清冷感，又添了几分书卷气。

"我想问你一个问题。"颜路清坐在他身边，说，"是我在逛论坛的时候随手刷到的一个帖子。"而后她把自己发的帖子给顾词重复了一遍，"顾词，你觉得在这个情况下，A 是精神病吗？"

顾词的视线定在她身上几秒，反问："A 觉得自己是吗？"

颜路清一愣："什么？"

"这里给的假设是 A 的灵魂进入了精神病 B 的身体，问 A 是不是精神病，"顾词很有耐心地复述了一遍，透过镜片和她对视，"很简单，重点在于，A 觉得自己是吗？"

颜路清："……不是。"

顾词看着她："那么 A 就不是。"

"……"

大师，我悟了。

颜路清心里刚生出来的那个疙瘩一瞬间就消失了。

虽然她知道自己也就是胡乱想想，过几天也许就忘了，不可能疑神疑鬼到真觉得自己会有病，但是她依旧想说——

公主词，永远滴神。

顾词的眼睛在接下来几天的恢复情况很好，戴着眼镜的时候可以达到接近正常水平 40% 的视力，差不多能看到一个重度近视加重度散光的人所看到的世界。

这周末是小黑的生日，顾词从最初只能输液到只能吃流食，终于到了小黑生日这天，医生说他可以开始正常进食了。

"我刚刚问过医生，她说你现在除了太油腻的都可以吃一点。"颜路清从楼上下来，有些兴奋地跟顾词转述，"你有什么想吃的吗？可以让厨房阿姨去做。"

顾词好像对吃的没有太大的兴趣，靠在沙发上懒洋洋地说："都可以。"

在两人身旁站着的小黑大声、反复强调："颜小姐，是我的生日。"

颜路清接过话头："是啊，你没想到吧？我竟然会给你过生日。"

"……"

说完小黑就没声了。颜路清看了看微信，果然，小黑满头都是蓝色泡泡：

"颜小姐好偏心、好偏心、好偏心、好偏心、好偏心……"

"为什么不问我？我想吃宫保鸡丁、麻辣小龙虾、麻婆豆腐、红烧狮子头……"

颜路清就这么看着小黑在怨念中点了二十几道菜。她挑了十道让厨房去做了——晚上小黑看到桌子上摆着的菜，眼睛都直了。

今天是小黑的生日，也是颜路清来到这个世界十来天的第一个有庆祝意义的日子，自然得有酒。

颜路清是一个非常爱喝酒的人，原来身体健康的时候，关系相熟的一起吃过饭的同学都知道她千杯不醉——虽然没有喝过千杯，但她确实从没醉过。

这栋别墅是有地下一层酒窖的，里面摆着无数好酒，却被当作装饰品。颜路清知道后心疼得不行，赶紧指使大黑开了几瓶好酒。

小黑最先醉倒，也不知道是酒放的时间太长了还是怎样，没多久，满桌子的人都醉得七七八八。

颜路清和顾词作为这里面身体第二差和第一差的人，被医生勒令不能喝酒。但她趁着所有人都醉了之后，偷着尝了几口。

几口不过瘾，再来几口。

顾词忍了一晚上的喧闹，起身要去洗澡的时候，身侧突然贴过来一团热热的触感。

他低头，看见颜路清把半张脸都贴在了他的胳膊上，看不清表情，只听到她说："啊——太舒服了，好凉快。"

顾词眉梢微动，最终还是反手把她从椅子上拎了起来。

"你喝了多少？"

颜路清用食指和小手指比画："我就喝了一点点。"

顾词轻嗤。

嗯，亿点点。

颜路清的意识时而清醒时而模糊，她感觉顾词在把她往洗手间带，他打开了水龙头，把她的手放进了水池。

意思应该是让她自己清醒清醒。

颜路清倒也想，她现在是真的有点儿难受了。

"我头好疼啊……"颜路清洗了把脸，清醒了不少。她揉了揉太阳穴，"顾词，你能不能帮我拿点醒酒药？"

他沉默了好几秒，转身出去，又很快回来。

灯光下，颜路清看到顾词伸手，手掌上躺着几粒药丸。

如果是别人，颜路清一定不会做这样的要求。

但是顾词拿来后，她连颜色是什么都没看清，也没问顾词去哪儿找的醒酒药，更没怀疑他为什么找得这么快，就一把抓过来吞进了嘴里。

谁知刚挨到舌头，她的下巴突然被钳住——顾词一手抓住她的脸，一手把她的背往下压。

"吐出来。"

颜路清脑子蒙蒙的，那几颗药本来就没吞下去，她刚低头就掉进了洗手池里，顺着水流不见了踪影。

而顾词的手依旧掐着她的脸颊和下巴。

他的手指很凉，很用力，她的脸被酒气熏得滚烫，冰火交融的感觉让颜路清控制不住地打了几个哆嗦。

再次被迫抬头，颜路清背靠墙壁，看到顾词慢慢凑近的脸，那双眼睛在镜片后面更显深邃。

"谁给的药你都敢吃？"顾词勾了勾唇，有种温和地教育人的意味，也有一股莫名的狠戾，"你到底是怎么活到现在的？"

9

最近一周，颜路清自从问过那个"正常人 A 变成精神病 B"的问题之后，便开始每天按时去顾词所在的房间报到。她大概以为自己藏得很好，以为自己神不知鬼不觉，以为顾词还是一个视力相当差的人……

所以不会察觉她用他房间的厕所冲药的事情。

顾词听到过很多次，她的几个保镖怀疑"颜小姐"突然停了自己的药，但是又都没办法。

也听到过很多次那个被叫作小黑的青年说，觉得颜小姐虽然有病但真的很好，又被大黑教育，她现在确实好，但不能指望她一直好。

性情大变是可以演、可以装的。

但一个重度精神病患者不吃药会怎么样？

结果因人而异，但不论会怎么样，都不可能是颜路清这样。

——正常的生活、作息、行动，像没事人一样调侃其他人。拿自己是精神病开玩笑，言行虽然偶尔出格，但没有病态表现。

她戒心极强，强到不在自己的房间，跑到他的房间冲药。

却又毫无防备地吞他给的药。

从这一刻起，顾词再没办法用"演"来定义这个人的行为。

以前由于体质问题，颜路清没体验过喝醉的感觉。所以她对于现在所经历的一切感受都相当陌生，她觉得自己的大脑很难集中注意力，最强烈、最直接的就只剩下潜意识。

而她潜意识里没有觉得自己刚才的行为有任何问题。

她觉得自己的脸太热了，顾词的手给她贴贴竟然很舒服；她觉得他凑近了看她的样子真好看，不愧是她爱的纸片人；她还觉得这副眼镜简直不该是治疗眼镜，应该当作装饰眼镜出道，然后请顾词去当模特代言，必火。

她的思维跳来跳去，甚至还觉得……顾词说的那番话、那场景，蛮像爸爸在正儿八经地教育女儿，很像老父亲。

只不过他这动作特别不像老父亲。

很有侵略性，很帅，很让人腿软。

颜路清被自己喝醉后跳跃得仿佛蹦蹦床一样的脑回路搞得特别想笑，但是她的脸被禁锢在了他的手指间，笑不出来。

"欸，你干吗掐我脸掐得这么紧啊……"

可能因为半醉不醉，颜路清说出的话明明是正常字句，听起来竟然跟撒娇似的。

少女的声线沾了酒气变得很软，她说话时带出的气息也喷在顾词手指间的皮肤上。其实那热度充其量只有一点点，但却莫名烫人。

顾词的手指松了松。

颜路清趁机活动了下面部肌肉，在他手里摆出了一个花一样的笑脸："顾词，你知道吗，你刚才特别像爸爸在教训女儿不可以随便相信坏人，噗，哈哈哈哈……"

"再问你一次。"顾词完全没有搭理她的逗趣，也没有了刚才说话时带着的情绪，很冷淡地看着她，"谁给的药你都敢吃，是不是？"

"当然不！"颜路清秒答，"大黑、小黑、黑菩萨给的，我全都没吃。"

"黑菩萨"是她给那个新来的话痨保镖取的新外号。

顾词松开了手，解放了颜路清的脸。他面无表情地点点头："那刚才怎么回事？"

颜路清纳闷："……刚才他们三个又没让我吃药，我吃的不是你给的吗？"

"……"

顾词盯着她，像是在盯着一个傻子。

颜路清终于反应过来："哦——你是想问，为什么我会吃你给的药？"她问完又立刻语调轻快地回答，"当然是因为我相信你呀。"

"……"

相信。

什么样的人，会把"相信"这个词说得这么轻易？

颜路清虽然脑子不算特别清醒，但是她觉得他读出了顾词的眼神——我们很熟？

确实不熟，也确实相信。

看他一直不说话，颜路清又开始打趣："怎么，你这么纠结这个干吗……难道你刚才是准备要毒死我？"

顾词还是淡淡地看着她，冷静得仿佛刚才压着她要她把药吐出来的人不是他一样。

他扯了扯唇角，似笑非笑："那你觉得，我为什么让你吐出来？"

颜路清没有回答这个反问。

她说了一件跟现在完全无关的事情："我看起来可能不算多聪明、多精明的人，但是自从我长大懂事之后，看人就没有走眼过。"

顾词眉梢微挑："所以？"

"所以，你要不要跟我打赌？"

"赌什么？"

想想第一天来到这里的时候，颜路清连对他示好都是小心翼翼、胆战心惊的。这才多久呢，她竟然都这么带着挑衅地跟顾词说话了。

这是不是也算"在太岁头上动土"？

"我拿大黑、小黑跟你赌。"颜路清看着"太岁"在灯光下愈发惊艳的脸，看着他日渐恢复的眼睛，"就赌……你刚才拿过来让我吃又让我吐掉的，是吃不吃都对我没影响的药。"

这话落地，浴室的这一角陷入了长久的沉默。

不知道是不是被她这句话的前半段给无语到了，过了大约半分钟后，顾词的脸上终于有了点表情——那些若有若无的锋利都化开变软，仿佛雪后初霁。

他又回到了平时的样子。

顾词一边微微笑一边拉开了旁边的门，说的话也是他擅长的那种很温和的阴阳怪气："那两个人，你还是自己收好吧。"

他没有回应赌还是不赌，并且接下来颜路清再怎么逗他说话，顾词都不为所动。

他单手提着她的胳膊，带着她上了楼，也算是"送"她到了房门口。

顾词转身要走的时候，颜路清突然忍不住叫住他。

"顾词。"

他停住脚步，侧过身看着她。

颜路清手扶着门框旁，脸上没有了一向嬉笑的神态。

"说出来你可能不信，可能会觉得奇怪，但是……"她深深吸了一口气，又仿佛压抑很久那样再次呼出来，"但我还是想说。"

颜路清的眼睛水润润的，平时和人认真对视的时候，总给人一种感觉，仿佛透过这双眼睛，能看到一个没有压抑在这副躯壳下的、格外灵动的灵魂。

顾词看着她很认真地望着自己，一字一顿地说："如果我连你都没法相信的话，那我现在的生活真的很没有意义。"

说完，她又笑了笑。

"顾词，晚安。"

次日一早。

颜路清是在仿佛叫魂一样的机械女声里醒过来的。

"玛利亚，玛利亚，玛利亚起床了……玛利亚，数据显示再过半小时你就会错过醉酒后的最佳就餐时机，你的胃病将会有 90% 的概率今天复发……"

颜路清烦得要死，一下子坐起来对着机器人道："要不是玛利亚这个代号提醒着我要善良，你现在就是一团废铁，知道吗？"

虽然烦它，但它说得也确实没错。颜路清现在不光脑袋疼，胃也难受。

以前健康的身体喝个酒哪会遭这种罪？一边吐槽，颜路清一边扶着脑袋下床，洗漱完毕后，迅速叫人送来了养胃粥和醒酒汤。

她一边喝一边出神，昨晚的经历就一幕幕地浮现在自己面前。

到了最后在房间门前的一幕，到了她自己对顾词说什么没有意义的时候，她终于忍不了，直接把勺子摔在碗里——

为什么喝醉后的女人那么多愁善感？

为什么！那话说得仿佛在跟他告白一样啊啊啊啊啊啊啊！

颜路清要尴尬死了。

都不用顾词抠，她已经给自己用脚趾抠出了秦始皇陵兵马俑外加芭比梦幻城堡。

她简直不敢想听到这话的顾词是什么反应。

颜路清在床上翻来覆去、滚来滚去的间隙里，突然听到了机器人身上传来断断续续的电流声。

她吓了一跳，但当她定睛去看的时候，房间内又再次恢复了安静。

颜路清正打算叫大黑过来看看时，房间门被轻轻敲了三下，进来的正是大黑。

他脚步有些急，走到她的床边道："颜小姐，颜风鸣先生的车停在院子里，他说要接您去本家吃饭。"顿了顿，大概是想起她现在的状况，大黑加了一句，"颜风鸣是您大哥，颜家长子。"

颜风鸣？

这个名字也是没有在原书出现过的。

她来到这个世界这么久以来，终于有一个上门联系的家人了，能万人嫌到这个地步也是真不容易。

颜路清感慨了一番，下床开始收拾换衣服。

既然人都已经在外面等着了，那肯定没法拒绝，况且——

她恰好不知道该怎么面对顾词，这个大哥可真是及时雨。

临出门前，颜路清想起刚才机器人像是故障一样的表现，回头嘱咐大小黑两个"门神"："对了，我房间里的那个机器人好像出了点问题，有电流声，你俩记得找人给看看。"

而后转身走向了院子里停着的白色跑车。

在她身后的大黑、小黑齐齐愣住。

眼看着白色跑车绝尘而去，小黑语气哆哆嗦嗦地问："哥，颜……

颜小姐房间里……什、什么时候有过机器人？"

大黑语气比他坚定一点点，但也只有一点点："……别多想，有可能是什么玩具呢。"

说着，却又不得不掏出了手机，翻到了心理医生的号码。

颜路清不知道自己一句无意间的话又吓坏了家里的两个"孩子"，她现在满心满眼都是疑惑。

这个叫颜风鸣的大哥，是个话相当少的人设。

她刚上车的时候叫了他一声"大哥"，颜风鸣回了个"嗯"，之后便沉默开车。

等颜路清又试探着问为什么突然来接自己去本家吃饭时，颜风鸣竟然回："爸妈让我来的。"

不知道该说是高冷，还是该说兄妹关系差。

一路上，颜路清又随便找话题和他对话，比如询问家里来的新保镖为什么会从本家到她的别墅，比如分享自己新招了一个武力值超高的小保镖——是她理解的家人之间的谈话。

但是颜风鸣却突然岔开话题问她："听虞惜说，顾词在你那儿？"

颜路清愣了一下，点头说："在。"

原主在书里瞒着所有人，是因为她变态，她要把顾词关起来。

颜路清又不是，她没有必要瞒着。

颜风鸣似乎对她的干脆回应感到有些诧异。他转头看了她一眼，才又直视前方，语气终于带了点变化，仿佛是压抑的怒气："好，待会儿你自己跟爸妈解释。"

颜路清："……"

这男人我看不透了。

这个城市的红绿灯时间相当长，遇到一个三百秒的红灯，跑车缓缓停下，颜路清总算找到了机会。

她掏出手机，动作熟练地打开自己的二维码：

"大哥，我发现我还没有你的微信。"

于是就这么加上了颜风鸣。

颜路清迅速进到二人的对话框，盯着颜风鸣的头像。五秒钟后，她看到从他的头像上源源不断地冒出大量的蓝色泡泡。

好家伙，泡泡还挺多！

果然外表冷淡的人不代表内心没想法，这微信加得真是对了。

颜路清开始点那些蓝色泡泡，她倒要看看这个大哥此时此刻心里在伤感些什么——

"她今天太反常了。"

"颜路清这么高兴的时候，准没有好事。"

"她做了什么？"

"她该不会……已经把顾词……了？"

颜路清：？

你这么沉默就是在想这个？

10

颜路清被大哥的内心世界深深震撼到的时候，没多久，经过红绿灯就进入了人烟稀少的别墅区，跑车也缓缓停下。

颜路清见到了所谓的颜家"本家"。通体白色的独栋别墅，目测占地面积是她那栋的两三倍。别墅院内有假山，有假泉，还有个花园，花园里面竟然还有秋千等不少适合儿童玩的设施。

颜风鸣一言不发地把颜路清放下就去停车了，颜路清自己走到门口，便见到有打扮像管家的人对她微微躬身，带着她进门。

"先生在楼上书房等着您。"

所谓"先生"就是原主的爹吧。

颜路清点头："我知道了，谢谢。"

然后这个管家就倒退着走到了一边。

颜路清站在原地没动。管家看着她，她也看着管家。

"？"管家用眼神发送给她一个问号。

"？"颜路清也用眼神反弹回去一个问号，"书房在哪儿？麻烦带下路。"

管家："……"

管家虽然没有说什么，但是颜路清估计如果加上他的微信，一定能看到"大小姐好能作妖，不愧是精神病"的泡泡。

看着周遭完完全全陌生的一切、陌生的脸，颜路清莫名生出一股惆怅。

这才刚出门没多久，她就好想念别墅里那群人啊。

虽然过于耿直但大部分时候靠得住的大黑，虽然脑子缺了不止一根筋却指哪儿打哪儿的小黑，就算魔音贯耳的黑菩萨也勉强可以想一下。

还有……顾词。

只要他在旁边就好像可以睡大觉的顾词，虽然经历和长相非常像个公主，但是性格却相当神秘的公主词。

颜路清跟在管家身后上楼，暗暗把别墅里的人都怀念了一遍的工夫，也到了书房门口。

雕花精美的木质门半开，一眼能望到里面坐着的中年男人，他身边还靠着一个貌美妇人。这画面简单概括就是有钱家主和他的漂亮老婆。

颜路清本以为在这样的家庭，一家之主应该很威严才对，但这位一家之主一见到颜路清却立刻露出了个笑脸，示意她坐到漂亮老婆旁边："这次为什么接你过来，你大哥跟你说了吧？"

语气还挺温柔。

颜路清坐过去，斟酌了一下才说："他只是让我来跟你们解释关于顾词的事。"随后，她脑子里又冒出了那个大哥的腹诽，生怕这个爹也和儿子一样想象力丰富，于是干脆直接摊牌，"顾词确实在我那儿。"

之后，颜路清把她是如何从金起安那里把人带回来的，顾词当时有多惨多惨添油加醋地说了一遍。眼见着乐呵呵的男人脸都黑了，漂亮老婆也面色很差，颜路清又对比着金起安歌颂了一番自己对顾词做了什么。

"……总之，如果是因为担心顾词的事情，你们可以放心，我和他现在是关系很好的朋友。"

颜父的脸色这才缓和，笑了笑："这点刚才你大哥到家之前，我和你妈妈已经问过你那边的人。"

颜路清瞬间懂了。

怪不得大哥冷着脸，爹妈却这么和颜悦色。

颜父又道："这次叫你来，是因为我一直在查的顾词父母的事情有着落了。我们暂时不能跟顾词有接触，怕他受牵连，所以……"

他似乎还想说下去，漂亮老婆突然柔声打断他："你们两个孩子没必要知道太多，你只要明白，他现在还不能回他家——至少要两到三个月后才安全。"

颜路清懂了。

第一，原主父母跟原书写的一样，跟顾词父母确实是好友。

第二，顾词现在在她那里反而更安全。

谈话结束后，夫妇俩几乎同时陷入沉默，重点隐隐约约就转移到了她的身上。

其实从开始到现在，颜路清都能明显感受到二人对她的那种带着点观察和试探的眼神——这应该是颜路清来到这个世界以来，感受过的最多的视线类型。

他们在担心这个女儿，所以一边对话，一边观察她的神情举止和精神状况。

颜母一双漂亮的眼睛看着她，满是担忧："对了清清，我听人说……你最近不按时吃药？再跟人闹脾气也不能拿病开玩笑啊。"

听到这声"清清"，颜路清有一瞬间的怔愣。

她没有见过真正意义上有血缘关系的家人，从有记忆开始就在孤儿院，最亲近的人是院长和院长夫人。

颜路清的小名叫轻轻。据说因为她小时候长得肉嘟嘟的，是当时同龄人里体重最重的小朋友，院长便打趣给她取了谐音小名，希望她别再长胖，于是叫"轻轻"。

尽管知道是不一样的字，此时此刻，她还是莫名有些怀念。

"……谁跟您说的我没吃药？我没吃，那些药是谁替我吃的？"颜路清露出一个笑脸，安抚这位小心翼翼地表达关心的母亲，"而且，我现在难道不比以前的状态好吗？"

颜母观察了这么久，看出她状态确实好，几乎没了以前阴气沉沉的感觉。眼神灵动，人好看了太多。

于是她没再说什么，拍了拍颜路清的手说："那你一定要记得按时看医生。"

接下来的时间里，颜父颜母依旧总是用那种欲言又止的表情看着颜路清。皱眉关心，似乎又怕刺激到她什么，说话总是只说半句，搞得颜路清心累得不行。

在书房这么枯坐煎熬了好久，才终于等到午饭时间。坐上餐桌前，颜母对颜路清说："你二哥出门了，今天就咱们四个吃。"

她表面淡定点头，却心道：哦，我还有个二哥。

颜路清昨晚才喝了酒，胃口相当一般。再加上面对着餐桌上一句话也不说却满脸写着"我有话想说"的三人，胃口就更一般了。

她吃了差不多五分饱就放下了筷子，而后用手指敲了敲手边的杯子边，一点小声音就把满桌人的视线吸引了过来。

颜路清说："我突然有了个小心愿，不知道能不能在今天实现。"

大哥一脸冷冰冰的无语，颜母眼神有些微变化，还是温柔的颜父询问："什么心愿？"

颜路清："咱们……要不建一个家庭群？"

——不然我过家庭副本也太累了吧。

……

颜路清吃完午饭就离开了颜家。在颜父颜母的要求下，送她的不是司机，依旧是颜风鸣，尽管他一脸的"我不愿意"。

颜路清不想在乎他愿不愿意，也不想费心费力讨好他、和他搭话，坐在车上便开始看颜父颜母头像上的泡泡。

她觉得自己简直是个天才——建家庭群真的很方便，不用有好友也可以看到泡泡。

只不过……那些泡泡不是蓝色的就是灰色的。

颜父的灰色泡泡："为什么她今天表现得这么正常？跟她的心理医生说的完全相反……我必须得再去打个电话。"

颜路清：？

颜母的蓝色泡泡："怎么才能让清清去学校读书呢？"

原本刚经历完高考的颜路清："？大可不必。"

大哥的红色泡泡："爸妈脑子是纸糊的吗？这么好骗？"

大哥的红色泡泡 ×2："我不信她和顾词什么也没发生。"

颜路清："……"

这些泡泡戳的次数多了就会开始重复同样的内容，经过颜路清之前在自己别墅里的实验，每次看了三四条之后，都得等过一段时间才会再次刷新实时泡泡内容。

等内容开始重复之后，颜路清就没再看手机。

跟颜风鸣道别，颜路清总算回到了自己的别墅。她快步走到大门前，一眼就看到了两个熟悉的黑门神候在门口。

才半天没见，她看着这两个玩意儿竟然比白天走的时候讨喜了不止一点半点。

然而两个讨喜的玩意儿并没有给她带来讨喜的消息——

颜路清到家一换完鞋，就听见成熟稳重的大黑在自己身边说："颜小姐……您看，您今天下午要不要见一下曲医生？"

"？"她不敢置信地回过头，"你说什么？"

两兄弟对视一眼，而后小黑一边结巴一边说："因、因为我们把您房间翻了个遍，也、也真的没看到什么机器人。"

颜路清反锁了房间门，坐在自己房间的地板上，看着那个平时会叫自己"玛利亚"的人工智障。

它从刚才她回房间开始，就一直没停下电流的"刺啦刺啦"声——这么诡异的事情，颜路清竟然一点儿都不害怕。

她想了想，大概是因为到目前为止还没有任何一件事能比她变成了一个精神病更诡异。

仔细回忆一下，这个机器人确实从来没存在过别墅众人的口中。

她的房间有医生进来，有大黑、小黑、黑菩萨进来，有送饭的阿姨进来，但是好像所有的人都把这个机器人当作空气。

颜路清一直以为他们是习以为常，所以从来不对机器人表现出特殊反应，就连初始代号没设置这件事，她都没觉得有什么异样之处。

现在想来，这玩意儿大概是伴随着她来到这个世界出现的。

那就只有一个可能了——

"修复完成，正在重新启动——"

机械女声说完这句话后，颜路清眼看着这个机器人在自己面前缩小再缩小，最后化为了一个像是摄像头形态的物体，在空中悬着。

颜路清：……真是活得久了什么场面都能见到。

她看着摄像头正对着自己，一道比机械女声自然许多倍的人声传到耳边：

"进入书中世界的玛利亚，你好呀，我是你本次来到这里所绑定的系统10902，现已激活，是否需要重新命名？"

"是。"颜路清看着它，说，"你就叫玛卡巴卡。"

玛卡巴卡欣然接受了这个名字，接着道："请选择你喜欢的声音：萝莉音，御姐音，少女音，少御音。"

"少御音。"颜路清选完了后，突然想到自己那个金手指，"所以……我的红微信也是你搞的？"

"是系统赠送的，没错！"已经变成少御音的玛卡巴卡说起这个来似乎很兴奋，"玛利亚的宿主真的非常非常幸运，因为这个金手指是罕见的可升级的金手指——"

听到这儿，颜路清顿时来了精神："怎么升级？"

玛卡巴卡的声音突然停顿了一下："啊，我检查才发现，其实，它已经升级过两次了……"

颜路清一愣："啊？什么时候？"

"因为自从你来到这里以来，你身边的人感受到了非常多的……惊悚？害怕？以及难过等情绪，当然也有愤怒，只是没对你直接表现出来。"

"有人对你产生怎样的情绪，你就会升级对应的情绪。"玛卡巴卡说，"所以你应该发现灰色和蓝色、红色泡泡明显多于另外两种颜色，这并不是因为他们没有正面情绪，而是没得到升级，所以读不到。"

颜路清："……"小黑功不可没，惊悚、害怕这俩情绪他一个人得占一半。

怪不得她基本上读不出来什么正面的想法，黄色和粉色泡泡寥寥无几。

"所以我会读到重复的心理，也是因为没升级？"

"没错。"

"要让别人对我产生情绪……"颜路清默念了几遍这句话。

"是呀！比如你去做善事，当志愿者，就会收获许多正面情绪……"玛卡巴卡滔滔不绝地讲解。

听它的意思是想让她出去升级，找人，做事情，收获情绪。

可她很想升级是真的，不想动弹也是真的。

颜路清思索片刻，突然说："那如果我在网上发了什么东西，人们对我发的内容产生情绪，这算吗？"

玛卡巴卡沉默了足足五秒钟，迟疑道："理论上好像算……不过没有人这么干过，我劝你还是……"

"那试试不就知道了？"

颜路清当即下载了著名的抖某短视频软件，改了跟微信同名"在逃圣母"的ID，开始尝试活跃于各个火爆视频评论区。

刷到符合自己审美的美女——

在逃圣母："你们自己没老婆吗？为什么看我老婆？"

刷到很火的视频底下的神评——

在逃圣母："书店没有您的著作我就把它砸了，我做得对吗？"

刷到某知名热血动漫的烂尾续集——

在逃圣母："我奶奶刷牙不比这个燃？"

她除了活跃在这些评论区，还去热门评论里掐杠精。

在养猫人喂自家猫吃波士顿龙虾的视频下，有人评论："对一只猫这样，你爸妈能吃到这么好的龙虾吗？"

颜路清看笑了，当场回复："你别在这敲键盘了，闲得无聊赶紧去找个牢坐坐吧！"

一下午的时间，点赞99+，评论99+，手机响声就没断过，得到的全都是"哈哈哈哈哈哈哈"。颜路清非常顺利地升了黄色等级——还不止一级。

玛卡巴卡："……"看傻了。

有史以来抽到这个金手指的宿主都兴致勃勃地出门找任务升级了，这个宿主竟然窝在家里上网发评论。

……关键她还成功了，这是最让人惊讶的。

颜路清美滋滋地又随便评论了几个，然后把手机放到一边让它自己去响，接着问心中疑惑的点："所以，你为什么先前那么多天一点动静都没有，突然蹦出来自己给自己激活？"

玛卡巴卡回过神来，说："因为玛利亚没有触发激活条件。"

颜路清愣了一下："我刚进入这个世界时你就在了，来到这里不是条件，那什么才是？"

"会对剧情造成偏离影响，或者会对进入书中世界的人造成生命威胁的事情发生之前，系统才会被激活。"

"？"颜路清疑惑，"那我现在属于哪一种？"

"第一种。"玛卡巴卡直接在她面前投影了一段文字。

大概意思是说：这里的"剧情偏离"指的是角色什么时间段在什么范围内活动——原剧情在哪里，角色就要在哪里。其间的细节与原剧情发生变化没关系，但是地点和时间不可以偏离。

颜路清看完了，想了想说："你的意思是，你会出现在这里，是因为我现在不能待在这儿了？"

"没错，从后天起，你要开始走剧情啦！"玛卡巴卡用很荡漾的语气说完，像是突然想起什么似的加了一句，"——哦对了，还得带着顾词一起。"

两天后，十月一假期的第一天。

颜路清跟顾词一起坐进了轿车里，阿姨帮忙将准备的简易行李放在后备厢，大黑、小黑在另一辆车上。

司机在前座问："颜小姐，可以出发了吗？"

"顾词，我们东西带齐了吧？"

顾词不咸不淡地看了她一眼，"嗯"了一声。

颜路清对着司机点头："出发！"

两天前，知道自己要走的剧情是离开家时，颜路清原本不想答应，但是玛卡巴卡说如果偏离剧情，通常造成的后果就是第二种结果——对来到书中世界的人造成生命威胁。且这个威胁包括了别墅内所有的人。

颜路清立刻让大小黑收拾行李，给别墅内的所有人放了一周的假期，并且去说服顾词让他和自己一起走。

系统所谓的"剧情"，是指颜路清和顾词的高中同学在本次十月一假期组织的老同学活动——去本市周边的蝶叶山爬山秋游。

组织人的短信是群发的，微信群也是@全部人。颜路清收得到，顾词肯定也收得到。

按照两人的性格，这种活动是都不会去参加的。但颜路清去找了顾词，并表示两人应该一起参加——

顾词半倚在门框旁，懒懒地看着她："给我个理由。"

"……"颜路清憋了半天，"我想借这个机会，让你出去散散心。"

顾词看着她，微微眯了眯形状好看的眼，似笑非笑："我哪里让你觉得需要散心？"

"那就，"颜路清小心改口，"那你陪我散散心？"

顾词的笑意在眼底扩散开来："每天都在家说'咸鱼宅女最幸福'的人，颜小姐，你比我更不需要散心。"

"……"

公主词也太毒舌了，颜路清彻底没办法，只好搬出撒手锏——那个她非常不愿意面对的醉酒之夜。

"顾词……其实昨天我醒酒之后，虽然那一整天都没有找你说过什么，但是我没断片，我都记得。"

她用那种很碧螺春的语气说完这句话，看到顾词的手指微微动了一下。

颜路清再接再厉，又用很铁观音的语气说："可能你不信吧，但是我确实对那晚印象挺深刻，做梦还总梦到有人掐我的脸……"

再然后……

再然后，顾词就坐在了她身边，两人已经在前往蝶叶山的路途上。

虽说这一趟被玛卡巴卡定义为走剧情，但是颜路清的心情完全就是去旅游的心情——而且还是跟她最喜欢的纸片人一起旅游！

简直不要太幸福。

"你是不是没睡够？"颜路清精神亢奋，反观顾词一副耷拉着眼皮的高冷样子，白皮肤眼下的青色略微明显，"你睡会儿吧，到了我叫你。"

两人今天都是运动系装扮，顾词还戴了顶鸭舌帽，闻言把帽子压到盖住脸，靠在椅背上没了动静。

颜路清看了眼顾词只露出下颌线条的侧脸，欣赏了一会儿在逃公主的美貌，便熟练地打开了抖某软件。

升级这玩意儿太上瘾。

顾词睡了，她就可以放心开始她的升级大业了。

顾词的睡眠质量一直很不好。

在移动的车内这种环境下，他连浅眠都很难做到，一直都只是在闭目养神。

直到他在中间睁开眼，不经意看到身侧的人脸上的表情。

少女正看着手机屏幕，双颊偏淡淡的粉，原本漂亮的杏眼几乎笑弯成了月牙，不知道看到了什么，眼里的开心遮都遮不住。

顾词略微直起身，随意瞄了一眼她的手机屏幕。

他的眼镜又换了一副，现在仍然看不清太远处的事物，但两三米之内的已经相当清晰。

颜路清手机屏幕上是刷短视频软件的界面，视频里是一个化着浓妆的长发女人，滤镜不知多少层，正在撩头发。

他看着颜路清拇指迅速地双击了屏幕，点了赞，而后双手飞快地在键盘上飞舞。

颜路清正打字：好家伙！我直接嗨，老婆。

顾词："……"

11

在发完这条评论后，仿佛还回味无穷般，颜路清一直没滑走，盯着屏幕一直到那个短视频重播了四次才依依不舍地滑到下一个。

两人出发的时候是清晨，现在正是阳光灿烂的时间段。颜路清似乎被窗外的阳光晃到了，人微微往里挪了一下，手机也换了个角度背对阳光——这就更方便顾词看屏幕，简直就是递到他眼前逼着他看。

顾词就这样从这个角度看着她刷视频。

每刷到一个视频她都评论，似乎总得留点儿什么才舒服。

刷到那种情侣明显摆拍的、假得仿佛脑门上贴着摄像头的秀恩爱日常视频，颜路清评论："'羡慕'两个字已经刻在我墓碑上了。"

又刷到一个跟刚才的长发女一样的滤镜怪，只不过这个人是唱歌的。

颜路清手机静音，连歌都没听就评论："抱歉，看见说话就不会美女了，好听你唱歌真美女。[/玫瑰]"

刷到别人蹦极的视频，她打字："蹦极这绳子绑腿上有概率受伤，我一般都绑在脖子上。"

顾词："……"

这是在干什么？

颜路清等评论到自己词穷的时候，抬头活动了下脖子。

她转过头去看顾词，发现他的帽檐还是压低状态，大概是没醒，便兴致缺缺地又转而去看自己的微信。

玛卡巴卡在颜路清耳边提示她黄色泡泡又升了好几级，并且经验还在不断飙升。

现在由于她的评论收获了太多的欢声笑语，黄色已经超过其他颜色不知道多少了，看别人泡泡的时候冒出的黄色也多了很多。

不过粉色倒是几乎没动。

玛卡巴卡说过，粉色是最难有变动的一项。因为粉色的算法和其他情绪不同，它包括了喜欢、爱、期盼、憧憬和感动等这类没那么直观的、更复杂的情绪，颜路清收集到的都不会归类到这里。

因为算法复杂，所以只能靠别人对她的情绪反应来升级。而到目前为止，颜路清几乎没怎么获得过类似的情绪。

颜路清大脑放空，想着这些事，正想随便戳戳大黑、小黑的泡泡找找乐子，却在不小心往下滑的时候点进了跟顾词的对话框。

她发现……此时此刻，顾词的头像上那种规律的透明泡泡，又再次变成了白色的、不透明且不规律的泡泡，正在一连串一连串地往外冒。

颜路清顿感好奇，点了几下——

"？"

"？"

"？"

……

颜路清：这么多问号？

……他不是在睡觉吗？

这是在梦里被什么东西迷惑到了？

上次她那么搞，也就只搞出一个问号，竟然能让顾词一连有这么多问号，看来他被这事儿迷惑得不轻啊！

在到达蝶叶山之前，颜路清在车上短暂地在原主记忆里努力寻找关于高中同学的痕迹。

颜路清很反感从原主的记忆里找画面，除非必要不会去找。

第一个原因是那种感觉很诡异，像是脑子进了水；第二个原因是原主的思维很诡异，看她的记忆像是在看变态心理纪录片。

但毕竟这些人是原主的同学，颜路清不知道她跟每个人的具体亲疏关系，以免待会儿碰面出现尴尬场面，所以还是稍微回忆了一下。

这一回忆可好，她发现原主是真的孤寡，没一个朋友。上学期间她不主动交朋友，而且表现得还孤僻。病情反复、控制不住的时候动不动休学一段时间，又突然回到学校，大家基本都把她当透明人。

唯一主动做的一件事儿就是加了这个班级群聊——因为顾词在群里。

从记忆里得到的信息只有一个：她和同学等同于陌生人。

幸亏颜路清这几天一直在观察群聊里各个人的泡泡，也算心里有底。

这次来所谓"老同学叙旧活动"的有十来个人。他们到的时候，那群人到得更早，正站在距离停车区不远的树荫下，数月不见，都在热情地聊着天。

颜路清和顾词一前一后从车上下来，众人的闲聊声便戛然而止。

在他们目瞪口呆的注视中，两人还是以一种稳定的速度向那个方向走。颜路清余光里是顾词穿着黑色运动套装的身形，腿长得不得了，身材比例令人惊叹。

她还没叹完，听到顾词突然出声问："这些同学，你还记得他们吗？"

"……"

颜路清突然觉得自己在他面前好像毫无秘密可言了一样。

可如果这时候回答不记得，那么就无法解释她非要拉顾词出来"散心"的举动。

"……肯定记得一些啊。"颜路清故作轻松道，"反正一起做了那么久同学，跟熟悉的人出来热闹热闹总比窝在家里强嘛。"

说话间，两人走到了树荫下。

一个留着娃娃头，长得很可爱，脸蛋红扑扑的女孩子最先走到颜路清面前。

"那个……你是颜路清吧？"她的大眼睛里都是惊喜，"天哪，好久没见，你竟然变得这么漂亮！我们刚才都看傻了，要不是你之前说要来，而且你身边有顾大校草，我们真的完全认不出来了！"

"……"

女孩激动地说完，又拍了一下自己的脑袋："哎呀，差点儿忘了说，你肯定不知道我们谁是谁，但是现在认识也不晚！你好，我叫夏雨天，那个跟我长得一样的是我的双胞胎姐姐夏雪天。"

夏雪天跟妹妹性格挺像的，也热情地跟颜路清打招呼："大美女快来，我俩介绍大家给你认识。"

以上——

生动演绎情景剧：《熟·悉·的·人》。

SOS——

救命——！

颜路清正尴尬得头皮发麻的时候，听到了从她斜后方，顾词站定的位置传来一声极轻的低笑。

那尾音"苏"得不行，说出的话"笋"得不行。

"是挺熟。"

撂下这句毙命一击，顾词便被旁边几个男生一拥而上，包围了过去。

接下来的时间，颜路清感觉自己的灵魂被割成了两半，一半一直在为那句不过脑而出的"熟悉的人"而后悔万分，另一半在跟着名字很个性的双胞胎姐妹花认识众人。

这次来的男女比例非常平均，女生六人，男生六人。除了雨雪姐妹花，女生组还有一个叫殷宁安的，是个打扮得相当用心、连头发丝儿都能看出精心烫过的女生。

颜路清格外注意她，因为来之前在她的观察中，这位是所有女生里泡泡的内容与顾词相关最多的。

顾词发消息说自己要来之后，殷宁安的泡泡一直冒黄色和粉色，不是"终于要见到顾词了"就是"天啊天啊""啊啊啊啊啊啊啊啊"这种无意义的呐喊。甚至昨天一整天，殷宁安似乎在给自己挑衣服装行李，她的泡泡都是"顾词会喜欢这件吗？""顾词好像不喜欢这么艳的……"这类的。

看得颜路清感慨了一番。

剩下两个女生在殷宁安旁边，微微比她靠后，一左一右地在她旁边。

这站位若有若无地把殷宁安凸显成主角，明显是给她当小跟班姐妹。

在场需要认人的只有颜路清一个，毕竟顾词在学生时代的受欢迎程度是相当惊人的，虽然有几个月的失联，但被他不知道用什么借口轻描淡写带过后，大家很快便把这事儿抛到了脑后。

男生组那边她没怎么用心记，打了个招呼就完事了，只对其中两人有比较深的印象，一个叫裴泽，一个叫陶晴州——因为这俩人简直恨不得黏在顾词身上。

颜路清都想说你们干脆一个贴前面一个贴后面给顾词当膏药得了。

女生缘好是应该的，他生得就是一副能抢走所有人桃花的样子。

所以在这个大前提下，顾词的男生缘还能好成这样，也是很神奇。

"我们预订的酒店就在前面不远，欸，我们别在这里聊天了吧，"殷宁安的声音是很软的那种，她脸朝着男生那边开口建议道，"咱们先去把行李放下怎么样？"

顾词的"膏药一号"裴泽说："可以。而且你们女生也得换换衣服吧，咱们今天的计划是爬山，你们仨这……"他看着殷宁安和她俩小姐妹，摇摇头，"这又是裙子又是带跟的鞋，你们怎么爬啊？"

殷宁安的小姐妹大概有跟裴泽关系不错的，当场就笑骂着作势要去揉他。裴泽一边躲一边说："别碰我别碰我哦，爷现在是有媳妇的人！"

男生那边一起"喊"他，对着女生这边道："裴泽最近疯了，谈了恋爱之后，三句话离不开他媳妇。"

膏药一号顿时脸拉得老长："是我媳妇追的我——我、媳、妇、追、的、我！别说得老子跟舔狗似的，好不好！"

大家顿时哄然大笑，颜路清也没忍住。

这种少年人聚在一起的感觉果然有种神奇的魔力，在落叶满地的季节，依旧鲜活而生机勃勃。

颜路清笑开的第一时间，下意识地在男生堆里找顾词的眼睛。

——他在哪里都是很轻易就能看到的存在，此时脸上的笑意没有大家那么夸张，只是淡淡地挂在唇边和眼角。

而当颜路清看到那双眼镜后面微弯的眼时，却恰好和顾词在半空中撞上了视线。

这趟秋游按计划是要玩四五天的，所以大家都带了换洗衣物，女生的行李比男生的普遍要多。在大家准备启程往酒店方向走的时候，也是男生都来帮女生分担拎行李的时候。

颜路清也是在这时候才发现，自己的行李竟然在下车的时候就在顾词手里拎着……一直到现在。

所以这个环节只有他们两个人站在原地没有动——颜路清是没行李，而顾词是没打算再帮别人拿行李。

颜路清总不能真的两手空空，她去主动帮姐妹花拎东西的时候，夏雨天眼尖地发现了这点："天啊，我好像记得顾大校草是大少爷性格呢……"

夏雪天秒懂妹妹要说的是什么，接茬："对啊，从来都是我们班男生给他送水，求着他代表班级打个篮球赛什么的，除了老师，谁见过他给人拿东西呢！"

颜路清没法解释两人之间有些复杂的关系，连忙岔开话题："对了，她俩为什么手里那么多行李啊？男生帮忙完还剩下这么多吗？"

她指的是殷宁安的两个跟班姐妹。两个姑娘两只手一只提着一个手提包，看上去蛮吃力的样子。

夏雨天说："嘻，她们来的时候我看了，没带太多东西，应该大部分都是殷宁安的吧。"她冲着颜路清笑了笑，"毕竟殷宁安是大小姐、富婆，以前我们班里就有不少争先恐后对她好的呢，正常啦。"

颜路清点点头，表示理解。

原本一切顺顺利利地按照计划进行着，谁都没想到，天有不测风云——

离酒店越近，天上飘来的积雨云就越多。最后众人刚进酒店大堂，原本晴朗的天就变了脸，哗啦啦的雨水从天空中散落而下。

第一天的爬山计划，卒。一伙人只好唉声叹气地去办理入住。

十分钟后。

"——你俩住一间？"膏药一号不敢置信地盯着顾词和颜路清。

"……"

因为是后加入的，颜路清订房的时候，这间酒店只剩下套房了。而套房中房型最大的面积跟普通套三差不多，里头有两个卧室，她问过顾词之后就订了这间。

见到众人惊异的目光，而顾词没有丝毫解释的打算，颜路清只得从头到尾解释了一遍。

接下来就是自由活动。

他们上午找了酒店休息室凑在一起聊天，说的多是曾经的趣事，颜路清插不进去话，而顾词竟然也没有参与几句。

殷宁安频繁地暗示他，膏药一号、膏药二号也卖力地点顾词的名字，也只是让他笑着说出了一句："忘得差不多了。"引来了一片嘘声。

中午吃过饭，几人便各自回房间收拾行李。

这个跟套三一样大的套房主要大在客厅，两个卧室的面积和床都差不多大。

十几个人变为两个人，周遭便突然安静下来。

"顾词，"颜路清率先打破沉默，"你先挑吧。"

她觉得自己当然要让着公主词，毕竟他心不甘情不愿，是被她硬拽出来的。

仿佛知道她在想什么一样，顾词看着她，眼角蕴含着笑："行，谢谢颜小姐。"

颜小姐："……"

又是这种鲜明的个人特色。

温声笑语，让人如沐春风的阴阳怪气。

顾词说完谢谢，挑了离门口稍微远点的那间，给颜路清留了就近的那间。两人都是大清早爬起来的，各自睡了个午觉。

下午的时候太阳再度出来，顾词还是没醒。

他没关门，所以颜路清可以直接站在客厅，从卧室门口看见他躺在床上的一道剪影。

这到底是多没睡好……半路在车上睡了那么久，现在竟然还是没睡够。

颜路清轻手轻脚地出了门，先是联系了大黑、小黑——这两人说不放心他们的安全，必须要跟来。

大小黑住的地方距离她和顾词的酒店只有两百米。会合完毕，颜路清觉得自己也没什么事做，便想在这附近逛逛。毕竟蝶叶山也是本市旅游景点之一，要是有什么有意思的东西还可以带回去给顾词玩玩。

结果三人刚逛完一条街，拐过一个街角，颜路清就看到一个一身黑的中年男人鬼鬼祟祟地跟在一个少女身后，形态很不正常。

"……大白天的就有猥琐男盯上漂亮妹妹，不要脸。"

颜路清一边骂一边放轻脚步，示意大小黑也一起跟上猥琐男。

此时此刻大部分人才午睡刚醒，去爬山的还没归来，这里的小巷都偏窄，街上一眼望去只有他们几个。

颜路清离得近了，发现少女身上穿着的似乎是校服。

"那漂亮妹妹还是个高中生——"

她正感慨的工夫，突然——猥琐男朝着少女就来了个百米冲刺！

颜路清被吓了一跳，反应过来，立刻也跟着跑过去。猥琐男抓着少女的手腕，眼看着要把人拐走，颜路清拖着这个破烂身体跑不快，急得疯狂拍打小黑："快去追、快去追，把他拦住，别让他劫色！"

然后莫名其妙地在平地上摔了一跤。

大黑忙问："您没事吧？"

"没事没事，穿的长裤，快、快、快，我们快过去！"

摔跤没能阻碍她的脚步，颜路清拍拍膝盖站起来，立刻用更快的速度冲到了拐角处，正看到小黑把猥琐男单手制住。

见到颜路清，小黑汇报："颜小姐，要报警吗？"

"报，必须报！"

颜路清说完，转过头去找那少女，她正靠在墙上抱着胳膊，看起来特别无助。

颜路清最先看到的是少女惊慌害怕的眼睛，没注意其他的，直接上去搂了搂她的肩膀："没事吧，妹妹？他没伤着你吧？"

就这么一句，那女孩呜呜咽咽地就靠着她哭了。

此时此刻，谁都没注意，拥抱的二人身旁路过了一个跟少女一样年龄，眼神却莫名迷茫的高挑少年。

颜路清最受不了美女哭。

刚才看到少女的脸，虽然没看清，但就轮廓来看也绝对是个美人。

这里是旅游区，大黑报警之后把人押走，送到距离最近的管理部先押着，小黑留在这儿。

颜路清把少女从肩膀上捞起来，正准备给她擦擦眼泪的时候，整个人却如同风中石化一般，僵住了。

她僵硬得实在太明显，少女疑惑，小黑也疑惑。

颜路清眨了眨眼。

又眨了眨眼。

没错，她没看错。

这个姑娘确实美，十几岁也能看出是美人坯子，但是——

她的脸上以及她的周身，都飘着那种非常立体、非常3D，还带有光晕特效的……玫瑰花瓣。

这么直接的智商冲击和反科学冲击，让颜路清惊呆了。

她在这一瞬间是真的忘记了前车之鉴，又下意识地戳了戳小黑，用极小的气声对他感慨："你见到那个女孩身上和脸上的一堆花瓣了吗？"

小黑沉默着望了她一会儿，又默不作声地转头拨电话打给曲医生："曲医生，不好了，颜小姐又出现了新的幻觉，觉得人脸上有花。"

颜路清："……"

"姐姐，"少女突然开口，她看着颜路清，郑重地给她鞠了个躬，"谢谢你！"

而颜路清眼里只有那些会根据她鞠躬而变换位置的玫瑰花瓣。

少女抬起头来，又说："我是跟着班级来这边郊游的高一学生，我叫姜白初，真的不知道怎么谢谢姐姐才……姐姐？你在听吗？"

颜路清看着她的唇瓣一开一合，总忍不住看那些仿佛会流动的花瓣。

等等，她说她叫什么？

姜白初？

姜白初？？

这个名字，颜路清不可能记错。

她"唰"地抬起头看着面前这个美丽的少女。

——这是原书女主角，姜白初。

怪不得。

怪不得一听到蝶叶山，颜路清就总觉得这么耳熟，怪不得少女的脸上会有那么贵的玫瑰花特效——因为她是女主角啊！

姜白初看着面前的人目光由惊惑转为炙热，又变得有些不好意思："那个……姐姐，我脸上有东西没擦干净吗？你好像总盯着……"

确实有。

但颜路清还是摇了摇头，握着她的手诚恳地说："没，我是看你长得太好看了，才总忍不住看。"

女主角姜白初的小脸"唰"地红了。

"哇——玛利亚，我待机了一会儿的工夫，你的粉色为什么突然涨了一大截？还升了好几级！有人突然对你的喜欢值……或者是感动值？总之粉色那类突然很高耶！"

玛卡巴卡兴奋的声音在耳边响起，胡乱八卦："这几小时内你难道有追求者了吗？"

但好听的少御音才兴奋没多久，又突然转为惊疑："等等，不对！不对劲——"

"怎么了？"颜路清用意念回复了三个字。

"你是不是改了什么剧情？"

"……我不是救了人吗？我哪里改了剧情！"

"不对，就是救人出了问题！"

"这是姜白初和男主角的初遇场景，她应该被男主角救而不是被你——你这么一出现，男主角就成路人了！"

玛卡巴卡不知道去干了什么，过了五秒钟才继续说："我查到了，我查到了！就在刚才，男主角已经一脸蒙地路过了你们！"

颜路清："……"

好像，确实，姜白初是被男主角在这里救的。

这是全书的开篇，他们爱情故事的开始，俗套狗血的英雄救美，在十六岁的心中种下了萌芽的种子。

完了。

萌错芽了。

她把男主角的戏份给抢了。

第三章

不能一起睡吗

12

颜路清正在原地僵住的时候,大黑回来汇报说猥琐男已经被带走了。

而女主角姜白初再次对她道谢,并说自己马上要到集合时间得走了,颜路清便在恍惚中加了姜白初的微信,目送着女主角离去。

玛卡巴卡还在她脑海里问:"所以玛利亚为什么突然想救女主角?真的是碰巧遇到吗?"

颜路清用意念回复:"我看这个小可爱差点儿挨欺负,就冲过去了。"

"……可她只是要被轻轻推一下,男主角就会立刻出现在拐角救她的!"

颜路清理直气壮:"那我又不知道,我只知道我不能让美女被欺负啊!"

玛卡巴卡:"……"服。

颜路清的脑子也乱糟糟的,她开始回忆,最初玛卡巴卡出现的时候说过什么来着?

——不能改动剧情。

意思是,小的细节随便改,毕竟是不同的人,没有一个进入书中世界的外来者可以完全照着原剧情、原角色走——但是不能改动大方向,比如主角在什么时间点处于什么地方一类的。

她来蝶叶山是为了什么?

为了按照系统说的顺应原书剧情大方向。

那她这波何止是改动了大的方向?

她把人物都给换了!

玛卡巴卡在她脑海里自言自语的声音听起来很崩溃:"这怎么办……这怎么办……我才刚上任,我不想这么早换下一个宿主,呜……玛利亚还挺可爱的……"

颜路清：……不是吧，难道我会死？

颜路清用意念打断它："你等等！什么叫下任啊？你怎么这就开始找下家了？我会因为这个举动而变得怎么样吗？"

"是这样。剧情偏离二十四小时内是可以补救的，比如事件的开头偏离，来到书中世界的人可以在我们的帮助下让剧情末尾恢复正轨。但你占了男主角的角色，让他在这段时间内无处可去，这是已经做过、无法改变的，所以……"

"所以……"颜路清无精打采地接话，"就算补救，我依旧会被惩罚。"

玛卡巴卡小心翼翼地补充："但是不会去世。"

她突然想起那个莫名其妙的平地摔，肯定就是这个世界的某种力量在阻止她。

颜路清叹了口气："你说吧，要怎么补救？"

跟大小黑约定好一小时后再见面，颜路清失魂落魄地回到酒店里。

她一进房间，就坐在地毯上背靠着沙发仰望天花板，呈咸鱼瘫状，身上一阵发冷，一阵发热。

面前的门突然传来一声"咔嗒"的转门把手声。

顾词端着个水杯从里面走出来。

这里一切装潢都很有居家感，客厅格外大。顾词迈开长腿路过她，去电视旁边接了杯水，然后一口一口地边喝边往回走。

颜路清反应慢半拍，后知后觉地震惊："……不是吧，你竟然才睡醒？"

"都睡多久了，你还真是睡美——"颜路清正要说出自己曾经给他取的"睡美词"外号，却见到顾词眼神平静地扫过来，瞬间改了口，"……我是说，睡神转世。"

顾词看着她，刚醒的样子像是不乐意讲话。

突然，他的视线突然定在某一处，似乎本来打算再次路过，却因为那一点而中途转变路线，朝着她走了过来。

颜路清就这么瘫在地毯上，看着两条笔直的长腿在她面前站定。她仰起头，不由感慨，尽管是从下到上的死亡角度，长腿主人的脸也依旧好看得不得了。

长腿主人问："你去哪儿了？"

颜路清憋了半天："……我去作妖了。"

顾词盯着她的膝盖，淡声道："嗯，看出来了。"

她这才顺着顾词的视线看过去。

是那个平地摔搞的鬼——她的运动裤磕破了，但是皮肤没磕破，只是膝盖周围有点泛青。颜路清被之前的反科学冲击得甚至忘记了这里的疼痛。

颜路清见顾词又往前走了两步，而后脚步一转，坐在了沙发上。

他又喝了口水，刚喝完水的嗓音纯净好听，令人舒心。

"你那两个保镖呢？"

"他们跟我一块去的啊。"颜路清问，"怎么了？"

……

半小时后。

早早到酒店楼下等着的大黑、小黑，远远看到颜路清走来……身边还跟着另一个十分熟的清瘦高挑的身影。

小黑冲着顾词问好，大黑也跟顾词打招呼："您怎么也一起来了？"

"嗯。"

顾词冲两人点点头。

顾词的镜框在阳光下似乎有流光，显得他微带笑意的脸更加白皙俊秀。他语调温和地说："我来也是因为听说两个人都拦不住她摔跤，挺好奇的。"

颜路清："……"这是一下子损了三个人吗？

小黑："……"我不知道该怎么回捶，但是我好像被阴阳怪气了，呜呜。

大黑则诚心应道："那确实还是您跟着更安全一点。"

一个是因为颜小姐似乎特别听顾词的话，一个是顾词尽管容貌出众又看着清瘦，但他那种气质是真让人发自内心地觉得可靠。

颜路清不想计较这么多了，她简单地开始讲述自己即将做的事情：

"总之，你们就当……我这次是来牵红线的。"

所谓的"修正剧情"，修正的是后续——

颜路清把男女主角开始的契机打乱了，这就导致男主角英雄救美后带着女主角回集合地、男主角安慰女主角、女主角害怕自己一个人行动又不好意思告诉别人自己的经历于是去找男主角一起行动等一系列剧情都无法发生。

颜路清此行的目的就是在前面剧情被打乱的情况下，再想办法让男主角去找女主角，让两人联系上，有后续的发展。

她的目标是先找到男主角，计划是见机行事——没有计划。

因为学生统一穿着校服，几人很快便到了男女主角所在的高中学生集合地。他们似乎晚上准备野营，女生们没踪影，男生们正在准备各种材料。

跟玛卡巴卡确认过这就是男主角所在的班级后，颜路清随便找了个男生道："同学，找一下你们班的齐砚川。"

一男一女跟俩保镖，这一男一女长得还特不像是普通人。男生奇怪得要命，一边回头一边去找人了。

颜路清正在等，却听到身边的顾词突然发问："齐砚川是你要牵红线的人？"

"嗯。"颜路清顿了顿，"怎么，你认识？"

顾词没回答。

他像是纯粹好奇，又像是在猜测着什么，突然淡笑着看向颜路清："你要牵给他的是谁？"

"这个待会儿你就知道了，我现在说了你也不认识。"按照时间线，顾词和男女主角还得过几年才能认识。

颜路清随口答完就不再关注这个问题，因为一个穿着黑色 T 恤的少年正朝着几人走来。

他五官俊朗，有着这个年纪独特的棱角，眉目间一股明显的踺劲，见到几人便毫不客气地说："找我有事？"

"齐砚川是吧？你好，我是……"

颜路清正要介绍自己，等到齐砚川走近时，看到男主角的脸，她想说的话瞬间全部卡回了胃里——

……救命啊！

女主角的玫瑰花瓣就算了，毕竟配上环绕特效真的好看。

但为什么这个男主角脸上、身上在飘着 3D 立体的松树叶子啊？

那立体的松树叶子，就仿佛他浑身长了一堆绿色的针一样！

颜路清真的很想问他一句：兄弟，你不扎吗？

齐砚川看面前的女生迟迟不说话，一脸呆滞的表情，更不耐烦了："找我有事吗？"

玛卡巴卡在她的脑海里敲打她："玛利亚！这不是你吐槽的时候！你会在主角团脸上看到东西是因为作者用了最多的词汇来形容他们！不要大惊小怪！"

颜路清恍然大悟——

原书的确经常用"玫瑰花一样的唇瓣""玫瑰花香""玫瑰花一样的肌肤"等形容女主角姜白初。

那么男主角……自然是"站得笔直，如同一棵松树""淡淡的清新的雪松味""挺拔如松"……所以他的特效就变成了一棵人形松树。

颜路清默念了三遍"世界之大，无奇不有"，才勉强对着这棵"人形松树"组织好语言："你们隔壁班的姜白初同学，你认识吧？"

齐砚川的脸上掠过一丝微妙的表情。

而颜路清没看见，她身边站着的人脸上也掠过一丝微妙的表情。

颜路清现在没有心情分析男主角这丝微妙的表情微妙在哪里，她开门见山："我听说你是这次老师指定的两个班级秋游活动的负责人，所以才来找你。"

——这是玛卡巴卡提醒她的原书提到过的男主角身份。

接下来，颜路清把姜白初的事情委婉地复述了一遍，着重说了姜白初被吓得不轻、女孩子非常需要人陪但又肯定不会主动把这种事说出口等一系列引导性言语。

在听到姜白初经历过什么之后，齐砚川明显愣了一下。

果然——就算契机没有，男女主角之间还是有不同寻常的羁绊。

颜路清因为他这一个表情就看出来了，后续应该不会有什么大问题。

最后颜路清准备道别的时候，齐砚川摸了摸下巴，满脸疑惑地问了几乎跟姜白初一样的问题："你说话的时候为什么总盯着我的脸看？"

面前这个女生眼光实在是太直勾勾了，让人无法忽视。

当然是因为你长了一身绿莹莹的松针啊。

颜路清腹诽完，也假笑着用了跟姜白初一样的借口搪塞过去："看你是因为你长得好看。"

男主角莫名其妙地扫了这群人一眼，最后一言不发地掉头走了。

不是朝着那群男生的方向，不是继续干活的方向，大概率他是去找姜白初的。

颜路清看着松树渐渐走远，相当感慨地叹了口气，没注意到身边的人是什么表情，她拽了一下顾词的袖子。

"顾词，我以后绝对、绝对不会用松树来形容你。"

颜路清自认为完成了任务，原本心情愉悦地回酒店房间。也不知道是下雨了天气降温，她着凉了，还是这副身体有病复发，抑或者是所谓的惩罚这么快就到了，她下午一阵冷、一阵热的症状再度袭来。

并且刚进房间门就眼前一黑，要不是顾词及时拉了她一把，她估计自己会当场表演以头抢地。

颜路清之前想着要宠着顾词，把离房门近的卧室让给了他住，现在则是顾词扶着她进了卧室躺好——她躺在顾词下午睡了好几个小时的床上，还盖着被子，没头没脑地想：四舍五入，我跟顾词也是盖过一床被子的关系了。

顾词打电话让酒店的人送了药和体温计上来，在这之前还记得给她的额头盖上了凉毛巾。他即使在照顾人的时候也显得非常有条理，游刃有余，又相当周到。

趁着顾词去换毛巾，颜路清打开手机看了下微信。

她没加齐砚川的微信，一个是因为她觉得那个冷脸少年不会同意，另一个原因是——毕竟她加了女主角姜白初，两人经历了什么不还是能看到？

她点开跟姜白初的对话框，看到女生的头顶冒出红色和粉色的泡泡。

红色和粉色？

颜路清先点开红色——

姜白初："齐砚川是有病吗？莫名其妙把我从晚会揪走，问他什么都不说，他觉得他自己很跩吗？"

颜路清：？

那不管怎么说，还有粉色泡泡呢，至少是什么感动、期待啊一类的情绪，有粉色总应该是往好的方向发展了……吧？

这么想着，她又点开粉色——

姜白初："下午那个漂亮姐姐在干吗呢？她好可爱，我好想找她聊天啊……"

颜路清：？

所以他们俩没有按照剧情来发展，难道这是她现在发高烧的原因？

颜路清正想继续戳她的泡泡往下看，手机突然被抽走。

"老实躺着。"

顾词说完，又给她的额头换了条毛巾。因为手浸过凉水，他整个人靠过来都带着凉凉的气息。

颜路清往他冒着凉气的手那里蹭了蹭，乖乖点头："哦。"

先不管那俩了，赶紧养好病要紧——如果这病养得好的话。

颜路清烧得难受，加上刚看完男主角那一身绿莹莹的松树，松树无罪，男主角无罪，但松树长在男主角身上还变成3D特效那就是"滔天大罪"。

一闭眼就满脑子人形松树，她觉得自己的脑子都被污染了，于是又睁开眼，目光追着顾词——她必须得多看看顾词，洗洗眼睛。

颜路清享受着顾词的照顾，欣赏着顾词的美颜。半晌，长长舒了口气："啊……我现在脑子不太好使，想不起什么太合适的形容词，但总而言之，言而总之——"

与对男主角的敷衍不同，她郑重地夸奖他："顾词，你长得是真的好看。"

一模一样的说辞。

《梅·开·三·度》。

原本正在把温度计放进她耳朵的顾词突然动作顿住两秒。

直到温度计发出"嘀"的提示音。

颜路清看着顾词扫了一眼温度计上的数字，而后手指随意一甩，温度计便被抛到旁边的床头柜上，发出"啪"的一声响。

"好看……"他重复了一遍这两个字，忽然弯眼一笑。

顾词的眼瞳深邃乌黑，嘴角的笑意缭绕，像是在说什么暧昧的话。他一字一顿地叫她的名字："颜路清，你嘴里的'好看'是批发的吗？"

13

今天外面降温厉害，所以房间内开了空调，温度适宜。颜路清躺着的枕头上还有淡淡的香气，不知道是不是顾词身上的，反正现在对她来说只要不是"凛冽的松香"，都非常好闻。

颜路清觉得自己的脸发烫，越来越烫。

一半因为发烧，一半则是因为顾词的质问。

她本想反驳，因为她明明是发自内心夸他，可又突然发现……不管是抖某上面费尽心思的夸人评论，还是对于原书男女主角的夸赞，从自己嘴里说出来的"好看"频率确实高到像是菜市场批发出来的。

"批发"这个词，顾词竟然用得相当精准。

不愧是叫"word"的男人。

颜路清只能极为干瘪地对他解释："……虽然我夸得多，但你不一样。"

说出去才发现，这像极了"虽然我前任多，但你不一样"的经典渣男语录。

顾词显然也这么想，他脸上笑意更深了——这个人的笑通常都不是因为开心。颜路清观察过，除去个别情况，他的笑要么是即将阴阳怪气，要么是正在阴阳怪气。

那么此时，他没说话，必然就是在心里阴阳怪气。

颜路清思来想去，只能用大红袍的语气扮可怜："……我不是都说了现在脑子烧得词汇匮乏，你真的要跟一个高烧病人计较这么一个词吗？"她顿了顿，强调，"——而且这个病人还是真心的！"

说完，颜路清努力挤眼睛，妄图搞出那种盈盈春水眸，楚楚可怜的病美人感——就像是公主词躺在病床上非常惹人怜爱的那种模样。

奈何她这个病是高烧，眼睛干得像撒哈拉沙漠，挤了半天把脸都挤酸了，还没见一点儿水润。

顾词弯腰从床头柜上捞过水杯，白皙修长的指节有节奏地在杯子上敲打。他饶有兴致地看了她半晌，微笑道："别挤了，像中风。"

"……"

顾词损是损，嘴毒是毒，但毒完还是转身去给她倒了热水，倒完还借力把她扶起来，言简意赅："喝了它。"

仅仅简短的三个字就让颜路清感动得不行。

她一边喝水一边想，虽然是被原书里定位为反派大佬的人物，但是顾词假如不是被那么多神经病逼迫，他该有多好呢？

就是像现在这么好吧？

多纯善又细心的少年啊。

颜路清喝了杯水都快把自己喝出眼泪了。

——公主词，永远滴神。

两小时后。

颜路清终于能够确认，这病就是系统搞出来的。

——她的病简直堪称转进如风，跟闹着玩一样，39.5摄氏度仅仅两个小时，说降下来就降下来了。

顾词站在床边看着已经显示体温正常的体温计，又淡淡抬眼看着她。那神情云淡风轻，眼睛里却藏了很多情绪。

颜路清不是一般地心虚。

毕竟这烧不管是发还是退，都是缘于别的因素，她还没法告诉照顾她的顾词。

"……啊，好神奇，烧这么快就退了呀。"颜路清看着他，干巴巴地夸，"你简直是天生当医生的料嘛，啊哈哈，哈哈……"

"哪有。"顾词笑得好看又温柔，夸得比她自然多了，"明明是颜小姐身体好，天赋异禀。"

颜路清："……"这能用"天赋异禀"来形容？你好毒。

她要暂时收回用来形容顾词的"纯善"一词，只保留"细心"。

这个卧室顾词默认留给了她，检查过颜路清是真的退了高烧之后，他就回了另一个卧室。

颜路清下床去冲了个澡，神清气爽地出来后，发现手机在床上连响了两声，她捞过来一看，是姜白初发的消息。

【姜白初】：姐姐晚安。

【姜白初】：[可爱猫猫头.jpg]。

颜路清心情复杂。

她喜欢美女是不错，但是这个美女如果再不把对她的好感转移到男主角身上，她可要小命不保。

颜路清回了姜白初一个表情包。与此同时，她发现姜白初头像上方开始冒泡泡，便随手点开。

黄色泡泡："漂亮姐姐跟我说晚安啦！"

粉色泡泡："齐砚川其实人也还不错……"

颜路清：！

竟然是属于男主角的粉色！男主角你终于出息了！

颜路清正开心着，却发现那个粉色泡泡的文字下方，突然又冒出来两张图片。

图片？

她惊疑地点开——

第一张图上，是在一个灯光昏黄的角落，姜白初靠墙坐着，手捂着膝盖，仰脸对着对面站立的齐砚川。

第二张图上，是……是齐砚川在公主抱着姜白初！

怪不得她的高烧突然退了！

只要小两口关系缓和，她的身体就会没问题。

照片里两人依旧还带着那闪瞎眼的 3D 特效，一棵浑身松针的人形松树抱着一个被玫瑰花瓣环绕的美女。虽然相当奇怪，但是颜路清并不觉得辣眼睛。

因为她满脑子都在想：爷的金手指竟然开始带图片了！

这可真是妙蛙种子吃着妙脆角进了米奇妙妙屋，妙到家了。

与此同时，耳边又响起玛卡巴卡的声音："恭喜呀，玛利亚，金手指升级到一定程度是会进化的！"

颜路清震惊地看着红彤彤的微信——真不枉费她没日没夜地一有空就去发评论，这进化的功能也太好用了吧。

也就是说以后不光是文字讲解，还图文并茂？

那再往后又会是什么呢？

而且……金手指都进化了，那顾词的内心她能看了吗？能了吗？

能了吗？能了吗？

想到这里，颜路清顿时心情激动地点到了跟顾词的对话框。

但五秒钟后，她就发现顾词那里跟以前没有任何区别：她不去招惹他，让他心里有波动的时候，泡泡还是透明的，内容还是一个接一个的句号。

能读到别人的文字时，只能读到顾词的四种标点符号。

现在她都能读到主角团的图片了，还是只能读到顾词的标点符号。

真·人形 bug——公主词。

颜路清的发烧症状再没有复发，安安稳稳地睡过了一晚。

第一天出于天气原因无法出行，大家都憋坏了。第二天一早，黏着顾词的膏药一号、二号便跟所有人提议要在山上驻扎一晚。

他们是这么说的："咱们好不容易聚在一起，每分每秒都不能浪费啊。而且来一趟山上不去搞个帐篷住住，压根儿不圆满。"

众人都没什么意见，更何况他们帐篷、睡袋都借好了，此番不过是先斩后奏。

上山的一路，周围有太多稀奇古怪、好玩的小东西，颜路清被夏雨天、夏雪天姐妹花带着左买右逛，很快就耗尽了体力。其间颜路清两三次都突然眼前发黑——不过那会儿她本来就处于极度疲惫中，便也没当回事。

由于部分人缺乏锻炼的体力问题，由于男生们对于攀岩等活动的好奇问题，再加上女孩子们看到好看的摊位走不动路的问题，等大部队一同上山把帐篷扎好，已经夜幕降临。

众人准备晚间来一场夜间谈话，玩玩真心话大冒险、我是卧底等的游戏。在此之前，大家决定组队去趟距离这儿最近的超市买点零食和啤酒。

在去超市的路上，颜路清在吵吵闹闹的说笑中找准机会，忽略同学们暧昧的视线，拽着顾词就带着他走到了队伍最后面。

顾词也没有反抗，神情懒洋洋地跟在她身后。

两人找了个隐秘点的地方站定后，顾词看着颜路清松开他的袖子，突然把背包背在身前，拉开拉链——

她先从自己背包里掏出两个小瓶子，一手一个地介绍说："这个是你今天要敷眼睛的药，这个是你接下来每天要滴在眼睛里的药。"接着她又拿出来一个眼镜盒，"这是我让刘医生直接寄给大黑的，你从明天开始要换第四副眼镜了。"她又掏，"然后还有我问家庭医生要的胃药，今天中午吃的那个餐馆不知道你会不会有什么反应……"

全都掏完塞给他后，颜路清把背包拉上，抬起头的瞬间恰好撞上了顾词的视线。

恰好有月光打在他眼睛周围，显得那目光清凌凌的。

颜路清有些怀疑："……你刚刚听清我说什么了没？"

顾词没答清楚还是不清楚。

他先是看了眼自己手里被塞满的东西，又掀起长长的睫毛看着她，唇角微微勾起一个弧："你什么时候带的这些？"

颜路清被他笑得有些不自然，别开一点视线说："当然是我们走的那天啊。"她撇撇嘴，"就知道……你果然不记得带。"

这句话在晚风里打了个转，最后飘到顾词的耳边，带着点小小的埋怨，但尾音又有种令人生不出反感的少女独特的娇嗔。

顾词太久没说话了，颜路清心里纳闷，便又去看他。

……然后发现他竟然还在盯着自己。

不知道是不是月亮给他打的光太好，顾词今晚的美貌值几乎达到了颜路清见过他以来的顶峰。除去五官，他身上还有种独特的气质——现在这种模样就好像凝聚了天地间的灵秀，还带着点矛盾感，既像春池里柔软的水，又仿佛高山上冰凉的霜雪。

尤其是那双漆黑如墨、似笑非笑的眼睛，他明明什么都没说，单看着你就好像能摄人心魄。

颜路清再次"唰"地别开眼，这下连脸都一起别开了。

夜晚的单独相处果然会让人胡思乱想，尤其是跟个大美人在一块，这种胡思乱想会呈几何倍数增长。

"欸，我们干吗在这儿傻站着啊？"颜路清拉好背包，率先推了他一下，"走了走了。"

两人掉队太久，但他们大概知道超市的方位，朝着同一个方向一路沉默地走着。

周围有很多树，树叶碰撞，偶尔发出沙沙的声音。

颜路清沉默的时候控制不住脑子里跳跃的思维，她想，顾词叫公主词还真是叫对了，他集齐了好多童话剧本，现在这个正在进行的场景，她愿称为《"词词"梦游仙境》。

中间经过一个小路拐弯的时候，颜路清突然没由来地头晕了一下。

她终于意识到什么——

这已经是今天的第几次了？

似乎看她有点奇怪，顾词在她旁边提醒了一句："这下面有个坡，注意看路。"

颜路清点点头："好。"

她在心中默默自语：一定……一定有什么地方不对。

所以拿着手电筒，准备更仔细地观察前面的路。

还没等走出去两步，左脚突然踏空——

颜路清的瞳孔猛地缩紧。

又是系统！

那里明明是实地！她走的每一步都有好好看着脚下！这绝对又是男女主角那俩小孩玩崩了给她的惩罚！！

不是之前还甜甜蜜蜜吗，怎么突然崩得这么严重？

你们小孩谈对象能不能心性稳定一点啊！！！

心里狂吐槽，但一切来得实在太突然，颜路清在失重感袭来的时候只来得及短促地"啊"了一声。那声音很小很小，小得她都以为除了自己没人会听到。

但下一秒，她的手突然被人抓住。

"……顾词！"颜路清瞪大眼，她觉得自己把这声"顾词"叫出了"爹"的感觉。

"颜路清，我说过这里有坡，你——"

顾词拽着她一只手，话说了一半却突然停下，眉头缓缓蹙起。

——他也意识到了奇怪的地方。

顾词的腿借力在旁边一棵古树上，手臂把她不断向上拉，但不管怎么加力，颜路清不仅分毫没往上走，反而越来越往下落。

这样僵持，结果无非就是她连带着顾词一起滚下去。

颜路清很清楚自己有多沉，顾词不知道数值，但想必看也能看出来，她不可能带来这么大的下坠力——这股拖着她下去的重量是莫名其妙的，属于这世界上那个所谓系统里面的某种力量。

感受到这点，颜路清当即松开自己的手想要放开顾词。

——却没想到那只修长的手在一瞬间反握回来，稳稳地、牢牢地抓住了她。

14

颜路清以前看过不少古装电视剧，里面的人有两种在山上出意外的方式：一种是掉下那种完全悬空的悬崖，下面极有可能是瀑布；另一种就是她正在经历的滚下陡峭的山坡。

电视里那场滚山坡是主角正被人追杀的时候意外滚落，女主角转着圈很顺滑地骨碌到山坡下面，滚完了还拍拍衣服坐起身，稍微捶捶腿伸伸腰，休息一下就能站起来，继续逃命。

颜路清本以为就是这样的。

直到她现在亲自体验了一次，她只想对自己看过的那部电视剧大竖中指。

颜路清刚才明明松了手，但几乎同时间顾词又手一转再次拉住了她。恰好换姿势时他的力道有一丝松懈，而那把颜路清不断往下坠的力量瞬间加大，两人便一同滚下了山坡。

……这看起来自己真的很像是一个因为体重太沉而把救她的人也一起拽下来的害人精啊！

关于后来的细节，她只记得顾词反应极快地圈住了她，在她耳边轻轻说了句"闭眼"。

颜路清在那么紧张的情况下依旧对他的话深信不疑，几乎快到像是条件反射般立刻执行指令。

然后在一片黑暗中，她感觉到自己似乎掉进了一个清瘦但很有安全感的怀抱里。

山坡只有一个大概的角度，但它不是个平地，这就是颜路清想要对电视剧竖中指的地方——坡上有无数凸起的石块、土块，也有树木和树桩。而不管是石块、土块，还是树木、树桩，都有一定间隔，不可能拦得住人，只会在滚落的过程里不断充当障碍物，击打你身体的各个部位。

至于击打到哪里，那是完全随机看命。

颜路清知道自己被一个大石头和一个木桩撞了两下后腰和腿，已经觉得快要死了，这种力度如果打到头部，简直就是"中大奖"。

那几下撞得她浑浑噩噩，快要意识模糊，只记得最后一丝本能，死死抓住顾词的衣服。

不知道滚了多久，她终于感到坡度减缓，速度变慢，两人撞上了不知道什么物体而发出"砰"的一声响。

这才彻底停了下来。

一停下，两人自然而然地松了手。颜路清一口气吐出来，说话气若游丝却还是忍不住骂了一声脏话。

这毫无逻辑又毫无人性的系统惩罚。

滚了这一遭，颜路清才明白为什么顾词会抱着她——人的正面要比后背脆弱得多，两人抱着滚下来就是身体后部受伤，这样危险度也会降低，而且她背后还背了个登山背包。

但他还是比她撞的地方多多了。

尤其最后那下让两人停下的撞击，颜路清一点儿也没痛感，那就肯定是顾词去撞的……光听着声音都觉得疼得要命。

颜路清很想立刻问问他的情况，但她现在实在是疼得不敢做任何大动作。

爬不起来，这么仰躺着胃里又难受，她只好调动浑身力气半撑着自己支起上半身，又是"呕"又是"哕"地干呕了几下，没吐出东西，但胃里总算没那么翻腾了。

周遭一片漆黑。她是很怕黑的人，但此时此刻有比黑更严重的事要去确认。

所以颜路清保持这个姿势，双手并用把自己"挪"到了顾词身边，然后试探着叫他："顾词？"

没有回应。

离得太近了，她闻到了他身上跟自己相同的酒店里洗发水的香气，以及……

一股血的味道。

心跳猛地加速，颜路清也不叫他的名字了，直接上手去摸。

她摸索到他的头，从头顶到后脑都摸了一遍，发现没有伤口也没有濡湿出血的地方，整个人才稍微放松了点儿。

"顾词，你听得到我……"

颜路清还没说完，身边的人像是陡然惊醒一样开始呛咳。

他咳得断断续续，但是又没有停下来的意思，颜路清立刻挪回刚才自己落下来的地方，摸到一同带下来的背包，找出里面的水和备用小手电筒，又重新回到顾词身边。

颜路清打开手电筒照自己手上的矿泉水瓶，然后递过去："水，给你。"

顾词似乎犹豫了一下，才用单手接过她的水。

可是接过去之后他没喝，握在手里，而后放在地上，依旧用这只手把身体撑着坐起来。速度不慢，只是姿势有些僵硬得奇怪。

"咳……"顾词似乎终于咳完最后一声，平复了一下呼吸，抬头看她。

现在有了光亮，颜路清也能看清他的样子。

他额角的头发沾了一片叶子，身上穿的是一身黑运动服，看不出伤了哪里，脸上跟刚才在月色照耀下的时候截然不同，眉尾上有一道细小的伤痕正往外渗出血珠，眼镜早不知道跑到了哪里，微微喘着气，整个人显得有些狼狈。

只有那双眼睛仍然清明、冷静。

颜路清自己肯定也好不到哪儿去。

她突然觉得两人这么一对视，再想想顾词最后抓住她的举动，顿时就有种患难与共、劫后余生般的感觉。

他现在想说什么？他肯定是要问"你没事吧"或者"你哪里受伤了"，颜路清已经做好了说"我没事"的准备，再对他真诚地说一句"谢谢你"。

然后她看着顾词开口，表情里仿佛还有淡淡的疑惑，温声道：

"颜路清，为什么你这么沉？"

"……"

十月的夜晚，山下的环境阴暗阴冷。顾词说他大概摸了摸，两人撞到的地方正是一个直径少说有七八米的古树。

颜路清满脑子都是顾词刚才那句话。

什么叫她怎么这么沉？！

她这身体都瘦成什么样了，还不够身轻如燕吗？怎么能说她沉？！

颜路清憋屈死了："刚刚那真的不是因为我沉，是因为——"

她想说"因为被别的东西绊住了脚"，却发现自己的嗓子仿佛被封住了一样，怎么也说不出口。

颜路清又试了一次："是因为——"

再次卡住。

还没来得及反应这是因为什么，顾词已经单手扶着身后的物体缓缓站了起来。

听声音，他似乎笑了一下才说："知道了，不用解释。"然后把手伸到颜路清面前，声音一如平常，"手电筒借我。"

颜路清看着面前的手。

这手平日里很白很好看，骨骼指节都生得恰到好处，此时就算带了土和小划痕也依旧看得出养尊处优。

她又看着面前的人。

刚才叫他没有回应的时候，颜路清大脑一片空白——而现在他醒了，这副镇定的样子跟她所想的一模一样。

一睁眼就能和她开玩笑，语气也没有丝毫焦急，仿佛他们没有掉落到这个无人之地，只是暂时和大部队走散了。

颜路清莫名其妙地就安了心，她也不再纠结沉不沉的问题，直接把手电筒递到了他手里。

经过顾词一照，她才发现他们撞到的这面是坚硬的树干，而光线似乎可以穿入树干照进里面。

顾词原地休息了会儿，转而绕到了另一侧。

颜路清还是刚才的姿势，趴在地上提高声音叫他："顾词，你去看什么？"

"另一侧有个很大的树洞，可以进人。"他边回答边重新走回她身边，"你手机还在吗？"

颜路清点头："在包里。"

"先进去休息，然后你通知其他人，我报警。"他说。

安排得倒是都挺好……但是……

"那个，顾词。"颜路清有点尴尬地仰头看着他，"我好像，滚下来的时候伤到脚了……"

顾词脚步微顿："我知道。"

颜路清一愣："你怎么知道？"

顾词在她面前蹲下，手电筒仅有的光线照出他微弯的眉眼："如果你能走，为什么会爬？"

"……"

好家伙。

就你有嘴。

就！你！有！嘴！

颜路清被撑得要炸了，偏偏还是没法动弹，依旧得用爬这样"屈辱"的姿势。

正当她觉得她现在能自己把自己气成一个河豚的时候，顾词又开口了。

"但是你要先等一会儿。"

说话间，他突然背靠着树干坐下，刚好就在颜路清眼前，距离她不到半米。

她声音里还带着被撑的气："我等什么！"

顾词把手电筒放到地上，神色淡淡："等我把我的胳膊复位。"

"？"颜路清怀疑自己听岔了，"你说什么？"

"我左手脱臼了，"顾词的语气平静地仿佛在说"我是个帅哥"一样，对颜路清解释道，"所以等我把我的胳膊复位，才能来帮你。"

"？"

自己给自己复位？

你还是人？

颜路清被震得忘了刚才在气什么，她维持着这个趴在地上的姿势，眼睛越瞪越大，伸手想要拦住他的举动："你别……顾词你别冲动，这样，我们一会儿先报警，然后等警察叔叔来了，咱们到了医院让医生给你——"

她的话还没说完，那边顾词微低着头，睫毛垂着遮住了眼睛，视线固定在他的左手肘上。原本是看起来很闲适的姿势，他的右手突然移到左手肘，非常迅速地往上左方一抬——

颜路清听到了一个声响。

她难以形容那一声是"咔嚓"，还是"咯嘣"，或者二者都不是——

总之是一种听起来极为矛盾、又闷又清脆的声音，一听就有种酸爽和疼痛并存的感觉。

而这人的表情，竟然没有一丝变化，仿佛完全感觉不到痛。

甚至在完成之后还抬眸对她笑了一下。

那"美人一笑"着实很好看，但颜路清瞬间慌乱地挪远了半米："我不要、我不要、我不要——！"

顾词嘴角笑意更甚，重新撑着树站起身朝她走过来，没有理会她的叫嚷，直接握住她一动不能动的右腿小腿。

颜路清不疼，可她觉得自己的头发都要竖起来了。

顾词用手电筒照着简单看了看，又用手指很轻地动了动，下了定论："脚踝脱臼。"说完，他抬头看向颜路清，"你真的不要？"

颜路清猛摇头："别，别，你就让我这么疼着吧，我觉得这种疼我好像快能习惯了，我可以坚持到警察叔叔来救我们……"

顾词似乎被她这副模样逗笑了。他放开她的脚踝，说："颜小姐，脱臼不及时复位不会变得习惯疼痛，而是会越来越疼。而且如果间隔太久不复位，可能造成永久的……"

颜路清越听心里越恨。

上辈子身体健康，连医院都很少去，而现在拥有的这副身体天天不是这儿痛就是那儿病，顾词给她挡了那么多下，她的脚踝竟然还脱臼了。

可她怕疼，依旧下不了决心。

"……你再让我做做心理建设吧。"

"行。"顾词竟然很好说话地答应了。

颜路清看着他从她的右腿处走到自己的正前方，说："我左手刚复位，暂时用不上力气。"顾词再次在她面前蹲下，不过这次是背对着她，回过头对她露出侧脸，"所以你先用膝盖撑着地，我背你进去。"

进了树洞，瞬间比外面暖和了许多，至少没有不断刮来的阵阵阴风了。

两人按照顾词的分工，纷纷打开手机开始对外发消息。

因为组织这次登山活动，他们十二人在大同学群之外建立了个小群。颜路清刚打开微信就发现里面有好多好多@她和顾词的消息，她在里头发了条消息回复。

【在逃圣母】：在离超市大概五百米的地方我和顾词不小心一起掉下山坡了，现在顾词在报警。而且我们两个都是轻伤，你们别太担心啦。

发完，她看向顾词："我给群里发完消息了。"

"你发得出去？"顾词把手机从耳边撤下来，"我的不在服务区。"

"……"

颜路清又用自己的手机打了一次报警电话，跟顾词的结果一样，也是不在服务区。

那为什么她刚才能收到群里人的微信？并且她的微信消息还能发出去？

颜路清再次打开群聊消息。

而刚才自己发出去的那条消息左边赫然有一个红色感叹号——她也失败了。

消息能收不能发？

不可能。

顾词看到她的感叹号，立刻撑着树洞内壁站起来往外走："我出去试信号。"

颜路清点头说"好"。等顾词脚步声渐远，颜路清立刻试了试在脑海里叫从晚上开始就再也没冒头过的玛卡巴卡，没有得到丝毫回应。

颜路清刚才看到感叹号的瞬间就联想到导致二人现在在这里的根源——是系统在罚她。

为什么系统要罚——大概率是因为男女主角又崩了。

颜路清背靠着树木内壁，又试了试点开跟大黑、小黑的对话框，无一例外，都是红色感叹号。

她有些无语地点开了跟姜白初的对话框。

之前两个小孩闹个小别扭，惩罚她发高烧。这次大概是大吵，所以她被扔到了这种地方，还连累了顾词。

　　果不其然，这姑娘头顶正冒出一堆鲜红色的泡泡，看着都愤怒得不行。颜路清不用点都知道，这绝对是她在生男主角齐砚川的气。

　　难道一直要到男女主角再次擦起火花，她和顾词才能往外界发求救消息吗？

　　把人锁起来还怎么当红娘？得放出去才能当啊！这系统是不是有什么大病？

　　此时，顾词也重新走进来，说："外面也打不出去。"

　　他的脸色跟刚才不太一样，声音和表情也似乎更冷漠。

　　但是手电筒的灯光太昏暗，颜路清怀疑是自己看花了眼。她说："我也没发出去……"

　　顾词"嗯"了一声。

　　他再次开口的时候没了先前那种冷漠的感觉，从她的对面坐到她身边，语声淡淡，像是安慰似的说："我们一直不回去，他们一定会报警，跟我们自己报警相差不了多久。"

　　颜路清也是这么想的。

　　但是……

　　"你干吗突然坐过来？"她有种不祥的预感。

　　顾词用手电筒直接照到她的右脚脚踝，意味十分明显："我出去转了一圈，没法确定这里距离上面到底有多远，所以你不能拖。"

　　确实。

　　现在比起最开始，脚踝已经疼得有些受不了了。

　　"……可是我害怕。"颜路清咬了咬牙，"要不这样，顾词，你跟我说说话，或者给我讲个故事，然后趁我不注意的时候把它复位，行吗？"

　　顾词没反应。

　　颜路清再接再厉，对他挤了挤眼睛："我真的很怕疼。"

　　顾词看着女孩的眼睛。

　　那双杏眼底层像是有一汪水，衬得眼珠在昏暗处更显晶莹剔透。她的表情有明显能看出来的故意扮的可怜，但也不令人反感。

　　只是，他还记得这副疯子的身体用刀子往自己身上划、用针往自己身上扎的发疯场景。

而现在，又是这副身体。

却仿佛在用一双截然不同的眼睛盯着他说：顾词，我真的好怕疼。

颜路清看到他面无表情地盯着自己，仿佛下一瞬间就要拒绝。然而他突然极为迅速地眨了一下眼，而后那种熟悉的、令人惊艳的笑意再次在他脸上出现。

"可以。"顾词说，"你想听什么？"

"就……普通的睡前故事就行。"颜路清说。

主要是顾词的声音好听，但他平常话少，颜路清觉得一直听这道好听的声音，肯定自己的注意力也会多少被转移点儿，对故事还是没什么要求的。

"好。"

顾词掀开了他的背包，翻出不久前颜路清给他的眼镜盒，戴上了眼镜。

而后在她身边半垂着眼，拿手电筒照来照去，应该是在检查她的脚踝。颜路清甚至紧张地不敢去看。

顾词的声音在树洞内缓缓响起。安静的氛围里，这清冷好听的嗓音还真有种睡前故事的感觉。

"从前有个人，他喜欢盖着被子睡觉，盖到脖子，只露出一个头。"

"欸，好巧哦，"颜路清觉得这个开头挺俗，但是为了激励顾词的讲故事欲望，还是非常捧场，"被子盖到脖子，我就是这么睡觉的！然后呢？这个人有什么故事？"

颜路清看着顾词的睫毛时不时动一下，听到他继续用那种不疾不徐的声音说："然后有一天，这个人正在睡觉，他的头被鬼吃了。"

"……"

这是睡前故事？

颜路清当场呆住——然而就在她满头冒问号的那一瞬间，脚踝处突然传来剧痛，她再次听到了那种令人牙酸的复位声。

顾词松开手，轻描淡写地说道："好了。"

颜路清连叫都还没叫出声，一切就结束了。

疼确实疼，但是那一瞬间过后，一切来自脚踝的痛都在渐渐缓和。

顾词说："活动一下试试。"

她后知后觉地抱住自己的右腿，转了转，然后叫了他一声："顾词。"

"嗯。"

"谢谢。"

他抬眼："谢什么？"

"我的脚……还有，"颜路清顿了顿，"你跟我一起下来。"

如果没有他，又联系不到外界，颜路清自己也能把自己吓死。

可是有他在，她甚至一丝危机感都生不出来。

顾词没有回答她的道谢。他最后动了动她的脚踝，确认没事后，便从她身边起身离开，到对面去坐着，拉过他的背包开始翻东西。

他经过的那一瞬间，带起一小阵风。

颜路清再次闻到了他身上跟自己相同的洗发水味道，以及……血味。

是因为他脸上的那个小伤吗？

那个小小的口子会有这么明显的血液味道？

正胡思乱想，顾词突然问她："你包里带了些什么？"

颜路清被他一问，思路被打断，回答道："你的药和眼镜给你了，剩下充电宝、热狗、面包、果冻、薯片、水、午餐肉、牛肉棒……"

她报完，树洞内陷入了久久的沉默。

颜路清借着手电筒的光看到顾词的脸，虽然面无表情，却仿佛能读到"不愧是你"四个大字。

顾词问："你的睡袋呢？"

颜路清声音减小："因为没地方了，所以睡袋在夏雨天那里放着……"

顾词脸上……顾词脸上这次是真的没有表情了。

颜路清觉得万分尴尬。

最要命的是，她带了满包食物这点，竟然还挺符合她靠体重把救命恩人给拉下山坡这件事儿的。

对视了半天，颜路清看着顾词把眼镜摘了放回背包里，拿出折叠睡袋扔给她："你睡我的。"

她迟疑了一下："可我们不是……"

"不确定他们多久会找到这里，先休息，保存体力。"顾词说完，整个人就靠在了树干内壁上闭目养神——他今天似乎总喜欢背靠着哪儿，长腿一曲一直，这么看着坐姿还挺帅。

颜路清爬了一天的山，刚才又经历了那番惊心动魄，说不累不困是不可能的，只是在陌生的环境下强撑着。

但是她抱着他的折叠睡袋，捏了捏，总觉得这似乎不是单人尺码。

颜路清把睡袋拿出来，铺在地上等它自然蓬松充气，怎么看怎么像是双人号的。

"顾词。"

"嗯。"

"其实，你看这个睡袋这么大，"颜路清随口问，"我们不能一起睡吗？"

原本闭目养神的顾词倏地睁开眼，视线朝她笔直地看过来。

15

如果说刚才报食物让树洞陷入了沉默，那么现在树洞里则是陷入了死寂。

随着时间越来越晚，外面的风也越来越大，风扫起落叶的声音仿佛带了扩音特效，响在两人耳边。

颜路清感受到顾词的视线，脑子一瞬间清明，也终于反应过来不对劲。

她刚才说了什么？

——我们不能一起睡吗？

什么一起睡，谁给了她几个胆啊，敢这么跟顾词说话？

"不是，那个，我的意思其实是说……"颜路清大脑飞速运转，指着睡袋及时改口道，"你看这个睡袋这么大，难道不能睡两个人吗？"

顾词还是那么看着她。

今晚的月亮格外大，格外亮，树洞的入口是一个"人"字开叉形，上窄下宽，月光从那个入口和周围的小洞照射进来，不用手电筒的时候也大致能看清周遭。

自然也能看清他的脸。

此时顾词已经从面无表情变化到了微眯着眼笑。那笑容很淡，但显得饶有兴致。

——并不是男生对于女生的那种饶有兴致，更像是"爷还没见过这么新奇的物种"的那种饶有兴致。

颜路清被他一笑，更紧张了，她咽了咽口水："……这不是明显的双人尺码？"

顾词点点头："所以你就要跟我一起睡。"

"……"

这话实在是太暧昧了！

颜路清尝试挽救："'一起睡'的意思，就是一起休息……"

没等她再往下说，顾词打断了她："昨天睡得多，不困。"

他昨天确实睡得多，但今天爬了一天山不可能一点儿不困，颜路清怀疑他还是介意。

"可是你看现在这么冷，就算不睡觉，钻进来取暖也挺合适的啊。"

"不冷。"

不困、不冷。

顾词好像突然变得很懒得说话，惜字如金一样，语句简洁到冷漠。

其实如果换个人，不管同性异性，她都不会这么执着。

但首先，他是为了拉住她才被拖到这里的，其次……颜路清觉得两人的感情现在已经升华了，不单单是进入书中世界的人对纸片人的怜惜之情，也不单单是友情。

还有战友情。

两人沉默良久，沉默到顾词已经再次闭目养神。颜路清灵机一动，回想到自己背包夹层里似乎还有个大宝贝。

"等等，我突然想起我好像还带了……"

颜路清在包里掏，翻了半天总算翻到了自己想要的，那熟悉的扁扁的呈片状的——

"暖宝宝。"颜路清开心坏了，"还真的带了！"

虽然忘记带它的初衷是什么，但颜路清立刻把外包装拆开，从里面拿了两片，然后走到顾词身边坐下："你用过暖宝宝吗？"

顾词缓慢地睁开眼，仿佛眼睫毛都带着抗拒，一脸"我看你像个暖宝宝"的表情。

但是他们在荒野求生啊！别坚持不到警察叔叔来就被冻坏了，活着才是最要紧的。

"你不要这副表情嘛，这个真的是宝贝。"

"来，我教你，"颜路清行动特别迅速，趁顾词不注意，一把拉过他的右胳膊，因为动作太过流畅，没注意到他有一瞬间的僵硬。她把人拽起来一点，然后把暖宝宝放在他的背部正中央，"暖宝宝你就贴在这儿，贴在后心的位置最暖和……欸？你的后背怎么是湿的？"

这个问句是下意识问出口的。

下一秒，她猛然想到自己先前闻到的血味、两人滚落下来最后的撞击，快速捞过一旁的手电筒一照——

她手心上刚才感觉到的湿润，就是血。

而顾词靠坐的那个内壁上也挂了一层干涸的红。

他穿了一身黑，如果不是照了那里，在这种昏暗的环境下只能看出衣服被刮破，黑色的布料连湿了一大块都看不出来。

看着那团红，颜路清一下子想到滚下山坡时的那一路——她的意识很模糊，被人抱着又闭着眼，什么都看不见，还有心思吐槽。衣服蹭破了几处，除了脚踝也没受什么伤。

其实，只是有人替她受了而已。

颜路清莫名有种心脏被揪紧的微微窒息感。

然而顾词却很随意地挣开她的手，语气很淡地说："被刮了几下。"

似乎是专门解释给她听。

颜路清揪心的感觉还没过，闻言震惊地看着他："你这叫被刮了几下？"

顾词换了个说法："如果不是最后撞上这棵树，确实只是被刮了几下。"

"那……你这里出这么多血为什么不告诉我？"

顾词眨了一下眼："你包里的东西我听了，我包里的东西我知道，既然没有药，说了能干什么？"

不能干什么……但是。

总好过自己撑吧。

颜路清是那种如果自己有不舒服，绝对会立刻主动向信任的人求助的性格。就比如刚才她发现自己脚踝不对劲，便马上告诉了顾词。

她不知道顾词是在经历过父母的悲剧后性格变了，警惕心太强，还是天性就这样。

跟一群老同学在一起的时候也是这样。颜路清和双胞胎姐妹关系好了之后说的话都要比他多，可在此之前她甚至不认识那两姐妹。

颜路清一直觉得人是群居动物，向往热闹和生机，在荒芜的土上撒撒种子就会开出一片花园，但顾词不是。

他太淡漠了。

他是明明可以生活得锦簇灿烂，却偏要主动选择孤独的人。

所以——是不是因为这样的性格，他也注定爱不上任何人，才会在书里得到那样一个结局？

颜路清没注意到自己已经越想越远，眼神也几经变化，眼底在小洞照射进来的月光下显得有些水润得过了头，很是波光粼粼。

"哦……"顾词又语带笑意地在她身边开口，故意拖着腔调，"原来说了，能赚颜小姐的眼泪啊。"

颜路清顿时回过神："……谁哭了！"

只是想得有点远，想到那个她极为气愤的结局，有点感慨。

她的思维迅速回到现在，眨几下眼把水分眨没，然后非常认真地看着顾词："就算说了没用，那也不能不说。别说你今天是被我拉下来的，就算你不是因为我掉下来受伤的，我也会想知道你的情况。"

"原因？"

"因为我们……"

顾词打断她："是朋友？"

颜路清一愣："……不错，你还会抢答了。"

说完，她就去包里翻自己的水、干净的卫生纸，以及所有能用得上的清理伤口的用具。

顾词在她身后笑了一声，也不知道是什么让他觉得好笑，半晌才说："颜小姐，真没新意。"

先前颜路清被顾词背进来的时候，因为她的脚踝实在太疼了，竟然没注意到顾词的外套和里面的黑 T 恤的后背部分都被划破了，手电筒一照就能直接照到伤口。

跟顾词说的差不多，大概最开始确实是刮伤，可毕竟这是山里，树枝、树杈都有些倒刺，原本那些木刺可能只是黏在伤口上，却因为最后那下猛的撞击而扎了进去。

颜路清包里有卫生纸，有水，她先把他的伤口周围简单擦干净，然后把自己的手也尽力擦干净，然后……

然后对着那些扎进去的木刺无从下手。

等了一会儿，顾词微微侧过脸来："不拔就别照了。"

颜路清这辈子、上辈子都没干过这种事儿，她深吸一口气，伸向了第一个木刺。

拔出去的时候，她以为顾词会有肌肉紧绷，会有轻微颤抖，会有闷哼声等一系列加剧她紧张感的表现。

但他什么都没有。

颜路清仿佛在给一个假人处理伤口。

"其实，刚才你弄你左手的时候我就想问了……"颜路清真心实意地感到疑惑，"顾词，你都不会疼吗？"

他没说不疼，也没说疼。

在一片寂静里，他说："疼痛都是逐渐耐受的。"

颜路清还没来得及体味这句话的意思，一阵电流声极为突兀地在耳边响起——

没过多久，她听到了自己联系了许久的那熟悉的少御音。

"玛利亚——！啊，急死我了！刚刚你出意外的时候，我不知道为什么被强制下线了，"玛卡巴卡的语速很快，"而且我发现你在顾词身边的时候，我也会很难连接到你，我刚才一直在尝试却怎么也连不到，现在换了个——"

颜路清迅速在脑海里打断它："我的金手指顾词都是屏蔽的，你被他屏蔽，我一点儿都不奇怪。好了，既然你出来了就别废话，说正事，我跟顾词怎么才能出去？"

她一边问，一边眼睛依旧死死盯着顾词后背，小心地拔刺。

"玛利亚，我觉得系统这次出故障了，你已经修复了他们认识的契机，除了他们突然反目成仇，不应该再有一个这样的惩罚……除非又改变了什么……"

颜路清有些着急："你先把我俩搞出去啊！出去再说这些！我之前微信只能收不能发，电话不能报警，这到底什么鬼？"

玛卡巴卡隔了五秒钟回："你的同学一定早就帮你们报警了，但是……我觉得这个地方大概率是外人找不到的。"

颜路清手上动作一停。

她用意念询问："……你说什么？"

"就是说，系统的惩罚一般不会因为外力而轻松解除——好比你之前的高烧，吃药不会有太大作用，只能维稳，而根源没有问题了，惩罚就会自动消失。"

"……"

好像确实是这样。

颜路清正要破口大骂，玛卡巴卡又道："但是！但是所有的惩罚都是有时限的！以六小时为一级别，六小时到四十八小时就是八级，到点就会自动解除。"

也就是说最多两天，他们才能被找到。

颜路清顿了顿，问它："总之你现在没办法救我，是吧？"

女声轻轻道："抱歉，玛利亚，我没权限。这次连接也是强行……顾词为什么会对我有影响，我也不清楚。"

颜路清说："不用道歉。"

"不过，如果救不了，那你能给我提供点实物吗？"颜路清看着顾词的后背，"比如……治疗外伤的药和绷带什么的。"

感觉到颜路清沉默太久，手也没了动作。顾词回过头看她一眼："你怎么了？"

颜路清刚摸完自己背包里多出的东西便停下了手里的动作。

"怎么说呢……"颜路清紧张地眨了眨眼，对上顾词的视线，"我刚才吧……又在我的包里发现了宝贝。"

"……"

顾词沉默三秒，面无表情地问："是什么？"

然后他就看见颜路清的那个所谓装满了食物的背包里，又被她掏出了碘伏、酒精、一罐外伤专用药粉、一个处理外伤的小工具盒，以及……一卷绷带。

"……"

顾词的眼神又从背包移动到颜路清身上。

颜路清硬着头皮打哈哈："你看我这个背包，是不是很像哆啦A梦的口袋？"

顾词点头："确实。"

"啊，我也是从背包隔层翻到的……哈哈……你也没想到我这么细心吧……哈哈……"

她越说，顾词就越盯着她看。那眼神没有怀疑，没有攻击性，可是却能带来某种压力。

反正被顾词这么看着，她是说不下去了。

这是什么眼神呢？

是她39.5摄氏度的高烧说退就退那时候，顾词看向她的眼神。深不可测，意味不明。

现在，面对此番"神迹"，这眼神又再次出现了。

但顾词见到她奇怪的时候还少吗？

他迄今为止多嘴问过一句吗？

这个谎有必要撒吗？

这三连问把她自己问倒了。

"算了，"颜路清权衡了一下，干脆利落地拆开工具盒和药准备给他抹在背上，破罐子破摔道，"别问，问就是'哆啦A清'。"

"……"

在哆啦A清的帮助下，某"公主"的后背暂时安全了。

已经是半夜十二点，颜路清觉得自己刚才的精神都是被突发状况激出来的，她的身体已经困到不行，但又轮到了睡袋睡谁的问题。

颜路清觉得两人真是身份调换了，她仿佛一个苦口婆心的骑士，顾词就是矜贵又强大的刚保护了骑士的公主。而她在劝公主：您可快进来睡觉吧。

"就算只能等人过来，肯定要伤员优先休息——而且这么冷的天，抱团取暖不是很正常？"说完，颜路清给自己打了个"补丁"，"咳，抱团取暖只是个比喻，不是真的抱团。"

公主词不说话，颜路清也开始耍赖。

"你不进去我也不进去，这就浪费了。"颜路清指着看起来非常舒服的睡袋说，"你进，我就进。"

——You jump, I jump.

两分钟后，颜路清终于在睡袋里安稳躺下——她的对面就是顾词。

毕竟情况紧急，条件有限，他们也算是字面意义上的"睡在了一起"。

大概是因为两人都瘦，这么面对面侧躺，睡袋中间竟然还有不少地方。

颜路清现在处于一个一沾枕头就睡着的状态，但是考虑到公主词应该很不乐意，也估计没跟异性一起睡过觉，她又强撑着对顾词说："你放心，我睡觉很老实的。"

"别担心，万一这野外有什么危险，我也会醒的。"

"你不会真以为我的心很大吧？"

——喂了三颗定心丸。

也就过了三分钟，顾词耳边便响起了呈匀速的、明显已经入睡的呼吸声。

"……"

这一晚过去，他已经生不出类似无语的感觉了。

顾词半撑起来，伸手拿过睡袋旁边的背包，在里面找到了颜路清想要给他贴的暖宝宝，那个所谓的"宝贝"。

他撕开外包装，又撕开那层贴纸，等它开始发热后，手伸到了颜路清的后背——

颜路清半梦半醒间，觉得自己背上多了个暖洋洋的东西，舒服得不得了。她迷迷糊糊地开口："嗯……怎么了？"

"没事。"顾词收回手，那声音在深夜显得相当温柔，"你不是说，贴这暖和吗？"

16

颜路清一觉睡得很爽。

首先一点儿不冷，而且她睡到后期还做了个美梦，梦里她一边睡觉一边怀里抱了个公主，虽然梦里看不清脸，但直觉告诉她那公主巨好看。

不过可惜的是公主最后跑了，她在梦里不知道又抱着个哪儿来的大石头继续睡。

第二天颜路清醒来的时候，天光大亮，阳光从树洞的入口照进来，洒在人身上暖洋洋的。

她迷迷糊糊地揉了揉眼睛，发现睡袋里只有自己，而自己怀里……还抱着自己的背包。

"？"

颜路清松开抱着背包的手，相当蒙地坐起来，一下子看到了原本该在睡袋里的顾词。

他正坐在她的对面，靠在树干内壁上看手机。顾词不是正对着她，这个角度看他，一半脸在光晕下，一半在阴影里，脸上的每一处都仿佛有仪器精密计算过一样。

颜路清看了会儿，心道，昨晚梦里她睡觉抱着的那个公主不知道有没有这姿色。

她清了清嗓子跟他打招呼："顾词，早啊。"然后顺便问，"你是什么时候醒的？"

听闻她的声音，顾词原本耷拉着的眼皮缓缓掀起来，视线从手机屏幕上挪开，移到她脸上。

不知道跟受伤有没有关系，他的嘴唇颜色很淡，但又不是最初见面那种骇人的惨白，带了点淡粉色。颜路清就看着他的嘴唇一开一合，他说："你应该问，我是什么时候睡的。"

颜路清一愣："……啊？"

顾词再次看向手机，手指在屏幕上滑了两下，随后另一只手在地上一撑，起身走到她身边。

颜路清看着面前他递过来的手机，听到他说："自己看。"

她接过来。

那是一个视频。

那是一个……她这样不拘小节的人看了都想去找个牢坐的视频。

从光线上看，那时天已经蒙蒙亮了，视频是顾词拍的，自然也是以顾词的视角看。

颜路清就从他的视角这么看着自己闭着眼，死命地往他身上抱、扒、凑、蹭……他越躲，她黏得越紧，好几个瞬间，自己那张闭着眼的脸直接揼到镜头前，丑倒是不丑，但是很蠢，颜路清看得简直要窒息。

视频最后，是顾词离开睡袋，把她的背包塞到她怀里，她才终于消停的。

"……"

救命。

公主被玷污了，公主被非礼了。

救命、救命、救救我、救救我……

颜路清已然尴尬到不知如何是好的时候，顾词的声音带着笑意从她的头顶传来："你昨晚让我放心，你睡觉很老实。"

"……"

"颜小姐，看完什么感想？"

颜路清一抬头，恰好顾词在她面前蹲下。两人几乎平视的状态，她第一个注意了顾词发青的眼下。

"感想就是……"颜路清沉吟了一会儿，道，"牛。"

顾词的语气有些荒唐："什么？"

"我的意思是说——"颜路清瞬间变脸，挤了挤眼睛，对着面前的人就是一顿扮可怜，"顾词，昨晚我出那种洋相，你都没直接丢下我走人，你的人品真是太好了……"

"……"

颜路清看着顾词的表情再变，那双内收外扬的眼睛渐渐眯了起来，显出好看的狭长形状。

凭公主词这个毒舌程度，凭借他叫"word"那丰富的词汇量，要是真的损她，场面会惨到何种地步，颜路清简直不敢想象。

所以她先滑跪。

颜路清用左手托着右手，右手比了个倒着的"耶"，表示一个站着的小人。然后下一秒——

她的手指一折，小人"扑通"在她的左手掌心跪了下来，正冲着顾词的方向。

这举动似乎取悦到了顾词。从颜路清醒来到现在，他的嘴角第一次弯起："你在干什么？"

颜路清晃了晃手指摆出的小人，小声说："在给你赔礼道歉。"

顾词就这么让这事儿翻篇了。

一开始颜路清不太敢信公主词能这么轻易被哄好，但她很快又想到，这已经不是她第一次挑战公主词的底线了，但他却没有哪次是真的跟她生气。

——除了在别墅那次她吞了他给的药又被他推着吐出来，她觉得顾词的情绪更近似于生气。

颜路清发现自己后背的衣服上贴了张暖宝宝，只不过她怎么也不记得自己是什么时候贴的了。暖宝宝已经凉透，她起床的时候顺便扯了下来。

背包里的水和食物现在派上了用场，两人解决完温饱需求之后，颜路清看向顾词的后背："你这边怎么样了？要换药吗？"

"不用。"

"那你昨晚不是没睡好……"提到昨晚，颜路清心虚得声音都变小了，提议道，"你要不现在睡一觉？我现在特别精神，我这次肯定不睡了。"

这下顾词总算抬头看了她一眼："我先出去一趟。"

"出去？干什么？"

"昨天，我们是几乎沿着一个方向从山上滚下来的，距离再远，搜查到现在也该找到我们了。"顾词难得说了许多字，"我昨晚有留意过外面的声音，没有任何人找过来。所以现在出去看看。"

顾词的语气倒是没有任何对这种状况着急的感觉，只是单纯给她解释一下。

一提到昨晚，颜路清就尴尬。

她到底为什么会在这种情况下睡得那么死……她自己也很费解。

"你是从……录视频那时候就醒了吗？"

顾词"嗯"了一声："不然呢？"

"那你醒了这么久，为什么……"

为什么等她醒了才要走？

颜路清没有问出来，但某人理解能力太强，已经懂了。他笑了笑说："当然是因为还有人没醒，我不想赚人眼泪啊。"

"……"

"顾词，我昨晚真的没哭！"颜路清最后一次强调完，便从睡垫上爬了起来，"我跟你一块出去。"

"你昨天脚踝刚脱臼又复位，不要走太多路。"顾词站在树洞口，背着光，看她的眼神带了点无奈，"你也说了，既然早上我都没跑，那现在也不会跑。"

"……我不是怕你跑。"颜路清走到他跟前，活动了一下脚踝，"你看我的脚也没问题了呀，而且……我就是不想自己待着。"

沉默了会儿，顾词突然轻笑了一声，用像是一个带小孩的哥哥那样的语气说："行，走。"

顾词所说的"出去看看"确实就是看看。两人沿着树洞一路走到他们摔下来的坡，朝着这个方向往上走了一段路，那路竟然全部被不规则分布的树木挡得严严实实，完全看不到两人掉下来的地方在哪儿。

而且这周围除了他们两个，一个人都没有。蝶叶山这么大的旅游景点，还是不少学校的秋游去处，竟然连一点游客对话的声音也没有。

大概是照顾她的脚踝，他们前进的速度很慢。在路上的时候，顾词突然说："早上，手机有信号了。"

"！"颜路清愣了一下，"可以打电话？"

"嗯。"

"也可以发消息？"

"嗯。"

顾词并没有显出任何惊讶，就像昨晚他知道手机没信号的时候，依旧没有很惊讶。

好奇怪。

她竟然觉得顾词从最初在上面拉她却拉不动的时候，可能就知道了这一切都不是自然因素造成的。

但……不可能吧？

应该只是他的个性善于隐藏情绪，显得特别淡定。颜路清在心里告诉自己。

毕竟，正常人要怎么接受这种非自然、反科学的事情？

颜路清正聚精会神地想自己的事情，手臂突然被人拦了一下。与此同时，耳边骤然传来短暂的物体穿过丛林的声响——

颜路清头皮一麻，条件反射地直接抱住旁边的顾词，胳膊搂在他腰上，着急地喊："那个是什么？顾词，那个是什么？"

顾词没立刻回答。

颜路清在等待的过程里越来越怕，越来越怕，直到她听到了顾词拖着腔调的调笑："原来，哆啦Ａ清还会怕这些啊？"

"……"颜路清有点恼羞成怒了，"到底是什么？你看到了吗？"

"小型动物，灰色，不确定是兔子还是松鼠一类。"

颜路清松了一大口气。

在颜路清的认知里，按照玛卡巴卡所说，她已经被系统跟外界屏蔽了。那现在又是有动物，又是手机重新来了信号，大概率是惩罚快要结束了？

"我们大概几点掉到这里的？你还记得吗？"

"晚上九点左右。"

颜路清简单用手指算了一下时间，发现距离两人下来已经过了十二小时——以六小时为级别，玛卡巴卡没说多少级别，那也就是说每个六小时都有可能。

从种种迹象来说，不是这六小时就是下六小时。

颜路清的心情瞬间好了不少。

——而她没注意到，自己的一举一动、每个表情变化，包括嘴里无意识默念的数字，全部都落在了顾词眼里。

回去的路上，颜路清一直在看微信上的消息。

大黑、小黑已经快要急死了。点开两人的对话框，不仅有很多新消息，泡泡也多到快要溢出屏幕。

颜路清点了小黑的蓝色泡泡："颜小姐虽然有病，但我依旧觉得她是个好人……"

小黑的灰色泡泡："颜小姐不会真的出事了吧？！别啊！"

小黑的红色泡泡："为什么那么多人就是搜救不到两个人呢？搜不到就算了，还不准我们插手，我好气！"

"……"

小黑以前的蓝色、灰色、红色泡泡都是吐槽她的，现在三种颜色竟然都是担心她了。

颜路清：……这种妈妈欣慰的感觉是怎么回事？

大黑的内容也跟小黑差不多。

再就是同学群里发的消息，颜家父母听大黑、小黑说过之后发来的消息，甚至姜白初发来的消息——反正能发来一堆消息的，泡泡里基本都是正经的关心，就连那个讨厌她且替顾词鸣不平的大哥都冒出了"她这次可别把自己真作出事来"的泡泡。

不过，这几种情绪的泡泡全都没有粉红色那样图文并茂，只有单纯的文字而已。

颜路清正边看消息，边琢磨着该怎么升级那蓝色、灰色泡泡，两人也走回到了那个树洞里。

颜路清一看到睡袋就想起昨晚的尴尬，立刻看向顾词："你睡觉吧，有什么事我会叫你的。"

顾词这次没拒绝，直接干脆利落地走过去进到睡袋里躺下，闭上眼。

颜路清就坐在他身边，本想滑开手机屏幕继续看手机，但却被他的脸所吸引。

她正在心里感慨，这恰到好处的眉骨高度和这鼻梁高度是怎么做到这么和谐，怎么做到仰面躺着也这么好看，自己真会取名，不愧是公主等一系列彩虹屁。

然后顾词"唰"地睁开了眼。

"颜小姐，盯着我有什么事？"他目光里有倦意，所以看起来并没有攻击性，"还是说，你想给我讲个故事再让我睡？"

"啊，不是，"颜路清现在想起被子盖到脖子还有阴影，她摇了摇头，"毕竟我也讲不出你那种风味的故事……"

他直接用眼神询问"那你是在干什么"。

"我是在看你的脸，"她实话实说，"我觉得你的骨相好好看。"

"嗯？"顾词回了个单字上挑的疑问。

大概男生不太懂这种词？

颜路清想了想，用自己的理解给他解释："这么说吧，我的意思就是，要是现在所有的人全部都原地变成骷髅，你肯定是骷髅里最好看的一个。"

顾词："……谢谢，你的故事也不赖。"

说完，他就真的闭上了眼睛。没过太久，长长的睫毛从偶尔微颤到几乎没有颤动，呼吸声也逐渐绵长。

睡着了。

有美景在手边，不照简直浪费资源。颜路清给顾词找了个角度照了张相，便陷入了无事可做的状态，再次开始百无聊赖地玩自己的手机。

说实在的，自从看过升级版的粉色泡泡，颜路清以为所有的颜色都升级了。结果刚才一看，别的颜色依旧是只有文字。

她现在很想看图文并茂的其他情绪——比如悲伤小黑、愤怒小黑，等等。

于是，颜路清只好再度打开几天没见的短视频软件，目的明确：求赞。但这次，她的目标是全面收集，不光要有喜悦情绪的赞和评论，还得带点四十五度忧伤。

顾词睡着的时候周身是冷的，醒来的时候却变得暖了很多。

他似乎睡了挺久，因为树洞内的光线变得昏暗了。而他的面前躺着的，是不知道什么时候钻进睡袋的颜路清。

她正在微微侧背对着他玩手机，颜色偏浅的头发散着，发出和自己一样的洗发水香味。

颜路清的手指在屏幕上的敲击是很赏心悦目的，她的手很纤细小巧，白皙的皮肤和黑屏幕形成鲜明对比。

但是……不能细看她敲了些什么。

上次的经验让顾词下意识地抗拒去看她打的字，但是眼睛的恢复以及反应过快的大脑让他一扫便能迅速看到那上面的内容。

她的风格突然变得和上次见到的截然不同。

首先是一个大海和浪花的视频，她打字：你说你喜欢大海，可来潮后你却选择向后退。

……

然后她又刷到了一个看上去像是情景剧的视频，评论：你不爱他

117

的时候，他才最爱你。

……

颜路清又往下翻，顾词看到视频上写了一行大大的字——"聊聊你的前任吧？"

这条她算得上思索了一会儿，然后才打了一长句：记不清了，只记得他爱穿假鞋。可是上次我带了双假鞋去探望他，他却头盖白布，好像不太愿意见我。

顾词："……"

他已经准备要暂停颜路清的行为，她却又翻到了一个视频，几乎连内容都没看就再次评论道：

寂寞的夜，QQ 不响，微信不响，就让我的抖某响一下吧，谢谢你，陌生人。

顾词："？"

第四章

被公主词公主抱了

17

　　颜路清原本坐在顾词身边玩手机，但是一直坐着太累了，坐得腰酸背痛，屁股也难受。试问：谁能在身边有个能躺着的床却还是不受诱惑，直愣愣地坐在地上？

　　反正颜路清不能。所以她很快就轻手轻脚地钻进了睡袋里。

　　刷视频的时候颜路清一直没开声音，时不时就去看看顾词有没有要醒的迹象。但她很快发现自己多虑了——顾词这一觉睡得还挺沉，大概是昨晚受了伤又没好好休息的缘故。

　　颜路清偶尔会刷到帅哥的视频，全部礼貌性地点了个赞就滑走了。

　　因为秉着蹭热度的原则，基本只要火的视频她都评论。但对于颜值视频，颜路清却更偏爱美女，对帅哥不怎么感冒——不感冒，发神评的灵感自然也就没有。

　　不是对帅哥有意见，主要是帅哥加上滤镜特效的视频还不如自己天天见的顾词这张天然去雕饰的脸，这让她怎么有激情想神评？

　　中间颜路清看着顾词的睡颜还在想，发个顾词的视频，给他配个剪辑音乐什么的，分分钟涨粉数十万。

　　总之，趁着顾词睡觉的一下午，颜路清收获颇丰。

　　虽然还没有升级到立刻能看图片的地步，但是今天发出去的评论再攒攒，应该再过几天她就能看图了。

　　不过说起在抖某发评论博眼球这件事，颜路清也不知道为什么，她这一个视频都没发过的账号竟然只是因为太过频繁地上热评也能涨粉。

　　还会收到不少人@她的调侃——

　　"没有这位@在逃圣母的评论，我统一认为不算热门视频[/狗头]。"

　　"这视频绝对要火！@在逃圣母快来评论占前排呀，宝。"

"这个视频你要评论啥？快让我抄作业，爷也想上一次热门，@在逃圣母。"

不过她并没当回事，偶尔看到好笑的内容才去回复一下关注她的人。

发出去最后一条评论，颜路清的手指有点儿累了，想翻身换个姿势休息休息。

没想到刚转过半截身子，就看到睁着眼看向她的顾词。

"……你醒了？"

这下颜路清也不怕吵到他了，动作幅度顿时大了起来，利索地翻了个身。她和他面对面地对视："怎么样，睡得挺好吧？"

睡得是挺好。

就是刚睡醒看到的场面不太好。

但是顾词一个字都没提，因为他自己也想忘记。

顾词醒来的时间恰好是太阳下山，颜路清把背包捞过来，两人简单吃了点东西，便又继续在树洞内坐着等。

现在虽然能跟外面联系上，可从下午到现在，颜路清不知道自己发了多少次位置共享，都没用，小黑在那边直呼邪门。

颜路清也觉得邪门。

六个小时又六个小时过去了，到底是第几个六小时？

不会真的是满四十八小时才结束吧？

月色降临的时候，树洞内响着手机里放视频的声音，颜路清偶然一抬眼，却看到了洞口外的一道黑影。

她当时扫了一眼又移开了视线，那道距离她有一定距离的黑影也已经消失。

然而等过了好几秒，她在大脑内不自觉地复盘了那个黑影的形状时才意识到——

"顾词！"

树洞内突兀地响起故意压低音量的女声。

顾词闻声抬头，发现原本坐在他对面的颜路清已经一下子站起来，几步跨到他身边蹲下。

她的手指直接上来揪住了他的外套袖口，顾词看到她的眼睛瞪得大大的，语气慌得不行："顾词怎么办？我好像看到狼了。"

"在哪里看到的？"

"在洞口，我随便扫了一眼看到了一道影子，大概离我们十几米。"

"先别怕。"顾词转头看着她，"你先确定你见过狼？"

"没见过真的，见过图片。"颜路清又回忆了一下，"我觉得就是狼，那个耳朵，那个嘴，真的跟图上特别像，再加上我们是在这种没什么人的老林……"

她越想越害怕："你看为什么我们白天出去周围一个人都没有？说不定都被吃光了。"

颜路清用气声在顾词耳边说话，勾得人耳朵痒痒的。不仅如此，她还怕到开始胡言乱语，嘴里越来越离谱："我刚才还在网上刷到说今晚月亮特别圆，怎么这么巧，我们就在今晚遇到狼，一会儿不会还来个狼人月下变身吧？怎么办、怎么办，顾词怎么办……"

她语速奇快，用的还是那种并非开玩笑的语气。而正是这种一本正经才显出她此时的无厘头来。

"颜路清，"顾词微微侧过脸，半像警告、半像开玩笑地说了句，"别逗我笑。"

他的嗓音压得很低，让人听得出带有他独特音色的清冷少年感。颜路清听到那副嗓子叫她的名字，满脑子"我要死了"的慌乱才像是得到了安抚。

她终于安静下来。

顾词拿开她绞紧的手指，手撑地作势起身："我去洞口那边看一下，你坐在这儿别动。"

"喂——"颜路清着急地拉住他，"别去！你去那里被看到怎么办？"

顾词又想笑了。

"那我们怎么办？"他慢条斯理地反问，"你来找我，不是为了让我去探察？"

"……不是。"颜路清愣了一下，"我来找你，我来找你是因为……"

是因为这里只有他？

好像不是。

如果这里有十个人或一百个人，她也会来找顾词。

她只是太慌乱，遇到害怕的事情就想立刻叫顾词的名字，好像这样才能安心一点。

因为他好像什么困难都能解决，他好像无所不能，他好像就是有神奇的、让人想要依靠的魔力。

颜路清没说话，顾词也不逼问她，回头又准备起身。

"我也去看，"颜路清拉住他说，"一起去。"

"……"

顾词从头到尾都知道不可能有狼。

她可能确实看到了什么，但绝对不会有一匹孤狼在这里出没。

但顾词的动作还是顿住，重新坐回地上，转头看着她已经吓出水色的眼睛。

"你自己很确定，那里有狼？"

"……嗯。"

他轻声说："你以为如果真的有狼，你跟我去了，还会活着回来？"

"……"

问完这句话，顾词看到颜路清原本已经有些平静的情绪又要往害怕上发展。

"不行，"她抓着他衣服的手开始无意识颤抖，声音也抖，但还是说，"那也要一起去。"

颜路清在山洞里仿佛拍了一出生死关头的偶像剧，谁知顾词带着她到了洞口边，并不只是"看看"，他招呼也不打地直接带着手电筒走出了树洞。颜路清没反应过来，想拦都拦不住。

顾词就这么走到了对面她看到黑影的地方站定。

过了几秒，他毫发无伤地冲着她挥了挥手电筒，像是在叫她。

颜路清强忍着腿软的感觉挪出洞，距离他近了点，抬头便看到顾词带着笑意的脸："颜小姐，麻烦过来一下。"

他眼神温和地看着她："我今天当你的老师，来给你上一课。"

那眼神像是那种关爱智障儿童的益智广告里面，那些大人对智障儿童表示怜爱的眼神。

"这是狗，"顾词指着地上，手电筒照着那团黑影，一字一顿道，"学名：边境牧羊犬。你最好熟读背诵。"

"……"

这只被误认为狼的狗腿部受伤了，在颜路清看到黑影后就立刻倒在了原地。而颜路清没看到倒地过程，以为狼不知道跑去了哪里，这才造成了一场误会。

这只边牧毛色很好看，品种也很纯，但脏兮兮的，腿上的伤像是长年累月被铁链磨出来的。

顾词把它拖到了树洞里，两人用昨晚给顾词上药时候用的药和绷带给它包了一下腿。全程它没有一丝反抗，甚至还摇了摇尾巴。

"它好像知道我们在救它，那么深的伤口也不挣扎，也不叫疼……"颜路清忍不住感慨，"真不愧是最聪明的狗。"

"顾词，你刚才说它大概率是受不了被一直绑着，自己挣脱铁链跑出来，到现在脱力了，"她兴致勃勃地提议，"那我们把它带回家养好吗？"

这话问得多自然，可能她自己也没有发现。

顾词有一瞬间的怔愣。

但他很快回神，手上动作没停，还笑了声："颜小姐，建议你先搜搜边牧的个性和智商，狗和狼都分不清的话，你可能镇不住它。"

"……"

颜路清无法反驳，今晚真的太丢人了，简直丢人丢到了奥特曼的家乡——只要顾词活着一天，都不会忘记她今天丢的人。

但，与其被动社死，不如主动出击。

颜路清正色道："顾词，我决定要养了，我顺便现在给它取个名字好了。"

他问："取什么？"

"就叫'狼'。"颜路清摸了摸狗头，"以后它大名叫'狼'，小名叫'狼狼'。"

"……可以。"

顾词抬头看了她一眼，好看的眼睛里满是笑意，难得夸奖了她一次："颜小姐直面错误的勇气真是令人佩服。"

上完药的此时，刚好是九点钟。

顾词刚夸完，颜路清耳边就传来了熟悉的人声，那是属于其他人的声音。

——是搜救队终于找来的声音。

从昨晚九点掉下来，到今晚九点被找到，足足二十四小时整。

结束了。

听到声音的那瞬间，树洞内仿佛有一瞬间的凝滞。

好像有一道无形的分界线，在听到搜救队的声音之前和之后，是截然不同的氛围。

上一秒还只有两个人，刚闹了一场大乌龙。少男语气温和地嘲讽少女的无知，少女给想养的狗狗取了名字，被夸赞勇气可嘉。

下一秒就要离开了。

顾词低着头看狼，颜路清看不清他的脸，也说不清那瞬间她自己是什么感觉。

颜路清摸着狼的脑袋，听着越来越明显的人声，突然出声问：

"顾词，要离开这里了，你开心吗？"

"……"

顾词直起身，半垂着眼看她。

颜路清好像就只是随口一问，神情还是跟刚才聊天的时候一样轻松。

手电筒的光照亮了她一半的脸，顾词莫名想起她在月色下递给他一包又一包药的时候。

最初拉住她的手，顾词没有料到会有接下来发生的一系列事情——或者说，他并没有料到自己会在发现不对劲后，依旧拉着她的手没有松开，还把自己搭上也一起滚了下来。

两辈子了，他极少做预料之外、不过大脑的事。

抓住颜路清，算是一件。

在这树洞待了将近两天，又是一件。

只是——

不过脑子的事情还是少做，通常都不会有好结果。

"当然。"顾词对她笑了一下，唇边的弧度恰到好处，"你呢？"

颜路清一愣。

他说当然。

也就是"要离开这里，当然开心了"的意思。

是啊，得救了，离开这个半大点的干什么都不方便的树洞，离开这个周围一片荒芜的地方，谁会不开心呢？

倒是她。

她到底为什么会问出这个蠢问题？

颜路清眨了眨眼，心里仿佛有什么东西尘埃落定。她很快就整理好奇怪的情绪，也对顾词展颜一笑。

"啊，我也是呀。"她的笑容看起来比顾词灿烂得多，眼睛弯弯的，"真开心，我们终于能出去了。"

说完，她立刻起身走出树洞。

然后很符合她个性地、像个迷路的小学生终于找到组织那样大喊："警察叔叔——！我们在这里——！"

当被困在山坡下的两人终于得救，应该是什么表现呢？

泪洒当场？拥抱亲友？

颜路清也不知道，她只是对很多人道了谢。按理说好像是该激动一点，但她没有做这些，顾词就更没有了。

而且他们两个精神状态并不差，甚至身边还多救了一条狗，导致见到二人的同学们和大小黑都齐齐愣住。

"要不是你俩的衣服破了，顾词背后还有绷带，"夏雨天、夏雪天两姐妹目瞪口呆地看着她，"我们还以为你们就是单独开了小灶，去双人旅行了一天一夜。"

大黑、小黑也是，看模样似乎准备哭一番，结果见到本尊硬生生卡住："你们……"

颜路清无奈："我们大概是比你们想象的要好一点点。"

在他们失踪且失联的那段时间，其余人睡觉都睡不踏实，今天白天联系上的时候暂时松了口气，现在才是彻底放心了。这下便逮着机会就在两人身边叽叽咕咕，围着就是一顿输出：

"你们干吗非要掉队掉那么远！"

"就是！有什么事儿是不能当我们面说的！有什么事不能当着我们面干！"

"你说你们就算打个啵又怎么了呢？！在座的各位都是成年人了！打个啵也受得住，不用跑那么远，OK？"

"……"

18

大家你一嘴我一嘴，本质都是在关心两人，但这句围绕着"打个啵"的话就在一众关心里显得非常突兀。

颜路清一看，吆喝打啵的正是那个满嘴"我媳妇追的我""我不是舔狗"的黏着顾词的膏药一号——这是在座唯一的非单身人士，果然脑回路比单身的更弯曲一些。

不仅突兀，偏偏这人还是个大嗓门，这话一出，周遭瞬间像是被按了暂停键一样诡异地安静了下来。

安静三秒过后。

不舔狗的膏药一号纳闷出声："那个啥……你们俩怎么不反驳？"

颜路清："……"

这不是在关心他们吗？为什么要反驳？

不等人说什么，他又向前走了一步，眼睛瞪得像铜铃："不是，难道被我说中了？还真是去打啵的？"

颜路清："……"

她正要说话，却听到顾词在后方发出一声轻嗤。他走到颜路清身边，语声淡淡地回："裴泽，你不如去写小说吧，我当你第一个读者。"

这就是反驳了。

而且颜路清和顾词两人都如此面无表情，完全没有一点被戳中心事的样子。

众人这才像是重新被激活，暂停键换成了播放键，围着膏药一号哈哈大笑起来："你这脑洞开得也太大了点吧，给我都吓得一愣一愣的……"

而不知道是不是双胞胎真的心有灵犀，夏雨天、夏雪天在听到顾词反驳后和众人的反应不同，在七嘴八舌的混乱中插嘴抱怨："啊呀，好可惜啊，我还以为真的啵了呢！"

颜路清："……"我都听到了谢谢。

最后还是搜救队的人员出来指挥。

"好了好了！有话别聚在这儿说，你们刚出来的这俩上这辆车，去医院先做个检查，在车上详细跟我们说说怎么掉下去的，其余人该去哪儿去哪儿，想跟着一起的自己找车，都散了散了……"

管理人员很严厉，大黑、小黑说自己是家里来随行的也不让跟着一起上车，两个快一米九的大男人垂头丧气地站在一边，人见人衰，花见花败。

颜路清前几个小时还在观察两人的泡泡，发现兄弟俩不是一般地愧疚，便给两人找了点事干："这只边牧叫'狼'，你俩带它去找个宠物医院，有什么伤都给它治一下。"

把狼托付了他俩，她转头和顾词一前一后坐上了开往医院的车。

两人坐的车是普通面包车型，搜救队人员坐另外的车离开了，最后一排加第一排的副驾驶一共坐着四个景区工作人员。

颜路清和顾词并排坐在第二排的位子，但座位彼此独立，他们中间隔着一段距离。

上了车，周围一下子安静了不少。

因为莫名其妙的低情绪，颜路清此时此刻正处于一种还没太缓过神来的状态，安静下来的时候脑子就很空。好在车辆安静驶出没多久，便有一个工作人员向他们询问细节的声音不断回荡在车内——

"听你们同学说，你们是今年的应届大学生，约着一块来蝶叶山爬山秋游。当时和你们一队的人准备去买东西，你们俩突然掉队了，才导致后面的失足滚下山坡。"

那个工作人员坐在前排回头对两人说话。他长得黑，牙又白，车里黑灯瞎火的，只看到闪亮的大白牙，很像小品里说的"牙成精了自己飘在半空中"。

"大白牙"问："所以，颜路清、顾词，你们是为什么突然不和他们一块走的？"

颜路清觉得顾词大概不会回答这种问题，多半嫌弃无聊，正想包揽回答的时候，顾词却出乎她预料地开了口。

"因为我之前有东西放在她那儿，她要拿给我。"

"什么东西需要避开人那么远给？"

"东西是秘密，所以才不能让同学们看到。"顾词顿了顿，微微侧过头，看起来很诚恳地说，"所以抱歉，也不能告诉您。"

颜路清："……"

其实就是她给他拿药和眼镜，他有必要说得这么神秘吗？

"……好，"大白牙清了清嗓子，"那你们怎么掉下去的？"

颜路清这次抢答道："因为我没注意脚下，踩空了，他想拉住我但没拉动，然后我们就一起掉下去了。"

"嗯，踩空的位置我们后来有找到，因为你们这次事故，那里之后会加固。"大白牙说完，继续问，"那么落下去之后，你们两个在山底下就待在刚才那个树洞里，怎么休息？"

顾词："睡在我带的睡袋里。"

大白牙迟疑："……一起睡的？"

颜路清莫名觉得车内气氛变得奇怪了，她自己也有点不自在，顿时提高了一点声音强调："他带的本来就是双人尺码。"

大白牙："咳，好，那你们吃的什么？"

顾词："吃我身边这位女同学背包里带的食物。"

大白牙愣了一下："所以……她带吃的，你带睡的？"

顾词笑了一下："嗯，总结得对。"

大白牙："……"怎么还整上分工合作了呢，你们这真不是故意的？

蝶叶山是个发展多年的知名景区，也算当地旅游招牌之一，各项设施都很完善，急救中心距离山区并不算远，车辆很快便驶入了最近的医院。

颜路清先下了车，在一个工作人员的带领下进医院。顾词原本落后她几米，却突然被车上问问题的那个大白牙给拉住。

顾词看着拉住他胳膊的男人，没什么情绪地说："有什么事？"

大白牙一愣。

顾词在车上时看起来很好说话，那时他脸上挂着笑，那种笑容看起来很有礼貌，再加上他生得太好看，会给人一种这个人很好亲近的错觉。

可现在当这种笑容收敛，被那双漆黑的眼睛盯着的时候，竟然会让人心底一寒。

随后他又回过神：不过是个刚高中毕业的毛头小子，寒个屁。

"……那个，小伙子啊，"大白牙先是从上到下打量了一番，然后冲着他摇摇头，做了一个健身男人经常秀肌肉的动作。那过于夸张的肌肉明摆着是赤裸裸的炫耀，"你看，要是像我这样的，拉个小姑娘能拉不动？"

他苦口婆心："所以，要我说，你以后可得多锻炼啊！"

"……"

给他们做检查的是个戴着口罩的中年女医生，眼睛上笑纹多，看起来脾气很好。

颜路清正在跟医生说着两人具体是怎么伤到的，都伤到了哪儿，身边突然传来了一股低气压。

她回过头便看到了顾词面无表情的脸，医院里的大白灯一照，那张精致的脸就跟那种杂志上的冷面模特似的。

——几乎是条件反射般，她的脑海里浮现出几个字：公主心情不好。

车上不还笑着答题呢吗？这是怎么了？

颜路清正疑惑，顾词留下一句"去趟洗手间，先给她看"就出了门。没过几秒，车上的那个大白牙恰好进了诊室。

颜路清身上有不少小伤，但基本都不需要涂药包扎，毕竟穿着长袖、长裤还是能阻隔部分剐蹭的，所以她的外伤检查很快结束。

恰好大白牙手上拿了几张纸，看样子是跟医生确认签署几份文件，颜路清就坐在一边等。

大白牙边看着医生签字边跟她聊天："这俩孩子也是命大，从山坡滚下去那么老远也没什么大事儿——我刚才还在跟那男同学说呢，他就是劲儿小了，以后得多多锻炼。你说要是他力气再大点，像我这样，最初是不是连掉都不能掉下去？嘁……"

"……"

颜路清虽然从得救开始到现在一直都处于较为迷茫的状态，并且不懂自己这种状态为何而生。

可是现在，她很明确地知道，她是真的很不开心。

"这位叔叔。"颜路清出声打断了还要继续侃侃而谈的大白牙。

室内的目光顿时聚集在她身上。

"您又不知道我们当时是什么情况，干吗这样说？"颜路清明明坐在凳子上，却说出了站在凳子上的气势，"拉住我又不是光看力气，土坡多滑您不知道吗？而且滚下山坡的时候，他一边带着我一边还得躲障碍物——"

颜路清换了口气，字正腔圆地说完："我那男同学要是真力气小，我们早死了也说不定，您不要说得这么轻松好吗？"

她知道大概这个人也没有恶意，大概是性格直，随口一说。

但她就是好气。

顾词拉住她那时的样子她都记得，她想松手他反握住她手的时候她也记得，还有他一路抱着她的脑袋，最后撞到树导致后背受伤……为什么到了外人的口里，就成了能够随意调侃的"这小男生力气不够大"？

大白牙被撑得哑口无言，最后还是女医生笑着打破沉默。

"人家姑娘说得太对了，你就是头脑太简单，那男生要是真像你说的那样，小姑娘身上会伤得这么轻？"

大白牙拿着签好的文件尴尬地走了，他推开门，颜路清恰好跟门外正要进来的顾词对上视线。

他听到了吗？

听到了多少？

不过就算都听到了，颜路清也不觉得尴尬。

她坐在椅子上对顾词招手："欸，顾词你过来。"

刚才那人傻得他撑都懒得撑，颜路清却那么认真地说了一大串。

顾词依言走到她身边。

颜路清说："你再低一下头。"

顾词依言低头。

然后少女刻意放轻的声音顺利地传入他的左耳——

"你千万不要听他瞎说，你要是敢练成他那样的肌肉猛男，你将会失去我这个珍贵的朋友。"

围观了少男少女咬耳朵的女医生很有耐心，等顾词直起身后，才走到两人身边，开始正式检查。

过程中，女医生不断地发出感慨。

比如，当她发现顾词的后背竟然既消了毒，又敷了药，最后还用绷带缠上了的时候——

"可以啊，你们俩这互相给对方急救的手法真不错。"女医生感慨，"消毒和包扎工具这么齐全，完全没感染，就是木刺扎的伤口有点儿深，就算按时换药也得养一段时间。"

颜路清正想帮忙问问会不会留疤，顾词却突然弯了弯唇，说："确实不错，因为我们有个'哆啦A梦'，口袋里什么都有。"

"？"

当女医生发现两人身上都有脱臼又复位的地方时，又再次感慨："这手法很到位啊，一般不来医院复位是有挺大概率留点小毛病的，但你俩这个很棒，很完美。"

颜路清想起顾词那时候像是感受不到疼一样的反应，以及自己给自己复位的惊人之举，便也开口说："正常，因为我们还有个'铁臂阿童木'嘛。"

"？"

女医生笑脸一僵：是她理解不了现在孩子们的哏了？这都什么跟什么？

最后她小心翼翼地总结："没想到你俩这么大了，还挺爱看动画片啊……有童心，真有童心，哈哈。"

19

顾词换完药，他们坐车回到酒店。

众人都在酒店大堂等他们，见到二人的身影便一下子围了上来。

大家似乎很想找两人说话，但最后都只是简单询问了一下伤势，以及两人到底是怎么掉下去的——毕竟都知道他们现在最需要休息，其余的细节没有多问。

回到套房，颜路清的眼睛已经困得睁不开了，但进房间之前，她突然想起什么，回过头叫住顾词。

"喂，你别忘记医生说的后背不能沾水。"

她知道顾词是个很爱干净的人，虽然从来没说过什么，但这一天一夜的树洞生活给公主词弄得大概也挺难受。

就算嘲讽了彼此哆啦A梦和铁臂阿童木，但颜路清自认是个大度的人，该提醒的也得做到位。

　　顾词看了她一眼，微微侧过身，那眼神像是有话要说。

　　但颜路清不等他回话，就堵死了一切自己可能被内涵的道路："好了，早点睡，晚安。"然后一下子关上了自己的房门。

　　之后，离开"人形屏蔽仪"顾词，玛卡巴卡在颜路清脑内冒了个头。她一边快速洗了个热水澡一边和它随便说了几句，它就去待机了。

　　颜路清洗完澡几乎是把自己砸进了软绵绵的大床上。

　　她躺着捞过自己的手机，准备在睡前刷会儿微信。

　　红彤彤的微信图标一打开，群聊在最上面。颜路清顺手点进去，发现众人头顶都在冒很多泡泡，她依次看过一遍，基本都是庆祝两人成功获救这件事的。

　　顾词的膏药一号的黄泡泡："太好了，差点儿以为再也见不到我词哥了。"

　　顾词的膏药二号的黄泡泡："真是松了口气……不过，我怎么觉得词哥还挺不开心的？然后颜路清也不开心？明明是这俩人得救，好像光我们在高兴？"

　　颜路清："……"

　　颜路清又往下翻。

　　夏雪天的粉泡泡："越想越上头，她掉下去他跟着一起掉下去，这不是'You jump，I jump'的绝美那啥吗？"

　　夏雨天的粉泡泡："这是爱情吧？话撂这儿了，我跟我姐嗑的CP还没有BE过！"

　　"？"

　　颜路清仔细品，这两姐妹应该是在想同一件事，也就是由刚才她简短的讲述而延伸出的个人幻想。

　　嗑CP也是指……嗑她和顾词的CP？

　　她们俩太能起哄，从第一天顾词帮她拿个包就开始贼兮兮的，刚才也是只有她俩在吆喝"没打啵好失望"，现在这样也不奇怪。

　　颜路清看了一会儿，觉得越看越别扭，索性跳过了两姐妹。

　　再往下，是那个基本没说过几句话的女生——在出发前颜路清观察她的泡泡得知，她十有八九是从上学时期就暗恋顾词，现在也是，就是不知道什么时候会去表白。

不管怎么说，顾词得救，她应该会很高兴吧。

这么想着，颜路清在看清她的泡泡颜色之后，却有些震惊。

为什么……会是红色？

她立刻戳开——

殷宁安："颜路清自己踩空了掉下去，顾词去拉她结果他也被拉下去，到头来她一点伤都没有，只有顾词受伤？"

殷宁安："她怎么好意思说得出口呢？恶心。"

"……"

怪不得是红色。是骂她的。

大概是大家一直表现出的开心、喜悦让她忽略了也会有人生出嫌弃等一系列的负面情绪。毕竟在她的说辞里，是她先"失足"掉下去的。

颜路清最开始看到这两条的时候有点蒙，原本困顿的大脑也有那么一瞬间的清醒。

可她很快就在内心反驳：我也很愧疚，我比你担心他，好吗！

而且她跟顾词的事也不是她向别人说的那样简单，从开头到结束，都是只有亲身经历的他们两个才知道的。

虽然很快就关掉了手机，但不管怎么告诉自己不要在意不要在意，颜路清依旧被这两句话给影响到了。

——她做了一晚上光怪陆离的梦，睡眠质量相当差，以至于第二天早上眼下两片青，还让顾词多看了两眼。

他看到她的黑眼圈，就像是看到了什么有趣的事，微微一笑："在树洞里睡觉的时候都没黑眼圈，回来就有了？"

"……"

还不是因为你的暗恋者！你这脸真的是祸水！

颜路清在内心吐槽，看起来却面无表情地接话道："嗯，我过惯了穷日子，没睡袋睡不着了，不行吗？"

"行。"顾词眼里笑意更深，"那睡袋回去送你。"

……

这个早晨就在她跟顾词这么你一句我一句中开始了。

洗漱完毕，两人下楼跟众人一起吃了早餐。男生一桌，女生一桌，不巧的是颜路清身边恰好坐着殷宁安。殷宁安叫人喜欢叫名字最后那字的叠字，一口一个"清清"，把她的鸡皮疙瘩硌硬得一层一层地掉。

这大概就是金手指的坏处——知道对方的内心了，很多事情连装都变得困难起来。

比如现在，颜路清虽然知道对方讨厌自己，还是得装着和殷宁安和谐相处。

因为颜路清和顾词俩人的这出事故，大家都不太想再去爬山。几个男生想了半天室内活动，提议不如去他们的套房打游戏，最终全票通过，就打《王者荣耀》。

他们一共十二个人，商量过后决定分为四组打三排。

膏药一号和膏药二号迅速贴到了顾词身边："这大腿谁也别想整走。"

剩下仨男生笑骂："真没出息，就知道抱大腿，不知道带带女同学吗？"

膏药一号："爷有媳妇，爷不带妹。"

膏药二号："我想词哥了，不行？"

"……行行行。"男生们无语后，又转而问几个女生："那你们用不用我——"

"等下。"

一道女声突然插了进来，大家的目光瞬间聚集在说话的人身上。

"我们不用带，你们带下殷宁安她们就行了。"颜路清的神情给人感觉非常轻松，她抬手指了指夏雨天、夏雪天，相当自信地说，"她俩我包了。"

几个男生吃惊："……牛。"

被点的夏雨天、夏雪天先是愣了一下，而后立刻一边一个抱住了颜路清的胳膊，开始胡言乱语什么"啊啊啊，你好帅我好爱，姐姐我可以"之类的话。

颜路清被她俩拉着来回晃，耳边却突然响起玛卡巴卡的声音。

"哇，玛利亚，粉色的泡泡又升级了！"少御音播报完叹了口气，"这俩姑娘刚才满心都是小心心，觉得你帅爆了……不过为什么都是女孩子给你涨粉色呢？"

颜路清管他呢，听到能升级顿时开心了。

那她要是把姐妹花带飞了，她们岂不是更崇拜她，更能升级？

颜路清现在这部手机上的微信号没有玩过《王者荣耀》，问了夏雨天她们的段位后，她立刻去买了个星耀段位的皮肤较为齐全的号，然后又买了张改名卡，上淘某花钱改了跟自己曾经一样的七字 ID，最后加上了雨雪姐妹花的好友。

三人把彼此拉进队伍。

颜路清 ID：【不是吧你又死啦】。

夏雨天 ID：【姐姐别误会呀】。

夏雪天 ID：【哥哥别生气嘛】。

好家伙，一个阴阳大师带着两个小碧螺春，这很可以。

颜路清什么位置都能玩，基本留下的都是打野位。

夏雨天、夏雪天擅长的是射手和辅助，颜路清觉得两姐妹似乎真的有什么心灵感应，走一条路非常顺风顺水。而且她俩还听指挥，让来打团就乖乖来，指哪儿打哪儿。

总的来说，这两人真的是很省心，不会让人生出想骂人的冲动，非常容易带飞。

这么连飞了几把，颜路清的粉色泡泡也被两姐妹真心诚意的彩虹屁吹得又升了一级，三人都爽得不得了。

夏雨天的王者晋级赛到了，三人正要开的时候，旁边突然凑过来一个软乎乎的女声。

"清清，我朋友她俩不玩了，男生那边跟我段位不一样，你们能不能加上我呀？"

在《王者荣耀》这游戏里，四个人就挺尴尬的。但殷宁安一直在身边捏着嗓子像撒娇一样，颜路清也受不了。

"你想排位还是匹配？"于是颜路清反问，"四个人没法排，你想排位的话，我们就再找个人。"

殷宁安："想排位。"

然后他们从大厅随机征召了个路人，最后六分钟过去就输了，输得相当憋屈。

这个路人又菜又非要抢着玩射手，发育路很快就炸了。而殷宁安玩的是中单，比路人还菜，是一个从开头到结尾只知道守在自己塔下清兵却还是死了六次的中单。

——管你队友去死，我自清理兵线。菜得令人发指。

颜路清一个人无法力挽狂澜，顶着12-2的战绩，憋了一肚子气。

【不是吧你又死啦】：射手看看我ID。

【不是吧你又死啦】：菜就别拿C，躺还得爹地教教你？

然后水晶就炸了。

出来后，原本的快乐三人组沉默了，颜路清的粉色泡泡也不升了。

殷宁安看着自己评分第五的界面，看似非常愧疚地对三人说："对不起，对不起，我太菜了，感觉没怎么打就输了。"

你何止没怎么打，你根本就没打过人。

颜路清一边快要被她的菜气爆炸，一边脑海里不断浮现出昨晚的那两句话。

——但殷宁安道歉道得实在太快了，再加上颜路清对女生并不是能那么下得去口。尤其是她们还面对面打。

救命——谁能来撑撑她？

颜路清决定不征召了，殷宁安是真的菜，如果征召来的水平属于中下，那是完全带不动的。

她看向周围的人，发现顾词那组不知道为什么进入了中场休息，他此时此刻正靠在沙发上看手机。

听那两块膏药说的话，顾词应该很牛吧？

颜路清走过去坐在他身边，开口就说："顾词——救救我！"

他的眉眼懒懒地抬起，朝她看过来，说："救什么？"

"你们现在不打了吧？来五排怎么样？"颜路清压低声音说，"我实在是带不动那个女生，她不太会，你快来帮帮我。"

"哦，"顾词坐在原地没动，但还是那么兴味盎然地看着她，"你是说，让我帮你带妹？"

"……"颜路清觉得他是在指自己刚才夸下海口的行为，于是替自己解释了一嘴，"我自己的妹我带得动，但这个，她不是我的妹。"

是暗恋你的妹。

……

看着顾词跟在颜路清身后回来，夏雨天和夏雪天原本沮丧的脸又重新点亮。

殷宁安……殷宁安那不叫点亮，那眼睛里的火星子都可以放鞭炮了。

但在几人还没开始打的时候，大黑打了个电话把狼送了过来——因为宠物医院说它恢复了不少精力，但白天实在是不听话，无论如何都抗拒在宠物医院待着，感觉是想见主人了。

大概因为顾词是最先靠近它的人，狼见到顾词之后开心撒欢的样子明显比跟颜路清要热情得多。

边牧这品种似乎在哪儿都特别招人喜欢，男生们逗了会儿狗，才又开始新一轮的战斗。

顾词加进了五排队伍，颜路清这是第一次看他的 ID——

【带带我怎么了】。

"……"直接无差别地融入了她和双胞胎姐妹的氛围。

【不是吧你又死啦】。

【带带我怎么了】。

【姐姐别误会呀】。

【哥哥别生气嘛】。

【是仙女宁鸭】。

——这如果让合并同类项，那就是送分题。

进入游戏之后，"仙女宁"在一楼，秒锁了射手位置。

这样一来，保护射手的辅助就很关键了。顾词去，屈才了，两姐妹辅助估计辅助不动，最后颜路清权衡了一下，自己补位了个辅助——钟馗。

她想，她把人抓到面前来控住几秒送给她杀，她总能杀了吧。

但是理想很美好，现实催人老。

颜路清跟她走一条路，比上一把被她坑得更窒息了。殷宁安选的是孙尚香，伤害这么高的英雄愣是让她玩成了废物，送到嘴的肉都吃不下。每次把人放跑了，颜路清说："你不用害怕，在我身后放技能平 A 就可以了。"

之后她就柔柔弱弱地道歉："对不起，清清，我下次肯定好好打。"

颜路清左边坐着顾词，右边坐着仙女宁。

她感觉仙女宁每道歉一次，她的血压就升一次。一直到颜路清终于放弃这条路，转而去支援别的路的时候，仙女宁毫不意外地被抓死了。

"清清，辅助不是应该保护我吗？你怎么不来呀？"

"……"

颜路清忍不了了。去你的颜面，爷要大喷一场。

正当她酝酿的时候，坐在她左边的一直专注游戏的顾词突然先于她出声——

"你这辅助玩得挺好的。"顾词手上操作不断，口中声音温和，"我刚才拉视角看了一下，有这种辅，发育路拴条狗也能赢了。"

随后，他像是想起什么一样转头看向边牧，摸了摸它的脑袋："抱歉，没有说你的意思。"

颜路清简直爽飞。

顾词这波是笋妈妈给笋开门，笋到家了。

20

颜路清真是想不到顾词这张嘴还能吐出什么锦言妙语。

说拴条狗都能赢就算了，竟然还一边说拴条狗都能赢，一边给狗道歉！……看来顾词以前内涵她的时候压根儿就没认真嘛。

顾词这话说了之后，夏雨天、夏雪天跟颜路清的反应差不多。先是震惊，然后是拼命压抑想笑的欲望。

最好玩的是，狼还像听懂了似的"嗷"了一声，仿佛在应和那句拴着它也能赢。

夏雨天、夏雪天没有直接笑殷宁安，反而笑着夸狼："它好像听懂了？传闻果然是对的啊——狗狗是狗狗，边牧是边牧！"

反正一个一个都在疯狂抢夺大熊猫的笋。

仙女宁已然是一脸尴尬。但她仍然坚持在这里打游戏，并没有要走的意思。

颜路清从昨晚就开始被这个女生的泡泡影响到，今天又被她莫名其妙地黏上来，尽心尽力打游戏带妹却被坑成那样，刚才憋的气早就酝酿了半天——既然顾词已经开了个好头，那她自然也得说个爽才行。

"行，我现在就来保护你。"说着，颜路清往下路走。

没过多久——

"出来清兵线吧，"颜路清学着刚才顾词的模样，和颜悦色地对她说，"别在塔下来回走了，你在王者峡谷里是刷不了微信步数的。"

"……"

等仙女宁出来——

"殷宁安，"颜路清在她旁边边转圈圈边说，"这游戏得清兵，不是阅兵。"

"……"

在顾词打出来的大顺风局势下，颜路清一个辅助都拿了三个人头，而仙女宁战绩 0-6 的时候——

颜路清忍不住问："你信佛吗，殷宁安？"

"啊……"仙女宁可能感觉这话跟喷她菜没什么关系，愣了愣，还是开口回答了，用那种软软的语气说，"我不信呀。"

颜路清学她语气："啊？那你为什么不杀人呀？"

"……"

颜路清一边输出一边注意众人的反应。夏雨天、夏雪天已经快要笑死了，笑到直接影响到自己的操作，只有顾词依旧冷静沉着又淡定，只是偶尔勾一下唇角。

颜路清真的没想到事情会朝着这个方向发展。

她叫顾词来，确实只是想让他帮忙带妹，因为她不想输，她也不想让双胞胎输。没想到公主词这么给力，竟然让她狠狠出了口恶气。

仙女宁在这前后夹击中终于沉默了下来。

顾词玩的英雄是镜，高端局非 ban 必选的英雄，一般顺起风来就很难输。所以这局游戏就算射手一直在给对面送"丑团外卖"，他们也赢得理所当然。

最后回到结算界面，仙女宁沉默着退出队伍，仿佛怀了满腹委屈，一言不发，正要起身离开。

顾词突然叫住了她。

"殷宁安。"

女孩回过头，像是要哭了一样地看着他。眼圈红红，楚楚可怜。

按说这时候应该大家一起安慰她两句，说游戏的事儿不要带到现实里，可是颜路清实在安慰不出口。毕竟安慰她不就是给她信心，难道让她以后自信满满地再去坑害别人？

不过，她还叫自己玛利亚呢，她这样不懂得宽恕别人，是不是不太对得起玛利亚这个称呼？

就让顾词替她安慰吧。她想。

然后颜路清就听到顾词开口：

"建议下次有这种团队游戏，你直接拒绝打王者，玩狼人杀。"他还是维持着那种如沐春风的笑，"那游戏只需要演，你可以夺冠。"

好家伙，他更对不起。

由顾词开头、结尾，颜路清丰富内容，这场游戏完美结束。

夏雨天、夏雪天在殷宁安走了之后就再也憋不住，笑喷了，一边笑还一边感慨"刚才那波简直神雕侠侣""夫唱妇随""天仙配"，等等。

他们又打了两把游戏，很快到了午饭时间。除了殷宁安和她的两个跟班小姐妹以外，大家都在，正好趁着吃午饭的时候又统一了下午和明天的时间安排。

——明天是这趟蝶叶山之行的最后一天，因为再过一天，所有人的假期就到了尾声，该各回各家收拾准备开学了。

下午，颜路清先答应了双胞胎姐妹一起逛庙会的邀请。但她还有个自己的计划，于是趁着所有人都睡午觉的时候独自出了门。

鉴于这次系统频频给她搞事，颜路清得再去看看原书男女主角现在的关系如何，并且能撮合就撮合——因为她打乱的点在开头，那里很关键，所以他们这段时间出事才会算到她头上。

颜路清先是观察了姜白初这两天的泡泡，发现之前她和齐砚川吵的架已经和好了。两人目前处于表面上看是普通同学、实际上内心都有挺多想法的那种关系。

——比如见到对方跟异性走得近点儿就会翻个白眼过去，心里冷嘲热讽几句却又忍不住多看几眼，是典型的青春期行为。

颜路清没加齐砚川的微信，不知道原男主角的内心，但根据原书来看，齐砚川是比姜白初要早那么一点点动心的。只是少年时的齐砚川大部分时候说话都能气死人，那张嘴还不如不长，这才导致这本书的主CP感情线是破镜重圆中带着虐。

所以她觉得齐砚川不怎么需要突破，便直接去到高中集合点再次找到了姜白初。

"姐姐！你怎么来了！"

女主角看到她的时候特别开心，神采飞扬，身边的玫瑰花瓣都快要撑到颜路清脸上了。

颜路清和她打了招呼，随意聊了几句，问问近况，然后开始说重点。

经过玛卡巴卡"开天眼"，颜路清告诉姜白初，当初猥亵她未遂的那个中年猥琐男本来托关系花钱又找人，在这儿的管理区关几天就要被放了，现在却被转到了市里，正在蹲局子——一切都是因为齐砚川找了家里人。

而且齐砚川还天天跟在她和她的小姐妹身后当护花使者。

她突然消失又出现的睡袋是齐砚川给她买的。

齐砚川……

这位人形松树吧，背地里做了挺多事儿的，但是非要不留名。

做好事不留名是得歌颂，但是对媳妇好还不留名，那不就是白瞎吗？

所以只好颜路清给他留了。

听完这些，人间小玫瑰姜白初非常震惊。

她瞪着大眼睛，脸色先红了红，又恢复正常，好半天才回过神来："姐姐……你是怎么知道的？"

颜路清冲她神秘一眨眼："秘密。"

因为问题总是出现在姜白初身上，所以颜路清就找小玫瑰下手——

她把小松树为小玫瑰做的事都讲明白了，这下小玫瑰不会那么轻易地讨厌小松树了吧？

了却一桩心事后，颜路清边朝着酒店走边在脑海里询问："但是我这次撮合完之后呢？假如他们再因为别的事情吵架，就算我不跟他们在一个地方，跟我一点儿关系也没有，我还会遭殃吗？"

"玛利亚，你打乱的点在于他们的初遇，也就是姜白初对男主角有一点点小心动的事件。所以惩罚你的标准看的是最近姜白初对他的心理活动——如果偏离原书太多，就要惩罚搞出错误的你。

"但是过了这个剧情之后，理论上来讲，你已经让他们重新搭上线，你当时的错误是不会影响到他们的后续的，所以只要女主角对男主角还有一丝丝情愫在，都不会再搞到你头上了。"

玛卡巴卡说完，小心翼翼地补了一句："那个，玛利亚，想骂系统可以随便骂的……你放心，我站你这边！"

"我不想骂它。"颜路清微笑着咬牙说，"我只想登录'拼夕夕'立刻把这狗系统砍一刀。"

玛卡巴卡："……"

颜路清回到酒店，刚好双胞胎姐妹从电梯出来。夏雨天、夏雪天见到她的瞬间眼睛一亮："走了美人！一看你这皮肤就很少晒太阳，我俩带你见识见识我们平民百姓最爱逛的街是什么样的！"

一边说一边一左一右地拉着她前往庙会的方向。

有她俩在的地方总是非常热闹，颜路清虽然是个没有心的"沙雕"，但也非常喜欢这种性格的姑娘。

颜路清想着这也是最后一次出来玩了，忍不住在路上问了好奇了许久的问题："对了，我一直想问，你们家有没有人叫夏冰雹啊？"

夏雨天："有的，那是我们表弟啊！"

夏雪天："我们还有个表妹叫夏霜霜。"

颜路清："……"你们家取名真的不费脑细胞。

夏雨天和夏雪天姐妹似乎非常善于玩乐之道。她俩带着颜路清买了许多新奇的小玩意儿，什么九连环、华容道、孔明锁……还有种畸形的多面魔方，颜路清在以前的世界甚至从没见过。

她买了一大袋子类似成人玩具的小玩意儿，还有很有蝶叶山景区标志性的纪念物，然后又被两姐妹带去了一个外表看上去像是庙宇，进到里面却发现有许多摊位的地方。

"这里才是重头戏！"两姐妹一左一右给她介绍，"你看，每个摊位都挂着牌子表明是干吗的，有的跟算命有关，但更多的人都是来抽签的——不是因为多准啦，主要是这里的签做得好看，游客也乐意花钱。"

颜路清看着她俩指向一个地方："我们每次都去那个塔罗牌摊找她算，顺便还可以学占卜。你要去吗？"

颜路清对塔罗牌感觉一般，她说："你们去吧，我看看别的。"

"行，那一会儿电话联系！"

两姐妹走后，她在这儿转了一圈。

和她们说的一样，求签的最多，不是图多灵验、多正宗，就是图这里的签做得好看，看上哪家的求哪家，然后出去照个相。

颜路清最后对全场最清冷的摊子更感兴趣。

那里摆着两个牌子——一个"算命"，一个"催眠"。

……她都想学！

颜路清还是头一次见有人教催眠。

她一直心里惦记着自己被顾词屏蔽的金手指，惦记着想看顾词的内心却除了标点符号什么也看不到，甚至已经惦记成了一种执念——所以见到这个摊位的第一时间，颜路清想，既然他是人形屏蔽仪，那她就只好用别的方法了。

这摊位上坐着的是个头发雪白的老爷爷，慈眉善目，脖子上挂着好几条珠串，看着非常有神神道道那味儿。

颜路清走上前，打了个招呼："爷爷，您好！"

"您收徒吗？线上教课吗？加个微信怎么样？"

……

颜路清和两姐妹玩完回酒店的时候，太阳都要落山了。

她拎着一大包东西进了房间门，正看到顾词坐在沙发上，手指很随意地钩着狼的下巴。他手上的皮肤和狼身上白色部分的毛色非常相近，身上的黑衣服也和狼身上黑色的毛色一样。

一人一狗都是黑白色调，夕阳从落地窗照射进来，竟然有种非常奇异的和谐。

颜路清：好一幅公主逗狗图。

心里感慨完，她一边走过去一边跟顾词搭话："你下午一直在跟它玩吗？"

顾词没回答。

他先看了眼颜路清拎着的大袋子、小袋子，然后自下而上又看到她的脸，清清冷冷地开口："你去哪儿了？"

不知道为什么，他这么端着表情一问，颜路清有种荒诞的、仿佛自己是背着人偷跑出去玩的错觉。

她背着谁了？她光明正大好吧。

颜路清把袋子放在地上，然后大大咧咧地坐在了沙发前的地毯上。

这样一来，顾词就比她坐的位置高了一层。

他垂眼看着开始不断说话的颜路清。

"我今天跟双胞胎去逛庙会了。"她一边说一边把东西往外掏，"欸，我本来不想买这么多的，但想起来你除了爬山那天都没好好出去玩，现在后背又不方便活动，明天我们就走了，所以就买了一堆……啊，这个九连环，我们跟卖家学了好久，我拆给你看！"

少女的手指在环与环之间来回攒动，搞了三分钟，环没搞开，倒是搞得自己一脸不耐烦："这是什么……我明明学会了的……"

顾词倏尔一笑，伸手把她的环拿过来放在一边的桌子上，解放了她的双手。

"还有呢？"

然后颜路清继续介绍那些稀奇古怪的益智玩具。跟九连环差不多，解锁的解不开，魔方学会了，到顾词面前也拼不起来，最后她干脆就把那些好玩的、好吃的都一样一样地摆了桌子上。

顾词还算给面子，饶有兴致地看着她，偶尔还会出声问问原理，最后还笑得很温柔地说："谢谢，颜小姐辛苦了。"

这个时候，颜路清突然觉得自己很像那种在攻略游戏里攻略别人的角色——到处跑地图，在地点 1 买了宝贝 a，在地点 2 买了宝贝 b、c，在地点 3 学到了新的好玩的把戏。等逛了个遍，就去宫殿里把宝贝 a、b、c 献给公主，再把新学的把戏也展示给公主。

尤其当公主词坐在沙发上，她坐在地毯上时，这个角度就更像了。

颜路清默默站了起来，从另一侧绕到了顾词身边，也坐在了沙发上。

"对了，我还跟人学了……"她的把戏还没使完，正想展示给顾词看，余光一扫，却看到自己腿边放着两本书。

应该是顾词下午在这里看的。

颜路清随手拿起来，扫了眼题目。

《24 重人格》。

《癔症研究》。

颜路清："？"

虽然不了解，但看书名，这些书跟《变态心理学》差不多也是一类的吧？

顾词还认识除她以外的精神病吗？

没了。

颜路清现在跟他不同于当时看《变态心理学》的关系，她有话就憋不住，直接说出了口："不是吧，顾词，我们都这关系了，你还在研究我？"

顾词原本在把玩那个畸形魔方，手指跟魔方七彩的颜色一对照，显得跟白玉一样好看。

闻言，他转过头看着她，一字一顿地问："研究你？"

"这书，"颜路清把书拿起来，"你敢说不是在研究我？"

顾词突然放松脊背，往后靠到了沙发靠枕上，懒洋洋地问："你为什么觉得我是在研究你？"

颜路清顺口就要回答："因为我……"

然而不等她说完便被顾词打断了。他又噙着淡淡的笑开口："颜路清，你是多重人格？还是癔症？"

颜路清被问愣了。

她突然觉得哪里奇怪——不，是哪里都很奇怪——因为她还觉得玛卡巴卡好像又想尝试着联系她。

她看着顾词的眼睛，稳着声音回答："我是什么症状，你不知道吗？"

室内沉默了不知多久。

颜路清快要坐不住的时候，顾词终于再度出声。

"你怎么会觉得我在研究你呢？"他依旧靠在沙发上，用像是在玩笑的语气说，"我还以为你是 A。"

……A？

听到这个字母，颜路清猛地想起——之前在家的时候，某天她钻牛角尖出不来，就去问顾词自己发的帖子。

"A 是个正常人，灵魂进入了精神病 B 身上，那 A 是精神病吗？"

——他当时回答说，A 觉得自己不是，那就不是。

颜路清的眼睛缓缓睁大，她心跳极快，但还是装出一副非常震惊的样子看向他："你在说什么？什么A？不会是……我之前给你看过的那个帖子吧？"然后又逼真地强调，"顾词，那个帖子只是我随手刷到的而已——"

颜路清的话语戛然而止——因为顾词突然直起身，手指朝着她的衣领直直伸过来。

距离很近，颜路清几乎觉得她的下巴蹭到了那凉玉一样的皮肤，一触即离。

顾词帮她取下了一片不知什么时候沾在她衣服上面的很小很小的树叶。

他把叶子放在手里把玩，漆黑漂亮的眼睛盯着她，唇角微微弯起，像是在安慰人似的轻声说：

"别紧张，我也只是开个玩笑。"

21

顾词的话说完，又继续低头去玩那个多面畸形魔方。

颜路清直直地看着他的表情，满脑子都在复盘回忆两人刚才的对话，心跳速度依然没有减缓，睫毛止不住地颤。

他说的话都相当自然，并且这话题并不是顾词挑起来的——是她。

是她看到书名，先问的顾词，才有了他说的关于A的"玩笑话"。

颜路清当时在问顾词这个问题的时候，一方面是因为她没在论坛里得到正经人的正经回答，网友多是调侃她，或者嘲讽她标题里的问题，所以她想当面问一个正经人。

大黑、小黑不合适，因为他们虽然忠于她，但一直把她当成精神病——会认真回答这个问题的，她只能想到顾词。

而另一方面……

颜路清当时生活在一个所有人都觉得自己是精神病的环境下，表面嘻嘻哈哈，偶尔夜深人静，也会觉得有些荒谬。

她知道自己从小如何长大，清楚记得自己的人生轨迹，但会在某个瞬间，产生一种害怕自己会被这具身体影响的感觉。

她当时急需一个正常人，来给她一颗定心丸。

那颗定心丸就是顾词给的。

在那之后，她再也没有胡思乱想过。

所以，他刚才说"还以为你是 A"——那到底是不是玩笑？

但是——

颜路清转念一想：如果不是玩笑，那又怎么可能？

"好了。"

耳边突然响起顾词的声音，仿佛一道钟声勾她回魂，所有的思绪也在瞬间被打断。

颜路清朝他看去。

顾词手里拿着一个已经复原完毕的畸形魔方，每一面都是相同的花色。他伸手往她的方向递了一下。

颜路清愣愣地接过来，刚才的思想都暂时搁置，满脑子只剩感叹："你……这么快？"

卖这玩意儿给她的店主说，这东西看着面数多，本质都一样，钻研透了规律，二十分钟就能拼起来。

可从他拿到到现在，哪里有二十分钟？顶多十分钟。

"第一次玩，"顾词语气里有种暗藏的赞赏，"挺新奇的。"

颜路清：……哦，还是第一次玩。

真的好馋他的脑子和他的嘴啊。

能不能借给她用用呢？

顾词玩完了魔方，像是还没玩够一样，又去翻桌子上别的玩具，一边翻一边问她："这些锁和环你都学会怎么拆了吗？"

"……"颜路清踌躇了一下，"我看人家演示的时候觉得我是会了，但是也可能忘了一些……"

"行。"顾词笑着点了点头，挑到她刚才解了半天没解开的九连环，"那我试试。"

颜路清就看着那双修长好看的手穿梭在环与环之间，偶尔思索停顿，让整套动作看起来依旧非常流畅，甚至有种奇异的节奏感，相当赏心悦目。

解开了九连环，还有华容道、孔明锁……

看他一点点解开这些，虽然每个都时间不长，但好像有种让人安心舒适的魔力，颜路清原本狂跳不止的胸腔莫名渐渐平复下来。

狼也像是能看懂一样，解开一个就在旁边"嗷呜"一声。最后一个玩具解开后，颜路清忍不住笑："看你们下午相处得不错嘛，它还会给你助威。"

"它很聪明。"顾词随手摸了摸狼的头，"下午教了它几个简单的指令，你可以对它试试。"

颜路清一直喜欢猫猫狗狗，但从来没有经济条件和时间养，更别提这么纯的边牧了。于是在顾词的指导下，她对着它下了几个"坐""起""后退""握手"等简单指令。

正当颜路清玩心大起之时，耳边再次出现了一丝微弱的电流声。

——大概是某个小弱鸡又要连线她却被某大佬屏蔽。

颜路清收回了摸狼的手，从沙发上站起身，问顾词："你今天去换药了吗？"

不知道为什么，她一站起来，顾词身上那股解玩具时悠闲的气质就消失了。

"还没有。"他懒懒地抬眼，"怎么了？"

"夏雨天她们说晚上要去订好的酒店吃饭，正好离医院不远，我先陪你去换个药吧。"颜路清从他身边绕过，"我先去换个衣服，马上好。"

关上房门，顾词不在身边之后，颜路清脑内终于被玛卡巴卡连上线——

"玛利亚！玛利亚！"它还是老样子，喜欢大惊小怪，语气听起来非常激动，"刚才，刚才顾词是不是——"

颜路清打断它："我也不知道。"

"你当时为什么会问他那个问题呢？你如果不问——"

"我为什么问？"颜路清觉得有点搞笑，"首先我的心智也没多成熟，刚成年，一个单纯、懵懂无知的少女莫名来到这儿而已。其次，我跟他相处就是那样的，想说什么就说了。"

玛卡巴卡一愣："好吧……玛利亚，我只是有点着急，因为顾词身上有很多不对劲的地方，他在的时候能屏蔽我，你的金手指对他没用……"

颜路清："这些我也都想了，但只要没生命危险，别的都无所谓吧。"

刚才坐在沙发上，颜路清感受到玛卡巴卡要连接她却连不到的时候，突然生出了这样的想法——

为什么进入书中的人总要把系统摆在信任的第一位？

至少她不是。

不管起因如何，前段时间让她陷入危险甚至可能没命的就是所谓的系统，而救她的是顾词。她确实没有多聪明，但人应该相信自己看到的、自己所经历的。

不过，虽然颜路清相信顾词远胜于狗系统，但这不等于她不想知道顾词的内心想法——

"我跟你疑惑为什么金手指看不到顾词，不是因为我质疑他有什么 bug，我只是想看看他都在想些什么，纯粹好奇罢了。"

而且她自有打算。

颜路清已经加了那个神神道道的老爷爷的微信，经过今天这番对话，她准备明天回家就立刻付钱开始线上听课，虚心学习，早日出师。

催眠公主词，知道他的内心，指日可待。

打车到了医院，等了十分钟排到顾词。

两人进到病房，颜路清没想到竟然在这里再次遇到了姜白初。

"好巧啊，姐姐！"姜白初带着她一身的玫瑰来了，"你怎么来医院——"她声音一顿，眼神扫到了颜路清身边的顾词，突然"啊"了一声。

颜路清指了指顾词："我来陪他换药。"

姜白初定定地看着顾词的脸，三秒后，换上一脸恍然大悟的表情："啊！我知道你，你是顾词学长——"

才反应过来，这是顾词和姜白初的第一次见面吧！

颜路清在看书的时候围观过给顾词凑 CP 的各派之争。

因为这书热度极大，各种非官方 CP 也满天飞，且顾词并没有被认可爱上过谁，他的人气又巨高无比，所以给他拉郎的什么党都有——其中有把女神经配给他的，有把虞惜配给他的，还有把姜白初配给他的。

这三种跳得最高的拉郎里面，只有第二种喷的人较少。毕竟第一种是 yy 顾词和一生之敌在一起，第三种是拆了原 CP，一拎出来都会被众人喷死。

配姜白初是因为顾词在书里帮助过她，虽说那只是他复仇时顺带帮了一把，非要论，其实应该说他是在帮助社会铲除恶人。但在非官方CP粉眼里，这就是惊天大糖。

但归根结底，这些都是极少数粉丝，他的粉丝里百分之九十几都是只喜欢他一个人的粉丝，不极端，只是心疼他、喜欢他且希望作者善待他——颜路清自己就是顾词的这种粉丝之一。

不过，她也挺好奇，顾词跟姜白初的第一次见面会不会有什么不同的火花。

所以在姜白初叫了"顾词学长"之后，颜路清瞬间转头，仔细地观察顾词的一举一动。

顾词之前一直没往这边看，所以他听到有人叫自己，先是循声跟姜白初对上视线，而后神情几乎没有丝毫改变，礼貌又生疏地对姜白初道："你好。"

颜路清：……

没了？没了？？

这可是人间小玫瑰啊！女主角啊！

还是颜路清替他好奇："不过顾词都毕业了，你是怎么认出他的？"

"听我高三学姐说的，她们特别惋惜学长毕业，经常给我们高一、高二的讲他。"

嚯，人不在江湖，传说仍然在啊。

还没等颜路清再说什么，姜白初睁大眼睛，里面隐约有八卦的光："不过，姐姐，你跟顾词学长……"

颜路清"哦"了一声："我跟他是同学，只不过我比较……"她想了想，"嗯，默默无闻一点。"

随后，姜白初很天真地、大眼睛带着憧憬地问两人——

"那，学姐、学长现在在哪里读大学？"

"……"

"……"

一个不知道自己这身体到底有没有学上的学姐，和一个虽然考进了顶级高校但是出于种种原因被耽误、没能去上学的学长，就这样一起沉默了。

但谢天谢地，下一秒姜白初的朋友就吆喝了她一嗓子把人叫走，颜路清才得以逃过这个问题。

跟姜白初打完招呼，看着小姑娘跑远，顾词也很快结束了换药。她和顾词并肩离开医院。

但姜白初问的那个问题，让原本的氛围莫名变了。

走着走着，颜路清试探着开口："你的大学……"

但她刚说完四个字，就被顾词打断道："酒店在哪儿？"

颜路清愣了一下，才说出了酒店的名字。

——顾词不想提大学。

他不想提。

这是颜路清第一次清晰地感受到，他明显对什么话题感到排斥。

颜路清突然觉得一阵压抑。

原书里，好像就没写顾词有过大学生活。

他从女神经这里逃出去后，养好身体花了一段时日，再然后，就是联系所有能动用的关系，韬光养晦，一心谋划搞垮所有仇人——顾词也算诠释了天才认真执着起来究竟有多可怕，毕竟到了最后，再深的根基也真的被他连根拔起。

但他的人生本来该是什么样呢？

依旧是那个天之骄子，满身荣光的少年，进到最高学府，顾词的名字一定会闪闪发光，可能被记录在某个荣誉册，也可能以极高频率存在于表白墙。

颜路清遗憾过后，又转念一想——既然现在她来到这里，颜父颜母是老好人，并且也准备帮顾词一把，那这件事是不是也能有转机？

两人步行去酒店，颜路清想到这儿，心里的郁闷消散了点，忍不住望天叹了口气。

顾词出声道："怎么了？"

"没什么。"颜路清摇摇头。

只是心疼一位命途多舛的在逃公主罢了。

因为这是玩耍的最后一天，这顿饭也算是聚在一起的最后一顿晚餐，众人觉得很有纪念意义，选在了大酒店不说，几个男生还张罗着开了几瓶酒，啤酒、红酒都有。

——有颜路清带的大小黑在，大家都不担心回不了酒店。

桌上所有人手边都倒了酒，只有身上还缠着绷带的顾词因为是伤员，杯子里装的是健康养生的果汁。

颜路清看到这一幕差点儿憋不住笑。她在心里默默说了一句："小公主都是这样的待遇，不能学坏，不能喝酒。"不过没敢说出声，自己爽一爽就过去了。

殷宁安称自己不舒服没出现，所以她的小跟班自然也不在，那三个讨厌鬼走了之后剩下的就是她喜欢的双胞胎，这顿饭颜路清吃得相当尽兴。

更惊喜的是双胞胎贼能喝，颜路清就跟夏雨天、夏雪天姐妹花对着吹。

只不过经常吹着吹着，就有坐在她旁边的顾词拦着她、管着她。

一来二去——

"咦——"夏雨天调侃，"真是性情大变啊，性情大变，不知道我们顾大校草为什么管着人家喝酒呢？怎么回事呢？"

夏雪天挤眉弄眼："就是啊，那么闲，怎么不管管我们呢？"

顾词却丝毫没有被侃的样子，清冷冷的样子跟饭桌上七歪八扭的大家压根儿不是一个画风。他淡淡地笑着说："她跟我住，喝醉了你们管？"

"……嚯！"姐妹花像是被点醒了般一拍桌，"对哦！你们住一间！"

顾词解释了之后，夏雨天、夏雪天眼里反而更亮了，亮得跟灯泡似的。

俩心连心的"灯泡"一对视，彼此想说什么都心照不宣。

颜路清早已经混沌到看不明白这些小细节了，又给自己满上，对着俩姐妹举杯。喝到最后，已经浑浑噩噩。

大小黑在晚饭开始前就收到了颜路清的指令，要他们护送大家回酒店，结果到点之后一进来就看到喝趴在饭桌上的颜路清。

大黑对着顾词道："您没拦一下……"

顾词眼也不眨："尽力了。"

大黑也无语了。

以前颜小姐疯的时候滴酒不沾，现在倒好，这才多久都醉倒两次了。这个情况也得记下来给医生汇报，大黑沉默地想。

"你们去送别人，"顾词从座位上站起来，边穿外套边说，"我带她回去。"

······

颜路清被拍醒过来，第一眼就看到一张貌美的脸。

这张脸有出奇的提神功效，她一下子从桌上坐起来，四下看了看："结束了？吃完了？"

然后她想撑着桌沿站起来，结果屁股刚抬起十厘米就又腿软坐回了椅子上。

顾词原本站在一旁抱臂看着她表演，见状走到她面前，温温淡淡地开口："走不了了？"

颜路清老实地点点头。

然后她看到原本需要她仰视的顾词，突然就得俯视了。

——他背对着她，在她面前蹲了下来。

颜路清半天没动静，顾词偏头看她："上来，回酒店了。"

谁知道，颜路清盯着他好一会儿，突然摇摇头："不行。"

"······"顾词耐心问，"怎么了？"

她神情很认真地说："疼。"

顾词愣了下，半转过身："哪里疼？"

"不能背我，你，后背，"颜路清努力睁大眼睛，用食指戳了一下他缠着绷带的地方，"疼。"

不是我疼，是你疼。

她力道很轻，被她戳中的那一小块地方像是麻了一下。

这只是一个很短暂的瞬间，但一种过于陌生的情绪突然席卷而来，而后又像是潮退一般渐渐散去。

但是温度却留在了那里。

顾词垂眼静在原地等了会儿，这样冷静的神情，叫人完全猜不出他在想什么。

而颜路清正顾着欣赏着顾词画出来般好看流畅的侧脸线条，随后不知何时眼前一晃，他又重新站了起来。

她看着他微微弯腰。

看着他渐渐凑近的脸。

看着他对自己伸手，感受到自己突然腾空……

她混沌的脑子最后闪过的竟然是——

我被公主词公主抱了。

22

颜路清这次喝得比上次小黑生日要多，醉得更厉害，这感觉实在太奇妙了。

——她的灵魂依旧维持着自己曾经千杯不倒的人设，觉得自己没醉，但身体告诉她：不，你醉了。

很神奇。

顾词抱着她走出包厢的时候，颜路清隐隐约约听到了身后熟悉的双胞胎姐妹的声音，带着醉意"啊啊"一通乱叫，嘴里还吆喝着什么"嗑到了，嗑到了"。

谁？

谁磕到哪儿了？

可别磕骨折了啊。

颜路清心系姐妹花，这么想着想着，不知不觉间头就靠在了顾词肩膀上。大概因为他走得太稳，身上又好像能冒凉气，还特别好闻，对于她来说实在太舒服了，颜路清直接半昏睡了过去。

一直到耳边传来了"叮"的一声，她才再度惊醒——

看周遭的装修，他们已经回到酒店，顾词正抱着她走出电梯，很快就到了套房门口。

他站定，微微偏了一点脸看着颜路清："醒了，就拿卡开门。"

颜路清揉了揉眼睛："卡在哪儿？"

"左边口袋，你手边。"

"哦。"颜路清伸手就去摸自己身上的左边口袋。

顾词："……在我的口袋。"

于是开门又费了好几分钟。

等顾词把她抱进房间，直直朝着她的床走过去的时候，颜路清却突然搂紧了他："顾词，我长这么大没求过什么人。"

"……"顾词脚步一顿，"所以呢？"

"所以……"她小心翼翼地说，"求你，帮我放个洗澡水？"

等洗澡水放好了，澡也泡好了，颜路清用很奇怪的姿势爬出了浴缸，给自己擦干，穿上浴袍，花费了所有的力气。

她于是又高声呼唤顾词，没多久外面就传来他的声音。

"穿衣服没？"

"穿了。"颜路清说，"但是我站不起来——"

顾词推门进来，一边朝她走来一边语气凉凉地说：

"不错，还知道穿。"

"那当然，"一回生二回熟，颜路清看他弯腰就钩住他的肩膀，"我安全意识很强的好吗？"

顾词也一副刚洗完的样子，换了身衣服，头发湿润柔软。

两人闻起来都是酒店沐浴露的香气，是同一种味道。

顾词走过来，看着颜路清身上的睡袍穿得还算板正，腰带也勉强系上了，只从下摆处露出了一双雪白的小腿，看着纤细得过分，似乎一把就能捏断。

他把颜路清再次打横抱起来，无不讽刺地说："哦，原来你还有安全意识。"

"对啊，"颜路清说得理所当然，"比如，我绝不可能让陌生人出现在我的卧室、我的浴室……"她加重语气，"尤其是异性。"

"……然后，"顾词像是看着外星生物一样看着她，"你就叫我过来？"

"那是因为——"颜路清突然卡壳，在"你不是异性"和"你不陌生"里思考了好一阵，才想明白选择了后者，"那是因为你又不陌生。"

顾词轻嗤了声，没回答。

而等他把人放床上的时候，又听到她心直口快的下一句——

"而且，我们都睡过了，那么熟，我有什么好怕的？"

"……"

一回生二回熟，这话适用于许多状况——比如宿醉后遗症有过一次之后，第二次就对那种感觉习以为常了。

第二天早上，颜路清醒来后很快适应了头疼和胃难受，洗漱完毕走出房门，恰好遇到大黑拎着早餐把食盒一一摆在桌子上。

养生汤，养胃粥。真不错。

她捧着碗坐在沙发上，听他汇报："司机到酒店楼下了，小黑去遛狗还没回来。"

颜路清手指一顿："那……顾词呢？"

"我来了还没见到他，应该是还没醒。"

大黑揣摩着她的意思，试探道："颜小姐，需要我去叫他起床？"

"不需要、不需要。"颜路清立刻打断他，有点心虚，"我们等他一下吧，他昨晚估计没睡好，不急。"

"为什么没睡好？"

颜路清正要回答，身后的门"咔嗒"一声打开。

顾词迈着长腿走到沙发边，因为皮肤太白，眼下有明显的青色，跟大黑擦肩而过的时候，面带笑容地回答了他的问题："因为昨晚我助人为乐，照顾了一个'残疾人'。"

颜路清："……"

大黑尴尬地"啊"了一声，先是跟顾词说了"早上好"，而后忍不住打听："颜小姐喝醉后，是彻底不能走了？"

"嗯，而且不仅腿残疾，"顾词还是抿唇笑，语气温和，"脑子也是。"

颜路清："……"

仿佛有一行小字浮现在眼前：笋公主朝您发送竹笋中。

颜路清催眠自己：我没听见、我没听见、我没听见……

只要我不尴尬，就没有人可以尬到我。

她眼观鼻、鼻观心地喝自己的粥，等感受到身边的沙发垫凹下去一块，看到顾词的手去开他那份餐具，颜路清才终于小声开口。

"那个……昨晚麻烦你了，不好意思哈。"

身边的人声音比刚才更温和了。

"没关系。"顾词笑着说，"反正睡都睡过了，那么熟，有什么好怕的？"

"……"

醉时欠的，都要醒来还。

小黑就是在这种和平的氛围里进门的。他一边牵着边牧，一边气息不匀地汇报："狼也太能跑了，我以为遛遛就行，结果它拉着我跑了得有几千米才肯往回走！"

"可以啊，小狼，"颜路清夸赞，"能把武力担当累成这样。"

狼便撒欢一样跑过来，围着她和顾词转圈，一直到两人都伸手摸了它的脑袋为止。

吃完早饭，在楼下跟同学道别的时候，颜路清和双胞胎难舍难分，表演了一出姐妹情深，差点泪洒当场。

上了回家的车后，颜路清戳开群聊，继续看两姐妹的泡泡。

夏雨天的蓝泡泡："呜呜呜我好喜欢她哦，不知道下次再见要到什么时候了……"

夏雪天的蓝泡泡："世界上最难受的事情，不过是你刚嗑了一对新的 CP，就要远离他们……"

颜路清盯着手机，刚才的红眼圈还没消失，这场景，不知道的还以为是失恋了。

顾词扯了扯嘴角，正要开口安慰她两句，却见颜路清又退出了微信，点开了手机主屏幕上的……黑白短视频软件。

"……"瞬间失去了开口的欲望。

仿佛跟来的那天一样——

故技重施。

旧梦重现。

都说短视频会窥测用户喜好，颜路清的喜好是被拿捏得明明白白，除了一开屏是广告，软件给她推的十个视频里五个都是美女——不是美女变装就是美女化妆，再就是美女拍段子。

她就顶着个红眼圈看，点赞完给人评论。一个是老套路"嗨老婆"，再一个是欲扬先抑——

@在逃圣母："个人觉得评论区有些过分了，咱们假设一下，如果这个女孩是你的朋友、你的姐妹、你的家人，别人一直说她是自己的老婆，你会多难受？更何况她是我老婆，希望大家不要再胡乱猜测了。"

"……"

反正每一句都不离老婆，每个都是她老婆。

顾词再次拿帽檐遮住半张脸，闭目养神。

回程的这辆车是七人座，大小黑就坐在后排。

颜路清的手机声音是外放的，小黑现在跟两人熟悉起来，胆子越来越大了，听多了颜路清刷的视频，竟然敢直接出声感慨："颜小姐，不知道的还以为这是哪个男生的手机呢……"顿了顿，他干笑着挠挠头，"因为我的手机一打开就是这样的推荐，嘿嘿。"

"你懂什么？"颜路清撇撇嘴，"而且这也不能怪我啊，长得好看的帅哥美女我都爱看，但是看久了顾词的脸，就不觉得他们有多帅了嘛……"

小黑想了一会儿："好像还真是……"

也没人注意到，因为这憨憨对话，原本相当无语的某大佬又变回了正常状态。

——那时，颜路清还不知道家里会有什么惊喜在等着她。

别墅重新出现在视野里的那瞬间，颜路清竟然有种自己出去玩了一个月的错觉。虽然蝶叶山这趟玩得很开心，但毕竟来到这个世界的第一个根据地就是这栋别墅，她还是觉得这儿更像"家"一点。

几人在院子外下车，颜路清一进院门，就听到了一阵歌声——

第一眼看到的是平时扫院子的阿姨正在清理门前的落叶。

这不是重点。

重点是，阿姨正一边扫着落叶，一边转着圈，表情美滋滋的，嘴里还唱着歌，活像是演过动画片。

好家伙，迪士尼行为。

这阿姨平时话最少，最能干，没想到其实是一直在压抑自己的天性。

颜路清走过去想夸阿姨几句，结果"迪士尼阿姨"看见她跟看见什么一样，立刻手足无措地站好。颜路清赶紧安慰她："没事儿的，阿姨，你要是这么唱着歌扫地开心，以后也随便唱，你这一唱我还觉得我这城堡是迪士尼呢。"

身后小黑又开始憋笑，而迪阿姨立刻脸红了，对她半弯了弯腰："对了，颜小姐，刚才有您的熟人过来找您，您不在，他说一会儿再来。"

"哦，行。"

颜路清完全没在意，进了别墅后顾词在楼梯口自动右拐，而她上楼梯回她的房间。边上楼梯，边听身边大黑说："颜小姐，颜老先生——就是您爷爷最近几天要见您，您父亲也要见您，心理医生也要见您……"

颜路清："……"回家一点也不好。

她心情烦躁地一个个应下："嗯……嗯……知道了，会去的。"

等大黑终于汇报完，颜路清关上房间门，一下子把自己扔到了柔软的大床里。

她趴在床上舒舒服服地打开手机。

【在逃圣母】：爷爷，早啊，您起床了吗？

【贫道不是神棍】：早，小姑娘。

随着交流开始，老爷爷头顶开始冒泡。

黄色泡泡："这姑娘总算来找我了，哎，还以为这是又一个把我当骗子的孩子。"

粉色泡泡："不知道她资质如何？"

颜路清：……稳了！

人总不可能内心想法也在骗人吧？这波绝对稳了！这是个靠谱的！

她正想问要怎么开始学习，怎么收费，突然，一阵略显急促的敲门声从身后传来——

颜路清："进。"

进来的人是大黑，他人看起来还有些蒙："颜小姐……楼下，楼下来了个自称是您前男友的人！"

颜路清：？

她腾地从床上坐起来："来了个什么？"

一边说一边从脑海里搜刮原主记忆。

"说是姓章……好像是章家那个私生子，一个一直养在外面的少爷。"大黑说完，又紧张地问，"他真的是您前男友？"

"……前男友个屁！不要污蔑我，我单身！"

虽然这么说着，但她仍然在努力回忆——只是，单单一个章姓并没找到相关记忆。颜路清一边下楼，一边回想，直到她听到客厅里传来一道陌生的男声——

"颜小姐这么忙？这房子前面一星期都没人，不会是在专门躲我吧？"

那话说得非常拿腔捏调，这人本身的嗓音说不上多好听，但大概也不赖，却硬是被这种语调弄得不伦不类。

颜路清恰好在下台阶，往客厅一扫就见到了正在说话的人。

那人生了双眼尾过于上扬的桃花眼，下巴尖尖的，嘴唇红润，虽说确实有几分姿色，但这张脸就很像是颜路清前不久才说过的抖某帅哥脸——虽然算帅，但她连赞都不想点，毕竟比起顾词差远了。

也是见到这张脸的瞬间，和他有关的记忆出现在颜路清脑海里——

原主确实帮过他，给过他钱，跟他吃过几次饭——或者说，那也叫约会了几次。但是两人没做什么过分的事，他找上来也不知道是喜欢原主，还是想要问问原主为什么没给他打钱。

而原主一个千金大小姐之所以会相中这个私生子，是因为……

她觉得他的眉眼跟顾词很像。

颜路清只觉得原主才是真的瞎了，这哪里像？这简直就是"奥利奥"和"奥利给"的区别，只能说是毫不相干好吧？

颜路清低头，咬牙低声问大黑："他要来你不知道？你怎么不早告诉我？"

大黑无辜："您的这种……呃……这种程度的'私事'，一般不会告诉我们。"

一旁的小黑眼睛瞪得像铜铃，却什么话也没说。颜路清心里焦虑，手里的手机正好还是微信界面，便随手点开了跟小黑的对话框，果不其然看到了泡泡争先恐后地往外冒。

黄色泡泡："刺激！太刺激了！"

黄色泡泡："原来颜小姐只是看起来不爱了，其实她对顾词的执念还是这么深！我就知道我背的资料不会有错！"

黄色泡泡："这叫什么来着？我表妹看小说的时候好像给我讲了……啊！是替身！这是替身！"

粉色泡泡："但是为什么不直接追本人呢？这也太刺激了！"

粉色泡泡："好期待！"

……

活跃得恨不得一秒钟能冒十个想法。

颜路清经过小黑身边，忍不住对他翻了个白眼："你现在表情管理做得不错哈。"

她说完，又缓慢地朝着那位"章姓替身"走去，脑子里想着：得在顾词看到章姓替身前，把这段关系给断了。

然而还没等她酝酿好该说点什么，身后就传来了房门的声响。

颜路清回头一看，顾词正拿着个空水杯出来，他脱掉了原本穿着的外套，只剩一件纯白色 T 恤，衬得人皮肤瓷白。

似乎对喝水更感兴趣，顾词径直走到几人身边的桌旁，给自己的空杯倒满水，又仰头喝了几口。喉结上下滚动的时候有种说不出的性感。

喝完水，他才淡淡掀眼朝几人看过来："怎么了？"

全程客厅里鸦雀无声，颜路清也是这会儿才从他的美颜滤镜里脱离出来。

啊啊啊！完蛋了，顾词出来了！

这岂不是代表……正主要见到替身了——？！

又是在她想先开口解释的时候，章姓替身再次抢答。

"哦……原来这就是顾少。"这位章替身先是上下打量顾词，打量完，又用那种仿佛吃了十颗柠檬的语气说，"总听别人讲，颜小姐帮我是因为这张脸跟顾家公子长得像，没想到，还真跟我长得挺像的嘛。"

颜路清一边想着：等等，兄弟你是不是搞错了先后顺序，哪有说爷爷长得像孙子的？

她一边一脸惊悚地听完这段话，而后"唰"地转头去看顾词："不是，我真没有——"

而此时，顾词的视线也从章替身那收了回来，重新落在了她脸上。

他的眼神很微妙，唇边挂着淡淡的笑。

颜路清立刻瞪大眼睛："你听我解释！"

第五章

哄哄你

23

客厅内，所有别墅里的其他人看起来似乎完全没被正发生的事情所影响。该做饭的做饭，该打扫的打扫，全都在装着很忙碌的样子。

然而余光却频繁地朝一处扫射，耳朵也恨不得支棱着听。

颜路清位于所有人视线的正中央，脚趾抠得恨不得给自己抠个地下皇陵进去躲一躲——她又开始卖锅了，这还是来到这里以来最大的锅。

颜路清说完"你听我解释"，怎么听怎么像"你听我狡辩"。而且这一尴尬，胳膊还抬起来了，差点不知不觉间做了尔康手的动作。

"解释什么？"顾词看着她，语气玩味，"解释为什么这里除了我，还有一个需要治眼睛的人？"

竹笋攻击发动 again。

颜路清："……"

"谁需要治眼睛？"章姓替身像是看不懂人脸色一样张口就来，"顾少爷难道不想承认自己跟我长得像吗？"

他那么普通，却那么自信。

颜路清恨不得给他表演一个白眼后翻。

不自信的时候她还评价这人算是抖某级别的帅哥，现在看来简直辱抖某帅哥了。

她稍微平复了一下情绪，当作没听见顾词这句话，也当作没听见章某这句拼命捧高自己的话，对着这个章姓替身道："这位章先生……你找来有什么事？直接说吧。"

"哟，章先生？"章某突然一笑，"你为什么这么叫我？我还以为……"章姓替身相当幽怨地看了她一眼，"我还以为我们至少曾经是男女朋友的关系。"

那似嗔似怨的一眼，这惺惺作态的语调，差点把颜路清直接送走。

她强忍着头皮发麻的感觉，正想继续跟他周旋，耳边传来顾词的声音——

"曾经是男女朋友……"

顾词语速缓慢地重复了一下这四个字，看向她的眼神没变，笑容却加深，口中说出了两个毫不相干的词："穿假鞋，盖白布？"

"……"颜路清蒙了一下，"什么穿假鞋？"

从头至尾，顾词的神情是在座所有人里最淡定的一个，仿佛就是出来喝口水顺带看了场戏。他甚至对于刚才章某酸柠檬的话都没做什么反应，全程只是在看颜路清而已。

他见面前的人满脸迷茫，清冷冷的嗓音提了个关键词："——谈谈你的前任。"

颜路清想了许久，才想起自己似乎曾经评论过一个视频，标题是"谈谈你的前任"。

而她写了两句：一句是"记不太清了，只记得他穿假鞋"，一句是"上次带着假鞋去看他，盖着白布，好像不太愿意见我"。

这两句话让她收获了超多的赞，和数不胜数的评论回复，不是"哈哈哈"就是"牛×"。

但是问题是——

"你怎么会知道？！"颜路清回忆了一下自己发评论的场景，确实是在树洞里，在这人身边。她震惊地看着顾词，"当时……当时你看到我评论了？"

顾词点头："嗯，碰巧。"

刚睁眼，他也是不得不看。

颜路清瞬间感到一阵猛烈的窒息——

救命啊！

这一个飞来大锅和她胡诌蹭热度的发言为什么还对上号了？

两人说得有来有往，但在外人眼里，此时此刻的颜路清和顾词仿佛在打哑谜，说着只有两人知道的小秘密。尤其是一直心系吃瓜的小黑，现在简直快要急死了，恨不得替众人开口问一嘴——你们在说些啥呢。

好在他没急太久，章替身就憋不住开口问："颜小姐和顾少两人这是说什么谜语呢？怎么不能给我们讲讲？"

颜路清："……"你还真敢问。

因为这句话，顾词终于回过头，算是头一回正面对章替身做了回应。

他晃了晃水杯："你确定要听？"

章替身身为圈内人，在来之前就得知了各路小道消息，自然知道顾词现在的处境有多尴尬。曾经再怎么风光的天之骄子，现在也不过是个家破人亡的小白脸罢了。

他原本是完全不觉得这人有什么威胁的，自己就算是私生子也比他要强上不少。

但当他见到真人，对上顾词的眼睛的那一瞬间，他竟然不由自主地生出一股自惭形秽的感觉。

但章替身很快就将那种情绪收好，语气里只剩下柠檬，对着顾词扬了扬下巴："这有什么不能听的？你说。"

"确实也没什么，不过就是颜小姐祭奠她死去的前男友时说过的一些话而已。"顾词弯了弯眼，笑容看起来非常闲适，"既然你自领颜小姐前任的身份，那她怀念的死人肯定是你了？"

章替身原地愣住。

顾词本来只带了空水杯出来，现在又装满走人，只在临走前笑着对众人说："玩得开心。"

颜路清："……"

章替身："！"

虽然不知道他这四个字是在内涵哪一个人，但是在座的不论哪一个都觉得自己被内涵了。

这大概才是阴阳之法的最高境界吧。

章替身找来，颜路清不确定他是因为想要钱，还是因为真的惦记曾经和他吃过饭、看过电影的原主。最后颜路清稀里糊涂地吩咐大黑把他打发走，头昏脑涨地回到了房间。

再次躺在床上，手机还是停留在之前看小黑的泡泡时的界面。

结果她发现，那傻孩子头上又开始冒……粉嫩嫩的颜色？

颜路清随手一点——

小黑的粉泡泡："太刺激了！太刺激了！我发现顾词少爷真的很有……很有正宫风范啊！"

颜路清："……"

智障。

颜路清在床上咸鱼瘫了一会儿，辗转反侧了一会儿，最后还是在无限纠结中点开了和顾词的对话框。

刚经历过那样的场面，她尴尬到难以见他本人。

还是微信说吧。

【在逃圣母】：我真的不知道他为什么来，我连他叫章啥啥都不知道。

【在逃圣母】：我们也没当过男女朋友，顶多我以前是个散财童子罢了……我从来没谈过恋爱，可单纯了，真干不出那么花的事儿。

"那么花的事儿"指的是找替身，顾词应该能理解吧？

颜路清埋头继续打字。

【在逃圣母】：而且你别听他胡说啊，你俩长得一点也不像！我眼睛没问题我视力 5.0。

【在逃圣母】：[泪，6 了下来 .jpg]。

她一口气发完，便躺在床上，翻来覆去地等公主词回复，备注"在逃公主"四个字都快被她给看出窟窿了。

颜路清闲到开始戳顾词头顶上的透明泡泡，一戳就是一个"。"

这是不是也算表明他内心没怎么当回事？

正在这时，手机一振——颜路清视线瞬间下移，屏住呼吸定睛一看。

只有两个字。

【在逃公主】：嗯，好。

颜路清：……真的好正宫。

原本打算一整天都投入催眠学习的颜路清，上午一回来就被迫收到了一份替身大礼包，下午又被一通电话叫去了颜家本家跟颜父颜母谈话。她只好跟那个老爷爷再三表示歉意，并且把学费直接转给了他，表示自己不会跑路。

在本家，颜路清跟颜父颜母谈话时是面对面坐着的，她全程手里拿着手机，时不时看一眼。

——这一举动看上去跟现在年轻人与家长谈话时的做派几乎一样。

但颜路清可不是一个普通的年轻人。

她是一个能熟知家长内心的年轻人。

颜路清打开家庭群，就这么看着颜父颜母头顶上不断冒着泡泡。

颜父说："先前听你的保镖讲了在蝶叶山你跟顾词掉下山的事儿，但他说得很笼统，具体的你要不再跟我们说说？"

内心冒蓝泡泡："唉……成年人极少在蝶叶山发生失足事故，这事故肯定是人为的。那么这是顾家仇家做的，还是我女儿做的？"

颜路清："……"

你是真的了解她。

颜路清给颜父简单讲了一遍，但有许多细节她都不想提，做了跟对同学讲的时候差不多的详略。

颜父点了点头，还笑了两声："好，你们没事就好，没想到顾词跟你竟然已经这么熟了，挺好，哈哈。"

内心继续冒蓝色泡泡："总觉得她在瞒着什么。"

然后颜母也是跟颜父差不多的话术，先是关心她，然后试探着询问："和你们一起玩的同学都开学啦？"

颜路清点头："是啊。"

颜母欲言又止，与此同时，内心开始冒蓝泡泡：

"这孩子，现在虽然看着恢复得还算稳定，但不知道究竟是不是真的好……

"她不提，是因为不想去吗？唉，到底怎么才能让她继续去读书呢？"

颜路清来到这里之前刚结束高考，她现在对于学习一点儿都不感兴趣。但颜母这番话倒是提醒了她一点——

"对了，"她抬头看向这对夫妇，"我想问问关于顾词大学的事。"

颜路清在脑海里问了玛卡巴卡有关顾词学籍被人毁掉的具体信息，简单跟颜父颜母讲了下，又说："顾词这算是突发事故吧？父母突然身亡，他自己也……那段时间没有自由行动能力，再加上被恶意毁了学籍，他的成绩那么优秀，有机会能帮他申请恢复吗？"

结果如颜路清之前所想，这对夫妻果然答应了下来。

其实颜家的家庭谈话氛围颜路清觉得还蛮不错的——当然，也可能是怕触及她这个精神病患者的底线，所以谁都不敢把内心的想法放到明面上来说。

不知道另外一个要见她的人，所谓"她的爷爷"是怎么样的。

颜路清临走时，颜母送她到门口，叮嘱她："后天有一个晚宴要去，你也顺便告诉顾词，到时我派车去接你们。"

颜路清点头："嗯。"而后随口问道，"是谁家办的？"

"章老爷子七十大寿，很隆重。"颜母拍了拍她的手说，"这次几乎有头有脸的人都会出席，是顾词露面的好时候。他不需要做什么，但是得让看顾家笑话的人看看，他还好好的……所以你们一定要去。"

颜路清原本一脸严肃地听着颜母的后半段话，一直到上了回家的车才意识到她的前半句，是"章老爷子"。

……等等，又是章？

知道消息的那天是周五。

周六一整天，颜路清终于没被人打扰地跟着老爷爷学了几小时。但这毕竟是第一天，她只是在视频里听老爷爷给她讲各种方法，讲解它们的释义，讲到底催眠和算命能做到哪一步——虽然颜路清听得津津有味，但并没有学到任何实战演示技能。

到了周日，也就是章老爷子大寿那天。

除了通知顾词要参加晚宴，这两天内颜路清基本没怎么和顾词说话。两人吃饭本来都是在各自房间吃的，生理需求也都在各自房间解决，除了颜路清下楼逗狗，压根儿碰不到面。

一方面是因为章某带来的替身大礼包太雷人，太让人尴尬，顾词不找她，她才不会主动去找尴尬。

另一方面，主要是她越看那天那个聊天记录越别扭。自己发了五六句一长串，顾词淡淡地回了个"嗯，好"。

——她简直像个拼命对女朋友解释自己跟某绿茶什么都没有的渣男。而女朋友对他做的一切心知肚明，但因为淡如菊的人设，依旧选择了理解、原谅他。

这种感觉太微妙了。说来说去全怪那个狗章姓替身。

到了下午，熟悉的化妆师再次来到别墅，颜路清边化妆边忍不住瞄向一边——

顾词还是比她快，已经收拾好了，在拿着根小棍子逗狼玩。

上次他的西装是一身黑，这次变成了纯白色，跟颜路清即将穿的裙子是一个色系的白，看起来非常高级雅致，还带了暗纹，在光下看仿佛隐有流光。

衣服剪裁得当，显得人身姿挺拔，而白色又柔掉了西装的严肃，保留了一丝少年感。顾词看起来比上次还要惊艳。

衣服都是颜母送来的，颜路清在心里称赞了一番这位夫人的好眼光。

她正欣赏公主逗狗，公主却突然回眸望向她。

颜路清一愣，而后反应迅速地开口："对了顾词，你的后背怎么样了？"

顾词看了她几秒，淡淡地回："没什么事，绷带已经拆了。"

"哦。"颜路清想了想，干巴巴地挤了句，"那挺好的。"

这话之后，顾词收回视线，继续逗着狼玩。

都说边牧得"牧"点什么才舒服。自从狼来到别墅，所有人都是被它牧的，只有顾词和颜路清除外——这让颜路清在这个处处把自己当精神病的世界里感到了一丝慰藉。

颜路清收拾好之后，差不多到了出发时间。

她和顾词一起坐在车后座，车子平稳行驶上大路的时候，颜路清像是变戏法一样把手摊开在顾词面前。

顾词原本随意扫了一眼，视线却定在了她的手心上。

白皙细腻的手心里，躺着一朵带着枝叶的小白花。

颜路清又把手往前递了递："给你花。"

顾词接过来，眼睫垂着看了半晌："哪儿来的？"

"院子里摘的。"

颜路清又求助了玛卡巴卡，得知这是原书里写过的顾词喜欢的花之一。正好院子里有，她就摘了一朵。

"为什么给我花？"顾词问。

颜路清却答非所问："顾词，这次我们去参加章老爷子的宴会，不知道会不会碰见上次那个章……章某。"她顿了顿，试探道，"你上次，真的没误会吧？"

顾词的手指把玩着花枝，白皙和深绿交缠，看起来十分赏心悦目。

"我误不误会，很重要吗？"

"当然。"颜路清正色道，"我们是朋友，我必须得让你知道我真的不是做出那种事情的人——你也知道我……嗯，就是，有些记忆不太清晰，但我觉得，我以前也就是看他可怜帮帮他罢了。"

她真的不喜欢替身文学的！这锅也太黑了！

"嗯。"顾词淡淡地应完，又问回最初的问题，"所以，为什么送花给我？"

"想哄哄你嘛……"颜路清的语气轻松起来，这个疙瘩总算过去了，她又找到了前几天在蝶叶山和顾词相处的感觉，"你被哄好了没？"

顾词又"嗯"了一声。

颜路清彻底放下心来，笑嘻嘻地夸赞拿着花的公主词："顾词，你今天很好看。"

顾词终于抬起眼。

他看着少女的笑靥，对上那双弯成半月牙的杏眼，微笑着开了口。

"颜小姐也是。"

好看的颜小姐带着自己好看的公主词走进大寿宴会，一入场便吸引了众多目光。

众人视线纷纷往两人身上飘，但没几个人上前搭话。估计许多人都想试探顾词，却忌惮着他身边的颜路清——毕竟颜路清上次到处宣扬的"最近病情稳定"还挺出名的。

颜路清跟顾词吃了一小圈，她还想喝一小圈，却被顾词制止。

随后颜父颜母到场，派人把颜路清叫了过去，顾词便也不在中心转，走到了另一侧相对静谧的休息区。

顾词正站在休息区与宴会厅交接回廊处的柱子旁，微微倚靠着。尽管姿势随意，但看起来随便哪个角度都能拍下来直接入画。

他正低头想事情，思绪被突然插进来的一道声音打断。

"顾少爷，又见面了。"是那天跑到颜路清别墅的章某人。

他今天也穿了白色系西装，还偏偏过来找顾词——两人站在一块，不说脸，光看衣服，无论是质感还是整体效果，都仿佛在生动诠释"山寨"怎么写。

"真想不到会在这儿见到您啊。"章姓替身一边打量顾词，一边语气不自觉地就像吃了几个柠檬那样酸了起来。

顾词先是缓慢地转头看了他一眼，由于身高的天然优势，他眼皮淡淡地垂着。

随后他直起身来，对着章姓替身问了半个问句："你是章……？"

章姓替身差点被气到翻白眼，但仍然咬着牙，不情不愿地吐出自己的大名："章年。"顿了顿，还要往自己脸上贴金，"今儿个七十大寿的就是我爷爷，亲的。"

顾词点了点头："章年先生，找我有事？"

"没什么事，就是有些事不太明白，来问问你。"章年笑着道，"顾少爷，您现在来是靠着什么身份呢？不会是颜小姐的男朋友……吧？"

章年故作惊讶地啧啧两声，自认极尽嘲讽地说："真想不到，好歹您曾经也是咱们圈里万众瞩目的公子哥，真的肯甘心吃这口软饭？"

他以为顾词会生气。

会恼火。

如果顾词揍他那就更好了——在这种地方，先揍人的就是出丑的一方。

但顾词没有。

什么都没有。

顾词只是淡淡地看着他，表情纹丝未变，甚至眼睛里还多了点笑意："说的好像你不想吃一样。"

"？"

这大少爷被质疑吃软饭竟然这么回应？这男的怎么回事啊！

章年感到自己就像是一条被打中七寸的蛇，瞬间气就喘不顺了。

"……您这话说的，"章年勉强维持着自己脸上做好的讽刺表情，殊不知语气里的柠檬酸度又加了码，"我再怎么想吃，也不会直接住在颜小姐家里吃啊，您说是不是？哪像您呢？我可比不了。"

他本以为这下稳了，这位曾经的少爷那脆弱的自尊心肯定会被气到——

然而顾词像是听到了什么好笑的事，脸上竟然挂了笑容："啊……我知道你的意思了。"

章年："？"

顾词晃了晃手里的高脚杯，那张如玉般无瑕的脸被灯光衬得莫名显出一股妖异感。他眼尾开似扇，就那么看着章年说：

"章年先生，你现在是因为吃不到这口软饭，所以嫉妒我吃得多？"

24

颜路清长这么大，这是第一次接触到真正的上流社会晚宴。

比电视里演的还要夸张，到处装潢华丽，真正用眼睛看到和在屏幕内看几个画面是完全不同的感受——光是宴会厅中央的柱子和水晶灯两样就快把她的眼给闪瞎了，更别提各位贵妇人、贵千金身上戴着的珠宝钻石。总之就是一个字：闪。

颜路清依旧感谢于自己的有病人设，基本上跟着颜父颜母去到处点点头，叫个称呼就行了，连话都不用说几句。

也因为这个场合不同于上次金狗生日，她没再拿什么"病情稳定"一类的说辞来吓唬人。

在旁边当装饰物实在是太无聊了，颜路清就跟脑内搭上线的玛卡巴卡随便聊天："我一直都想问，上次你说我必须在那个时间段去蝶叶山，带着顾词一起，不照着来的话会出现危险，所以你才被激活……"

"那么现在呢？现在我没有任何危险了？"

玛卡巴卡："有的话我会收到提示。"

"也就是说，你也只是每次都根据所谓的提示来提醒我？没有提示，就没有危险吗？"

"不是的。"玛卡巴卡沉默了会儿，才说，"剧情上是这样没错，但是已经改变的、要给玛利亚惩罚的，我不会收到提示。"

"我还好奇一点……"颜路清想了想，"你之前说过，不能改变人物之间的关系、走向啊一类，那么我也算改变了顾词和我这个角色本身吧？这两人的改变都够大了，你怎么没收到提示呢？"

"因为你和顾词不是主角呀！一般不是主角的话，只有大致的定居地点需要固定，其余只要别突然死亡，做什么基本都没关系。"

"去学校读书也没事？"

"没事。"

大概在这种设定里，支线配角就好像群演似的，只要安稳地在哪儿活着就好，并不会被中心管控每一次的行为。

但主角团就不行。

颜路清突然庆幸自己不是主角，不然就照那个"惩罚"力度，想要活着得多难啊。

不过，玛卡巴卡说到不可以突然死亡……

颜路清一边随着颜父颜母走动，一边想，她和顾词在原书里都是死亡的下场，那如果她改变了结局，本该死的人继续活着，会被允许吗？

但她没有问出来。

反正距离真正的结局还远着呢，颜路清不是杞人忧天的人设，她喜欢活一秒快乐一秒。现在她和自己最喜欢的纸片人关系越来越熟，只要确保目前两人没生命危险，就没必要想那些更复杂的。

再说……顾词能屏蔽金手指，又能屏蔽玛卡巴卡，简直堪称 bug 的存在。

颜路清在脑海里说："行了，没事儿了，你退下吧。"

"好嘞！"

颜路清一直觉得玛卡巴卡还不错，随叫随到，虽然干不过系统，但必要的时候还算有用。

继续跟着这对夫妻走动，颜父稍微空闲下来的时候，颜路清趁机问了他上次提到的顾词大学的事情。

颜父却没明确说，只道："你爷爷可以帮忙，但你爷爷要见你，明后天记得去他那儿一趟。"

颜路清没多想，说"好"。

接下来是重头戏。寿星章老爷子出场，颜路清再次跟着前去打了招呼，顺带听了一通圈内人士的寒暄。

不过大致一圈走下来，除了被各路宝石钻戒闪到眼睛，她最强烈的欲望是愈发馋众人手里那摇晃的红酒杯——那色泽，那液体在酒杯里晃时漾出的深红，看起来真的好好喝啊！

可惜颜父颜母明令禁止，不准她喝酒。

别人喜欢酒可能就是喜欢半醉不醉的感觉，颜路清不是，她是单纯觉得酒好喝，酒就是她的肥宅快乐水。

　　原主的身体确实对酒精耐受度不高，但是醉酒这种事也是可以改变的。颜路清来到这个世界之后喝了两次酒，觉得自己已掌握了基本法，她不应该因为怕醉就不喝，而应该通过经常喝酒来把这身体变得跟自己原来的身体一样。

　　颜父颜母不松口，还是得去找顾词。

　　"顾词自己一个人，我怕他无聊，先去找他了。"

　　小声对着颜母说完，颜路清头也不回地提着裙子开溜。

　　简单扫了一眼厅内，没见到人，她又直奔休息区。结果猝不及防，颜路清在拐角的地方跟一个才见面没几天的身影擦肩而过。

　　两人脚步都同时一顿——

　　章年看着今天称得上盛装打扮的颜路清，一下子愣住了。女孩穿着白裙子，皮肤白得仍然像会反光一般。妆容干净简单，却格外适合她，显得五官尤为精致，一双眼睛看人时格外灵动。

　　只一眼，他就觉得这女孩跟刚才那个给他添堵的人莫名同属一个画风。

　　……更酸了。

　　章年咬了咬后槽牙。

　　从前颜路清跟自己约吃饭、约电影那会儿，远没有现在好看。双目无神，瘦得不像一个花季少女。偶尔盯着他发呆的时候，总让章年联想到她的那些精神病传闻。毛骨悚然的同时，他还得装作一副正常的样子。

　　没想到现在，她竟然变得这么漂亮。

　　颜路清一脸蒙地看着面前的章姓替身，眼睁着他的目光从震惊、幽怨，最终转变成愤恨，而后顶着发红的眼，什么也没说，掉头一走了之。

　　她凭着说不出的直觉向右转头——

　　果然看到了倚着柱子、穿着一身白的顾词。

　　颜路清朝着他走去，顾词也恰好抬眼看她。

　　"……顾词，你是不是见到那个章某了？"颜路清还有点蒙，"他怎么气成那样啊？"

"不知道，"顾词笑了笑，说，"他来找我，所以就随便聊了几句。"

颜路清："……"

她懂了，这是被公主竹笋攻击了。怪不得，怪不得。

但颜路清还挺好奇："所以……你们聊什么了？"

顾词漆黑清润的眼眸划过明显的笑意："我们在聊……现在软饭行业真是内卷严重啊。"

颜路清："？"

她是不是中间漏掉了好几集？"内卷"她知道什么意思，但"软饭行业"是怎么回事？

正打算继续问下去，颜路清听到身后突然传来一道男声——

"顾词！"

这声音很年轻，底气很足。颜路清回过头，见到了一个跟声音非常相符的人，穿着黑色礼服，挺拔高大，相貌俊朗。

他直奔着顾词而来，嘴里说着："我听人说你在——"

却在目光扫到颜路清的瞬间卡了壳。

他表情从惊喜转变成震惊，而后看着颜路清说了个脏字："颜路清。"

来到这里以来，颜路清这是第二次听到有人把自己的名字叫得这么咬牙切齿。上一个是虞惜。

恨她，应该都是因为顾词，那么这个人应该就是顾词的……

"卫迟。"顾词淡淡开口，眼睛却看着颜路清，"你先离开一下，我一会儿去找你。"

颜路清也不想接受这位的攻击，上次虞惜的偷袭还历历在目，她对顾词比了个 OK 的手势，转身就走。

"不是，你们这是……"卫迟原本想问他这几个月为什么失联，此时却来不及问，惊得眼珠子都要掉出来，"……这是颜路清啊，那个精神病啊，我一直怀疑她暗恋你的那个变态精神病啊——"

顾词打断他："我知道。"

"知道你还跟她走得这么近？！"卫迟抓了两下头发，"不行，今晚宴会结束了我们得好好说说，你先说你现在住哪儿！"

听到这个问题，顾词笑了一下："住她家。"

卫迟倒吸一口凉气，而后压不住声音地问："你住她家做什么？"

想到之前某人的说法怎么想怎么有趣，而且竟然还在某种程度上非常符合他和颜路清的处境。

于是顾词笑了笑，回答："吃软饭。"

卫迟："？"

颜路清从休息区出来，算是自由身了。她左躲右躲，总算找了个颜父颜母看不见的地方，在桌边坐下，正想要酒，身侧突然有一道阴影覆盖过来。

颜路清此时坐着，她转脸抬头，从下往上观察——浅蓝色的长裙勾勒出年轻曼妙的身姿，锁骨精致。这身材看着像个美女，再往上——

哦，是那个砸她的头又被她薅秃了的表妹，虞惜。

瞬间萎了。

颜路清对美女来者不拒，但对于给自己造成过伤害的，那还是滚一边去。

虽然不知道虞惜要来干什么，但先下手为强，颜路清开口第一句话便"友好"问候："哟，好像两周没见了，虞惜，你的头发长出来了吗？"

"……"

虞惜脸上明显一僵。

她头顶的头发有些没被连根拔起的可以接发，但连根都没有的便只能用发片遮盖。每天出门耗费的时间，以及每次洗完头照镜子所生出的烦躁感，已经快要把她折磨疯了。

但她很快又稳住情绪，在颜路清身边坐下，招呼服务生从托盘里拿了杯酒，而后对着颜路清一笑："表姐，不想尝尝吗？"

还有这等好事？

颜路清正愁没酒喝呢，当即就从托盘拿了另一杯，喝了一口之后，满足地闭眼回味。

这倒把虞惜看傻了。

家里人谁不知道，别人喝酒只是喝醉，颜路清这个疯子喝酒是会真的发疯。发疯的过程让她自己也痛苦，最终都是折腾进医院，所以她向来滴酒不沾，也没人敢让她沾。

然而虞惜还没想明白，闭眼品酒的颜路清已经再度开口："对了，我上次出于好奇，问了一下家里人……"

颜路清手指摩挲高脚杯，装模作样地叹了口气，"原来所谓的远房表妹虞惜，竟然跟我没有任何血缘关系，是硬沾亲带故凑的。"

看着虞惜脸上的表情，大概是想不到有人会把这种东西以这么直白的方式讲出来。颜路清不等她说什么，又继续道："我看咱们这表姐妹名不副实，不然你以后还是叫我大名吧？毕竟你这'远房'实在太远了啊，我真不想被你占便宜。"

颜路清原本以为，虞惜会跟她就此开始互骂，但出乎预料，虞惜看起来竟然还挺淡定。

她看着颜路清，眼神意味不明："你以为你是颜家的人，是颜叔叔的亲生女儿，你就能无法无天一辈子吗？

"颜路清，你早晚会死得很惨。"

嚯，到了放狠话环节。

颜路清一杯酒见底，抬手又要了一杯："怎么死的？说来我听听。"

虞惜笑了笑："你不了解他吗？如果有那一天，当然不会是我。

"你敢这么对他，总有一天，你会被顾词亲手解决。"

她这是贷款呢？颜路清喝酒喝得很开心，听她说话就更想笑了——亲手解决？要不是顾词，她已经在蝶叶山嗝屁了也说不定。

公主词明明善良又温柔，胡说什么呢。

她正打算开口反驳虞惜，却见又有一道阴影从头顶覆盖过来。还没等抬头，颜路清手里的酒杯也被抽走。

她"唰"地转过头，却看到了那双熟悉的漆黑眼眸。

随后，仿佛玉石击打般清冷冷的声音也传入耳内。

"颜路清，你答应过什么？"

"……"是的，她答应了不喝酒。颜路清已经感到自己又开始有那种飘飘欲仙的感受，顿时换了一副面孔，手指着虞惜，"这真的不是我要喝，是她非要拉着我喝的。"

虞惜全身都是僵硬的。

她想过再见到顾词会是什么样子——他可能被颜路清折磨得相当不堪，可能变得阴沉寡言，再也不是曾经那个记忆里的少年。却怎么也没想到，他会穿着一身这样好看的白色西装，甚至称得上语气温柔地对颜路清说话。

而顾词只是顺着颜路清手指的方向看了虞惜一眼，一瞬而过，又重新垂下眼睫看着颜路清。

"起来回家，不要在这儿出丑。"

颜路清如果穿着平底鞋，那肯定能走得毫不犹豫，但她今天穿的是漂亮的细高跟……

"顾词……"颜路清眼巴巴地看着他，"我长这么大就没求过什么人。"

顾词笑了："颜小姐，你两天前刚求过我。"

"……"颜路清忍气吞声，"那就，再求求你。"

幸亏此处是颜路清为了躲颜父颜母找的角落，光线相对昏暗，也距离侧出口非常近，压根儿没被别人看到。

——除了虞惜。

她眼睁睁地看着顾词在她面前，明明触手可及的距离却没有和她说过一句话，反而把颜路清打横抱起来转身离开。

在他的背影即将消失的时候，虞惜喊："顾词，你等等！"

顾词顿住脚步。

虞惜指甲掐着手心，仍然找了一个理由："……颜路清逼你，但你有必要做到这个地步吗？"

顾词这才回过头。

他动作优雅，哪怕怀里抱着一个人。两人的衣服颜色一模一样，看起来相当和谐。

虞惜死死地盯着他，顾词却很是漫不经心地反问："我看起来，像是被逼的吗？"

从侧门出去的时候，大小黑也立刻迎上来。

但两兄弟怎么也没想到，出来的两个人中有一个并不是站着出来的。

大黑看向顾词："颜小姐又喝酒了？"

顾词没答，但答案很是明显。

"太奇怪了，以前就算发病，颜小姐也是滴酒不沾的。"大黑早已把顾词当成了自己人，挠了挠头发，低声说，"您看您能不能劝劝她去看心理医生……毕竟，毕竟颜小姐比较听您的话。"

顾词没答应，也没拒绝，只说："看情况。"

大黑走在前面，带着二人绕到停车处。

晚上九点，外面的晚风吹在脸上温度刚刚好，对颜路清这样喝高了的人有明显的降温作用。

她先前没听到顾词和大黑的对话，被风一吹才清醒了点，此时靠在顾词怀里，浑身无力，突然恶狠狠地骂了一句脏话。

"……"顾词瞥了她一眼。

颜路清的右手挂在顾词肩上，左手抬起，像个弱智一样自己敲了一下自己的脑壳："顾词，我好烦，我以前喝酒从来都不会喝醉。"

颜路清压根儿不知道，十分钟前，她的保镖才说过她"以前滴酒不沾"。

听到她嘴里吐出的"以前"两字，顾词的脚步蓦地顿住。

原地站了几秒，才继续向前走。

"嗯，继续。"

"哈？"颜路清懵懂抬头，看着顾词，"你要我继续什么？"

顾词并没看她。

他半垂着眼看着前路，从外表上，谁也看不出他的情绪如何。

半晌，那没被阴影遮到的唇角露出一点弧度，顾词笑了笑："继续说……你的'以前'。"

25

顾词走得慢，所以两人比前面带路的大黑要落后几米的距离。

颜路清听到顾词说的话，忍不住笑了两声："哈哈，你要我说我以前啊……"她在顾词怀里换了个姿势，稍微直起上半身一点，"我以前跟现在一点都不一样，我在高中有超——多朋友。"

她把"超"字拉得很长，还把胳膊伸开比画了一下，证明真的有很"多"。

顾词"嗯"了一声。

颜路清便继续说话："她们都说我自来熟，很好相处，跟我说话很开心。所以我身边一直很热闹，都是叽叽喳喳的漂亮妹妹。"

想到这等美事，颜路清又忍不住咯咯直笑，等笑完了才说："不过，我朋友多是多，真正关系很好的也就一个……唉，我还挺想她的。"

顾词自然而然地接话："想她的话，为什么不见她？"

"因为——"颜路清卡壳了一下，声音顿住。

她想要再试一次："因为——"

结果又是在这里卡住了。

不是她不想说，而是压根儿说不出口。

颜路清被搞得很烦躁，既然此路不通，干脆就换了个说法："又不是我想见就能见的，"她耸耸肩膀，"反正目前是见不到人啦。"

不等顾词再说什么，她又兴致勃勃地继续讲："欸，还有呢！我还没说完我的以前，你先别打岔！"

顾词微微侧过脸笑了一下："行，你继续。"

说话间，已经走到了回程的车旁边。

大黑帮忙开车门，两人坐到了后座。

颜路清很有排外感，倾诉欲只对着顾词——坐上车后一直等驾驶位的隔板升上去，彻底隔绝了驾驶与后排座位两处空间，她才又开始滔滔不绝：

"我以前不认识像你这样长得这么帅的男孩子。"颜路清皱了皱鼻子，"我本来觉得那个追我的学长在三次元里面就算很帅的了，因为当时我拒绝他之后，姐妹们全都说我不知好歹，说我绝对再也遇不到比他更帅的……哇，我真该让她们来看看你！"

——让她们来看看什么是真正的公主，男公主才是最棒、最好看的。

不过最后这句颜路清没有说出口，因为即使在醉酒的前提下，她也知道这种言论不可以说到正主面前。

听她的描述，她不光朋友多，追求者也多。

顾词还没等说什么，余光突然晃过一抹白色，紧接着便感到腿上一沉——

颜路清坐车坐得头晕，她非常顺畅地往侧面倒去。这么往下一躺，长度正合适，她的脑袋刚好搁在了顾词的腿上。

车内一阵沉默。

"……你朋友说得没错。"顾词中肯评价道，"你确实很自来熟。"

颜路清仰着脸迷茫地出声："啊？"

"没事，"顾词默许了她的这种做法，"继续。"

"哦，继续……"颜路清想了想，"我以前啊，没有现在有钱。"

她躺下之后舒服了不少，但语气却明显没有刚才欢快。仿佛整个人沉静下来，现在才有了点儿回忆往事的味道。

"我没住过那么大的别墅，没被很多人照顾过。"随后颜路清语声一顿，像是有点低落似的，尾调滑了下去，"也没有被很多人害怕过。"

她那种似有似无的低落感萦绕在狭小的空间内，仿佛一下从刚才的晴天变成阴天，下起了细细密密的小雨。

情绪转变得太快，让人有些猝不及防。

"我以前也没有现在这么多的……家人。"

颜路清是仰面躺在顾词腿上的，她的脸正对着上方，视线也直直对着车顶天窗。车窗外不断划过的霓虹灯光偶尔照进来，在她的五官上留下斑驳的光影。

顾词看着她眼睛上方的一个小小的光点，看着她突然抬起手指，掰着手指说："我数了数，也就院长、院长老婆和我几个朋友、同学，我会想起他们。其余的……我竟然也没几个人可以想。"

说完，她的表情看起来特别茫然和空洞，和平时欢脱又精灵古怪的样子判若两人。

现在这样的情况，大概只要再稍微延伸一下，问她什么，她都会回答。

但顾词原本想要问的，却又全都不想开口了。

"颜路清。"

"嗯？"

"只要有人可以想，哪怕数量很少，哪怕见不到，也并不是什么不好的事。"

顾词听起来依旧平稳磁性的声音里掺了许多复杂的情绪，每一个字都清晰地传到她耳边。

他很少说长句子，所以哪怕此时脑子转得慢，颜路清也听得很认真。

"真正不好的事情是……"顾词声线停顿，唇边挂上了习惯性的笑意，喃喃低语，"你所想的人，都已经不在了。"

颜路清在这一刻，混沌的大脑有那么一瞬间的清醒。

在这个瞬间里，她清晰地意识到顾词说这两句话是什么意思。

他从小家庭美满，生活幸福顺遂，却因为人为的飞来横祸家破人亡。

他能够想的人已经全都不在了。

他在用自己的经历……安慰她。

顾词看上去和平时没什么两样，侧脸线条漂亮冷淡，眉眼却又显得很温柔。

颜路清突然觉得莫名难过。听懂了他的安慰，比刚才自己胡乱回忆的时候还要难过。她现在组织不了什么语言，只是满心想要说些什么来驱散这种压抑的感受。

"其实我说那些，并不带着羡慕，一点都不。"颜路清压下去那股难受，继续顺着两人之前的话题往下聊，"因为我以前比现在好看多了——真的，顾词。"

顾词垂着眼，睫毛像鸦羽一样覆盖出一片阴影。他声带笑意地回："哦，有多好看？"

怕他不信，少女的声音突然加重，"连我姐妹都跟我说过，如果不是我这性格，就冲着我的脸也不会跟我关系那么好——因为害怕喜欢的男生喜欢我。"

颜路清也忘记自己姐妹说没说过，反正她确实没撒谎，以前自己的身体不管哪儿都比现在好看多了。

"我以前也不会被当成精神病……

"我以前不会走两步就开始喘，不会莫名其妙哪儿哪儿都疼。"

"还有啊，我以前头发超级多，发质超级好，"喝醉了大概有点健忘，颜路清说完好几条，很快就把自己说得开心起来，"就是好到隔壁班不熟悉的漂亮妹妹也会来问我用什么洗发水的那种程度。"

不像现在，天价洗发水也救不回来从发根开始干枯的发质，只能勉强维持罢了。

顾词的笑意加深，"嗯"了一声。

一个简短的音符，引得喉结上下滑动，在夜色里看起来莫名性感。

颜路清盯着他欣赏了会儿，突然灵光一闪，又想到一点。

但是又怕隔板不隔音，不想被前排司机听到。

于是她仰着脸对着顾词勾勾手指：

"顾词，你过来，你把耳朵伸过来。"

但顾词并没有听她的话。

颜路清还是躺在他腿上，她仰着脸，他半合着眼，和她沉默着对视。

颜路清看着那双湛黑漂亮的眼，深邃得仿佛有种魔力，盯久了会把人吸进去一样。她心里着急，不管三七二十一，一把伸手钩住他的脖颈，直接把人拉到跟自己一个高度——

颜路清在他耳边很近的距离，用很轻的声音道："突然想到，我以前，身材也超好！"少女的声音压不住兴奋，"虽然不到 C 吧，但绝对是顶层 B！"

"……"

颜路清没想到自己喜欢喝酒这么多年，会在某一天冒出"我这辈子再也不会喝酒了"的念头。

现在，也就是章老爷子大寿的第二天清晨。

一个爱酒人士在对自己的行为进行深刻的忏悔。

颜路清一边回忆昨晚，一边深深地把头埋进了被子里。她连床都不想起了，连梦幻城堡都不想抠了——颜路清觉得自己还是跳楼试试能不能回以前的世界比较合适。

颜路清崩溃了会儿，从被子里抬起头，再次呼唤玛卡巴卡。

"玛利亚……"它的声音听起来带着颤抖，"我知道你很崩溃，但是有顾词在的时候，我真的连不上你……"

"我知道，我不是来兴师问罪的，我自己爱喝酒，我自己得承担后果。"

颜路清想到了自己被顾词询问的时候，莫名其妙喉咙无法发声的状况。

那场景似曾相识……颜路清使劲思索，似乎在不久前她和顾词掉下山坡后，顾词开玩笑问她为什么那么沉，颜路清想解释不是自己掉下来的时候，也是遭到了同样的阻止——仿佛喉咙被封印般的失声感。

她简单跟玛卡巴卡描述了自己这两次的经历："这是怎么回事？"

玛卡巴卡："因为系统不会允许宿主说出有关'进入书中世界'和

'系统'的字眼。比如上次你掉下去的真正原因是系统，昨晚你要回答的那个问题，真实原因是你不属于这个世界——这也是被系统禁止的。"

"……"行吧，也算给她留了最后一块遮羞布。

但是——剩下的那些以"我以前"开头的话又要怎么解释啊？

怎么会这样？

顾词会怎么想？

"以前"这个词，他会理解成这个身体的以前吗？——不，傻子也不会这么理解，更何况是顾词。

可是……如果他真的理解了她所谓的"以前"是什么，他为什么看起来接受得那么快，接受度那么良好？

这不可能啊。

如果颜路清没有亲身经历过，身边最好的闺密告诉她自己重生了，颜路清哪怕再抠也一定会亲自出钱送她先去做个心理咨询。

啊，心理咨询——

颜路清眼睛"噌"地一亮：有办法了有办法了！

她当即下床，以最快的速度洗漱收拾，通知大黑："立刻联系曲医生，一小时后我要去面诊。"

其间非常顺利地没有跟顾词在别墅里碰面。

但至于他听没听见她出门，颜路清就不知道了。

到了曲医生那里，跟上次刚来这里看病的时候差不多，颜路清还是先按照她的吩咐做各种测试——她并不填真实的情况，都填选那最离谱的。

曲医生问她问题，颜路清也回答得相当诡异。

"我吧……最近半夜总会突然醒来。嗯……我总觉得，黑暗中有另外一个自己，无时无刻不在盯着我看。"她用那种半是困惑半是认真的样子盯着曲医生，"您说，我这是为什么？"

她切换得太快了，曲医生似乎被她突如其来的演戏和语言吓了一跳，推了推眼镜，继续引导她往下说。

颜路清继续编："还有？还有就是我有时候会觉得自己好像睡了很长的一觉，可我周围的保镖又会告诉我，我明明一直醒着……这又是为什么呢？"

曲医生和她对视了好半天，翻了翻手里的资料："据你的保镖最近所说，你还出现了认知错乱、色盲、失去记忆、觉得人脸上有花、觉得房间内存在一个完全不存在的机器人——这些现象，你都承认吗？"

颜路清乖乖点头："我都承认的，曲医生。"

"……"她在医生脸上看到了大写的"无语"两个字。

接下来，颜路清又按照要求回答了一些不痛不痒的问题，做了另外的一份测试，便被允许回家了。

她手机里有心理医生的微信，一坐上回家的车就迫不及待地打开微信，找到跟医生的对话框。

那里正在狂冒灰色、蓝色和红色的泡泡。

颜路清连点三下，惊奇地发现虽然颜色不同，心情不同，内容却是同一句话——

"没救了。"

"没救了。"

"没救了。"

"……"颜路清看到后，确认目的达成，估计很快她就能收到一份相当严重的诊断书。

她想来想去，在车子平稳上路后，给小黑打了个电话，开口第一句便问："顾词在你身边吗？"

小黑答："不在，他刚起床不久，现在正在餐厅吃饭呢。"

"好，"颜路清吩咐，"小黑，你去旁敲侧击地告诉顾词，我现在病得很重，属于说什么话都不受自己控制的水平了。"顿了顿，她又不放心，"你知道旁敲侧击是什么意思吧？就是——算了，我教你，你照做就好。"

颜路清的别墅里。

小黑放下手机，走回了餐厅。

顾词依然和他离开之前一样吃着早餐，虽然穿着平常，举止仍隐约透出一股极富教养的优雅。

小黑叹了口气。

他看到顾词的拿水杯的手一顿，接着又叹了口气。

顾词果然如颜小姐所说的那样，抬眼朝着他看过来，语气温和地询问："怎么了？"

小黑顿时一脸着急地回答："您不知道，颜小姐一大早就去看心理医生了——"

小黑觉得自己演得很到位。

颜小姐说，这时候顾词就会问"去看心理医生怎么了"，而小黑只需要回答"颜小姐病得相当严重，可能到了会一直说胡话的那种程度"——虽然不知道为什么要让他演这出戏，但是小黑有基本的职业素养，他会遵着指令照做。

谁知，他说出第一句话后，餐厅内陷入了一阵沉默。

半晌，小黑快要着急的时候，突然看到顾词眼角微微弯起，那双漆黑的眼眸深处藏着明显的笑意，他缓缓重复了一遍："你们颜小姐去看心理医生了？"

小黑愣愣地点头："嗯。"

"然后，"顾词慢条斯理地擦了擦手，"她让你告诉我，她这次病得很重？"

小黑："？"

这不是我的台词吗？

另一边。

车上，颜路清正在紧张地盯着小黑的微信头像，密切观察他的心理变化。

前面一堆都是"我演得真不错""顾词先生果然跟颜小姐说的一样"等黄色的自信泡泡。

结果，突然冒了一个蓝色和一个灰色泡泡——

灰色惊恐泡泡："顾词先生是怎么知道的？！"

蓝色悲伤泡泡："为什么我觉得他们联合起来在整我？"

26

颜路清不敢置信地盯着手机屏幕。

这是……计划失败了？

颜路清最初选择带大黑出门，一个是因为她习惯了，还有一个原因是大黑跟心理医生的接触时间更长，主要联系基本都是他负责的。

　　而且她觉得只是留在家里跟顾词旁敲侧击说两句话的事儿，小黑来演会更逼真一些——因为依大黑的情商、智商来看，他明显不是那种会突然唉声叹气的角色，顾词听到会觉得非常奇怪。

　　但小黑就不同了，他干什么都不奇怪。就好比接到消息之后跑去跟顾词唉声叹气，并且夸张地感慨，这都非常符合他的蠢货人设。

　　颜路清没想过他一个蠢货去演蠢货还会翻车。

　　所以现在看到小黑的内心吐槽，她觉得浑身血液都有那么一瞬间的凝固。

　　而与此同时，小黑头顶的泡泡仍然在不断地冒——

　　灰色惊恐泡泡："怎么办？我现在该说啥？"

　　蓝色悲伤泡泡："颜小姐跟顾词先生真是天生一对，两个都不是说人话的……"

　　颜路清："……"谬赞了，我跟他真不是一个物种。

　　接下来不知为何，小黑的情绪竟然由低落转变为愤怒——

　　红色泡泡："不是，天天吓我真的好玩吗？"

　　红色泡泡×2："我虽然只是个拿工资的小保镖，我也是有脾气的，为什么要这么耍我呢？！"

　　颜路清："……"你还挺会给自己贴金。

　　按理说，她应该命令小黑停止演戏，但是从小黑这个心理来看，他大概也不会继续演了。

　　一边的大黑似乎察觉到她的情绪不对劲，加上刚才听到了她给小黑打的电话，有点担心自己的傻弟弟。此时恭敬又小心翼翼地问她："颜小姐……小黑是犯什么错了吗？"

　　她对着大黑摆摆手，示意没有。

　　颜路清现在什么话都说不出来。

　　她只知道，这个家，她是有点不想回了。

　　可颜路清在车上心情起伏伏之时，车已经驶入了别墅区。不到五分钟的时间，她就见到了那栋里面有顾词的别墅。

　　颜路清让大黑先下车，自己在车内待了会儿。

"玛卡巴卡，"她在脑海内呼唤它，"昨晚我喝醉了说了一些话……"颜路清简单复述了一遍，"顾词的反应那么淡定……难道他有可能知道我不是这里的人吗？"

"是这样，如果书内人物在某一瞬间意识到有外来世界的人，那我是会收到警告的，宿主是会被惩罚的——"玛卡巴卡顿了顿，"但是玛利亚目前还没有收到。"

限定条件是书内人物。

那么顾词肯定算是……书内人物吧？

颜路清喃喃："所以就是没有发现？"

那也很不对劲——

"不是，顾词这是怎么回事呢？我为了解释昨晚胡言乱语，给小黑安排的这么顺畅的计划，为什么还是让他给看透了？"

颜路清越想越纳闷，一边为自己天衣无缝的计划感到惋惜，又因为被顾词轻易识破而感到那么一丝羞耻："到底是我能读心还是他能读心？"

玛卡巴卡踌躇好半响，才小声回答："……因为我的宿主是玛利亚，我也是除了原书里的剧情线以外一点儿也看不到顾词的其他信息……但是……"

"但是什么？"

"玛利亚，你……你觉不觉得，顾词很有可能是单纯的智商高？"

"……"

老侮辱人了。

颜路清关了跟玛卡巴卡的对话，在车上做了会儿心理建设，终于打开车门下了车。

进到院子里，她先是跟打扫院子的迪士尼阿姨勉强笑了一下，然后对上了出来迎接的小黑那张黝黑的脸。

刚才在车上的那种窒息感又来了。

小黑倒是不像内心冒红色泡泡的样子，换上了一副委屈脸："颜小姐，顾词早就知道您病得很严重，为什么您还让我去问啊……"

颜路清脚步没停，小黑依旧在她耳边絮叨："搞得我像个傻子一样……"

"……"颜路清觉得自己真的太宠他了。

她闭了闭眼又说："你把'像'去掉才比较合适。"

大黑在两人前面走，帮她推开大门，颜路清一进到客厅就看见坐在沙发上的顾词。

以及他身边的……地中海眼科刘医生？

小黑在她耳边适时补充："您不在的时候刘医生来了。"

颜路清算算，好像是到了这个医生来复诊的时间了。

有个外人来了也好，省得客厅里就剩下他们俩尴尬。

这么想着，颜路清没有看一眼顾词，目不斜视地径直走过去跟刘医生打了招呼。

这个老头还是一如既往地和蔼好说话，竟然还记得颜路清跟他要新药的时候提到的旅游："对了，你们俩这是从蝶叶山回来了？玩得怎么样啊？"

颜路清实话实说："挺好的。"

"嗯，"一边的顾词坐在沙发里，姿势很闲适舒服的样子，张嘴却是补刀，"除了我们掉下山坡被困了一天一夜，都挺好的。"

颜路清："……"

刘医生惊叹道："哟，你俩还掉下去了？没什么事儿吧？"

颜路清僵硬一笑："现在是没什么事了……"

颜路清从进门以来一直在避着跟顾词正面对视，只看着刘医生。但顾词说完这句话，她顿时朝着他的方向望过去。

虽然对自己的定位一直是一个没有心的沙雕，姐妹也评价她外热内冷、很难走心——但颜路清自认自己在很多时候还是有心的，并且很软，只是平常的小事很难碰触得到。

好巧不巧，跟顾词相处的那二十四小时，对她来说不算小事，很多细节回想起来，对她好像有种特殊的意义。

而当她开始在意的时候，就不太喜欢这件事被拿出来当笑谈。

好比当初大白牙嘲讽少男身材薄弱，她很生气地反击回去。现在跟大白牙那会儿虽然差得远，但还是让她不怎么舒服。

尤其这是从当事人顾词口里说出来的。

两人隔空对视半响，顾词很不明显地挑了一下眼角，对着她笑了笑："怎么了？"

那笑容显得十分意味深长。

颜路清顿时被他笑得有些不冷静，当即走到沙发旁，在他身边隔着一个抱枕的位置坐下来。

她小声问："你干吗那个语气跟他说？"

顾词模样懒洋洋的："我什么语气？"

"就是……"颜路清也不知道怎么形容，"刚才刘医生问我玩得好不好，我说玩得不错，你非要提我们掉下去干什么？"

这不是摆明拆她的台，反驳她吗？

"哦，"顾词声线拉长，拖腔带调地说，"所以你觉得，掉下去也不错？"

"？"颜路清愣了下，"我什么时候……"

刚说完五个字，她蓦地停住。

刚进门的时候，明明抱着的是不跟顾词主动说话、敌不动我不动的方针。

为什么现在两人都开始旁若无人地对话了？

颜路清先前没注意到，从她坐过来开始，客厅内的人都不自觉地在看他们。不光是大家喜欢看漂亮的少男少女，更因为两人说笑的这场景实在是很像……

"果然都说一起旅游能促进感情，"身后传来刘医生带着笑的感慨，"跟我第一次来的时候差别真大，看来这趟玩完之后，你俩的关系突飞猛进啊。"

"……"

颜路清觉得自己又在不知不觉间上套了。

顾词早在颜路清回来之前就已经检查完毕，聊过几句后，刘医生也很快离开。

颜路清还是坐在沙发的那个位置上，随着院子传来汽车离去的声音，客厅内恢复了寂静。

不知过了几秒，她感觉身边的人动了一下。紧接着，顾词的声音传了过来："昨晚……"

他刚说了两个字，颜路清瞅准时机，一下子截断了他的话——

"顾词，我刚看完心理医生，现在心情很差。"

"……"

她说这话时，微微侧过脸对着他。

表情空洞，声音低落，眼角半垂，简直像模像样的。

顾词眼里再次生出兴趣。

虽然她有很多常人无法理解的举动和想法，但不得不说，其实演技一直在线。

颜路清记得上次自己也是在醉酒后不愿面对他，却又不得不让他跟她一起出门，动用了碧螺春绿茶大法。

她于是又用了上次的伎俩——

"你这种人，不能跟一个神志不清的人计较，更何况她是一个喝醉酒的可怜女孩。

"她有什么错？她只是在她的表妹的挑衅教唆下喝了两杯酒，又说了点胡话而已。"

颜路清发动完碧螺春大法，却迟迟没有得到回应。

她撑不住了，变换了一下角度，想要看看顾词现在是什么反应。

没想到……

却看到了他用手抵着嘴边，似乎在忍笑的样子，连眼睛都几乎弯成了漂亮的月牙。

颜路清顿时垮了所有表情，直接震惊地用抱枕推了他一下："你笑什么！这事不严肃吗！"颜路清入戏很深，一边推还一边委屈，"我真的刚做完心理辅导，你怎么这样！"

顾词抵在唇边的手拿了下来，他再度抬眼看过来，神情终于带了认真。

他道："颜路清，你昨晚说的真的不太像是胡话。"

颜路清心里"咯噔"一下，仿佛一块石头砸下来，闷得胸口发疼。

"但是没关系。"——顾词却很快来了个转折。

"如果你那么想被我当成精神病，"他的表情变得很放松，还有一丝笑绕在眼角没有消散，显得人很温和，"那我可以当你糊涂。"

有些人轻飘飘地说完一句话就走了，留下听者百思不得其解。

颜路清回到自己的房间，冥思苦想了一上午。

首先，玛卡巴卡说了，如果书里的世界中有人意识到她是外来世界的人，她会受到惩罚——但她现在并没有受到惩罚，而顾词肯定是书里的人。

所以……应该可以确定他没有往那方面想，他还不知道真相。

但是——

顾词的原话是，"如果你那么想被我当成精神病"。

颜路清确实是想被他当成精神病。

可在他眼里，她不该是"被当成精神病"，而应该是"就是个精神病"。

为什么他会用"被当成"？难道他不觉得她是精神病？

他还说她昨晚说的不像是胡话，也就是他把那些当成真话——可那些又怎么能被当成真话？？

颜路清要想疯了，并且还不能跑到他面前去问。

因为她心里有鬼，顾词又太聪明。目前她没受到惩罚，说明顾词还没往她不是这个世界的人这方面想，万一她去刨根问底之后，反而让他往这方面想了，那该怎么办？

颜路清烦得内心一团乱麻，在床上像咸鱼一样扑腾来扑腾去。

为什么非要那样说话让人猜！

猜不透就算了，那么好用的读心金手指还被他屏蔽！！

男人，你好神秘。

不行了。必须要采取手段。

颜路清想了想，一个翻身在床上坐起来，打开微信，找到已经付了学费的老爷爷。

【在逃圣母】：爷爷有空吗？现在能上课吗？

等了大概三分钟。

【贫道不是神棍】：可以的，小姑娘，今天还是视频电话教学。

发完这句话之后，老爷爷的头上还冒着粉色的泡泡，颜路清戳开——

感动的粉色泡泡："唉，我都多久没见到这么好学的孩子了，不容易啊……"

好学的颜路清聚精会神地学了两个半小时，停下还是因为看爷爷年纪大，总喝水，怕他吃不消。但她没想到这边课刚停，大黑就敲了她的房门进来。

"颜小姐，"他的神色透露着一丝紧张，"您爷爷的车现在停在外面，想要接您去见一面……"

"……"

果然是一家人吧，这爷爷跟上次那个颜家大哥是一模一样的作风。车直接开到你家门口，简直不容拒绝。

颜路清认命般地叹了口气，起身收拾换衣服，十分钟便下了楼。

顾词不在客厅，客厅里只有眼巴巴看着她的小黑。

"？"颜路清用眼神朝着大黑发送了一个问号。

大黑秒懂，解释："他说这次他也想跟着您去……"

"去就去呗。"颜路清想到早上小黑委屈的内心戏，决定对他好点，"那不是我亲爷爷吗？怕什么，我这次带小黑一个人去，你留在家里好了。"

小黑开心写了满脸，立刻跟在她身后进了车内。

一路沉默，颜路清就靠微信里看各路人士的内心戏解闷，看了得有四十分钟才终于到了目的地。

所谓颜家老爷子的住宅，没有颜路清之前去的本家别墅那么夸张，是个较为古朴的三层楼。颜路清带着小黑下车，便有人引着她走。

虽然嘴上说着那是她亲爷爷，但颜路清其实心里很没底。

——除了顾词，她对在这个世界见到的每一个陌生人，都很没底。

她在众人眼里是精神病，这也导致她不知道究竟该怎么和这些人说话。

颜路清脸上的忐忑被小黑看了出来，他小声问："颜小姐，您害怕？"

这没什么好撒谎的，颜路清点头："有点。"

小黑："那是您亲爷爷，您为什么这么害怕？"

颜路清随口道出了内心的真实想法："因为我没有他的微信啊。"

小黑："？"

他自动过滤掉了奇怪的话，在进门前不断安慰颜路清："颜小姐放心，您爷爷应该不会动手，动手的话我也在旁边，不会有事的。"

颜路清虽然觉得不至于动手，但也感动于这傻儿子真是没白养。

上了两层楼梯，终于到了一个敞着门的房间门口。颜路清进到门内，看到了颜老爷子的脸。一头偏白灰色的头发，生了一张相当威严的脸孔，一眼便能看出是个一辈子都呼风唤雨的人物。

他先是扫了一眼站在颜路清身后的小黑："你出去。"

颜路清就听见小黑恭敬地说："是。"

然后立刻执行命令往后走。

不仅出去了，还把门带上了。

颜路清："……"

颜路清收起吐槽的心，先是老老实实地叫了一声："爷爷。"

"嗯。"老爷子点点头，随之低沉的声音回荡在房间内，"顾词的学籍我有办法恢复，我也有办法让他重回学校。"

如此程度的开门见山让颜路清顿时傻眼。

"但，有个条件。"

颜路清一愣，立刻问："什么条件？"

"我不允许颜家有任何一个小辈，是大学都没毕业的人。"老爷子看着她，一双眼锐利如鹰，几乎是命令般说道，"你也得给我重新上学。"

"？"颜路清想要挣扎一下，"可是……"

"没有可是。"老爷子背着手，一脸不容置疑，"我听你母亲说你最近说话利索，跟人出门交流也毫无问题，没有发过病，为什么不能上学？这个学校你既然考了，你就必须给我读出来。"

当初原主没有去上学，就是因为精神状态不行。

颜路清一时找不到什么话来反驳，只得试探着道："但是开学已经一个月了，这……"

"你跟顾词是一样的，你有病例，他也有意外事件证明。"老爷子道，"我说了有办法，就是有办法。"

后来的时间里，都是颜路清在听老爷子具体讲述她要怎么重返校园。

——她考的那所学校还有不到半个月的时间要进行期中考，她需要所有科目拿到过半的分数，证明自己跟得上专业进度，才可以被允许复学。

顾词也是一样。

"教材你父母已经派人送到了你家里。"颜路清走前，老爷子还严肃地警告她，"只需要过半而已，别让人看不起你。"

"……"

颜路清已经快要精神恍惚了。

但却仍然在走前顽强地对着老爷子道："爷爷，加个微信行吗？"想了想，又补了一句合适的理由，"我到时候给您汇报学习进度。"

老爷子眯着眼盯了她一会儿，还是给了。

给完后又补了一句："我让你考回去也不仅是帮顾词的条件，这本来就是你应该读的书，你连这都没法完成，那也不用再姓颜了。"

回程的车上。

颜父对她那么和颜悦色，颜路清万万没想到颜老爷子竟然是如此雷霆万钧的作风。

所以她马不停蹄地联系了玛卡巴卡："你快告诉我，原主考的是个什么大学？很牛的那种吗？"

玛卡巴卡："不是的，是一所较好的一本。"

颜路清松了口气，不是顾词那种顶级高校，难度应该能小点。

随后又问："那原主录取的什么专业？"

玛卡巴卡："我看下……她报的是……计算机学院的软件工程。"

"？"颜路清刚松的那口气呈几何倍数般提了回来，她震惊地反问，"你说什么？她报的这个？！"

也是这时候，颜路清才突然想起——既然跟顾词高中三年都是同学，那原主肯定是个理科生。

"玛利亚，你不要太难过……"玛卡巴卡试图安慰她，"其实这些由原角色带来的挑战，替代原角色的人如果完成会得到奖励的。虽然奖励是随机的，但通常都很不错。"

颜路清一声冷笑就发出去了："呵。"

还奖励呢。

她是个报了文学专业的货真价实的文科生，现在告诉她，要在半个月之内考计算机系期中考过半的分数……这简直是天方夜谭。

想骂脏话。

颜路清不知道今天一天内自己到底要崩溃多少次。

与现在的噩耗相比，之前跟顾词的那点事简直称得上是甜蜜的烦恼。

正在此时，手里的手机突然振了一下。

是一条微信，颜母发过来的——

"清清，我听你爷爷说你同意了，你需要补课老师吗？"

然而与此同时，颜母头顶正在冒灰色泡泡。

颜路清面无表情地戳开。

"可是去哪儿找呢？她高中的时候吓跑了那么多家教老师。"

颜路清："……"

颜母继续冒灰色泡泡。

"顾词那孩子学习特别好，他愿意帮帮她就好了……"

顾词。

颜路清盯着这两个字，心情才终于像是雨声渐停般渐渐明朗——
虽然天还没晴，至少她终于活了过来。

车开回家后，她绕到侧面花园里去折了几枝花。

依旧是刚送给顾词不久的那种小白花，这种花她不知道叫什么名字，
形状介于樱花和梨花之间，花瓣比樱花要大，通体纯白，非常好看。

当然，重点不是这花多好看，重点在于这是顾词喜欢的。

颜路清摘完花回到家里，从玄关处就扫到了顾词坐在沙发里的
影子。

他正靠着抱枕，是那种大人所谓"坐没坐相"的样子。但放在他
身上，却有种格外和谐的慵懒感。

颜路清看他的时候，顾词也像是感应到了她的视线一般遥遥看过来。

那瞬间他有种错觉，仿佛许久前也有过这样的场面，她不知道在
哪里闯了祸或是有了解不了的难题，于是带着一肚子委屈来找他。

顾词看着她换了鞋，磨磨蹭蹭地蹭到自己面前，把背在后面的手
伸了出来，露出手里的花。

"顾词，"颜路清把手里的一把小白花往前一递，可怜巴巴地看着
他，"送你。"

"……"

顾词发现她的眼睛看起来竟然湿漉漉的，像只委委屈屈的漂亮小狗。

沉默三秒，还是伸手把花接了过来。

"出什么事了？"

听到这句几乎是叹息的话，颜路清的心几乎放下了一半。

她想，如果她此时能做一个表情包，那一定是——

我又带着烂摊子回来找公主词啦.jpg。

27

原本顾词是坐在客厅里看电视的，看的似乎是个外国电影。他声音开得不大，但此时客厅安静，电视里的人物说的英语一句一句地传出来。

刚才他沉默了会儿，从她手中接过花，又抬头说："出什么事了？"

一般都说拿钱办事、拿人钱财替人消灾，在她这么明显的讨好意味下，顾词接了她的花，还这么问，那……大概率就是同意会帮她办事的意思吧？

"……也不算是出事了。"颜路清磨蹭着在他身边坐下，想了想说，"有一个好消息和一个坏消息，你要先听哪个？"

顾词定定地看了她一会儿，开口选择："坏的。"

颜路清张了张嘴："但是你如果不先听好消息的话，是听不懂坏消息的。"

顾词："？"

她很清晰地在顾词的面无表情中感受到了一个问号，估计还伴随着公主词心里笋笋的吐槽。

顾词沉默了几秒才问："所以，你为什么让我选？"

颜路清有些尴尬地清了清嗓子："因为我以为大家都会先选好消息的嘛……你怎么会想听坏的呢？"

顾词莞尔："大概是因为，我不觉得刚才你那种表现会有多好的消息。"

"……"这话说的，怪一针见血的。

颜路清选择忽略这句，把事情一股脑地讲了出来——

"好消息是……你能回大学了！"她眼睛亮晶晶地看着他，强调，"就是可以正式以学生的身份，再回去上学、上课的意思。"

说完还特地停了一下，就为了等顾词的反应。

顾词脸上还是没什么表情，那神情似乎如他所讲，对她口里的"好消息"并不抱什么期待。

　　但那双漆黑如墨的眼睛仍然有一瞬的静止，眉眼间划过了一丝类似于惊讶的情绪。

　　竟然不是感动？

　　不是热泪盈眶？

　　不过，颜路清在脑内幻想了一下公主词热泪盈眶的场面……还是不必了，能让他惊讶也不错。

　　于是她继续说："——但是校方有个条件，大概是担心跟不上课程，复学也白费吧，条件就是在半个月以后的月考中拿到必修课一半的分数……"顿了顿，颜路清立刻加了句，"这对你来说应该很简单吧？"

　　顾词没有回答她。

　　他就维持着原本的姿势盯着她看，时不时眨一下眼——明明也没做什么表情，可颜路清却很不想和这样的他对视，会有种自己被看穿的感觉。

　　颜路清快要顶不住的时候，顾词才终于再度出声："那坏消息呢？"

　　"坏消息是，"颜路清的声音低了快一个八度，"……我也得回去上课。"

　　顾词刚才听见好消息都没显露任何笑意，此时却仿佛被这句话轻易逗笑。他很快地弯了弯眼睛，声音也有点上扬："颜小姐，为什么同样的事发生在我们身上，一个好一个坏？"

　　……你是个天才！你怎么会懂？！

　　颜路清腹诽完，跟霜打的茄子一样低着头说："因为我的专业太难了。"

　　"嗯？"顾词一副感兴趣的样子，"什么专业？"

　　"霜打的茄子"："计算机学院的软件工程。"

　　颜路清在车上听到"计算机"和"软件工程"这七个字那一刻，就仿佛有一道惊雷劈下来，把她电得外焦里嫩。

　　她曾经在高中最开心的几个事件之一，就有分文理一事。

　　颜路清佩服那些理科很厉害的人，但她自认没这个天赋。她不笨，并且只要好好学，可以花很多时间把物理抠出来，但她不喜欢那种费尽脑力的感觉——每次做完物理都没有学霸所谓的成就感，只觉得身体被掏空。

学自己如鱼得水的科目不香吗？所以她毅然决然地选了文。

没想到，刚拼死拼活地考完高考，却在飞机上撞到头，来到这里，压根儿还没享受几天安稳快乐的生活，现在竟然被告知要在半个月内学完一所好大学计算机专业的必修课。

颜路清：这辈子和上辈子都没这么无语过。

本来她真的万念俱灰，但看到颜母发过来的消息里带着"顾词"俩字，才仿佛血液重新流回体内般恢复了生机活力。

因为颜路清觉得不会有顾词也解决不了的事情。

不知道是不是因为她已经知道了他在书里的一切，又或许是因为作为角色粉，她单方面给他加了不少滤镜……反正颜路清的潜意识就是认为：这个人好像无所不能，他永远可以被依靠。

无所不能的某人听完她一脸菜色地吐出专业名字，闲闲淡淡地"哦"了一声："所以坏在哪儿？"

颜路清小声说："坏在……它的必修课，我应该是一点都不会。"

顾词又笑，声音变得比刚才都温和："你报的专业，被录取了，现在怎么不会了呢？"

"毕竟现在病得重了嘛，"颜路清声音僵硬，"就，忘了。"

听完，顾词看着她没说话，但脸上的笑意有扩散的趋势。

这几乎让颜路清梦回二人在树洞的那一晚，她提问为什么两人不能一起睡的时候，顾词看向她也是用的这种眼神——"新物种好有趣"的眼神。

颜路清现在只能装作自己看不懂，硬着头皮笑："我记得之前你就是学习最好的嘛……"

顾词打断了她的话："所以想让我教教你？"

颜路清顿时瞪大眼睛点点头。

顾词见状，又开始看着她笑。笑得人脸热，却迟迟不说话。

他看着颜路清的神情渐渐染上着急，那双湿漉漉的眼睛开始往他的手那边瞟，还一边瞟一边故意小声提醒："顾词，你刚才都收了我的花了。"

然后眼睛继续盯着他，一眨不眨。

那意思多半是：你得给我办事啊。

他垂下眼睫毛，挡了一下笑意。

而密切观察着他的颜路清却觉得这是拒绝的前兆——因为刚才她的话刚说出去，就觉得哪里不太对劲。

她这么讲，顾词可以有一万种方式回撑，比如"你送我收罢了""收了花难道就代表什么吗"等。甚至她相信以他的水平，他想得出更绝的回应。

但谢天谢地，他没这么说——

"也是。"顾词握着那把某人送的花，来回看了两眼，而后重新掀起眼帘，"教材给我一下，今晚我看。"

公主词同意了！他同意了！

颜路清简直想把所有烂大街的夸赞都放在顾词身上，比如那句"这一刻，他成了光"；比如她自创的"公主词，永远滴神"。她开心到觉得自己周围响起了喜庆的背景音乐，还不断地炸着烟花。

她快速点头："嗯，教材一会儿就给你——那我们什么时候开始？"

顾词站起身，说："明天。"

颜路清愣了一下。

这么天才？只要一晚就够了？

但还没等她感慨，顾词再次开口："我当老师是很严格的。"

颜路清应声抬头。

他的手搭在沙发靠背上，背着光，脸上的笑极为勾人，就这么自上而下地看着她。

"做好心理准备，颜路清同学。"

既然第二天要开始学习，颜路清决定先跟老爷爷请个假。

她表示因为马上要考试，自己这两周内还是会抽时间找他学，但可能不能每天报到了。老爷爷很快表示理解，并发表了很有哲理性的言论："你什么时候学都可以，只要你心诚。"

那肯定诚啊！她就指望着学会了赶紧看看顾词一天到晚想些什么呢。

颜路清又向老爷爷发了两百字小作文，展示了一下自己的心有多诚，之后和他互道晚安。

正准备切出去的时候，却收到了一个人的微信。

【年年有余】：颜小姐，睡了吗？

颜路清看来看去，两人之前也没聊天记录，这人也没朋友圈。

她很诚实地发："你是谁？我加个备注。"

结果对方已读之后，原本没有泡泡的头像瞬间升起了数个泡泡，以红、蓝为主。

颜路清戳了一下红色泡泡："她这是什么意思？要直接跟我断绝关系吗？就因为她现在让顾词住进了她家？"

又戳了一下蓝色泡泡："总觉得颜路清性情大变不是好事，以前至少大方啊……"

哦——原来是章替身。

颜路清想明白之后，那边也发来了自我介绍。

【年年有余】：我是章年。

【在逃圣母】：嗯，这么晚了，有什么事吗？

她看着消息变成已读，章年头上又开始冒泡泡——以"我做错什么了？""我再也拿不到钱了吗？""她到底怎么了？"为主。

颜路清看得有点烦躁。

她既然成了这个身体的主人，这些锅还是早点处理干净为妙。正好今晚章年找上门来，那就想办法让他彻底死心。

正当她组织措辞要打字的时候，章年一堆负面情绪的泡泡里，突然冒出了一个粉红色泡泡。

颜路清耐不住好奇，戳了上去——

"这个颜路清变化也太大了，好像也没隔多久啊。以前让我出去吃饭连妆都不化，简直女鬼本尊，她现在好看到像是去整了个容……"

颜路清：？哇，谢谢了。

没想到还能看到这么一大段夸奖，怪让人不好意思的。

但没想到，这粉色后面紧接着又是一条红色泡泡——

"这口软饭就让顾词给吃了，便宜他了！"

颜路清："？"你说谁吃软饭？

颜路清想了想，开始打字。

【在逃圣母】：其实如果你真的缺钱……

【章年】：？

章年再度冒出粉色泡泡："颜小姐果然还记得我！"

然而颜路清接下来的话无情地摧毁了他想吃软饭的念头。

【在逃圣母】：我可以让我的保镖帮你介绍几份工作，保证童叟无欺。

【章年】：……

颜路清看他吃瘪，却仍然不爽——这人也太污名化顾词了吧。

什么叫顾词吃软饭？

吃屁啊！他跟你这种货色不一样！他才没有吃软饭！！

颜路清瞪着屏幕，又气不过地打字替顾词正名。

【在逃圣母】：对了，以防你上次来我家误会我和顾词的关系，我澄清一下。

【在逃圣母】：他是我的家教老师，是为了方便我从早学到晚，才在我家暂住一段时间而已。

【在逃圣母】：章年，不要让我听到什么不好的传言哦。

【章年】：……啊？

颜路清发完之后，章年头顶又疯狂地开始冒泡泡。但她懒得去管，也不想去看，直接删除好友外加拉黑一条龙。

"还敢骂顾词吃软饭……"颜路清睡前还惦记着这件事，絮絮叨叨地吐槽，"简直活够了。"

次日一早。

吃过早饭后，颜路清和顾词面对面坐在了二楼的书房里。除了两人，桌边外还有一只毛色漂亮的边牧。

——狼到了这个家之后混得风生水起，听说保镖们轮着遛它，却总因为它的运动量太大而累趴，从而变成了狗遛人。

它现在把一别墅的人都牧得服服帖帖，唯独对颜路清和顾词是例外。

狼很黏他俩，除了吃饭的时候，它大概很少见到这种二人共处的画面，所以现在一路跟上了二楼。

颜路清摸了摸它的头，然后很有仪式感地把本子、笔都放到自己面前，一脸期待地看着顾词："我们开始吧。"

顾词今天穿的是黑衣服，颜路清看着他白瘦的手指摆弄着刘医生昨天带来的眼镜，在她说开始之后，便抬手架到了鼻梁上。

这副新眼镜竟然又变好看了。

颜路清真怀疑刘医生团队到底有个什么样的人在设计镜框，怎么能这么贴合公主词的脸，这么符合他的气质。

顾词戴上眼镜之后，莫名就有了那种教授的范儿，只不过太年轻也太好看了点。

他看着她，似乎对她的反应不太理解："颜同学，你很期待？"

"倒也不是期待学习……"

颜路清想了想，实在是不知道怎么跟他解释这种"我最喜欢的纸片人当我的家教老师所以学习也没那么讨厌了"的奇异心情。

她摆摆手："算了，你就当我突然好学吧。"

顾词没再说话，指着旁边一摞厚厚的教材："需要我教的抽出来。"

昨晚把教材拿给顾词的时候，颜路清已经大概看过了。她一边抽一边说："我必修里的英语和思修都没问题，但是高数、电工、物理、概率论、计算机导论……我觉得我不会。"

"哦，"顾词笑了笑，帮她换了个说法，"也就是说，除了英语和思修，都不会。"

"……"这么一说真的难听了好多！

顾词看着坐在对面的人撇了撇嘴，一副不服又什么也不敢说的委屈模样，又继续整理教材。

她整理书的时候，顾词开始回忆那晚颜路清所说过的话，发现围绕的多数都是高中同学。一点都没有提到大学，可能是还没接触的缘故。

所以他直接问："高三数学学了吗？还记得多少？"

颜路清没觉得这话有丝毫不对，毕竟原主是个不常去上课的人物。

于是她如实说了自己的真实水平："学了。"

但是顾词是在理科班，文理数学又不一样，颜路清谨慎地加了一句："应该可以及格。"

"……"

顾词眼神里仿佛写满了字，多半是来自天才的阴阳怪气，颜路清读不懂，也不想读懂。

"我们先从高数开始吧，"颜路清把课本拿出来，愁眉苦脸地看着它，"我真的好怕它。"

顾词转笔的手顿了一下："为什么怕？"

"你难道没听说过一句话吗？"颜路清手托着腮帮子，一字一顿地对他说，"从前有一棵'高树'，很多人都挂在上面……"

"……"

接下来进入了正式讲课环节。

颜路清以为会很难的高数却意外的可以接受，因为高数最先学的是集合，和高中知识搭边且好理解；而概率论更简单，她听顾词稍微讲了点，觉得似乎跟高中数学里的概率也有很多内容重合。

除了英语和思想道德修养以外，颜路清原本以为很难的计算机导论也完全可以看课本自学。所以剩下的就是两门。

但难就难在这两门上。

电子电工和大学物理，对她来说，简直是完完全全的无字天书。

顾词一开始还说："电工和物理有点关系，先会了哪一个都方便理解另一个。"

他的语气轻松到让人生出一种可以轻易掌握这两门的错觉。而开始听讲后，颜路清发现她一个也学不会，更别提方便理解另一个了。

顾词讲的都是前两课，听到电工的时候还能撑，听到物理，颜路清已经快要不行了。如果不是有顾词的嗓音吊着，她一定早就睡得昏天黑地了。

那种可怕的高一上物理课的感觉仿佛情景再现——她明明努力睁大眼看着字，字却逐渐变得模糊，那些字符仿佛渐渐重叠在了一块。

但是在被顾词发现之前，她找到了一个神奇的办法。

不盯着书，盯着顾词的脸就不困了。

哪个女孩不喜欢看美少年呢？反正她喜欢。

哪个女孩看到自己最爱的纸片人本尊就在眼前还会睡着呢？反正她不会。

就这样，方针转变，她开始专注地看着顾词的脸，原本萌生的睡意很快就消失不见。

只是睡意消失的同时，某讲课老师也自然而然地觉得哪里不对劲。

"这位同学，"他停止了讲概念，抬眼看着她，"我脸上有字吗？"

颜同学立刻摇头："没有。"

"但我实在太困了……"顾词看着颜路清眨了眨眼，她的眼睛还残留着打哈欠留下的水汽，神情满是认真地说，"可是因为你长得好看，看你提神，就不困了。"

"……"

又是这个词。

顾词已经记不清从她嘴里听到过多少次"好看"了。

颜路清发现自己说完这句话，顾词沉默了少说也有十秒。

而后，他又转着笔对她笑了笑，视线透过镜片扫在她脸上："那也不能一眼书都不看吧，不然你醒着和睡着了有区别吗？"

"……"

于是颜路清又开始了看会儿书就抬头看看顾词的学习之路。

困倦的问题是解决了。

但是新的问题很快来临——如果说她刚才是困着迷茫，那么现在就是醒着迷茫，其实本质依旧没有区别。

两人的进度卡在了一个例题上。颜路清看着顾词仍然在纸上写写画画，忍不住出声道："顾词，我觉得这门课好像在跟我的脑子作对。"

"……"顾词的手停下，中肯道，"不瞒你说，我也觉得。"

顾词一向讨厌教人，上学的时候请教一两道题可以，帮人补课的事情他从来不会做。

在高中他人缘好，可和他走得近的都知道，他是个讨厌浪费时间、没耐心的人。

教颜路清的过程，简直让他有一种灵魂在受刑的感觉——可怕的不是她不会，是他不理解为什么她不会。

而更让他感到疑惑的是……这令他觉得可怕的教人场景竟然有那么一丝熟悉。

仿佛他不是第一次教一样。

但顾词很快否定了这个想法。

如果他还教过一个颜路清这样的学生，怎么可能忘记？那一定刻骨铭心。

两人第一个小时进度飞快，可自从开始讲电工和物理，就仿佛卡住了，碰到一个点就卡一下，只能一卡一卡地前进。她都怀疑是不是顾词讲的课也像是之前刘医生那样打了码，变成了"哔——"

颜路清过于认真地研究，把自己研究得很累，时间久了便又开始萌生睡意，并且这次来势汹汹，连顾词的脸也无法拯救她。

"完了完了，"她搓着自己的眼睛，小声嘀咕的声音精准无误地传到某人耳朵里，"这下看脸也犯困了……顾词也不好用了……"

"……"

连着打了不知道几个哈欠，颜路清意识到顾词的声音彻底停顿下来。

她抬头，看到他的表情似乎有点不对劲。

颜路清很警觉，她在他的表情里嗅出了点不太好的兆头，立刻想要征求一个免死金牌："顾词……你能不能别骂我？"她卖力挤挤眼睛，"我最近内心很脆弱的，而且我觉得我快开窍了，真的。"

出人预料，顾词竟然十分和颜悦色地对她点了点头："嗯，不骂你。"

颜路清顿时放下心来，又困得想打哈欠之时，却突然被叫了大名——

"但是颜路清同学，"顾词看着她，给她指了指乖巧蹲在二人身边的边境牧羊犬，笑容温和道，"你看，狼都快听会了。"

颜路清："……"

好家伙，你还不如骂我。

第六章

你们俩是情侣吗

28

顾词说完这句话，原本趴着的狼竟然突然站起来一路小跑到颜路清腿边，还冲着她软软地叫了一声。不带攻击性，但仿佛在应和顾词般对她讲"我真的听会了"一样。

太侮辱人了，这就是阴阳公主养的狗吗？果然一脉相承。

不得不说，这招损人大法对她还挺有用，颜路清深觉自己被羞辱，顿时困意全消。

她瞪大眼睛看着顾词，把课本"唰"的一下从他手底抽了出来，闷声说："我先自己研究一下。"

之后便埋头钻研电工课本。

一整个上午，现在是她精力最为集中的时候，放眼一看，大有不研究出成绩不罢休的架势。

顾词笑了一声，片刻后，轻飘飘地道："加油。"

颜路清自己学习的时候，他就在旁边无声逗狗，正好乐得清闲。

大黑敲门进来的时候看到的就是这样的场景——

顾词和颜路清中间隔着一张桌子，颜路清埋头苦学，而顾词在用手势给边牧下命令。巧的是颜路清穿着非常居家的白卫衣，顾词身上的衣服是纯黑色，而狼是黑白相间的毛色，两人一狗看起来相当搭。

以前颜小姐高中也补过课，每次都是以补课老师落荒而逃结尾，中途有时候还会闹出事故。

就算这次的补课老师换成顾词，大黑进来的时候也真没想到会这么和谐。

听到敲门声，颜路清转过头，最先出声问："怎么了？"

大黑像往常一样回答："午饭准备好了。"

"你先去吃吧，"她用笔戳了戳顾词的胳膊，"我一会儿再下去，好不容易感觉要研究出点什么了。"

"你要研究完了才吃饭吗？"顾词缓缓一笑，"那别饿晕了就好。"

颜路清"唰"的一下抬头，怒视他："说好的不骂我！顾词，'不能骂我'这四个字不光是不用脏字的意思，也包含了'不能羞辱我'的意思——！"

"哦，"顾词起身，双手慢悠悠地撑在桌子上，自上而下地跟仰着脸的颜路清对视，"那你下次记得说全了。"

"喂！你真的是……"

一旁的大黑听到二人对话，看到两人相处，突然有一瞬间的怔愣。

是从什么时候开始的呢？

好像是从顾词来到这别墅的第一天起。

那天原本他收到命令去给顾词打药，又把人绑回别墅。原本以为又要遭受良心的谴责，没想到看完心理医生，颜小姐竟然像是完完全全变了一个人。

他一开始以为这一定是装的，可能是颜小姐为了吸引顾词想出的新方法，或者她只是单纯地玩乐。他也在时刻告诉自己：这是个精神病患者，所以不必当真。

但是不知道从什么时候开始，可能是从她叫回了小黑又没惩罚他，可能是从她让医生给顾词治病……他在这个女孩身上感受到了除了服从和惧怕以外的东西。

就好像……不仅仅是因为钱被迫"绑"在这里，他开始喜欢上了这栋房子，喜欢这里面的很多人。

喜欢像现在这样的场景。

他敲了门，那少男少女和一条毛色漂亮的狗便整整齐齐朝他望过来，午间阳光笼罩在他们身上，看起来暖洋洋的，和谐得像一幅画。

顾词下楼二十分钟后，依旧没见到颜路清的身影。

在她的左右门神大小黑的眼神频繁暗示下，他重新起身上楼，走到书房门口。

手搭在门把手上，正准备叫人出来，却听到里面传出熟悉的嗓音——

"狼，你刚才真的听懂了？"

然后传出来一声软乎乎的狗叫。

顾词："……"这是在干什么？

没等他多想，就听里面的人继续道："不可能吧……"

书房里少女自言自语得很起劲儿："虽然狗是狗，边牧是边牧，但我也不信你能学会这玩意儿。"

"这样，你要是真听懂了，你给我嗷一声？"

下一秒，里头又传来一声"嗷呜"，没有威慑力，反而很可爱。

但某人的关注点显然不在这上面。

少女十分夸张地惊讶道："——不是，你成精了？"

顾词："……"

听不下去了，顾词下压门把手推开门，一眼就看到正蹲在地上认真和狼对视的颜路清。

两人对视，颜路清有些尴尬地张了张嘴："你……来干吗？"

颜路清现在看狼是真的很不顺眼。

——尽管在顾词下楼之后，它依旧选择了在书房陪伴她学习。

顾词一走，她就有点没法集中精力了，尝试着学了一会儿，便想逗逗狼，和它说话。没想到，他又这么突然地出现在门口。

"不吃要凉了。"顾词面无表情地回答。

"哦……来了。"颜路清支着膝盖站起来，慢吞吞地走到门边，欲言又止，还是忍不住道，"你怎么这副表情啊？你刚才……听到了？"

顾词淡淡看了她一眼，黑眸意味不明。

"你是指，你问狗它学没学会物理和电工这件事？"他说完，自顾自点点头，"放心，都听到了，一字没漏。"

"……"

颜路清顿时觉得自己都可以省了这顿午饭——她这一上午吃的笋都能填饱肚子了。

顾词和颜路清两人食量都不大，而且他们两人的胃都有点毛病，平时吃得也比较清汤寡水。

颜路清已经数不清自己在拥有这具身体后，究竟感慨了多少次健康的重要性。

她虽然原本不算吃货，但口味也没现在这么清淡，甚至更可怕的是——现在她的灵魂想吃，身体却没有丝毫食欲。

所以颜路清现在每次咽下这些养胃的饭菜，都安慰自己：胃总会养好，食欲总会恢复，她总有能放心吃大鱼大肉的那天。

午饭很快结束。

颜路清上午消耗了太多脑力，跟顾词打了声招呼便回房间睡了一觉。等她醒来下楼的时候，又看到了仿佛蝶叶山酒店里场景重现一般的公主逗狗图——顾词正坐在沙发里，狼蹲在他腿边，听从他的指令。

颜路清给自己冲了杯养生茶，捧着走到沙发旁边，感慨道："顾词，其实你当老师真的蛮合适的。"说着，她坐到了他旁边，指了指边牧，"你看，你不光教我，其实你每天也在教狼啊。"

顾词"嗯"了一声："教它挺简单，但教你……"他顿了顿，大概是想到了上午的战况，于是说，"我也不确定合不合适。"

"……"颜路清本就刚睡醒，受此阴阳怪气，没过脑子便直接回，"可是你也要分学什么吧？你要是教我这些，我当然也会啊——！"

顾词回过头，正看到她瞪大眼睛一脸赌气地看着自己。

少女眼睛虽然瞪得大，但里面还带着初醒的睡意，长发睡得有些乱，却在这样的场景里给人添了点浑然天成的可爱。

颜路清说完这话，隐隐约约觉得哪儿不对劲，等品出来的时候，顾词已经开始笑了。

以前她闹了笑话，顾词也会笑，但多数都点到为止。而这次，他笑得比之前哪一次都要过分。

颜路清只恨时光不能倒流。

她红着脸看着顾词笑完，看他那双漂亮的眼睛仿佛蒙上一层水雾，变得更加夺目，而后视线再次跟她对上——

"颜路清同学，"顾词声音里的笑意还完全没散，听起来心情相当好，"我没想到，你竟然是认真地在跟它比吗？"

"……"

颜路清愤怒地喝了口养生茶，而后掏出手机，打开短视频软件，翻出她之前随手给狼录的一个视频发了上去，配字："今天在补大学物理和电工，没学会，笑死，我的补课老师竟然觉得这狗能学会。"

然后点击发布。

之前因为她在各大热门视频下面太过活跃，涨了一大拨粉丝，但颜路清一直觉得那些粉丝数都是死的。没想到这第一条视频发出去后，下面竟然很快就有了点赞和评论——

"啊，这，你竟然不知道它是物理系的吗？[doge]"

"嗐呀，这狗是我大学同学，考研的时候坐我前面呢。"

"哦，边牧啊？我一直想养一只来着，没别的，主要是想跟它学点东西。"

"……"

颜路清看得十分无语。

但她没想到的是，这视频接下来竟然非常好运地被安排了相当多的播放量，有了一定热度。她发的评论可以升级，那么发的视频自然也可以——所以虽然心塞，但她还是决定暂时不删了。

事实证明，颜路清第一天上午的死磕是有用的。

当天下午，在顾词一边忍不住损她又一边尽心尽力的引导下，她开始有了一丁点开窍的迹象，理解了那种在她看来很玄的框架。到了第二天，两人终于到了能顺畅讲课本的地步，不用再讲一点就卡一下了。

第一天是"无字天书"，第二天是"有字天书"，第三、第四天则变成了"能看的书"。

虽然把"能看的书"变成"能看懂的书"还有一段距离，但颜路清觉得照这个进度，应该没有大问题。

这天中场休息的时候，颜路清终于想起自己一直忘记关注的事情——

"对了顾老师，"她这几天对顾词的称呼又多了好几种，随意切换，"我还忘了问，你自己的专业是什么啊？"

"你不知道？"顾老师弯了弯眼睛，"我们朝夕相处，你能现在才想起来问，也是很不容易了。"

"……"

这是嫌弃她问得太晚。

颜路清干瘪地解释："学忘了，学忘了……我最近有多么废寝忘食，你也不是不知道。"

顾词没说话，伸出手指点了点桌上的大学物理教材。

颜路清震惊地看着他："……不是吧，物理？！"

她最近饱受物理荼毒，这才没几天，便已经让大黑买了生发液。

所以第一反应是：专业学这个，那是人过的日子吗？

第二反应是……怪不得他这么精通。

"你为什么学物理？"颜路清看多了小说，里面像顾词这种配置的基本都是学的金融经管一类，再不然就是计算机，所以对他的选择非常惊奇，"难道……你小时候的梦想是当个科学家？"

"……"顾词一言难尽地看着她，"不是。"

"那是因为喜欢？"

"谈不上喜欢，"他往后靠在座椅靠背上，说，"因为我也在几个专业间犹豫过。"

颜路清来了兴趣："哪几个啊？"

"物理、数学、天文。"

颜路清："……"是一听都觉得自己不配的三个专业。

"所以，最后物理为什么赢了？"

"抽签抽到的。"

"……"这就是大佬的世界吗？

颜路清不会因为自己学文而觉得如何如何，那本来就是她的专长、她的爱好，且没有谁高谁低之分。但她确实对于能学好自己学不会的学科的人会有一种佩服感。

她在这一刻突然觉得玛卡巴卡是对的，顾词应该只是单纯的智商高。

室内因为这个打击人的话题而沉默了半分钟。

随后没多久，颜路清突然想到了什么，她看着顾词，笑嘻嘻地用那种欠欠儿的语气说："哎呀，顾老师，其实我还以为你会喜欢心理学呢。"

顾词用眼神发来一个"？"

"毕竟你那么爱看《变态心理学》，简直到了爱不释手的地步。"颜路清对他眨眨眼，"你说是吧？"

说完后，她心里那叫一个畅快——让你天天内涵我！让你天天当着我的面看这本书！

然而还没畅快十秒，顾词就出声接下了她的话茬："我确实挺感兴趣的。"

而后他笑了一下："但比起心理学，研究明白一门被许多人敬畏和惧怕的学科，也算是件挺爽的事。"顾词对她眨了眨眼，"你说是吧？"

每天号八百遍"物理全世界最可怕"的颜路清："……"

为什么想不开跟他对杠？我掌嘴。

……

大概由于最近太过沉迷学习，午休的时候，玛卡巴卡竟然主动连了线，表示颜路清荒废了升级大业——"玛利亚，你最近连升级都变少了，你相信我，其实你的金手指升级后真的非常好用的！"

"啊……"颜路清想了想，除了上次发了个狼的视频，她就没再打开过短视频软件，确实挺久没升级了。

但最近她过的生活确实远离了系统的这些事情，有种仿佛自己真的只是单纯跟补课老师住在一块，每天从早到晚在漂亮男老师的温柔毒舌下学习——有时候投入进去，起因反而变得没那么重要了。

玛卡巴卡的这一出现，恰好点醒了她。

颜路清答应会记得升级后，玛卡巴卡就下了线。

随后，她又想起自己许久没查看过的原书男女主角，担心自己再被他们小两口牵连，还特地打开微信看了看姜白初和齐砚川的进展。

在跟姜白初的对话框里，她随手戳了几个泡泡，那些文字就连带着图片一一传了过来，小玫瑰和小松树最近发生的大事件也都出现在眼前。

什么运动会的时候姜白初不小心扭到脚，被齐砚川背去医务室；什么校庆晚会上姜白初的演出服被人恶意剪坏，被齐砚川救场；什么姜白初被人表白，齐砚川撞见了，于是对她阴阳怪气；什么姜白初因为讨厌齐砚川的阴阳怪气所以找他理论，而齐砚川直接把人堵在墙角，问："你到底接受没？"

……

可以确认目前她没有危险了。

颜路清看完这一波三折之后，颇为感慨。

"人间小玫瑰和小松树真是出息了……"

下午，开始学习之前，她忍不住把这件事分享给了顾词："你记得我们去蝶叶山见了俩高中生吗？一个是那个好看的小美女，叫我们学姐、学长的，还有一个是——"

颜路清本想说"好看的小帅哥"，脑海内却猛地划过曾经顾词说的话。

——你嘴里的"好看"是批发来的吗？

于是她半路改了口："一个是那个叫齐砚川的男生。"

顾词也仿佛刚睡醒，他半垂着那双漂亮的眼，似乎笑了一下，又似乎没有，再次抬眼看她的时候就恢复了那种淡淡的样子："然后呢？"

"……"颜路清道，"没什么然后，就是……他俩好像在一块了。"

顾词这次连话都懒得说了，颜路清琢磨着他的眼神，觉得那里写满了"你为什么要告诉爸爸这个消息，爸爸的耳朵不听垃圾"。

好歹是本书男女主角，颜路清实在没想到顾词竟然兴致缺到这种地步。

先不说第一次见面毫无火花，女主角只是单纯见到学长激动了一小下，这学长则是毫无波澜。

现在给他讲男女主角的感情进展，他依旧没任何情绪。

颜路清觉得自己要是有机会能再回到之前的世界，必须得去评论区号一句：顾词和姜白初的CP党，你们可以彻底死心了。

另外两对所谓的非官方CP也是毫无可能性。

颜路清纳闷了，难道他真就没有CP命吗？

哦，不对——顾词只是和现有的人物组不成CP，但既然她来到这里，已经改变了他的命运，那么后续他在大学可能会遇见新人物也说不定呢？

但是想到顾词要和别人组CP……颜路清发现她竟然有那么一点介意。

为什么会介意？说好的她要做那种只要看顾词幸福就好的粉丝呢？

颜路清剖析自己的内心剖析得正起劲儿，额头突然被敲了一下。

她猛地回神，一下子对上顾词的视线。他已经戴上了眼镜，整个人看起来多了一丝书卷气，声音微低："神游够了？够了来学习。"

"……"

接下来，花了两个小时研究明白了一道例题，颜路清举手投降：

"我不行了，我需要中场休息，我的脑子现在已经被塞满了，完全装不了别的东西——"

顾词淡淡看她一眼："只有一道题的容量？"

颜路清破罐子破摔："激将法也不管用，你随便羞辱我好了。"

顾词没说话，把手里的笔往旁边随意一扔。

——这就是可以休息的标志了。

颜路清顿时开心起来。她捞过自己的手机，打开许久没用的短视频软件，等它加载的时候对顾词说："顾老师，你也辛苦了，要不要跟我一起放松一下？"

颜路清一边说一边起身，绕到他身边坐下："我跟你讲，小黑上次在我旁边围观我刷视频发评论，笑了一下午都没笑够，你也来开心一下嘛。"

顾词看着她坐过来，已经开始在他眼皮底下刷视频，手机上的字他都看得清清楚楚——完全不是征求他意见的样子。

仿佛又回到了当初在树洞里，他睡醒一睁眼便不得不看着她打字的时候。

随便一扫，大大的标题挂在视频封面上——"收集舔狗日记"。

他看着颜路清打字："今天看到她给我的备注是'备胎一号'，好开心，我竟然是一号。"

紧接着像是没发够一般，她又打第二条：

"舔狗日记。10月15日。多云。我依旧像往常一样给你发了许多消息，早安，晚安，想你。而你终于被我打动，回复了我整整五个字：你去吃屎吧。我热泪盈眶，你竟开始关心我吃什么。"

"……"你怎么这么熟练？

颜路清的手机声音开的外放，刷完舔狗日记，她又刷到一个像是电影剪辑片段的视频。粗略看了看，她在进度条还没播放完毕的时候就点开了评论区。

评论顶端："林××老师演技真好啊，但是那个他被砍断腿的场面也太血腥了……那应该是P的吧？"

顾词看着颜路清飞快地打字——

"不一定是P的哦，林××老师很敬业的。"

"……"敬业到自己的腿被砍了吗？

颜路清这条明显耍宝的评论发出去，短短一分钟内收获了数不清的"？"和"哈哈哈"。

这要是小黑在看的话，早就开始大笑特笑了，但当她转过头去看顾词，却对上了他非常一言难尽的眼神。

"我一直好奇……"顾词很微妙地停顿了一下，而后又垂眼问她，"颜路清，你发的这些，全是你的真实想法？"

29

颜路清听到顾词这么问，整个人愣了三秒钟。

其实她发评论的时候从来不藏着掖着，所以才会被小黑看到——同样都是偶然看到，小黑就从没问过顾词这种问题，他只知道嘎嘎傻乐。

不过把顾词和小黑放在一起比，属实有点侮辱公主了。

"不是吧，顾老师，你怎么会问我这种问题？"颜路清指了指自己刚发出去的那条，直接回过头，"你看我这些——"

"当然是发着玩儿的了！我还能真觉得演员自己被砍啊？"她越说越觉得不可思议，"我在你眼里就是会认真说出这种话的智障？"

顾词突然弯了弯眼睛："原来你还知道这话智障。"

"……"颜路清被噎了一下，忍不住瞪他一眼，"你这就过分了啊。"

"也不只是这次。"顾词摘了眼镜，半合着眼看她，语速缓慢地说，"还有你发的上一条，还有以前在树洞里的。"

"啊……"颜路清其实发完就忘，毕竟一个真正的沙雕靠的就是临场发挥。她发了成百上千的评论，哪会记得什么时刻发过什么呢？

"上一条的话，"颜路清手指往上一翻，"啊，是舔狗日记。"她对着顾词翻了个白眼，重声强调，"这当然也是编的！"

毕竟她长那么大，接受过许多或明或暗的告白，但还真没有过喜欢的人。

或者说，她是压根儿没有精力去喜欢人。

颜路清的学生生涯除了跟各路漂亮妹妹打交道以外，投入最多的事情就是学习，以及想办法打工赚钱。虽然院长和院长夫人对她特别好，学费也有专门的部门补贴，但她还是想给他们减轻点负担。

好友和闺密都说，真不知道她到底是怎么养成了这种性格。

其实连她自己也不知道。

大概，是她有趋向开心的本能吧。

"顾词，我觉得你在羞辱我。"颜路清一本正经地说，"我肯定没有那种经历啊，你去搜一下舔狗的定义——"

说到这，她语声一顿。

突然想到，原主好像就是顾词的舔狗……

只不过她的舔都在暗处，并且因为知道自己注定舔不到他而心理变态了，从"爱他"直接变异成"毁了他"。

颜路清摇摇脑袋，把这个莫名插入的想法清除出去，继续跟顾词理论："而且你竟然这么认真地怀疑我在认真发评论，你这不就是在羞辱我的智商？"

顾词此时坐姿恢复了惯常的随意。他单手放在桌上，另一只手随意搭在扶手旁，闻言突然弯唇笑了，声线清冷又带了一丝说不出的惑人意味："你不是五分钟前才说，让我随便羞辱你？"

"……"

颜路清那会儿是因为实在学不下去才讲了这话。

这话从她嘴里说出来的时候明明很清白。

但为什么到了顾词这儿，仿佛突然带了颜色，还莫名……这么勾人？

好在顾词还是没让她尴尬太久。

"行，知道你不是认真的。"他做出了让步，又问，"那你发这些是为了什么？"

为了升级啊！她在心里回答。

玛卡巴卡说的奖励是一方面，另一方面——

虽然颜路清现在有了新的对策，但她还是对于金手指升级后能够对顾词生效而抱有一丝期盼。

但这肯定不能说，她就算想告诉顾词也会被系统扼住咽喉。

颜路清想了想，找了个最合理的解释："你就当，是因为我喜欢那种评论被赞上热门的感觉……吧。"

她说完便抬起头，一下子对上了一双属于学霸的眼睛。那眼睛除了漂亮，还写满了某种情绪。

颜路清："……你看不起我？"

某学霸："我什么时候说了看不起？"

"没说就不是了？你这眼神明明就是啊——"颜路清控诉，"我都看见了！"

某学霸淡淡一笑："那你挺会看。"

"……"

学习到第六、第七天的时候，颜路清终于可以开始做题了。

其实在这差不多一周的时间里，她大概了解了各个科目的难度，分数过半对于一个正儿八经自己考上专业的理科生来说，大概真的没什么难度。

颜路清学起来这么难是因为她压根儿没有高中理科基础，所以顾词每次都要拿出很多时间给她讲高中甚至初中虽然学过却早已忘记的物理知识，而后才能开始现在的课程。

但毕竟在顾词的认知里，自己应该是跟他同一个班级学了三年的理科学生。

其间她有很多次担惊受怕，顾词万一问她"你就算大学没学，初高中的物理知识为什么也能忘得这么干净"，顾词万一问她"精神病不等于把课本还给老师"，万一问她"大学你找人代考的吗"……诸如此类的问题，她该怎么办。

幸亏他一次也没问。

依照他那脑子不可能没意识到，那么唯一的解释就是：公主词懒得问。

这点也让颜路清对他的嘴毒的包容性极强——每当他一脸笑容地阴阳自己的时候，她就想，这总比追问她那些问题要好，就让他阴阳好了，反正她只是一个没有心的沙雕。

奋斗的第七天恰好是个周末，颜路清在上午的学习结束之时，给桌面照了张照片，然后发到了跟颜老爷子的对话框里——

【在逃圣母】：爷爷，今天也是用功学习的一天。/鲜花

之所以这么干，是因为她前一天晚上心血来潮打开了跟颜老爷子

的微信对话框。她的本意是要观察一下，这位气场十足的人天天都在想些什么。

然后就点到了两个红色泡泡：

"光林的那个女儿真是废了。"

"不能复学，干脆除名。"

颜路清想了半天，怀着忐忑的心情去了查颜父的名字……果真是颜光林没错。

所以，这里面所谓的"女儿"就是她。

这是什么概率！

随便一看都能看到老爷子在吐槽自己！难道他不是日理万机人设吗？！

颜路清最初是有危机感的，但是她每天跟顾词待在一起，莫名那股危机感就没了，学习只是变成了习惯。

看到颜老内心的那一刻，看到那说一不二的语气，她又重新感到了危机。

所以她当即决定，以后每一天都给颜老发一条汇报学习情况的微信。虽然她觉得自己最后可以达成目标，但她的努力也必须得秀出去，秀给他看。

给颜老发完消息，颜路清便跟顾词一起下楼吃饭。

睡午觉前，她按照惯例查看了下微信，意料之中的没等到颜老的回应，但却意外发现那个教算命的老爷爷主动给她发了消息。

她已经几天没上过课了，而就算在之前也都是她去敲老爷爷，所以他主动找她，必然是有什么事。

【贫道不是神棍】：今天你大师兄回来。

颜路清看到这话愣了一下。

随后才想到，她这算是拜老爷爷为师了，那么在她之前拜他为师的也就是她的师兄 / 姐。

好家伙，这可真像武侠小说。

颜路清立刻打字回复"嗯嗯"，然后坐等下文。

【贫道不是神棍】：我和你大师兄今天在市里，你有一个当面学习的机会，他还能当你的第一个实际操作的对象。小姑娘，你有空吗？

"！"

颜路清一直都隐隐有个担忧，催眠这玩意儿在网上学会了理论知识，操作起来万一出了岔子怎么办。

没想到这老爷爷还给她搞了这么好的机会！

【贫道不是神棍】：你放心，爷爷不是骗子，见面的地点也是去外面找间茶馆，去不去看你意愿。

这必须得有空了。

【在逃圣母】：我去，您给个地点吧，我一会儿就出发。

睡意全无，颜路清下床换好衣服，随手拎了包便推门下楼。

顾词又在客厅看电视。

而且他还一边看一边吃着水果，深红色的车厘子跟白皙的手指形成鲜明对比。颜路清看着看着，不知哪根筋搭错了，竟然觉得那场面非常诱人。

不过这样的情形和心理活动她自己也已经习惯了。毕竟颜路清面对的是原作最高颜值，又是她爱的纸片人，所以她并没任何心理负担。

她朝着顾词走过去，顾词像没听到脚步声似的，头都没抬。

于是颜路清又伸出一根食指，戳了一下他的肩膀："欸，顾老师，我今天下午想出去一下。"

顾词这才抬眼看她。

"你是这别墅的主人，"他懒洋洋地往后倚靠，饶有兴味地看着她，"为什么要跟我请示？"

颜路清：……确实啊，这是为什么呢？

不行，她得硬气一点。

"那我现在改改。"颜路清重新清了清嗓子，像个家主那样对顾词正色道，"我通知你一下，我这就出门了，不一定什么时候回来。"

顾词听完对着她笑了笑，温声说："好，去吧。"

"……"

为什么她换了个说法也依旧像是在跟他请示的样子？

颜路清怀着对公主词的满腹怨言出了门，这点怨气却又在车上被兴奋所替代。

为了保险起见，颜路清今天带的是大黑，因为她觉得去不需要动手的场合，不带小黑才是比较明智的选择。

老爷爷给的地址和他所说的一样，在市区的某家茶馆。他特地提了一句在茶馆，大概是怕她以为要去什么深山老林——这让颜路清对这老爷爷和所谓的"大师兄"又多了几分信任。

　　总算到了地方见了人，老爷爷还是当初看见的样子，连衣服都没换。他口里的大师兄是个看起来不到三十岁的稳重青年，身材高瘦，面相和善。颜路清先是跟大师兄互换了微信，然后在老爷爷的安排下，三人进到了茶馆的里间，几乎隔绝噪声，颜路清也正式开始了她的第一次实战催眠。

　　"你大师兄不是第一次当试验品了，一般第一次催眠的对象，最好的选择是既完全信任你又不会太过熟悉的人，所以他非常合适。"老爷爷一边说一边递给她道具，"我教你的催眠诱导，里面的几种方法你都可以对他试一下。"

　　颜路清接过发光道具，然后开始回忆上课时说的内容，以及自己看过的催眠记录，凝视着大师兄的双眼，对着大师兄念出该念的话。

　　操作完一整个流程用了多久她不知道，但她没想到的是……她竟然成功了。

　　后面的每一个方法，只要是她学过的，她竟然都成功了。

　　大师兄被叫醒后，起来就夸她："师妹厉害！你这天赋太高了，可比我当年厉害多了！"

　　颜路清走出茶馆的时候还很恍惚，甚至有种打开了新世界大门的感觉。

　　——莫非她真是个被埋没的催眠天才？

　　不过这夸张的沙雕想法仅仅存在了一会儿，等她冷静下来之后就意识到，这一次能成功是因为她今天做的只是让人进入催眠状态而已，俗称助眠，还到不了她最终想要达到的问出心声的目的。

　　但她仍然开心。

　　这可是迈向成功的第一步啊！

　　她终于要知道顾词那天说的那话是什么意思了！她终于可以不用再猜到自己怀疑人生了——！

　　颜路清回到家之前便一直维持着高度兴奋的状态，等回到家，进家门的时候，才后知后觉地感到有点心虚。

出门这趟的最终目的就是搞定顾词而已。

她想了想，不能让顾词知道，但是自己良心又过意不去，想想他不久后要对自己吐露心声还蛮可怜的，那就……

那就再给他送点花吧！

颜路清说干就干，当即把大黑打发走，又自己一人去了侧面的小型花园。

摘花没什么创意，而且她都送过两次了。所以颜路清想到了自己曾经和姐妹们在一起的时候学会的编花环——那种花环编出来正好能戴在头上，当个头饰，非常有仙女的气质。

颜路清幻想了一下公主词戴上后的样子，一定会非常有公主范儿。

她顿时更来劲了。

正好这种花的枝叶无论长短还是柔韧度都很合适，她便一边摘一边编环。

编花环这种事容易走神，编着编着，颜路清又开始回忆今天这一下午，以及展望了一下光明的未来。

毕竟一直以来，她去找老爷爷学，包括出门这趟的本质都是为了看破顾词的内心。

她每次一想到不久的将来自己要对他催眠，甚至脑内已经开始幻想那种场景，一边觉得爽一边又觉得愧疚。花环也做得越愧疚。

怀着对顾词有愧的心，这个环不知不觉就越做越大，花加得越来越多，但看着也越来越漂亮。

颜路清编得很用心，满眼只觉得好看和满意，完全没注意到有什么不对劲的地方。只是在完成的时候突然发觉貌似做得有点太大了，只能当观赏品，戴不到头上，于是又手速很快地编了个小几号的。

然后她带着这一大一小两个花环走进了客厅，一脸兴奋地问大黑：“顾词呢？”

大小黑紧紧盯着她手里那一大一小的……物品。

然后齐齐回答：“在房间里。”

颜路清点了点头，脚步轻快地就走了过去。

留下大小黑面面相觑。

“刚才那个、那个，像不像……”小黑咽了咽口水，“哥，我怎么有种看到花圈的感觉？"

大黑点点头："尤其还是一大一小，套在一起看……更像了。"

……

颜路清对二人的谈话完全不知，她走到顾词房间门口，象征性地敲了两下门。

听到里面传出他的声音，她立刻推门进去。

"顾词——"

颜路清兴奋地叫了声他的名字，却发现房间里一片漆黑。

她走的时候是下午两点钟，在茶馆耗费了几小时的时间，又在小花园里待了会儿，现在太阳已然完全落山。

顾词大概是连窗帘都拉上了，不然不可能一点光都没有。

颜路清站在门边，说："顾词，我能开灯吗？"

顾词没说话，但颜路清听到他似乎从床上起身，而后传来了"啪嗒"一声。

灯光乍亮，她看到顾词正收回放在床头开关上的手。

他抬眼看过来，眼睛依旧漆黑如点墨，只是眉眼间有一点不易察觉的疲倦："怎么了？"

声音也有点哑。

不知道是不是因为还没适应灯光，颜路清总觉得他的脸比平时更白，嘴唇也没了健康的淡粉色。

等她走上前，发现他的头发睡得微乱，露出的光洁额头还隐约能看到细汗。

颜路清立刻关心了一下："你以前这个时间不都是看电视的吗？你是不是哪里不舒服啊？"

顾词闻言轻笑了一声，那张好看的脸也终于因为这个笑而显得生动起来。

他靠在床头道："教你那么累，我还不能休息了？"

"……"

好吧，看起来确实是很累。而且这个理由很充分。

"你来有什么事？"没等她再想什么，顾词又开口问。

"就……也没什么别的事，我来送个小礼物。"颜路清觉得自己大概吵到他睡觉了，有些不好意思继续待在这儿，把背在身后的两个花环亮了出来，"我编的，好看吗？"

顾词沉默了几秒钟："……你编的？"

"对啊。"

没注意到顾词的表情，颜路清现在忙着想让他休息，于是绕到床的另一侧说："我先给你随便摆在哪儿吧，然后我就出去，不吵你睡觉了，晚饭再来叫你。"

等她把大小两个白色花环放在了旁边的桌子上，又推门离开，顾词凝视着那跟房间格格不入却还算漂亮的花……圈。

虽然送了这么个东西，但颜路清这一趟还真算给他转移了不少注意力。

许久后，房间内响起低低的叹息。

"不太吉利啊……"

不过，算了。

毕竟亲手编的，也算稀奇。

颜路清出了顾词房间，到了客厅的时候，看到大小黑正用一种非常僵硬的表情看着她。

她顿时停住脚步，摸了摸脸："我怎么了？我脸上长东西了？"

"不是……我们是想问……"大黑表情很挣扎，还是小黑替他开了口，"我们想问，颜小姐，您手里的花圈呢？"

花圈？

颜路清一愣，随即又觉得这么叫也不是不行，虽说这个"花圈"不是那个"花圈"……但是花环、花圈字面意义上不都差不多嘛。

她便回答道："那当然是送给顾词了，你们俩问的这是什么蠢问题？"

"颜小姐——"大黑欲言又止地看着她，半天才像是便秘一般地开了口，声音压低，"您要是想做掉顾词，可以直接说，何必送花圈暗示？"

"……"

颜路清：谁要做掉他了？

30

客厅内有一瞬间陷入了死一般的寂静。

颜路清是真的搞不懂自己两个保镖的脑子是怎么长的。

她的花环编得大了点儿，确实是这样，但那怎么就成花圈了？怎么就发展成她要做掉顾词了？

"你混道儿上的吧，嗯？"颜路清又好气又好笑地看着大黑，"还'做掉'顾词？这么野的吗？"

大黑一脸低眉顺目接受训斥的样子，他身后的小黑却兴奋道："颜小姐，我知道！他确实混过！地位还不低呢！"

颜路清愣了一下，还没等惊奇，大黑回头一把堵住了小黑的嘴："瞎说什么呢。"

而后重新转过来看着她说："他开玩笑的，您别介意。"

大家都有秘密，颜路清对此没什么太大的兴趣，也不打算细问，继续说现在这件事儿。

"大黑，亏我一直觉得你聪明。"她语气故作沉痛地说，"今天这话要是小黑问的，我都不会这么惊讶，你怎么能问出这种问题？"

小黑："？"

她惯常忽略了小黑的疑惑，只觉得自己从来到这里至今，到底哪里做过不利于顾词的事，会导致他们的这种误解？

"你俩就说说吧，"颜路清语重心长地准备教育两人，"从顾词来别墅的那天起，我什么时候害过他？"

大黑："那天……您让我给他打药？"

颜路清："……"这还确实是刚来当天发生的事……

小黑："蝶叶山那次，顾词跟您一起掉下去受了伤？"

颜路清："……"

说你胖你还喘上了，让他们说，他们还真说上了啊！

颜路清狠狠地瞪着两个保镖，这绝对是被惯坏了，无法无天、口无遮拦！

"那你们就记得这些？怎么不看点好的呢？！"她咬牙道，"我多积极地给顾词找医生啊？我不还帮他报了仇吗，金家那孙子现在都不能自己走路呢！带他去蝶叶山是为了散心——散心懂吗？"

大小黑齐齐点头："懂。"

"我们肯定知道您对顾词的好啊，"小黑挠挠头，一脸茫然，"但是您这不是让我们说不好的嘛……"

颜路清翻了个白眼，再也不想理这俩人，转身上楼了。

留在原地的大小黑对视一眼。

小黑突然拐了拐大黑的胳膊："欸，对了，哥，你记不记得我来上班的第二天早上，跟你说过啥？"

"你那么话痨，"大黑无语，"我怎么知道是哪句？"

"……"小黑习惯了被别墅里的人吐槽，自动忽略了他的前半句，回答说，"就是那句，'我觉得颜小姐挺好的'。"

大黑记忆力好，一下子想起来那天早上，似乎小黑是去找颜路清道歉和道谢，然后羞红了一张脸下楼。

当时两人的对话是：

——她真的挺好的。

——她是装的。

小黑："你现在还觉得她是装的吗？人真的能装到这个程度吗？"

大黑沉默良久。

他想起自己最初每次都暗示自己，她是个精神病，所以突然的转变和失忆不一定是真的还是装的，反正他只要遵从命令，并且给心理医生汇报就好了。

而且巧合般的是，她这么大的转变是从顾词到别墅的第一天开始的，那么极有可能，颜小姐是演给顾词看的。毕竟她喜欢了他那么久。

而且以前也不是没有她突然换了种性格的时候，反正过不了多久又会变回原样。

但他渐渐发现，颜路清平常所表现出来的举动、神态，和以前换了性格也完全不同。她身上所有的表现，是完全属于这个年龄的小姑娘才会有的朝气和可爱。

大黑沉默了半天，才再次开口："其实，因为颜小姐的病史，我还是不能确定。"

小黑失望地叹了口气。

然而没几秒，却又听到身边的人说："但是我希望不是装的。"

"也希望，她会一直是这个样子。"

颜路清上楼后先换了身舒服的居家服，然后把自己扔到大床上，打开了微信。

她正打算看看今天刚加上的大师兄，检查一下有没有猫腻，脑内突然响起玛卡巴卡的声音："玛利亚……"

这少御音听着非常幽怨。

不得不说，这系统的拟声做得实在不错。颜路清自己的声音偏甜一点，严格分类大概会被分到少女音。但她本人最喜欢女孩子的少御音，所以每次一听到玛卡巴卡的声音都心情不错，就算它是在带来一些让人生气的消息，她也能稍微舒服点儿。

所以她关切了地问了一句："怎么了？什么事儿这么委屈？"

"就刚才你去找顾词的时候，我发现……"

颜路清蓦地一愣，大脑自动联想起刚才见到顾词的样子："发现什么？发现他生了别的病？"

"……不是！"玛卡巴卡道，"之前你在顾词身边的时候，我虽然联系不上你，但是可以断断续续地看到你跟顾词相处的画面——刚才竟然连画面也看不了了！也不知道到底是为什么。"

"以前没有过？"

"也有过，就是你们掉下山坡的那会儿——但是系统也会经常故障，我就没在意，没想到现在又出现了。"

颜路清听懂它的意思后，竟然神奇地没生出无语或是生气等一系列负面情绪。

她觉得……

自己跟顾词相处的时候没有别人能看到，所谓的系统窥测不到，还蛮开心的。

不过玛卡巴卡以前说过，它会收到跟颜路清相关的提示，比如她遇到了书内的哪些人物，她哪个颜色的泡泡升级，而一般只有在收到提示的时候才会主动联络她。除此之外，它还有固定的待机时间。

颜路清对这种模式一直还挺满意的。

"对了，"颜路清突然想到什么，"你知不知道最初原主给顾词注射了什么东西啊？那个对他影响大吗？"

玛卡巴卡查了半天，声音满是疑惑："没有找到欸。"

颜路清也是听大黑说完才想起来。

真是奇了怪了，她的记忆被打了码，玛卡巴卡也找不到，那是什么东西啊？

"不过玛利亚不是找医生给他看过了吗？应该不会有大问题吧。"

"确实看了，但是……"

颜路清想了想，似乎也没什么好但是的，她难道能比医生还懂吗？

玛卡巴卡下线后，颜路清继续看手机里那个大师兄的微信。

他似乎心情不错，头顶冒的都是一些粉色和黄色泡泡，目前竟然没有负面情绪。

黄色泡泡："今天真是得好好谢谢师父。"

粉色泡泡："那个小师妹不错啊！"

黄色泡泡："困死我了，这都多少天了，今晚总算能睡个好觉。"

颜路清顿时松了一口气。

这不能是骗子吧？虽然这个大师兄的心理活动没提到"催眠"二字，但看这意思大概是……终于能睡个好觉，其中也有她的帮忙？

似乎看不出什么问题。

那么最后的担忧解除，往后就是潜心修炼，拿下公主词指日可待。

晚饭时间，颜路清提前下楼敲开了顾词的门。

进去的时候，里面的灯亮着。顾词在床边站着，她送的花圈依旧在桌子上摆着。

颜路清走到他身边，闻到顾词身上有股沐浴露的香味，头发看起来很软，还有些湿润，衣服也和刚才不一样了。

明显是洗了澡。

"你不是在睡觉吗？"颜路清疑惑，"怎么去洗澡了？"

顾词朝着她侧过脸来。

洗完澡感觉他的脸色比刚才好点了，只不过嘴唇依旧很淡，整个人看起来非常有雪那种冰冰凉凉的质感。

"也不是因为别的。"他伸手指了一下一旁的桌子，脸上挂了淡淡的笑，"主要是看着这两个圈，有点睡不着。"

"……"

她摆放的时候也没在意细节，只想着快点出去然后让他睡觉，所以就成了大圈套小圈。

这么一看还真有点……

颜路清的视线从花环处收回，目光重新跟顾词对上："但是你是知道的吧？"

"知道什么？"顾词声调微微拖长，"知道你不知道为什么把它编得这么大，而且还没看出来很像花圈？"说完，他点了点头，"那我知道。"

"……"不管怎么说，他好歹知道她只是不小心搞了个乌龙。

颜路清决定忽略他话里那种隐藏的毒，正经解释："我本来只想编一个小的来着，但是第一个莫名其妙就编大了，所以我觉得可以让大的当摆设，再编另一个小的……"

"但是大小黑气死我了！"她愤愤道，"我明明是来给你送礼物，他们竟然觉得我是来给你送终。"

顾词莞尔："那倒也不能怪他们。"

"……"

这奇怪的画风是怎么回事？

她仿佛一个莽莽撞撞的、给老婆送错了礼物而被下属怀疑的家主。

而现在上演的，是她老婆深明大义地替下属说话求情的场面。

颜路清眨了眨眼，用力把奇怪的想法抛出脑外，再次重申："这个真的不是花圈……"顿了顿，她压低了点儿声音说，"其实，那个是要戴的。"

"……戴哪里？"顾词观察了两个花圈几秒，回头看着她笑了笑，"你如果说可以当呼啦圈，我还觉得靠谱一些。"

"……屁的呼啦圈！"

颜路清瞪了他一眼，两步走到桌边把小号花环拿在手里，刚想抬手给顾词戴在头上，却被他反应很快地侧了一下身。

两人的身高差大概二十多厘米，颜路清不知道具体的数字，但如果顾词不想，她肯定没办法给他戴在头上。

"哦，原来是个头饰。"他的眼神显得饶有兴致，"你喜欢，我可以理解，为什么送我？"

"有新意嘛！"颜路清看着他，"你肯定这辈子还没戴过这种头饰吧？"

顾词沉默了三秒，而后说："我想你应该也没喝过鹤顶红，下次我送你一瓶，算不算有新意？"

颜路清："……"

她无语："我觉得你喝过，而且你肯定每天都用鹤顶红涂嘴唇。"

顾词没对她弱弱的回击表达什么看法，还是靠在桌子旁看着她笑。眼尾有一个微微上扬的弧度，在灯光明映下，勾人得恰到好处。

颜路清被他笑得心痒痒。

戴上得多好看啊。

这花环一戴，森林公主的气质不就出来了？

"你就戴一下嘛，我编了好久的……"

她眼巴巴地看着顾词。那双笑起来明媚灵动的杏眼又在不知不觉间睁圆，变成了极为可爱的狗狗眼。眼瞳水润透亮，湿漉漉的，就那么盯着他看。

顾词恍而以为回到了上周她想让自己教她的时候。那时的颜路清也是摆出了一模一样的神情。

屋内寂静了一会儿。

不多时，清冷好听的男声道："我戴一下，你戴一天。"

"……"颜路清听到前半句正要开心，没想到他还有条件，条件还这么奇葩。

"为什么……是我戴？"

"你也可以不戴，"顾词一脸无所谓的样子，"那更好，我也不需要戴。"

"……"颜路清犹豫了片刻，"那你得让我照张相。"

顾词同意了。

她把顾词摁在床沿让他坐好，然后如愿以偿地把花环戴在他头上。而后她打开手机摄像头，找准角度给顾词照了张相。

不是完全的正面照，他也没有看镜头，可恰好就是这种角度，让他的鼻梁分割出一片明亮和一片阴影。顾词皮肤和小白花在灯光渲染下像是同一个颜色，而头发和眼睛是一样的纯黑，眼睫微垂。

他没任何表情，可就是这种神态更能显出五官的精致，让这张照片简直像个艺术品。

颜路清太满意了。

公主配皇冠，绝美！

虽说这不是正经皇冠……但是白花环也被他戴出了那味儿，总之就是很矜贵、很漂亮。

照完之后，顾词甚至都没问她要手机看看效果，这大概就是公主词的自信吧。

颜路清越看照片越喜欢，身边的顾词已经自行摘下花环拿在手里。她凑过去，语气兴奋地叫他："顾词。"

他应声："嗯。"

"我可以给别人展示一下这张照片吗？"颜路清摇头晃脑，"你看，多好看啊。"

"？"顾词面无表情地抬头，看了她一眼，左眼写着"爹不愿意"，右眼写着"你敢"，开口说，"不可以。"

颜路清失望的表情还没摆出来，余光看到顾词的手一晃，紧接着，脑袋上传来了轻微的重量。

……他把花环给她戴上了。

颜路清抬眼时顾词正看着她，似乎在打量什么。

几秒后，他笑了一下："轮到你了。"

颜路清顶着花环出顾词房间的时候，客厅里的大小黑和迪士尼阿姨齐齐愣住，似乎谁也理解不了为什么她要给自己搞这么个造型。

最后还是迪士尼阿姨最先反应过来，夸赞："颜小姐真漂亮！戴上这个太好看了！"

大小黑没说话。兄弟俩知道那花环是谁送给谁的，虽然很好奇为什么现在到了颜路清头上，却谁也不敢问——因为颜小姐明显一脸菜色。

反倒是顾词，吃饭的时候完全是一副心情不错的样子。

颜路清：憋屈，好憋屈。

颜路清慢吞吞地吃完，又在客厅翻出相册看刚才给顾词照的那张照片。

公主戴花冠，好想给别人看看哦。

公主本人似乎很不乐意。

但是他不乐意，她就更想这么干了。

吃过晚饭，顾词从房间到客厅接水，还没走到沙发附近的时候，就看到颜路清坐在沙发上。

客厅分散站了四五个人，除了保镖，还有扫地和做饭的几位阿姨。

顾词准备接水的时候，颜路清开口："大黑，你来。"

她的声音扬着，像是故意挑他在的时候这么说的。

顾词心觉好笑，目光扫过二人所在的位置。

颜路清问高大的保镖："你屏保是什么？"

"啊……"大黑明显没想到是这种问题，愣了下而后掏出手机，"是这样的。"

"哦，"颜路清看了眼就还给了他，"既然我看了你的，那我也给你看看我的。"说着，她拿出自己的手机放到他跟前，语气很开心，"看吧。"

大黑看到的一刹那，表情更愣了："这不是……"

"没错，就是！"颜路清打断了他，笑嘻嘻地问，"怎么样，好看吗？"

"好看。"

"……"

顾词双眼微眯。

他看着颜路清又如法炮制地叫来小黑，看他的屏保然后给他看自己的。

小黑惊呼："颜小姐，他戴竟然比你好看！"而后又意识到自己说错了，连忙改口，"哦，不是，我的意思是，你们都好看……"

颜路清很好脾气地摆摆手："没事，你别紧张，我不和他争好看，哈哈。"

顾词："……"

他低头接水的时候，颜路清还在继续。

"欸，阿姨，我换屏保了，你看怎么样？"

"呀，这不是顾词嘛！哦哟，长得可真是太俊了！比女孩都漂亮啊，太好看了啊……"

"哈哈哈！"然后传来某人过于夸张的笑声，"是吧是吧！我也觉得！"

"……"

接完水，顾词走到沙发边，在距离她几米远的地方停住。

颜路清看过来的时候，脸上得意的笑容压根儿没有丝毫收敛，还给他摇了摇手机锁屏，赫然是刚才给他照的照片。

一脸"我就是给大家看了看我的新屏保，你能拿我怎么样"。

"你过来。"顾词冲她招招手。

颜路清带着喜滋滋的表情走到他身边，抬头问："怎么了？你想凑近看看我的新屏保？"

"不是。"顾词淡声说，"你下午出门了，所以今晚要把下午的时间补回来。"

颜路清心里一慌："？"

但公主词对她下了死命令："现在，立刻去书房学习。"

31

这世界上还有比她更惨的人吗？

晚上七点半，颜路清坐在书房里，看着满眼的数字和物理符号思考人生。

变成书中人物以来的种种刚接受完，她又是被周围人战战兢兢地当成精神病，又是被迫"走剧情"，又很快有了几乎不可能完成的任务之让文科生考大学计算机专业的期中考试。

快乐倒也不是没有，仔细想想，似乎大部分快乐都来源于公主词，还有其余的平均分给了高中的同学以及别墅里的其他人。

但是此时此刻的学习让她把那些快乐都暂时忘记了。

颜路清一边做题，一边时不时抬眼瞅一下对面的人。

这么持续了半小时，她实在忍不住了，把笔"啪"地一摔："你能不能不要正对着我玩手机！我在学习！"

顾词轻飘飘地看了她一眼。

那双眼先是扫过了她的头顶——也就是那顶花环，而后才轮到她的眼睛。两人对视片刻，他一句话都没说，缓缓转动椅子侧过身——

继续玩手机。

不让他正对着玩，他就侧对着玩。

好家伙。

颜路清快要气死了，但什么也说不出来，只能继续咬着牙低头抠题。

是她想让顾词当老师的，今晚这一出放在他身上还能得到一个"过于负责"的名号，她还能说什么呢？

顾词也有专业书，但他的专业书都在他房间里。颜路清今天去看，发现跟第一天摆设得一模一样，几乎没动过——都能教她的水平，他肯定不用担心考试不过半。

颜路清憋屈着学习，毕竟最近有了开窍的迹象，好歹也做出来了两道。

做到第三道卡住，她一言不发地把书推到顾词面前。

某人悠悠抬眼，明知故问："不会了？"

"废话！"颜路清刻毛。

她这样的反应，反倒像是取悦了顾词一般。哪怕讲题的时候唇角也带着一点淡淡的弧度，好听的声音也非常温和。

颜路清可懂这种心理了。

"你不爽所以我爽了"——这一晚在两人之间上演了无数次，刚才她秀屏保的时候不就是这么想的吗？所以现在顾词看她刻毛，指不定心里多开心呢。

一切都是因果循环。

颜路清听他讲课，一边恨一边怨，一边想到自己脑袋上还顶着个花环，在室内不伦不类的。

她抬手开始揪花环上的小白花。

顾词讲着讲着，略有停顿——有朵小花飘到了他手边。

他笑了一下："怎么了？"

颜路清头也不抬："闲得无聊。"

她低头看着顾词写的公式，右手拿着笔，左手揪花。

他说一句，她揪一朵，还挺有节奏感。

一道题讲完，花薅下来三分之一。

"颜路清同学，"顾词叫她的名字，手里闲闲地转着笔，"揪秃了也得戴满一整天。"

"……"颜路清再次瞪他，"我又没说我不戴。"

以前因为觉得顾词教她很痛苦，颜路清从来没有如此不尊师重道过，语气也没这么强硬过。

今晚竟然把不该干的全干了。

她说完就继续埋头做题，等照着顾词讲完的方法做完，准备继续做下一道的时候，没想到顾词突然开口叫停。

"做到这儿吧。"他说。

颜路清愣愣抬头："哈？"

七点多进来，现在才八点多，顾词有这么好心？

顾词解释道："主要是看你这表情……"他很微妙地停顿了一下，颇有暗示意味地说，"我也怕我受到太多诅咒，遭到反噬。"

"……"颜路清并没有诅咒他，但仍然强冷着脸点点头，"你知道就好。"

然后她把书本合上，顺便拿起手机的时候，屏幕因为抬起唤醒而自动亮了一下。

于是那张屏保再次猝不及防地出现在了顾词视线里。

颜路清从椅子上站起来，转身要走向门口，耳边却传来顾词淡淡的声音："屏保记得换。"

……他竟然还提这要求？！

颜路清顿时气不打一处来，"唰"地回过头："不换！我手机里的照片，我爱用哪个当屏保就用哪个当屏保。"

"而且今晚的习都学了，我为什么要换！"颜路清恶狠狠的表情摆在脸上，放狠话，"有本事就黑了我的手机，不然打死我我也不换！"

说完，生怕顾词又朝她发射竹笋攻击，颜路清仿佛屁股上安了火箭般疾步离开现场。

但顾词的声音仍然从身后传来——

"对了，"他语声带笑，仿佛是在善意地提醒她，"头上的那个，睡觉的时候可以摘下来。"

颜路清："……"

用你说？！

回到房间，颜路清洗完澡后还是久久不能平静。

她看着摘下来的那个环，想：要是把它毁了，明天就不用戴了。

但是这个念头很快被压了下去。

不会这么简单，顾词一定会找个别的事情来补上这玩意儿。

未知的更恐惧，还是戴这个得了。

颜路清吹完头发，趴在床上打开了短视频软件。

日行一善，开始给热门视频发评论。

【在逃圣母】："长得不错，给你个机会主动来追我。"

【在逃圣母】："这种视频也敢发出来？你不怕我当场求婚？"

【在逃圣母】："老婆怎么穿我的短袖啊？"

……

——依旧像个直男的抖某，打开就是连着几条形形色色的美女视频推荐。

颜路清看美女发评论，开心了不少。等发得差不多，关掉软件后，她又打开了微信，想了想，把晚上拍的那张照片给顾词发了过去。

【在逃圣母】：差点忘记了，我给那么多人展示完，总得给本人原图呀！

没多久，她看到顾词的头像上有两个泡泡冒出来。

"……"

"？"

不知道为什么，颜路清原本对于只能看到顾词的标点符号一事很恼火，但现在看到这两组明显表示无语的标点符号，莫名趴在床上笑出了声。

她一边笑一边对着那个头像道："让你管我！"

颜路清笑了会儿，手机振了一下。

是顾词回复她的消息。

【在逃公主】：[图片]

颜路清愣了一下，点开大图——

那是她自己低头学习的照片，是从她正对面的角度拍的。颜路清那时右手正拿着一支笔往脸上撑，撑出了一个凹陷的小窝，左手扶在头发上的花环上，眼睛向下看，但整张脸完全出现在了镜头里。

有点蠢，毕竟一看就是做不出题的样子。但……这个角度，好像照得她的脸还挺好看。

不是——等等。

为什么开始分析图片了！重点不应该是顾词什么时候拍的吗？

颜路清立刻打字。

【在逃圣母】：？你拍我？

【在逃公主】：嗯。

【在逃圣母】：不是，你学我？

【在逃公主】：礼尚往来而已。

"……"好一个礼尚往来。

虽然她的姿势很蠢，但是那张照片上脸又蛮好看……颜路清犹豫了会儿，偷偷保存了下来。

她本想再给顾词发点什么，对话框左上角显示了一个数字"2"，多了两条新消息。

都这么晚了，谁会找她？

颜路清一边疑惑一边切出去，仔细一看发消息的备注，是那个造成自己最近废寝忘食的源头——颜家老爷子。

她因为很怕老爷子的行事作风，给他改了个备注叫"颜家老大"。

她坚持给这位老大发自己学习的内容，老大很高冷地只回复过一次，是很干巴的四个字："继续努力。"

颜路清胆战心惊地戳了进去。

【颜家老大】：你们专业课老师的讲座明天举行，已经跟老师打好招呼了，你明天去学校听。

【颜家老大】：[链接]

颜路清："？"我可以在家用功吗？

随后她看到老爷子头顶的泡泡，点开——

"天天给我发微信，这回倒要看看她是做做样子，还是真的想学好。"

"……"

240

可以，这下谁敢拒绝？这是把她的退路都堵死了。

颜路清无精打采地回复，而后点开链接看讲座开始的时间，又查了查自己距离学校的路线大概需要多久。掀开被子，悲伤地关灯闭眼。

她突然好怀念跟顾词在树洞里的那段时间。

不管对方有什么事情，都可以直接用眼睛看得到。

他在她的要求下给她讲了个睡前鬼故事，他们一起救了一条血统纯正的边牧，现在这个边牧被她发了一次视频到网上就收获了一堆人的喜欢……他们甚至睡在一个睡袋里。

虽然顾词身上冷，感受不到他的热度，但能感受到他的存在。那种存在让荒山野岭都变得令人心安。

出来之后，他们的关系一直变好了吗？

好像是有。

那她在怀念什么？

颜路清睁开眼，看着窗外的明月。脑海里想起遇见狼的那时候，自己说的什么"月下变身狼人"的蠢话。

他们住在一个别墅里，但她还是觉得相比那时……

离得有些远。

晚上果然是容易抑郁的时候。

颜路清昨晚忧郁入睡，可第二天醒来，内心的多愁善感早已一扫而空，转而被即将去新学校的紧张感替代。

她洗漱完收拾好下楼，开始吃早饭。顾词比她晚到了五分钟。

说起来也奇怪，他们最初都是病号，还是离开床就不舒服的那种病号，所以一直在各自房间里吃饭。

可自从从蝶叶山回来之后，没过多久就变成三餐都一起吃了。

顾词落座时，往她身上扫了一眼，微微顿了一下又移开，然后说："颜小姐也要出门？"

"……我是要出门。"颜路清平时穿衣服都是怎么舒服怎么来，现在身上穿的是出门的衣服，顾词看出来并不奇怪，但是——

"为什么用'也'？你要出去吗？"

"嗯。"顾词点头，语出惊人，"去你的大学。"

"？"颜路清惊得差点儿呛到，"你去干吗？"

"见个朋友。"

"什么时候？"

"下午。"

"下午啊，那正好，我也是要去我的学校——"颜路清说出了自己早就打算要讲的说辞，"顾词，你先陪我去听个讲座再见朋友吧，讲座是上午的。主要是……我听那种东西一定会睡着，但我爷爷跟老师打了招呼，让我必须去，所以得有个人提醒着我点儿……"

顾词用那种"不愧是你"的眼神望了过来。但他没怎么犹豫就答应了她的要求。

吃完饭，两人看了会儿电视，逗了逗狗，这种生活乐趣和习惯竟然也日渐变得神同步。

临出门时在玄关处换鞋，颜路清偶然一瞥，发现顾词的手机屏幕亮着，是锁屏。

但……那个屏保怎么有点眼熟？

顾词要出门之前，颜路清一把伸手拽着他的外套把人拉回来："等等，你别动。"

"给我看看你屏保。"

顾词了然地笑了一下，毫不避讳地直接摁开给她看。

！

是昨晚他发给她的那张！那张姿势很蠢的头戴花环的照片！

颜路清震惊地看着顾词，还没问出口，他就回答了跟昨晚微信里一模一样的话。

"礼尚往来。"他就着这个侧身的姿势，又往前一靠，离她更近了点儿，颜路清甚至可以闻到两人同款的洗发水香味。她听到顾词低声说，"毕竟你一个人换，也挺不公平的，你说是吧？"

"……"

颜路清即将要读的大学建校历史悠久，学校翻新重建许多次，占地面积大到离谱，距离市区也较为偏远。

路上花了将近一小时，又靠着顾词迅速找到了阶梯教室，颜路清算得刚刚好，两人到的时候明明还有十多分钟时间，教室里却只剩下了前面三排的座位。

颜路清拉着顾词坐到第三排，没注意到朝他们投过来的诸多视线，只感慨道："天啊，第三排，幸亏叫你来了，不然岂不是在教授眼皮子底下睡觉……"

顾词也自动过滤了别人的视线。坐下之后，看了看讲台上挂的本场座谈会标题，然后确定地对颜路清点头："你确实会睡着，因为今天的我没给你讲过。"

"……为什么不讲？"颜路清顿时有些着急，"还有一周就考试了喂！顾老师你不能藏着掖着啊——"

"因为大一要弄懂这块内容，是九十分冲一百的人需要做的事。"顾词侧过脸和她对视，眼睛微弯，"你的目标是五十分，我给你讲这个？"

"……"

到底是为什么，一个简单的反问也可以把螺旋镖打到自己身上？

颜路清鼓着脸闭了嘴，不再看顾词，扭头朝着阶梯教室的门口看去。

却没想到这一看，就把她给看傻了。

门口走进来一男一女。女生是黑色长发，发尾微卷，男生的短发比寸头稍长，比女生高了不少。两人一前一后地进来后，便开始找位置。

大学里挑座位都是能靠后坐绝不往前的原则，两人也瞄准了第三排边角座位，很快来到了颜路清身边。

这不是重点。

重点是——这两个人都有特效。是那种久违的、她只在主角团身上见过的特效。

女生从头到脚都萦绕着淡淡的绿色，跟原男主角的松树不同，她身边 3D 环绕的是……茶叶。真·绿茶。

而她身边的那个男生可就牛了。

他浑身飘的是刀子。

逼真到还会随着光影变幻而不断反光的刀子。

颜路清恍惚地看着二人距离自己越来越近，连顾词询问她"怎么了"的话都没听见。绿茶女走到她面前对上她的视线，对她笑了笑："同学你好，这边有人吗？"

颜路清看着她一身的茶叶，沉默地摇了摇头。

绿茶女坐下来后，一脸笑容地对颜路清自我介绍："同学，我们都是这届大一的学生，我叫尤静，他叫余秦。"

这两个名字顿时把颜路清唤醒。

——这俩人是"鱿鱼CP"，原书的副CP之一，男女主角的学长、学姐，四人渊源颇深。

尤静是个性格自带绿茶属性的女人，她不光对男生茶，对女生也茶。原书里，她在男主角刚升入大学的时候对男主角有意思，而当时男主角单身是因为跟女主角破了镜。最后她却又因为男女主角的重圆而放弃。

男主角不吃她那套茶，余秦吃，所以在这对CP里，算是男方暗恋成真。

尤静飘茶叶可以理解。

那为什么余秦会飘刀子呢……

颜路清冥思苦想之时，尤静已经很主动地来加了她的微信。她余光不断扫过顾词的脸，明显是还想要顾词的微信，颜路清却没注意她的眼神暗示。

因为她现在正好奇，强忍着那些刀子的反光，反复观察了几次余秦的脸。

尤静会错了意，以为她是想要余秦的微信，抓着她的手机就把余秦的微信给加上了，然后继续眼神暗示颜路清自己想要加顾词。

而此时此刻，颜路清终于琢磨出来答案——

是因为余秦的外貌描写！

"脸型犹如被刀削斧凿过一般的硬朗""刀削般的脸庞""仿佛用刀子刻过"……

所以他才会飘小刀啊！

颜路清三番五次地去看反光的刀子，眼睛已经受到了太大的冲击。她收回视线后忍不住伸手抓了一下身旁的顾词，恰好碰到了他的手。

莫名传来的热度和柔软让顾词一愣。

但她并不给人反应的时间，手上力度捏得很紧，小声凑到他耳边说："顾词，我要瞎了。"

"？"什么瞎了？

但还没等他问出什么，颜路清便被她身边的那个女人叫着转过头去。

"我说，姐妹。"

颜路清看着尤静，看着看着注意力就偏移到了她脸上的茶叶，正在琢磨这是不是碧螺春，就见尤静突然对她神秘一笑，用手指了指顾词的方向："你跟那个大美人一块来的？"

颜路清对这个"大美人"的称呼颇为赞同。其实顾词的长相，说他大美人还是大帅哥都可以，只是她更喜欢前者。

她对尤静点了点头："嗯。"

尤静："你们俩是情侣吗？"

听到这问题，颜路清先是短暂地蒙了一下："……啊？"而后又瞬间回神，当即否认，"我们不是啊！"

开什么玩笑？

这还是头一次有人这么误会他们俩。

颜路清心跳得飞快，甚至快得有些不正常。她不知道是为什么，也压根儿没时间想是为什么。

随后，她看见尤静听到答案后明显有些兴奋的表情："那，你帮我问问他能不能加个微信，行吗？"尤静偷偷凑到她耳边道，"我看他实在是好高冷的样子。"

"……"

这字面意义上的绿茶女……是看上顾词，所以要准备对顾词下手了？

颜路清刚想到这里，还没思考到底要不要劝顾词加她的时候，身侧传来熟悉的清冷声音："你手机现在几点？"

"……嗯？"

顾词把手机摁亮，侧过来屏幕对着她："我手机时间好像错了，调一下。"

颜路清没想其他，"哦"了一声，乖乖摁亮了屏幕看时间，然后报给顾词。

殊不知顾词对着她的方向就是对着尤静的方向。

那个角度，尤静正好能看得清清楚楚——颜路清手机上的屏保是她看上的大美人，大美人的屏保也正是颜路清。

颜路清再回过头，就看到绿茶女不光一脸绿茶，还一脸无语。

"啊这……"她撩了撩头发，指指点点，"你们这偷偷捏手，说悄悄话也就算了，还用对方照片当屏保就过分了吧——而且连头上戴的花环都是情侣的，你还告诉我你俩不是一对儿？"

颜路清张了张嘴："那个不……"

绿茶打断了她："姐妹，是情侣就是情侣嘛，怎么还不好意思说呢？"

"……"

32

听了尤静的话，颜路清一方面觉得惊悚和窘迫，一方面又有种极为奇怪的感觉。

尤静带着一脸绿茶特效去找一脸小刀的余秦了。

颜路清转头看着顾词，压低声音道："你手机没联网？"她疑惑，"现在不都是自动调时间吗？"

他一脸理所当然："之前有事，设成了别的时区。"

那你联一下网络不就自动调回来了？

但这句话还没问出口，颜路清便听到教室内响起稀稀拉拉的掌声，回头就看到一个中年女教授从外面走进来。

她立刻打开手机，趁着教授开电脑的时候给大标题和教授一块照了张相，然后打开微信给颜家老大发了过去，表明自己真的来了，自己是真的想学好。

【颜家老大】没回复，但是显示了已读。

并且随后头像上方冒出一个泡泡，竟然是黄色的——

"不错。"

颜路清顿时放心下来。

只要能刷点这位颜家老大的好感度，那这趟就没白来。

她很快锁上手机，开始认真听座谈会的内容。

尝试着听了一下，的确如顾词所说的那样——明明讲的都是汉字，拆开看都知道意思，但连起来就不懂了。

颜路清本想着毕竟坐在第三排，就算听不懂也得装装样子，却没想到这教授喜欢挑人互动。

谁跟她眼神对视，她就挑谁回答问题。

颜路清由于听不懂，只好看着教授，所以当她被叫起来的时候，整个人都是蒙的。

但上学时期谁都有过这样的时候。她依照以前的习惯，在慢吞吞站直的过程中精准揪住了顾词的手指，死命捏他的手暗示他。

好在顾词机灵，耳边很快传来他放轻的声音。颜路清照葫芦画瓢地答完，得到了教授满脸笑容地点头。

坐下后，颜路清转头对他道谢。

"我知道你紧张，"顾词抬手给她看，微微带笑地轻声说，"但也不用抠得这么使劲吧？"

修长的手指连骨节都长得很好看，上面赫然两个红印，因为皮肤白而更加显眼。

颜路清一下子不好意思了。她怎么能这么用力地抠公主，她忏悔。

"不好意思啊……"颜路清发自内心地感慨，"真没想到你这么细皮嫩肉。"

"……"

颜路清没想到的是，她的道歉说出去后，顾词却用那双澄黑的眸子定定看了她几秒，而后一脸冷淡地放下了手，重新看向教授的方向。

一直到座谈会结束，两人再没说过悄悄话。

等众人开始离席，颜路清被身边的尤静拍了拍肩膀。

"走啦，小情侣。"尤静笑着说完，又突然弯腰凑近了她的脸。

颜路清被近距离攻击，太过立体的茶叶甚至让人觉得能闻到她身上茶香四溢。

她听见尤静说："我就想不通了，你有什么不好意思承认的，他长得这么好看你都不宣示主权？你不喜欢的话不如给我，分手了一定微信通知我哦。"

"……"颜路清又要解释，"我们真的……"

但尤静已经带着余秦走了。

颜路清就这样目送着一团绿茶和一团刀子走到了阶梯教室门外，又消失不见。

她坐在座位上重重叹了口气，转头看顾词："我们也走吧，你要去哪儿找你朋友？"

顾词要找的朋友，颜路清已经见过一次。是上次在章替身爷爷寿宴上见到的那个人——卫迟。

顾词说他在 B 区实验楼。

颜路清跟着他走到校园地图的立牌，连看都没看一眼，只等顾词看完之后跟着他走。

"顾词。"走在校园大路上，她再度提起了座谈会开始前的那个问题，"你问我时间那会儿，就是故意的吧？联网就能调时间，你怎么会不知道啊……"

"我确实知道。"顾词笑了声，"但我听到了。"

"嗯？"颜路清一愣，"听到什么？"

"听到那个人问你，要让你帮她加我微信。"顿了几秒，顾词偏头看了她一眼，很笃定的样子，"我不出声的话，你会帮她，对吧？"

"……"颜路清突然滞了一下。

因为当时她是在这个问题思考了一半的时候，恰好被顾词打断了思绪。

那会儿她原本在纠结，而顾词斩断了她当时纠结的机会，直接堵死了绿茶的路……却又在现在让她重新纠结。

"我……应该不会帮的。"颜路清思索片刻，"因为那是你的微信，我又没有权利替你决定加还是不加哪个好友。"

虽然总觉得在被绿茶询问的那一瞬间，除了这个原因以外，还有点别的什么——

可是颜路清懒得想了。

而顾词闻言，只是淡淡看了她一眼，没有对这个答案发表任何意见。

这个话题就此揭过。

他们并肩走着，距离不算亲密，但也不远，这一路上收到了无数的目光。

颜路清其实还挺习惯于这样的注视，所以一般她会自动过滤和忽略。但跟顾词一块时，这种注视就变得炙热得多，怎么也无法无视。

花了十分钟，两人终于一同走到了实验楼下。

因为还记得顾词的朋友看到自己时那犹如看到洪水猛兽般的眼神，颜路清没跟他一块上去："我在下面随便逛逛，你自己上去吧。"

顾词点头，转身进了实验楼，很快便坐电梯到了卫迟所在的楼层和教室。

他这次见卫迟主要是拿一样东西。简单的寒暄后，卫迟把东西递给了他，又想和他随意聊几句："你自己来的？"

"不是。"

"那是跟……"卫迟不傻，甚至称得上敏锐地一下子道出了那个名字，"你不会又是和颜路清吧？"

看着顾词点头，他忍不住爆了声粗口："你们现在是连体婴吗？住在一块，出门还得走在一块？"卫迟顿了顿，突然严肃地问他，"你俩是不是在一起了啊？"

顾词一只手拿着袋子，一只手拿着手机，哪怕是站直也莫名给人一种慵懒的感觉。

他笑了笑："没有。"

卫迟松了口气。

早就知道那个女神经喜欢顾词，虽然上次见面，看她似乎状态比上学那会儿好了不少，人也精神漂亮了很多，但那也是精神病啊——精神病哪有那么快康复的？

但只要顾词说没有就行。

因为他是那种从不屑于撒谎的人。

这么想着，卫迟突然看到顾词打开手机屏幕看了眼时间，而后对他道别："我先走了，还有人在下面等。"

卫迟说"好"，对他摆摆手："改天出来聚。"

目送顾词离开，他正准备继续回教室里做实验，但是脑子里却总不断闪过顾词最后看时间的那个画面，越回忆越觉得不对劲。

他眼睛没出问题吧？

顾词……

那屏保……不是颜路清吗？

人在到处闲逛的时候，最容易被聚集了一堆人的活动吸引注意力。

顾词离开后，颜路清很快发现离自己不远处有个临时搭起来的小型棚，那里聚了一堆人。本着凑热闹的心，她挤过去看了一眼，这是个类似于露天放映影片的地方。

颜路清本以为是什么电影，等凑到棚内看到投影仪，才发现那是一段又一段录像。最初是一个婴儿在襁褓中的画面，和在父母怀里的画面；而后到了周岁左右，小孩子在还不会走路的时候，被父母扶着、抱着，学会了走路；再之后年龄渐渐增长，孩子慢慢变成了一个少女，内容依旧是一些琐碎的和父母相处的温馨画面。

录像依照时间顺序，画质也是从模糊到清晰。全过程不过几分钟，一段放完了就放下一段。

每一段都是类似的内容和过程，都是孩子长大的过程，但每家又都有每家独特的温馨场景。

颜路清看了好几段，才注意到周围贴着的大标题和宣传海报——这是好几个部门一起举办的一个关于亲情主题的放映会，放的全部都是学生自己剪辑的作品。

颜路清有点不知道该怎么形容自己的心情。

她没有经历过这样的亲情，但从开始上学后就不断告诉自己，不要羡慕别人，不要羡慕别人的家庭，因为那没有意义。

可是这种成长记录一样的片子似乎非常有感染力，仿佛亲眼看着一个孩子从出生到长大，一直生活在父母的爱里，那种家庭氛围或多或少都会感染到你。

无关羡慕，只让人单纯地觉得特别美好。

颜路清最后看了两眼，转身离开棚的时候才发现，其实这个棚的侧面就贴了大大的"亲情""家"等标题，只怪刚才她自己没注意。

她在心里叹了口气。

原本还算开心的一天，现在的心情简直不受控制地急转直下。

离开放映棚，还没走出去两步，颜路清的前路突然被一个女生拦住。

是一个半举着手机、戴着眼镜的娃娃脸女生，她很热情地跟颜路清打招呼："同学，你好！"

"我是摄影部的，我看你刚才从我们办的这个活动棚走出来，请问你是刚进去看完，对吗？"

颜路清点头。

娃娃脸左观察右观察，由衷夸赞道："同学，你长得太好看啦，一定非常上镜！拜托你了，能不能让我做个观影采访？或者你不想说观后感，也可以谈谈你的父母和家庭——"

她说得正起劲儿，侧面一道不甚明显的阴影突然罩了过来。

娃娃脸收声抬头，见到了一张堪称完美的属于男生的脸。他走过来虚揽了一下她正想采访的小姐姐，而后竟然代替小姐姐婉拒了自己——

"不了，谢谢，她没时间。"

虽然自己也会拒绝，但听到顾词抢答，颜路清内心还是轻松了不少。

顾词在她身后一点的位置走出去几步远，颜路清转头看他："你这么快就好了？"

"不是什么大事。"顾词回答。

颜路清没有提刚才她看了什么，顾词也没有问。因为不习惯太安静的氛围，颜路清率先开口道："你怎么知道我不想被她采访啊？还替我拒绝了。"

"我为什么会知道？"他闲闲道，"我说实话而已。"

颜路清疑惑："什么实话？"

"你本来就没时间。"顾词说话的语速不快，但内容却是鞭策她的，"浪费了一整个上午，还有时间接受采访？"

"……"

"见到了学校，不觉得更紧张吗？"

"？"

"你要考五十分啊，颜同学。你不着急，我都替你捏一把汗。"

"……"

你是怎么做到把五十分说出了九十分的感觉的？

颜路清一边翻白眼一边跟顾词一块坐上了回程的车，中间还不断据理力争自己有多努力。

而顾词看她状态如常，打开了不断振动的手机，里面来自卫迟的微信一条接着一条轰炸着他。

【桃花别迟就行】：你是不是拿我当猴耍？你用的屏保不是颜路清

是谁？

顾词笑了一下，回复了几个字。

【word】：跟你解释不清。

【桃花别迟就行】：什么叫跟我解释不清？

【桃花别迟就行】：我住在一个女孩家里我用一个女孩的照片当屏保但我跟那个女孩依旧只是好朋友？

【桃花别迟就行】：？

顾词看完，不打算再回。

颜路清竟然还在他旁边啰唆自己的勤奋史："……那天学到了那么晚，然后第二天呢？我还不是八点就爬起来了？我这还不用功？说实话，也就比高考差一点点了。"

顾词听到"高考"两字，微微一顿，才道："我没说过你不用功。"

"用功是对的，"顾词笑着温声评价，"毕竟勤能补拙。"

颜路清："……"

勤能补拙是个褒义词，顾词看起来也像是在夸赞她，但颜路清就是觉得不是。

虽然她刚刚证明了一堆她很"勤"，但她不想当着顾词的面认下这个"拙"！

于是新一轮的碾压性口水战开始。

但连颜路清自己都丝毫没注意到——她不久前心里刚生出来的那点儿阴霾，早已轻而易举地烟消云散。

颜路清回到家之后，在没有顾词屏蔽的情况下，玛卡巴卡果然出来主动联系了她。

"玛利亚！你今天——"

"遇到了配角副CP，是吧？"颜路清一脸淡定，"你关于这俩人有什么要说的？你就说我有没有生命危险就完事了，别的我都不在乎。"

"目前没有了。"玛卡巴卡叹了口气，"但是差一点，就差那么一点……"

"嗯？哪里差了一点？我干什么了？"颜路清思来想去，不过是跟绿茶姐姐说了几句话，为什么要受到惩罚？

"我虽然看不到你们具体的相处场景，但你把顾词带去学校了——也就是你让尤静见到了顾词。我看到她差点儿想追求顾词的心理，但这不符合她的人物发展时间线！这个时间她应该是看上了另外一个小学弟而不是顾词——你懂了吗？"

"……"颜路清憋了半天，"懂了。"

所以，竟然是顾词的那个壁纸救了她。

如果没那个壁纸，绿茶姐姐就不会觉得他们是情侣。如果知道他们不是情侣，就凭绿茶姐姐那个性，一定会出手想要得到顾词。

——正是壁纸让她死心了。

真心受够了狗系统的所谓惩罚，颜路清在心里简直热泪盈眶：公主词，永远滴神！

最后，在玛卡巴卡即将下线前，颜路清叫住它，问了另一个问题。

"对了，那个余秦，为什么特效是浑身都飘刀子啊？看着简直太辣眼睛了，"颜路清不由得又想起男主角那浑身绿色的针一般的松树特效，吐槽道，"这些男性角色的特效怎么都这么拉胯……"

"余秦的特效有两个原因，"玛卡巴卡说，"一个是因为他的长相描写包含了很多'刀削般的'等跟刀有关的形容词。"

"竟然还有另外的原因？"颜路清好奇，"你说你说。"

"第二个原因是，他的感情之路实在太坎坷了，一路走来，全都是刀子。"

颜路清："……"

好家伙，这也太惨了。

讲座结束后，颜路清比前一周学得稍微轻松了点儿。一个是因为开了一点窍，就不再需要天天死磕，最难的两门，顾词每天让她做几道题，其余时间她都用来学别的科目。

虽然用功学习，但颜路清宝贵自己的头发，从不挑灯夜读。

只不过为表决心，她忍痛暂时修改了自己的微信名，从"在逃圣母"变成了"亿分耕耘，一分收获"。以一亿分的辛勤耕耘，收获那过半的分数——这可真是她这段时间的真实写照啊。

到了临期中考前两天，颜路清还是胜券在握的状态。到了前一天的晚上，她突然有些紧张，于是就去找顾词，想让他把重点和所有经典题型都找出来。

而顾词更绝，干脆给她做了个课件，速度又快，内容又全，全都是她想要的。

颜路清把课件拿去让小黑打印，等待的时候忍不住夸了顾词一句："顾词，你真的是人形外挂。"

觉得这句话力度不够，颜路清继续夸张吹彩虹屁："我是认真的，你要是生在那种乱世，那肯定是'得顾词者得天下'！"

顾词淡淡笑了笑，没说话。

本来颜路清晚上看完顾词给她整理的课件，又把之前登录校园网下载的课件翻出来，发现自己多数都懂个七七八八，于是信心满满地睡了一觉。

第二天一早。

大小黑大概是被她最近学习的努力劲儿给感染到了，给她搞了极为老土的迷信办法———一根油条加两个鸡蛋为"100"分的暗喻。

"一根油条和两个鸡蛋，"坐在餐桌对面的顾词无情地打碎了兄弟俩的幻想，"你们颜小姐如果真的吃了这么多，还能好好考试吗？"

兄弟俩一下子尴住了。

半天，小黑愣愣地挠挠头："颜小姐，那、要是吃不了这么多，不然你只吃一个鸡蛋怎么样？"

这话一出，正喝水的顾词突然呛了下。他放下杯子，一边轻咳一边笑着看小黑，小黑被他看得一头雾水。

"油条加两个鸡蛋是 100……"颜路清被他蠢得咬牙切齿，语声低沉，"小黑，如果只吃一个鸡蛋，那你说我是不是要考 0 分了呢？"

小黑："……"

顾词咳完，也笑着补了句："小黑，脑子不动是会生锈的。"

颜路清接话："我都想给他改名叫'小蠢'了。"

小黑："……"人身攻击我还搞混合双打？

经此一役，迷信大法彻底被抛弃，一根油条、两个鸡蛋都归了迪士尼阿姨。

颜路清倒是被这一出搞得莫名多了点紧张："我现在吃不下，去学校买点什么好了，还能早点去学校。"

紧张的原因有好多个，有的是颜家老大的威胁，有的是对新奖励的期待，还有——她觉得她不可以白瞎顾词教她这么久。

顾词和她不是一个学校，所以也不是同一天考，他们的考试要更晚一些，到十一月才开始。

所以颜路清算是孤军奋战。

颜路清要提前出发，顾词跟着众人象征性地走到玄关处，送了她两步。

其实他本不想来，但颜路清从一早上开始，眼神就经常往他这里飘，很快又再收回去。

不知道怎么说，那眼神像是在找什么可以依靠的东西。看到了，就会放心点，时不时地还要再看看。

她这种眼神，跟她前两回眼巴巴的样子很类似。如果要顾词评价的话，就四个字："真会卖惨"。

一个小考试而已，只需要考五十分而已，至于吗？

这么想着，顾词坐在沙发上看电视。看了半个多小时后，非常精准地掐时间打开了手机，给颜路清发了条微信。

【word】：到学校了？

【亿分耕耘，一分收获】：嗯嗯。

【word】：吃的什么？

颜路清秒回了一张照片，只不过，他问她早饭，她回复的却是一张昨晚他整理的课件图。

【亿分耕耘，一分收获】：吃的什么？当然是把课件吃透。/ 奋斗

顾词："……"

第七章

顾词，抱抱

33

期中考试一共两天，时间压缩得很紧，但颜路清考得相当顺利。

不是因为每道题都会，而是学习时的定位太准确了。毕竟顾词从没让她搞多么深奥的题，目标就是拿简单易学的那部分分数——反正一考完，她就有绝对的信心每一科都能过半。

考试中途，颜路清还认识了不少同届同学。她一个沙雕自来熟又长得好看，在考场短短两天也混得风生水起，还加了好几个班级群、系院群。

第二天结束了最难的两门课，颜路清回到别墅时，脸上的兴奋都藏不住了。

最近半个月，全别墅的人都知道颜小姐学习学得热火朝天。第一天考完试怕影响她的心情，没人敢提相关字眼。迪士尼阿姨暗地里跟小黑感慨："我家里外甥高考时也就这样。"

所以众人见她这么开心，便纷纷围上来询问怎么样。颜路清想了想，笑着说："有种高考二次成功的感觉。"

跟他们吹完牛，颜路清又立刻跑到沙发边坐下。顾词原本正漫不经心地看电视，感到身边的塌陷，才偏过脸看了她一眼。

说来也奇怪，顾词这种性格的人为什么会爱看电视？颜路清一直觉得很迷惑。

她就很爱看电视。但她爱看电视是有原因的。

一是因为电视是她小时候得不到也看不见的东西，二是因为她觉得放电视很热闹，会有种仿佛房子一点都不空、身边吵吵闹闹的错觉。

那顾词呢？

他怎么会这么喜欢看电视？甚至于和她十分相似，也像是一种习惯？

颜路清本就喜欢让电视不断播放，这么大的别墅就更得放着了。但很多时候，电视都不是她打开的，而是顾词，她反倒省事儿了。

而且奇怪的是，她总觉得电视和自己这种咸鱼宅女的气质才符合，没想到顾词每次坐在沙发里，戴着美貌值超高的眼镜看电视的场景，竟然有种独属于大佬的反差萌。

原本要说的内容被暂时推到一边，颜路清好奇地戳了一下他身后的靠枕："顾词，你怎么天天都在看电视啊？"

顾词戴着眼镜，上面隐约映出屏幕里的画面。而后他十分平静客观地回答："因为无聊。"

说完，他捞过一旁的遥控器换台。

颜路清还是奇怪："无聊不能做其他的事吗？为什么非看电视？"

顾词的手微微一顿，回过头和她对视，一字一顿道："别的事更无聊。"

"……"

虽然每个问题都回答了，但其实和没答是一样的。

这就是顾词不想答的标志。

既然他明显对这个话题没兴趣，颜路清便换了个话题。她开始滔滔不绝地跟顾词复述昨天和今天自己考了什么题，而顾词终于像是乐意听了一般，把放在电视上的注意力转移到了她的身上。

"……总之差不多就这些，你讲过的我基本都写上了。"

叽里呱啦地说完，她睁大眼睛，一脸期待地等着顾词回答。

期待着、期待着，颜路清却再次发现不太对劲——

继上次送错花环礼物像极了家主和深明大义的老婆之后，这场景又开始令人迷惑了。现在就仿佛一个一家之主为了哄老婆开心而参加了第二次高考，考完回来各种求表扬的场面。

颜路清正被自己的脑补雷到的同时，清清冷冷的声音传到她耳边。

"所以，能过半吧？"顾词看着她，似乎是很随意地询问。

颜路清觉得肯定能，但她没说。

因为好奇……

"要是我真没过半呢？"

"也没什么，"顾词对她笑了一下，神情温柔，语气也很温柔，"那就家门不幸吧。"

"……"

颜路清震惊了一小会儿："不是，就算不幸，至少也该是'师门不幸'吧……"

"差不多。"顾词闲闲地往后一靠，解释自己的前一句话，"一日为师，终身为父。"

"……"

所以她既然身为堂堂一个家主，求个锤子表扬啊！

这不是深明大义的老婆，这是嘴上抹了毒的"眼镜蛇老婆"。

……

听说这边的期中成绩几天就能出来，颜路清等成绩时，窝在别墅里很是放纵地打了两天游戏。

这两天里她都是叫上顾词一起双排。

叫之前，她其实有些犹豫——毕竟打游戏这东西靠手感，万一她菜，顾词又要像那天内涵那个菜鸡一样内涵自己怎么办。

结果竟然没有。

颜路清的号当初带双胞胎姐妹时，段位刚刚到王者，顾词高她二十星，双排中和依旧算是低星局。但他们赢得非常顺畅，配合相当默契，偶尔输的几把不是遇到挂机的，就是遇到一个菜到一定境界的那种"实非人也"的队友。

她和顾词最常玩的位置是双 C 和打野。但其中有一局，顾词在五楼，只剩下了辅助的位置。他没锁定英雄的时候，颜路清开玩笑般说："你拿个瑶骑在我头上得了。"

然后顾词真的拿了个瑶——一个大招是挂在其他英雄头上生成护盾、本体形态是头小鹿、经常被玩家戏称为"瑶瑶公主"的可爱辅助英雄。

颜路清当场就笑喷了。

她满脑子都是"公主词玩瑶瑶公主"这几个字，时不时地看一眼坐在自己身边不远的顾词。看着他略显冷淡的侧脸，又想到他手里操作的是挂在自己头上的小鹿，越想越想笑，到最后简直停不下来，影响了打野的思路，也影响了发挥。

最后这盘因为射手发育得太好，成了大爹，带飞了其余四人。颜路清的战绩混得没眼看，连带着辅助她的顾词战绩也非常拉胯。

第二局开始，她又怂恿顾词："你再拿一局瑶瑶吧，再骑在我头上。"

"然后呢？骑在你头上看你怎么菜的？"顾词笑着婉拒，"那还是算了。"

他大概是从她停不下来的笑里听出了点猫腻，在接下来的双排里，再也没拿过瑶这个英雄。

因为颜路清属于特殊情况，分数比其他学生提前出，校方也提前告诉了颜老爷子。

【颜家老大】：你合格了。

【颜家老大】：[图片]

颜路清收到微信的时候刚跟顾词中场休息，她思维都没转过来，想了十几秒才反应过来——这说的是她的期中考试。

点开图片，是手写的她的各科成绩。颜路清粗略扫了几眼，除了两门最难的堪堪过了六十分，其余的普遍七十几分，思修八十分，最高的英语九十多分。

这也太牛了！她在心里夸自己。

颜路清正等着颜家老大的第三条消息发来夸赞自己，然而她瞪着眼等了几十秒，等到一分钟，对方依旧没有任何再发消息过来的意思。

"……无语。"颜路清对着屏幕恶狠狠地吐槽，"这么大的事儿，就发四个字给我。"

这还让她怎么吹牛？

正常的不都是发——"你合格了，孙女，爷爷没看错你，成绩很好，你真棒。"

然后她回一个——"谢谢爷爷，有手就行。"

这算怎么回事儿？

颜路清一边吐槽，一边只得憋屈地回复"谢谢爷爷"四个大字。

她转眼告诉了别墅里的人，众人和颜老爷子的反应截然相反，不仅激动地好好把她吹捧了一番，做饭的阿姨甚至决定晚上多做几道菜来庆祝。

这才对嘛！

颜路清坐在沙发上，又去看沙发另外一侧的顾词。他比众人可淡定太多了，似乎没觉得这个结果有什么意外，甚至还趁两人身边没人的时候问她："他们知道你五十分就可以合格吗？"

"……"颜路清瞪他一眼，"五十分怎么了！五十分也是我自己考出来的！"

"再说，我又没有真的考五十分。"她找出成绩表举着给他看，恨不得撑到他脸上，"自己看！没有一门考五十！"

顾词看完对她笑笑："嗯，挺厉害。"

随后还没等颜路清说话，他便又开口道："你刚回来那天，说你有高考二次成功的感觉，"顿了顿，顾词突然问，"你觉得第一次高考很成功？"

颜路清扬扬得意："那当然。"

她可是踩着线进的，这就意味着，下一年她的分数是自己省市那个专业的录取分数线，那可是要被印在招生参考书上的，多有排面！

顾词的声音再次恰到好处地插进来："考的什么系？"

他问得语气太过自然而然，颜路清又在大部分时候对他没有防备，脑子里最先想的什么直接就说了出来："中……"

她说了一个字就立刻意识到不对，赶紧刹车，咽下了后面的"文系"俩字。

顾词的表情没有丝毫变化，依旧那么看着她，似乎毫不意外。

"我是说，"颜路清大脑飞速运转，报出了学校的名号，"中国 H 大的计算机系。"

正想为自己的机智鼓掌，松一口气，原本没什么表情的顾词，却因为她的说辞而笑了几声。

"你还怕我以为是国外的学校？"他弯了弯眼睛，赞赏道，"颜小姐，真是太贴心了。"

"……"

那种奇奇怪怪的仿佛他什么都知道的诡异感又来了。

顾词这一天天的在说些什么呢？

他到底是怎么想的啊？

之前打断催眠大业的是不得不完成的学业目标，完不成可要被颜家老大除名，所以必须专心致志。

颜路清暗暗想，她接下来再也不浪费时间打游戏了，她要赶紧把催眠捡起来苦练，早日把他拿下。

晚上吃饭的时候，颜路清收到了颜母的微信，说让她明天回家，要给她庆祝这次考试通过。

与此同时，和颜老爷子那种内心活动极少的人不同，颜母的头上一直冒着各色泡泡。

粉色憧憬泡泡："得好好鼓励一下，以后她会更想上学的吧。"

蓝色忧郁泡泡："但是复学毕竟不是个光荣的事儿，还是不能办宴会，唉……"

黄色开心泡泡："不管怎么说，她有学上真是太好了。"

颜路清："……"其实我真的是个学霸来着。

她除了别墅，哪里都不想去，但这种家人邀约倒也没什么理由拒绝。于是颜路清问了时间，颜母回答明天中午。

正好在餐桌上，她轻轻敲了敲杯子边缘，引得坐对面的顾词抬眼看过来。

"我明天中午要回颜家，他们说要给我庆祝。"颜路清问，"你要一起去吗？"

话音一落，餐厅内便陷入了寂静。

她看到顾词的神情有一瞬间的凝滞，而后他眯了眯眼，显得眼尾极为狭长好看。

"用什么身份？"他问。

颜路清蓦地一愣。

是啊，突然带个男生回家，所有家人都在，要用……什么身份？

好在她反应够快，没过几秒便迅速回答："当然是家教老师啊！"颜路清笑嘻嘻地掩饰了一下尴尬，"毕竟我能考过，你可是头号功臣。"

顾词看着她，像是平常那样温和地笑了一下，说："谢谢颜同学，但我不去了。"

对，去了才是真的尴尬。颜路清也同意他的答案，这下连为什么都没问，说了声"知道了"就继续低头吃饭。

可能外表看不出来，但颜路清的心脏此时跳得飞快——因为刚才问出口的时候，她貌似不是这么想的。

不是因为什么家教老师。

她没考虑别的，只是单纯地想问他要不要去——似乎只要她出门，除了必须避开他的，她都想和他一起。

就好像……对某种东西有依赖性那样。

次日上午，颜路清第二次来到颜家。

她觉得自己回自己家，如果还带保镖，怎么看都奇奇怪怪的。

更何况颜父颜母又不是颜老爷子那种人设，所以颜路清只自己一个人上阵。

她到的时间早，还不到中午饭的时间，颜父颜母出门办事还没回家，上次接她的内心戏丰富的大哥也不在，整个一楼除了管家就是做事的阿姨。颜路清百无聊赖地逛了会儿，最后还是上了二楼，到第一次去过的书房里待着。

"玛卡巴卡，喂！"颜路清在书房随便找把椅子坐下后，在脑海里连接它，"说好的我完成任务会有奖励呢？我这么努力地学习，考出了这么高的成绩，不至于不给我发吧？"

"玛利亚别着急，那个正在升级啦！"

嚯，看来是个大宝贝啊，竟然还得升级。

颜路清不太想在原地干坐着，干脆就这么和玛卡巴卡聊起了天，比如它们一天天都在干吗，比如进入书中世界的人出了差错会不会变成某些物体而不是人，再比如这书里其他人的特效到底还能有多奇怪……

还没聊多久，颜路清正前方突然跑过一个六七岁小女孩的身影。

书房的门是半掩着的，她似乎在躲着人，没看到书房内另一侧的颜路清。小女孩穿着白色睡裙，贼溜溜地走进来，左顾右盼没看到人，一下子把手里的东西塞到了嘴里。

一系列的动作都很像动漫人物，很可爱。

还没等为这可爱的行为鼓掌，颜路清突然听到她惊慌里透着痛苦的呜咽声。

……

虽然不知道这是哪儿来的小孩子，颜路清还是立刻起身跑到她身边，轻轻掰过小女孩的脸："你怎么了？你张嘴，姐姐看看，张嘴，啊——"

小女孩泪水流了满脸，死死闭着眼，却乖乖地张大嘴。颜路清一看，是棒棒糖卡在喉咙那里了。

这个糖比常见的棒棒糖要小一圈，好在只是卡进去了一小部分。颜路清揪着白棍，一下把糖给拽了出来，小女孩咳嗽了会儿，半天才渐渐恢复。

"谢、谢……姐姐……"小女孩很有礼貌，还没睁眼就对她道谢。

然后等终于睁开，小女孩那双好看的大眼睛却倏地瞪大，属于孩童的纯真眼神里，竟然显露出真真切切的恐惧。

颜路清：？

她长得这么吓人吗？让小女孩觉得她吃小孩？

"玛利亚——"这疑惑一出，玛卡巴卡的声音立刻出现在脑海里，"这个是颜家父母至交好友的孩子。那对夫妻在三年前意外身亡，所以颜家父母把她接过来，她成了颜家养女。"

颜路清还是很蒙："那她为什么这么怕我？"

"因为原主很讨厌这个小孩，在她四五岁的时候……"玛卡巴卡快速讲完，颜路清才明白事情原委。

原来原主搬出本家就是因为这个小妹妹。

原主曾经把妹妹带去郊外玩。说是玩，却没有带妹妹回来，最后还是她大哥、二哥过了好几个小时才在郊外附近的树洞里找到缩成一团的小女孩。回来后全家人都十分生气，原主原本就不想在这个家待了，正好借此机会离开独住。

颜路清："……"她怎么也想不通，原主这个败类到底为什么能坏得这么全方位无死角。

这一切发生在几分钟内，颜路清的手还放在小女孩的脸上。此时小女孩僵住了，甚至怕得浑身发抖，而她也僵住了。

还没等她反应过来下一步该怎么办，耳边就传来急促的脚步声。玛卡巴卡连声提醒她："原主的二哥来了！他很讨厌原主，玛利亚快松手——"

紧接着，她的肩膀被一股大力狠狠一推——颜路清原本蹲在地上，这下直接失去重心摔在了地板上。

"玛利亚，你没事吧！"玛卡巴卡惊呼。

"没什么大事……"颜路清回。

但屁股摔得是真疼啊！这二哥是什么二货啊？长没长嘴？不会先问一声或者先看看情形吗？

还是老规矩，锅可以背，罪可不能遭。

颜路清一肚子火，"唰"地抬起头——

来人少说有一米八往上的身高，那不夸张但明显有肌肉线条的小臂单手轻松抱起了小女孩，正居高临下地看着她。

……打不过。

要是带小黑来就好了。她恨恨地想。

二哥长得依旧是颜家的好基因模样，此时护着小女孩，一脸的不耐烦和暴躁："颜路清，你一回来又发疯？"

颜路清朝天翻了个白眼。

她气得肺疼，又无语到极点，直接问这位二货："你是开了天眼看到的，还是用你脸上这对瞎眼看到的呢？"

大概是原主从未这么讲过话，二哥明显愣了一下。随后端详了她一会儿，他嗤笑道："精神病牛啊，说你是疯子还不认了。"

"这房子这么大不会没监控吧？"颜路清撑着自己站起来，强装作若无其事地拍拍自己的衣服，"你去调监控啊，看看到底是我疯，还是你瞎。"

颜路清没提让小女孩自己说的事。她这张脸应该给小女孩留下过心理阴影，肯定怕死她了，现在说不出话都是正常的，小女孩在这件事上又没一点儿错。

颜路清只是单纯不爽二哥这种什么都没看到，却什么都不问，直接上手的举动。

虞惜当初这样对她，她还手薅秃了她头顶的头发，但面前这个男人换八个她来她也打不过，只能动动嘴皮子。

但就算如此，她也必不会让他好受。

这是在逃圣母也忍不了的冤枉。

颜路清忍着半边屁股的剧痛，以正常走路姿势走到门边，语气拿捏得刚刚好，既轻飘飘的又端着架子，气人得很：

"这位大哥，看完是我瞎还是你瞎之后，记得有点教养，给我道歉。"

说完，她径直下楼，遇到守在客厅门口的管家时，一本正经道："告诉我父母，这饭我吃不下了。"停顿了一下，她加重语气，"因为我被他们的二儿子家暴了，现在回家养伤。"

"？"

在管家目瞪口呆外加满脑袋问号的注视下，颜路清就这么走到了院内的车旁，拉开车门上车，对着司机说："麻烦您开回家吧。"

……

回程的路上，玛卡巴卡一直在脑内连接她、安慰她。

颜路清时不时听听，时不时走神。

总是会想到那个二哥护着小女孩的场景。

颜路清长这么大，有落寞的时候，有羡慕别人家庭美满的时候，她更知道人活着，首先要学会接受自己。

但刚才那个场景就像是前不久在学校里见到的影片一样，在毫无防备的时候，能轻而易举地钻进人心里。

因为她自己也曾经是那个小女孩。

颜路清听院长说，自己小时候长得很可爱，当时有一对当地最富有的夫妇来领养孩子，一眼就相中了她。

颜路清和他们走了，住了一段时间的大房子，穿了一段时间的好看裙子，却因为他们亲生女儿的不断刁难，不断反抗，最后又被送了回去。

她有依稀的印象，自己当时很害怕，但又感到解脱——因为她记得自己甚至连新衣服都不敢穿，房间也不敢出，只为了那个亲生女儿能不欺负她。

那对父母送她回去时，他们看着她，脸长什么模样，颜路清已经忘记了，却记得那种愧疚的语气。

他们说，抱歉啊，我们家大宝不想要妹妹，是叔叔阿姨的错，没处理好这些事就收养了你……

后来那对夫妻给了她一大笔钱，都用来给她买书、买衣服了。院长夫人在她长大后才告诉她后续，并说："你也不用觉得这钱不该用，愧疚的是他们，你回来的时候身上那些伤，他们不赔偿你，我们也不会善罢甘休的。"

她自己也曾是那个小女孩，他们的处境并非完全相同，但同样都被亲生女儿极端地讨厌着。

所以她看到那个二哥护着领养的小女孩，会这样感慨。

那个二哥脑子不灵光。

但小女孩有这种家人，她以后也会很幸福吧。就这么一直长大，原主给她带去的恐惧应该也会消除吧。

颜路清想到这里，长叹一口气，低声自言自语："我开始玛利亚了……"

"玛利亚，你说什么呢。"玛卡巴卡打断她，"你不要这么难过呀，你搞得我也好难过，我马上去催奖励更新，然后你看到一定会很开心的！"

颜路清笑了笑："行啊，那我就期待着了。"

玛卡巴卡很快下线，脑海一片清净，车也正好开到了别墅。

颜路清下车，前后隔了不过一个多小时。再看到熟悉的场景，竟然百感交集。

她来到这里以后不是没受过委屈，她背的锅多了去了，可她不在乎，就不会难过。

今天不同。

因为颜路清和顾词都是病号，吃饭必须三餐定时，她这趟耽误了将近两小时，别墅里的午饭已经吃过了。顾词坐在沙发上看电视，迪士尼阿姨忙着打扫，大小黑站岗一样站在顾词的一左一右。

见到她这么早回来，所有人都是一愣。小黑最先开口："颜小姐，您怎么回来得这么早？"

颜路清边换鞋边说："嗯，出了点事，不想在那边吃了。"

她直接走到沙发边，对大小黑挥了挥手："你俩先站远一点。"

然后低头，恰好对上了顾词看过来的视线。

他神情温温淡淡，这个人身上永远有那种清冷却又透着点柔和的感觉，不至于过分锋利，一切都舒适有度。

看着那张脸，颜路清想——

房子从来不是重要的，重要的是里面的人。

从本家的书房出去的那一刻起，她想的就是赶紧回来，快点回来。

为了什么呢？为了见到别墅里熟悉的面孔……以及更多的是，为了见到他吧。

大概从树洞那时候起，她开始全身心地信任他。

颜路清总觉得在目前这个世界里，只有顾词，是完完全全跟她站一块的。

顾词和她对视良久，他漂亮的眼尾勾着好看的弧度，温声问："颜路清，这次怎么没送花？"

熟悉的、独属于公主词的、温柔的阴阳怪气。

颜路清最初听觉得高级，偶尔听觉得好笑，后来听觉得生气，现在听竟然觉得……很温馨，也很苏。

一句话就调动起她许多情绪，又想笑，鼻子还有点酸。

"因为这次没惹事，也没闯祸。"颜路清坐下，眨巴眨巴眼睛，"我受委屈了，我被人冤枉了。"

本来在车上都不委屈了，谁让他问花的事呢。

他问"颜路清，这次怎么没送花"，就是在问："颜路清，你怎么了？"

有很多时候明明自己待着不会哭的事情，越有人询问、安慰，就越想哭。

顾词还是那么看着她，漆黑的眼瞳极为深邃。颜路清第一次感受到原书里所描写的顾词眼睛的魔力——他明明什么都没说，看着他这样的眼睛，却好像感觉自己全部都听到了。

她有很多情绪堆积在胸腔，需要一个发泄口。

要找一个理由。

一个能接近、接触的理由。

"顾词，"颜路清定定地看着他，"你当我五分钟闺密好不好？"

她跟大小黑也不是不熟。

虽然这么说不太对得起大小黑，但她实在有点颜控。

"我上次和你说了，我的闺密我目前见不到，是真的。"颜路清补充。

顾词看着她的眼，不知不觉间，她的眼神又变成了前面三番五次出现过的那种可怜巴巴的眼神。

这种眼神只会在她不确定他是否会答应的时候出现，其余没出现的时候，那就是她确定他会答应。

也是神了。

"看在没惹事的分儿上。"他笑了笑，说，"送你十分钟。"

颜路清几乎是立刻伸手环上他的肩膀——

顾词话音刚落，眼前一晃，就被人钩住抱了个满怀。

近在咫尺的距离，闻得到她发间和自己同样的洗发水清香。

他极少会有的猝不及防，这类情绪通通在此刻涌现出来，极为陌生。

然后他听到少女委屈的声音在耳边响起。

"顾词，抱抱。"

34

这个拥抱之后，很长一段时间内两人都没有说话。

直到颜路清感到顾词非常不明显地，大概也很勉强地抬手拍了拍她的后背。

颜路清从没想过自己会主动抱一个几乎同龄的异性。

在她完全没喝醉、神志清醒的时候。

但是她真的没办法，她也没想到自己在这个世界里变成了一个既没朋友也没人可以诉苦的角色。

而且她和顾词——或者说，她对顾词，有非常奇怪的，在以前的世界也没有经历过的特殊依赖感。

颜路清可以确定在之前的世界里，顾词只是个她喜爱的纸片人。而他真的有魔力，只靠短短一个月的时间的朝夕相处，就让她生出了这样的感觉。

不是那种对长辈的依赖。

是有什么开心的就想拿给他看，有什么难过的就想找他哭，有什么解决不了的就第一时间想找他解决。

——明明他是个病号，他寄人篱下，他才是那个该依靠她的人啊。

"哎……"颜路清抱着他，下巴搁在他肩膀上，忍不住感慨，"就很神奇。"

顾词一愣："什么神奇？"

"我说你，你很神奇。"

"……"

这说的什么话？

顾词被她突如其来的拥抱，和突如其来的"你很神奇"这种不知是褒是贬的修辞搞得有些无奈。他沉默了会儿，最后还是直接出声问："所以，你到底怎么了？"

这一句话，再次轻而易举地触动她迟钝的泪腺。

顾词听到耳边传来一声响亮的抽泣。

"……"

从她突然把下巴放在他肩膀上，顾词就能感觉到那种尖尖的触觉。他沉默着，再次抬起手放到她的后背。

"……看吧，我就说你很神奇。"她的声音变得哽咽，每一句话的尾音都有点颤抖，"我原本在车上的时候都好了，我也没有打算要哭的……可是你这么问，你一问我，我就想掉金豆豆……"

这么委屈，还金豆豆呢。

有些人的负面情绪可以完全由自己消化、消解。但顾词一眼就能看出来，颜路清明显不属于那种人。

她所说的她好了，只是她自以为的好了。如果真的完全过去，从进门开始她就不会是那样的神情。

颜路清吸吸鼻子，情绪恢复了一些，轻声说："那我还是要抱着你讲。"

语气很像那种要糖的小孩子。

目前身份是"闺密词"的某人笑了一声："你跟你闺密，天天抱着是吗？"

"我们不仅抱抱，还贴贴，还睡同一张床——哦，说起来我和你也睡过……"

颜路清正想继续往下数，却听到顾词带着疑惑的声音："贴贴？"

"……"其实这个就是亲密互动的意思，但这么说显得很可爱。颜路清懒得一板一眼地解释，糊弄他道，"就是两个人脸和脸贴在一起的那种啦。"

说完，她就算不用眼看，也能想象得到公主词会是什么样——

肯定是一脸"你真是没救了"，或者一脸"做这种举动真的不会智障吗"的表情。

颜路清听见他叹了口气，但没松开手，也没让她松手。清清冷冷的声线，无奈的语调萦绕在她耳侧。

"讲吧。"

……

回程路上足足有四十多分钟，颜路清各方各面都想得很清楚。

从她自己经历过的来推测，原主病得愈发变态之后，这两个哥哥大概是彻底放弃她了，父母也和她变得陌生。

颜路清现在还不了解原主到底以前在家里处境如何，本来纠结着要不要再次看一下原主的记忆，但她后来想通了，看记忆很没有意义，因为原主的过去不论好与不好都和她无关。

哪怕原主真的是有原因才变成那个囚禁顾词、折磨顾词，最后手染其他人性命的变态，她也不会生出一丝同情——如果杀人犯有一个悲惨的童年，她做不到心安理得地去单纯同情杀人犯，因为人生经历并不能洗去杀人犯的过错。

她相信就算玛利亚也不会。

虽然不了解颜家具体的事情，但颜路清一直拎得很清楚，也从来没有把这些颜家人当成自己的亲人。不说顾词，他们在她心里的地位甚至赶不上保镖、双胞胎姐妹花、迪士尼阿姨，等等。

颜家人在她心里，更像是NPC（非玩家角色），还是那种不得不刷脸完成任务的NPC。

如果单纯被NPC冤枉了，她大概只会生气、不爽，怎么可能走心？

但今天这场情绪开始的起点在于：这个在今天被人毫不犹豫护着、偏爱的小女孩，让她想到了曾经无缘无故被打被骂又被送回去的自己。

人的思想有时真的很莫名，细数下来两人之间境遇也差别很大，但颜路清还是被勾起了情绪——换了个身份，遭殃的、受伤的竟然依旧是自己。

"我想想该怎么开头……"颜路清组织了一下语言，决定好了给顾词讲述的因果顺序，"我不是告诉过你，我忘了挺多事情吗？我在今天之前也不记得颜家还养着个六七岁的小女孩，小妹妹。这小妹妹是他们朋友的孩子，因为父母双亡，所以被接到颜家养。"

顾词眼睫微抬。

他也没有听说过颜家还有个小妹妹。

有可能是单纯不想公开，也有可能是小孩子的父母有仇家。目的无非就是两个——既能保护小孩，也能杜绝给颜家带来些不好的名声和猜测。

"嗯，"他又重新垂眼问，"然后呢？"

颜路清说："我上午到颜家的时候，他们都还没回家，我就自己上楼待着。没多一会儿进来一个小女孩，她哭了，我过去看了看，结果发现她是棒棒糖卡在嗓子眼儿里了，我就帮她拿出来嘛……"

她语气急转直下，掺杂着小小的愤怒："谁知道！突然冲进来一个人直接把我推到地上了，还骂我发疯，以为是我把那小妹妹弄哭的。"

"谁？"

"就是颜……"颜路清差点想说"颜家二儿子"，瞬间改口道："就是……我的二哥。"顿了顿，她加上一句，"名义上的。"

颜路清想，叙述不能只叙述对自己有利的，得把故事补全。于是不等顾词说些什么，她继续道："不过后来我又想起来，是因为曾经发生过一些事，那个二哥才会这么偏激。"

"什么事？"

"就是原——"又差点说漏嘴，颜路清及时刹车，立马改口，"就是我——我大概两三年前，在这小妹妹刚到家的时候成天针对她，最严重的一次是把她带去郊外然后自己回来，最后过了挺久，这个二哥才把小孩找回来……所以我上次去颜家就没见到这小女孩，估计是他们怕我见到她，这次不知道为什么没藏好。"

但这事儿其实不是她干的啊！

可她不能告诉顾词这不是她干的啊！！！

颜路清憋屈死了，憋屈的同时胡乱问道："所以你会不会听了这个之后，觉得那个二哥除了冲动，也可以理……"

"不觉得。"

她还没说完，就被顾词打断。

非常干脆地给了这个三字回答后，顾词松开了手，也顺势松开她的拥抱，两人同时直起身来对上视线。

颜路清看到他一贯云淡风轻的表情里又多了正经和认真。

他说："你经历的就是你经历的，不用站在别人的立场为别人说话。"

他说："你今天只是做了一件好事，所有的前情提要，和你有什么关系？"

颜路清听到前一句，鼻子就开始发酸。等听完后一句，尤其那句"你只是做了一件好事"，眼前直接从模糊变清晰，脸上又变得湿润。

"在这件事里，做错的是冤枉你的人，是被你救了却不为你发声的人。"顾词缓速说完，然后抬手蹭了一下她脸上的眼泪，声音放轻，"谁都不能替你原谅做错的人。"

随后他话锋一转，表情有一瞬间的温柔："虽然这件事，只有你自己知道。"

颜路清又痛痛快快地哭了一场。

她还是没办法告诉顾词最初自己到底为什么会被触动情绪，因为那是属于她的过去。

但这番话……说得太契合她的想法，说得她心里真爽，说得她通体舒畅。

说得好像他知道一切。

但此时此刻，颜路清一点也不在乎他知道些什么，她只知道自己想得一点没错——

在这个世界里，只有顾词是完完全全站在她这边的。

这番话里，他给了她毫无疑问的偏心。

她反悔了。就算原主有关系极好、一心为她着想的闺密，那也不是颜路清在不开心时会去找的对象。

因为那是属于原主的，属于别人的，不是属于她的。

但顾词是。

她和他经历的，是全新的、从未在原书里出现的剧情。

顾词对她好就是对她好，顾词对她说的话都是对她说的，而不是对这具身体的主人说的。

大概是哭得太惨，太委屈了，她蒙眬中看到给她递纸的顾词突然对她伸出白皙好看的手，像是哄小孩那样哄她："来抱抱？反正我衣服已经湿了。"

没用的哭鼻子废物家主"嗷"的一声抱住今天善解人意的老婆，鼻涕、眼泪往身上蹭，边哭边想，她一定要再多给他编几个花环。

公主词，永远滴神。

小哭一场，大哭一场，颜路清心里什么难过都没了，从在学校里看到家庭主题的影片，一直到今天受的委屈，全部都彻底过去了。

她用卫生纸擤鼻子的时候，听到顾词突然问：

"你所谓的'闺密'，除了拥抱，还要做什么？"顾词闲闲地靠在一旁沙发靠垫上，"说来听听。"

刚才她在哭的过程里跟顾词提了要求，这个所谓的"闺密时间"太短了，必须要延后，延到她说停为止。

可能是因为看她今天惨，公主词没发射竹笋，还大发慈悲地答应了。

"也没什么……"颜路清想想，鼻音很重地随口道："就比如，要是我受欺负的话，就想办法欺负回去啊。安慰我，然后给我涂个药什么的。"

"涂药？"顾词声音顿了一下，而后漂亮的眼睛半眯了眯，更显狭长，"你还受伤了？"

"对啊！"颜路清一拍大腿，"我还忘了跟你讲！绝对磕青了，绝对的，当时真的是痛死我了！"

两人在沙发附近，距离他们半米不到的茶几下方有个小柜子。顾词没说话，伸手拉开柜门拎出来个急救箱，边翻边问："只是青了，没出血？"

这应该是在翻跌打损伤的药膏？

颜路清点点头："嗯，没出血。"

"伤在哪儿？"

"伤在了——"颜路清正要回答的一瞬间，声音万分尴尬地卡住。

而后她支着沙发垫子，嘴唇凑到顾词耳边，极小声道："伤在了屁股。"

顾词翻药的手顿住，抬眼："？"

35

客厅内热热闹闹，但客厅外的区域里陷入了死一般的寂静。

大黑、小黑已经不记得自己在一旁站了多久。他们距离沙发那块有很远的距离，而且处于楼梯拐角附近，有个装饰花架隔着。这是个只要颜路清和顾词不大声说话，就听不见他们声音的地方。

大黑、小黑时不时看看对方的脸，虽然恪守着保镖不能出声打扰的规矩，但脸上表情明显都相当迷茫且尴尬。

颜小姐和顾词这是……修成正果了吗？

怎么……又哭又抱的？

还抱了那么久？

小黑来得晚，只是入职前恶补了关于颜路清的知识。不过他补的颜小姐和他所看到的颜小姐，不能说是一模一样，只能说是毫不相干。

大黑最清楚颜小姐以前有多喜欢顾词。她收集别人拍的他的各种照片，谁跟他走得近都要调查一遍，男女都是，也真的做过一些让人匪夷所思的事。

反倒是她开始变好之后，除了对顾词好以外，再也没干过那些缺德事儿。

可大黑还是纳闷——原来顾词也并不搭理颜小姐啊。

两人高中那会儿，时不时颜、顾两家会在各种宴会、聚会上相遇。顶多刚见面时，顾词会和颜家一家人打招呼，顺带着跟颜小姐点点头，其余根本没什么私交。

没想到这一个月，两人的关系竟然突飞猛进到了如此地步。

先不说之前就已经做了些离谱的事，现在竟然还能抱着哭了……顾词还安慰她，还给她递纸。

大黑一边觉得：果然活得久什么都能见到。

一边又想：果然，不只他和小黑，顾词也觉得现在的颜小姐很好。

虽然还是很担心这种"好"到底能维持多久……

两个保镖胡思乱想之际，那边主角二人已经从沙发上起身，只不过颜路清的起身速度有些慢，姿势看着有些奇怪。

正感慨着，看到颜路清对着二人这边招了招手，大黑、小黑立刻快步走过去。

就在刚才，在颜路清说出伤在哪里的那一瞬间——

空气都仿佛凝滞，而她对上了顾词写满"？"的眼睛那瞬间，可以列为颜路清来到这里以来经历的最尴尬的几大瞬间之一。

哭完了，爽完了，把伤在哪儿都忘了。

都怪顾词问闺密问得太自然，找药找得太快，她都没往那里想。

颜路清凑到他耳朵附近，又离远了点儿坐着。顾词突然看着她，很浅地笑了一下："再说一次，伤哪儿了？"

"……"颜路清看着他的笑，莫名开始脸红。

"我找药的时候怎么不说？"顾词笑得更厉害，眼睛漂亮得像是会勾人，尾音微微上扬，"你想让闺密给你涂，是吗？"

"才不是！"颜路清顿时恼羞成怒，声音也拔高，"我是刚才忘说了！真的忘说了！"

说完，她就站起身，却因为屁股疼，得慢慢站，一边起来一边对着不远处的大黑、小黑招手，示意两人过来。

"帮我叫医生去我房间。"等两人到了跟前，颜路清说。

却没想到顾词在旁边神补刀："再拿个担架把她抬回房间。"

"……"颜路清对大黑挥挥手，"别听他的，快去快去快去。"

兄弟俩一脸蒙地走了。

颜路清原本想就此和他别过，没想到旁边突然伸出一只手，拽住了她的胳膊上半截那块，似乎是要帮着她走。

怎么说呢……他那个提法如果用更准确的词语来形容，就是"提溜"。

现在好像他提溜着她往前走一样。

颜路清觉得还不错，就是外人看起来可能稍微有点诡异。

顾词把她送上了楼梯，走到她房间门口的时候，他看了她一眼："走了。"

然后就要转身下楼。

颜路清突然对着他的背影："你去干吗？"

可能是先前的相处，再加上他虽然嘴上撑她却依然送她上楼的举动，颜路清完完全全是下意识问出了这句话。

问完就恨不得把嘴缝上——这也显得她太黏人了吧？！

顾词一只手搭在楼梯扶手上，半转过身朝她看过来，还没等他开口，颜路清连忙澄清："我就问问，你随便爱干吗干吗。"然后扶着屁股要走，"我先走了哈。"

结果还是被他叫住。

"等等。"

颜路清认命般闭了闭眼。

他要发动技能了吗？

行吧，就算注定要接受他的技能攻击，她也必须得看着那张好看的脸来接受，不然岂不是亏大了。

于是颜路清又转过身和顾词对视，见他正用似笑非笑的表情看着她，朝着她走近两步，像是说悄悄话那样道："我当然是要去洗澡了。"

颜路清："……"

他指了指自己的肩膀，有一大块深色的非常显眼的部位，继续道："衣服被我闺密弄脏了，但我闺密可能不知道，我还挺爱干净的。"

颜闺密："……"

颜路清的屁股果然摔青了。

这个身体很瘦，二哥再怎么大力，其实也就是把一个蹲着的人推倒了，摔的是肉最多的地方都能摔成这样——也不知道如果磕到别的类似膝盖的地方会不会直接搞个骨裂。

抹屁股药的时候，由于医生给涂了点消肿化瘀的药，得揉开才行，所以颜路清在床上趴了好久。可能这个医生手法太好，加上颜路清在楼下哭得太累，等揉完了，她迷迷糊糊地提上裤子就倒头睡了过去。

接下来的时间里，颜路清接了不少来自颜家人的电话，甚至连颜老爷子也给她打了个电话，宽声安慰了几句。

她在这件事里确实是没错的，他们也知道，所以这些电话自然都是打来哄她的——告诉她她的二哥遭了什么样的收拾，长到这么大还是挨了揍，甚至她的大哥还穿着一身西装亲自开车过来安慰她，之后又匆匆忙忙地离开，好像是赶着开什么会。

看得出诚意，但颜路清已经毫无波澜了。

其实颜路清临走前那么对颜家管家说话，并不是为了让他们现在哄着她，她只是单纯地想让二哥不好受。

听他们口里叙述的来看，他现在确实因为她的告状而过得不咋地。那颜路清的目的就达成了，也就不会再纠结这事儿了。

两天后，玛卡巴卡在她心情低落那天承诺的奖励终于升级完毕了。

当时颜路清待在房间，一会儿看看微信里人间小玫瑰姜白初和小松树齐砚川的青春校园恋情，一会儿看看"人间绿茶"尤静和"行走的刀子"余秦的大学校园单向苦恋。

小玫瑰和小松树已经到了那种窗户纸只糊了一半的地步了。整天"他是喜欢我的吧""她真的不讨厌我了吧"，看得人怪羡慕也怪厌烦的。

但绿茶和刀子就好酸涩。

绿茶的粉泡泡永远都是："这个学弟是谁？好帅！好想拥有。"

而刀子……

刀子的粉泡泡："尤静对我笑了。"

颜路清："……"

两相对比，真是酸爽。

尤静大部分时候都挺开心的，偶尔冒出的蓝色泡泡竟然也被颜路清捕捉到——

"啊，不过学弟们都没有那天见到的大美人好看，真是可惜了，他有女朋友……"

"怎么还不分手？"

颜路清："……"

之前绿茶对她说"你们分手了记得告诉我"，颜路清当时听听就过了，有点窘迫，但也不至于太上心，毕竟当时还满脑子想着学习。

但她不知道时隔一周多，自己现在再看到这段话，竟然会是这种难以形容的心情……

其实沙雕的内心很简单，从不会纠结这些有的没的，但现在却有很复杂的一团堆在她胸口，乱麻一样。

颜路清正看着屏幕发呆的时候，玛卡巴卡带着一贯的微弱电流声和她连接——

"玛利亚！"是熟悉而兴奋的少御音。

颜路清冷酷无情："如果不是来送奖励的，你还是退下吧。"

"是啦是啦！这次真的是！"

玛卡巴卡说完，开始给她介绍。

说白了就是个新的金手指，但随机到的这个奖励有点儿跟颜路清原本的金手指功能重合了——是直接意义上的读心，看到谁，谁就会脑袋上冒对话框的那种。

这功能还有个时限，一天两小时。

虽然玛卡巴卡竭力吹捧这个功能的妙处，颜路清还是更喜欢她土土的红微信——没有比躺在家里不用见人就能知道对方心里想什么更牛的金手指！没有！

不过出于好奇，她还是走出房间试用了一下。

这个系统大概是真爱微信，连奖励里面的对话框都是微信那个简洁的小白框。

颜路清冒出这个想法后，玛卡巴卡说："可以给边框换装的，有一百多种皮肤可选，玛利亚要换吗？"

好家伙，金手指换装，成了"奇迹指指"。颜路清婉拒了："以后再换，我今天主要看看效果。"

她看到了正在站岗的大黑头上冒出的想法："为什么顾词和颜小姐这两天都没怎么说话？他们好奇怪啊。"

"……"

还不是因为屁股一事儿闹的。

外加哭得太丢人，颜路清只是想缓缓而已。

她又往前走，还看到正在打扫客厅的迪士尼阿姨头上冒出的想法："颜小姐现在可真好，家里都有人气儿了，不像以前总感觉阴森森的。"

颜路清满意点头：我也觉得。

她继续往前走，透过落地窗看到小黑竟然在外头的院子里扫落叶。

他已经扫了一大半了，扫到了临近门口的位置，因此颜路清也能清楚看到他头顶对话框的字。

"在一起。"

"没在一起。"

"在一起。"

"没在一起。"

……

这是干什么？这孩子嗑CP了？还用这么老土的方式测试自己的CP在没在一起？

颜路清就这么好奇地等着。等小黑终于扫完最后一片落叶，头顶冒出了一行长字——

"没在一起？！不可能啊，颜小姐和顾词绝对在一起了！这个不准！"

颜路清："？"这叫不叫吃瓜吃到自己身上？

他和大黑商量好的吧？兄弟两人不知道暗戳戳聊了点什么，才会满脑子这点事儿。

颜路清感觉这功能不错，那必须要在顾词身上试试了，说不定这次就能成功呢？

想到这儿，她眼睛都亮了。

"你又要去见顾词……"颜路清脑海里，玛卡巴卡小声抱怨，"我又要被屏蔽啦。"

她随口安慰了几句，打发了玛卡巴卡，然后敲开了顾词的房间门。

他正坐在椅子上看书。单手拿着书，姿势很随意，很闲散。

颜路清放在门上的手顿住："你是不是在看你们专业的书啊？我忘记你过几天快考试了……"

"不是，"他合上书，从座椅上站起来，"我们专业还没学到这儿。"

"？"

还没学到这儿？这就是大佬的凡尔赛？

颜路清还在震惊，顾词已经走到她面前，顺便把她身后的房门给带上了。

"受伤的地方好了？"

"嗯，"颜路清有些尴尬地摸摸鼻子，"躺了两天，差不多好了。"

"来找我什么事？我的……"他笑了笑，又缓缓吐出两个字，"闺密？"

"……"一提这个称呼，那天的所有事情就历历在目。

颜路清勉强忽略扑面而来的种种画面，抬头专注地看着他的脸——顾词头上跟其他人都不一样，完全没有那个对话框的存在。

难道是因为现在还没情绪？

"可是，闺密找闺密还需要什么理由吗？"颜路清试探着说，"我都是想什么时候找就什么时候找的。"

她话音刚落，看见顾词上方竟然真的渐渐出现了一个对话框。

那个框框一点点勾勒成形，然后里面的内容是——

"。"

一个句号。

……果然！一个系统产出来的都是一样的对顾词不好用！

颜路清盯着他的脸，看着对话框，突然生出一个绝妙的主意，想了想说："你先等我一下，我马上回来。"

她迅速出了顾词的房间，等到了客厅后就连接玛卡巴卡，语速很快："你刚才说的那个换装给我找出来，或者你直接搜一下，有没有白雪公主之类的公主特效？"

"那当然有了！"玛卡巴卡边说边给她展示了一系列与公主相关的边框特效。

颜路清最后挑了一个白色系的特效。不仅有小花，还有一个十分漂亮的水晶冠，就挂在边框上，右下角是小号的水晶冠。要多好看有多好看，要多高贵有多高贵。

心满意足地换完，她又重新回到了顾词房间里。

现在的目标就是快点让他冒出对话框。

颜路清想来想去，决定还是得让顾词无语，这应该是最快的方法。

她一边琢磨着一边走到顾词身边，此时他正坐在床沿上。

颜路清很不见外的一屁股坐在了他身边。

"顾词，我上次去蝶叶山跟人学会了算命，"她笑眯眯地看着他，"正好现在没事儿，我给你算算吧？"

这可没撒谎，她学的确实是算命加催眠，只不过算命不是颜路清主要学习的。

她看着顾词神情没变，也没出现对话框，只是反问道："我刚刚不是在看书吗？"

"……"颜路清只好说，"但是如果我这么跟我闺密说，我闺密肯定会超兴奋地让我算——"

顾词今天穿了一身白，但看起来竟然冷调更多一些。他就这么面无表情地看了她一会儿，又面无表情地说："可以，我现在超兴奋，你算。"

"……"怎么回事？他现在对这种刺激已经心如止水了？

颜路清琢磨了会儿，还是按部就班道："你把左手伸出来，我学的是看手相。"

顾词依言照做。

颜路清有点回忆不起来自己曾经学的了。她拿出手机，用不让顾词看到的角度，翻了跟老爷爷的聊天记录，找到里面有几张跟手相对应的图。她粗略扫了扫，又很快放弃了对照着认真算命的想法。

目标不就是想看他戴水晶冠吗？那就胡扯好了。

颜路清抓着他的手，感觉比自己的要凉一点，像是玉石的触感，相当舒服。

这就是"公主"的手嘛！

颜路清竟然生出了一种想和他的手贴贴的冲动，但她也只是脑海里闪过了这个想法而已。

"哇，你这个生命线……"她看着那条线，故作神秘地拖了一会儿腔，然后抬头看顾词，"你能活到好久以后欸，至少长命百岁！"

这在原书不是真的。

但……

这是她所希望的。她最希望的。

顾词听了之后没什么反应，但是对她笑了笑，声音温和："继续。"

"然后事业线……"颜路清看着他的手，缓缓划过那条线，"你会有很多很多很多的钱。"

这是真的。

她认真地看着顾词："大概比我多个一万倍那种吧。"

他还是笑，笑得很好看，是她心目中公主词最迷人的笑法——却迟迟出不来属于公主的特效。

革命尚未成功啊！

"感情线……"颜路清决定下一剂猛药。她故作神秘地看了好一会儿，足足三十秒后才开口："顾词，你五年后会结婚，七年后，会有个宝宝。"

这差不多吧？五年后是大学毕业一年，她规划得多好，安排得多妥当。

等胡乱诌完，颜路清"唰"地抬起头。

出现了！出现了——！

——"？"

问号不问号的已经不重要了，重要的是！顾词头顶上的对话框变成了水晶冠公主边框！真的有种他在戴水晶冠的感觉！

现在这波像什么呢？就像是终于变机智的颜狗家主总算找到给不爱穿漂亮衣服的公主老婆穿漂亮衣服的方法了！

她以后还要给他换好多！要让他当"奇迹词词"！

颜路清盯着他的上方，美滋滋地欣赏着，展望着未来，完全没注意到顾词突然往她的方向凑了一点。

两人之间的距离近了一段。

"你这么会算，"顾词顶着个水晶冠，现在的表情却非常帅，声线酷酷的，要笑不笑地说，"那你再算算，我跟谁结的婚？"

"？"

36

这话一落地，颜路清的注意力瞬间从公主水晶冠上重新移回顾词身上。

她看着他漆黑深邃的目光，两人对视几秒，颜路清生怕自己刚才走神听错了，疑惑道："你刚刚说……什么？"

"我说，"顾词眼睫微垂，声音更低了点，"你这么会算，再算算我跟谁结的婚，怎么样？"

"？"

真是纳闷，为什么顾词总有这种能把局势生生扭转的神奇能力——她为了让他无语而做的事情、说出的话，他都可以顺势改变结局，把无语给反弹到她的身上。

颜路清瞪大眼睛，张了张嘴，表情几乎称得上瞠目结舌："这个——不是，你问的这个哪是能靠算命算出来的？"

再说她本来也是胡诌的而已啊！

"这根本不科学嘛，"颜路清着急解释，"你看，哪怕在武侠小说里，那些算命的也只能断言主角活不过几岁什么的，谁还能算出主角老婆是谁？不能吧！"

"这不科学？"顾词笑了笑，"那算命科学吗？"

"……"颜路清此时都恨不得自己头顶上也有一个对话框，最好能让顾词看到，上面写着"别撑我了不行吗"，再加个卖萌表情。

"不科学。算不出来。"颜路清语气暗藏沉痛地说。

家主嘴笨，家主认输了。

"算不出来啊……"听到这个答案，他竟然还好像很遗憾似的叹了口气，睫毛眨啊眨，演得很逼真，"我以为你很厉害，真的能算出来才问的。"

颜路清明明有很多想吐槽的话，但听到从顾词嘴里说出"以为你真的能算出来"的时候，她却突然有点难过。

按说虽然她算命学了跟没学的门外汉一个鬼样，可她是知道顾词的"命"的。她看过书了，并且看到了顾词的结局。

她不用算，就知道他的人生。

他上辈子没有长命百岁。

有很多钱，可是好孤独。

压根儿没有结婚，他甚至连个喜欢的人都没有。

顾词见面前的人似乎被问傻了，眼睛直勾勾地看着自己，一脸伤感。

她是真不知道还是假不知道，她的情绪实在非常容易被看破。

每次单独相处，在顾词眼里，颜路清的情绪几乎就是全透明的，仿佛她头顶有个牌子，在不断写着她此时此刻内心是什么感想。

不过在外面对外人的时候倒是好很多。

他正要出声打断这直勾勾的注视，颜路清却突然开口，眼神重新聚焦，认真地问了他一个问题：

"顾词，你是真的很想知道吗？"

顾词收起刚才演出来的表情，淡淡道："我想知道什么？"

"就是……就是你刚才问的那个问题啊——你让我算你最后会和谁结婚，你真的很想知道？"颜路清灵光一闪，"还是说……你这么执着于这个问题，是因为你心里已经有候选对象了？能告诉我吗？"

颜路清说完前半句时，顾词面无表情，说完后半句，他似乎没想到她的脑回路能拐到那里，有一瞬间的怔愣。

所以他没能立刻回答。

而因为顾词的沉默，两人之间的氛围莫名变得有点奇怪……像是暧昧，又像是对峙。

颜路清就这么眼睁睁看着面前的人头顶上渐渐勾勒出一个对话框。那对话框虽然闪闪发亮，非常漂亮，却完全没能压倒他的容貌，只是将人衬托得更加好看了。

然后水晶冠对话框里仿佛手打字一样，渐渐浮现出了一行标点符号。

——"……"

虽然先前愣了一下，但公主词很快就反应了过来。

他垂眼看着她，神情像是温和，实则声音冷漠地说："我得提醒你一下，我一开始在看书。"

顾词："是你想来给我算命，算完了，我追问一下细节，你回答不出。"

"……"确实。

颜路清被说得哑口无言。

"现在变成了我对这个问题执着，为什么啊？"顾词顿了顿，前面那些话的语气像是在逗人玩，而最后两个字却莫名放轻，"闺密？"

就好像在她耳边叫一样。

……怎么会有人把"闺密"两个字叫得这么富有深意？

颜路清被他嘴上叫着闺密，莫名开始不淡定起来——心跳变速，脸上也一下子有了发热的感觉。此时此刻，她只想快点走，逃离这个房间、这座城。

"不想知道就算了……哈哈，"颜路清尴尬地笑着站起来，对他说，"你等我再精湛一下技术再来告诉你答案哈。"

随后快速地指了指一旁桌子上摆着的巨厚无比的书，依旧尴尬地笑了笑："那你继续看书，我就先走了。"

然后头也不回地出了顾词的房门。

她看着外面各种人的脑袋上依旧在冒对话框，展示自己的内心戏，场景和自己进他房间之前并没什么不同。颜路清竟然有种恍惚的错觉。

她为什么去？她是为了给奇迹词词换装的。

她为什么离开？因为被自己的一系列自相矛盾的举动尴尬到了。

幸亏她一直都是家主身份，想来就来，想走就走。

这要是倒过来，她不得被玩死啊？

一家之主非常头疼地缓缓上楼，倒在自己的床上思考人生。

好在颜姓家主虽然斗不过眼镜蛇老婆，在小事上的自我疏解能力堪称世界一流水平。

换个角度想，毕竟也不是一事无成嘛，今天还是有极大收获的。

——她让他在他不知情的情况下给他擅自戴上了漂亮的水晶冠，还看了个够。所以不管老婆再聪明伶俐又会撑，这波都是家主的胜利。

颜路清前两天屁股痛，除了侧躺就是趴着玩手机，借此机会又跟之前的老爷爷大补特补了一堆催眠知识。她自己每次下课还嫌不过瘾，又会找各种催眠在影视剧里拍出来的效果，看着可真是爽翻了。

但她还是不敢对顾词下手，还是想找个真人给自己练手。

当她提出这个要求的时候，头发雪白的老爷爷脸上显露出一丝困惑："小姑娘，你没朋友吗？找你的朋友，告诉他们需要放一个什么样的心态，然后让你来进行一下就可以呀。"

颜路清："……"没朋友确实是没朋友。

找人的话也不是不能找，但是她都能想象得到以自己现在这个身份找到的对象都会是什么反应——

她找大小黑说要催眠，让他们配合练习，大小黑一定演得明明白白。她想要实现的是问答模式，但小黑甚至可能会在催眠状态抢答。

催眠的最佳对象是不太熟悉的人，可如果大名鼎鼎的"颜家精神病"找到不熟悉的人，并说："欸，让我催个眠。"

那人怕是会吓到当场来个托马斯全旋加360度后空翻。

总之，表达了自己的为难之后，颜路清没过两天就接到了老爷爷的第二次线下会面通知。这次的练习对象依旧是之前的大师兄。

很可惜的是，新的金手指没能用上——因为时间限制是一天两小时，颜路清当时没接到老爷爷的通知就已经用掉了。

她找到了新的乐趣，自然要天天玩，奇迹词词不是说说而已。

颜路清在房间里先跟玛卡巴卡给对话框换了个新的皮肤。这次和上次纯白美丽的风格不同，是黑天鹅风格：对话框的右下角是大大的纱裙裙摆，左上角是个用天鹅羽毛做成的冠，看着实在相当高贵。

然后她就跑到楼下，跟顾词一起坐在沙发上。他看电视，她闹他——所谓"闹"，就是颜路清努力用尽各种办法让他的脑袋上生出对话框，让他有情绪。

等她看够了黑天鹅，又假装上厕所，在厕所里跟玛卡巴卡换成白天鹅特效，跑回沙发，延续之前的种种举措。

闹顾词闹到最后，他电视也不看了，戴着顶高贵的天鹅桂冠转头和她对视，表情中的认真杀伤力极强，他问："闺密，你摔伤的地方真的是屁股吗？"

颜闺密："……"

不过现在她被撑没事，因为只要看看特效，立马就又开心了。

玩完后才接到了老爷爷的通知，虽然遗憾金手指不能用，但颜路清觉得自己这么久以来都看着老爷爷的内心，包括上次也看过大师兄的内心，应该不会有问题。

于是下午，颜路清跟上次一样带着大黑出了门。

临走前没看到顾词的身影，她问大黑，对方答："中午一直都没出来，应该是在午睡。"

颜路清的车离开不久，一楼走廊尽头的房间里响起一阵手机振动声。

顾词摸过来，看了眼来电才接起电话："舅舅。"

对方的背景音有些嘈杂，但声音浑厚有力，说的话并不难辨认。

跟以前每次一样，对话都是些无聊的事情：公司之间的牵扯，父母仇家的动向。

"……别说，你前些天给我的资料真是帮了大忙。你这孩子从以前就说学什么物理，不学商真是可惜了……"男人话比顾词多很多，滔滔不绝地说完后，又像是突然想起什么般补充了句，"我现在刚下飞机。阿词，我之前吩咐的事情已经办完，你家没几天就能恢复原样了。"

顾词没搭话。

他单手撑着身体，缓慢地坐起来："嗯，谢谢舅舅。"

"说这不是为了让你谢，"男人问道，"你打算什么时候搬回去住？你在你颜家同学那……也差不多了吧？"

这是之前联系上对方，而人还在国外的时候，顾词给的说辞。

——有事暂住在这里。

男人还在继续说着什么，顾词换了只手拿电话，等他讲完才淡淡道："还要再等等。"

男人很疑惑："为什么？"

……为什么？

顾词突然笑了声，答非所问："不说了，舅舅。"他温声和男人切断了电话，"你刚下飞机，先忙。"

好在对方也熟悉他的性格，估计并不会当回事。

午后阳光正浓，从没拉严的窗帘透进来一束光，恰好落在了顾词眼前的被子上。

他一伸手，那束光就落在了纹路浅淡的手掌上。

为什么？

在只有一人的房间里，他看着自己的手，突然微不可察地弯了弯眼角。说话的声音很低，很轻，像是在喃喃自语："因为我发现……都过去这么久了。"

两辈子。

"我终于重新有了能感受到开心的能力。"

颜路清第二次当面试练也相当顺利。她做到了开启问答模式，收获了赞赏，并且在回程的路上查看大师兄的内心戏，发现跟上次几乎一样。

回程的路上，颜路清觉得她不是在坐车，她有了一双隐形的翅膀，正飘在天空中自由飞翔。

金手指苦顾词久矣，那只好让她用智慧来攻克这位大佬。

颜路清一边想着这些，一边跟玛卡巴卡在脑内对话："现在是哪一天来着？距离顾词离开我的别墅的剧情还有多少天？"

五秒后，玛卡巴卡答："还有二十一天。"

颜路清一愣。

她第一反应是：只有二十一天……了？

问这个的目的是想参考一下，决定什么时候对他下手，顺便再听听现在的时间线——毕竟她是那种只要不上学，就不知道今天是星期几的人。

颜路清愣了第一下之后，又愣了第二下。

第二下是因为她没想到，得到答案的自己会是这个反应。

"玛利亚，你问这个干什么呀？"

"……"颜路清回过神，"没什么，因为我平常不习惯记日子，所以问问。"

二十一天……也还可以吧。

将近一个月呢。

前面一个月过得那么开心，后面也会一样。

而且就算按照剧情，他走了，他们又不像原书那样是仇人，她也可以……去找他玩吧？开心的事大概来不及时时分享了，也不能逗他出对话框给他换装了……但出了事还是可以去求他帮忙吧？

颜路清无厘头地冒出这些想法后，又把自己震住：一个合格的无心沙雕竟然会杞人忧天？

她明明来到这里以后一直信奉着"过一天看一天"的原则，怎么会开始担心那么久以后的事情？

这不对劲。

颜路清迅速调整好了心态，等车开回别墅，她也彻底终止了自己的胡思乱想，重新快乐起来。

反正他现在还在，反正她马上就要实现自己期待已久的事情——这真的非常值得开心。

一家之主下车之后，没进门，照例走到后花园，打算给自己马上要得罪的可怜老婆摘点花慰问一下，不然良心过不去。

但她没想到，自己的后花园竟然已经站了俩男人。

她最先看到的是自己在车上纠结了最多时间的人。他正单手插着裤子的口袋，另一只手拎着水枪，脸上没什么表情，看似随意却很有规律地给花洒水。

颜路清蓦地想起书里描绘的一个场景。

顾词后来一直自己住在顾家那个大却空的别墅里。他养了一片花，每次解决掉一个仇人，抑或是仇家公司，他就会回家先洗干净手，再神情温和地给那片花浇水。

这只是一个很小的细节，大概只是作者随意一提，因为只出现过一次。

但颜路清却莫名被戳到心窝。

她没想到现在会这么突然地撞见类似的场景。

不过这种短暂的震撼很快就被打散——因为她才注意到顾词身边还有另外一个人。

原来小黑也在浇花，到这儿也有一会儿了。因为被衬托得过于像背景板，颜路清愣是没看见他。

颜路清不算爱护花，但她小时候莫名喜欢浇花。院长和院长夫人住的地方种的花都是她负责的，可她也就只是喜欢洒洒水的感觉。她也不知道为什么一个人浇花也能浇得跟别人这么不一样。

——小黑和顾词两人拿着同样的工具，同样的小水流，明明小黑的保镖服比较正式，顾词只是很简单也没图案的日常衣着。

但气质就是天差地别。

好家伙，这俩放一块，简直生动演绎《仆人浇水》和《公主浇水》。

颜路清看不下去了，她朝着两人走过去，对小黑道："你要不离他远点儿吧。"颜路清都要忍不住怜爱他了，"对比实在太惨烈了。"

小黑明显没听懂后半句，只知道颜小姐又想让自己离开，想跟顾词独处，于是一边眼神透着兴奋一边关掉水枪走远。

顾词手里的水流也被他停下。

"你为什么突然过来浇花？"颜路清问。

她看着顾词朝着她转过头，那模样简直像是在等着她问这句一样，云淡风轻道："我觉得你会来这里。"

"……"颜路清愣了一下，"什么？"

她是想摘点花送他，尤其是那天顾词当她闺密的时候她就决定了，要给他编好多个花环——但是她没说出口啊！他怎么知道？

颜路清又想问他了：你有读心术还是我有读心术？

顾词没有理会她的疑问，走到颜路清编花环的花所在的地方，揪下来一枝带着枝叶的花，递到了颜路清面前。

她愣愣地接过，发现花枝和上面的花瓣都有细细密密的小水珠。

顾词今天……好像有些不一样。尤其是看向她的眼神，非常的……颜路清还没想出个所以然，耳边传来一声不明显的笑。

顾词突然笑了一下："闺密，我不想要花环了。"

他笑得非常好看，在花园这样漂亮的背景里，更添了几分勾人。

一家之主抬头，看着自己每天给取外号的公主老婆，大脑直接宕机。

顾词走到她面前，微微低头说："你这么想送，别摘花了，摘个星星给我吧。"

第八章

来接你放学啊

37

颜路清第一次读到"汉皇重色思倾国""从此君王不早朝"等诗句的时候，最先生出的都是不理解的想法：温柔乡就那么好睡？治理国家当明君不好吗？你不早朝，我都想替你早朝。

还有妲己与纣王以及"烽火戏诸侯"等典故。

这些典故被一些人唏嘘惋惜，因为他们看到了故事里的凄婉爱情——可当读到周幽王为褒姒一笑点燃烽火台，戏弄了诸侯，颜路清代入诸侯的视角，只觉得自己要被当场气死。

随着后来长大，思想慢慢成熟了，小时候这些略微偏激的想法消失，她开始懂得人的七情六欲有时候也很难自控。

直到现在，颜路清看着顾词，头一次觉得自己好像站在了昏君的立场上。

昏君和暴君的过错不可能被任何理由洗白，只是她必须得承认……温柔乡大概确实很好睡，绝色美人也确实让人难以拒绝。

不过她可不是什么昏君，她只是一个小小的一家之主。

而且就算真的成了要早朝的帝王，她相信自己肯定会是个明君——只要敌国不派叫顾词的公主去迷惑她的心智，就没什么问题。

从花园回到房间里，颜路清全程都有点晕晕乎乎的，满脑回放着顾词对她说最后一句话的神情。

等洗了个澡才重新变得清醒。

她仰躺在床上，看着天花板，呼叫玛卡巴卡。

一开口就是相当惊世骇俗的一问——

"你知不知道要怎么摘星星啊？"

"……啊？"玛卡巴卡如果有嘴，此时一定已经张得老大。

它想，自己的同事也会日常被宿主噎到失声吗？还是只有它的宿主是奇葩？

玛卡巴卡顿了好几秒才小心翼翼地问："玛利亚，你说什么呢？摘星星？是、是指天上的那个真星星吗？"

"不然呢？"颜路清半开玩笑地问，"你难道觉得我像是在说假的星星吗？"

"那你难道觉得……"玛卡巴卡瑟瑟发抖，"我像是能把星星摘下来的样子吗……"

当然不是。

她又不是没有常识，不过是无聊，逗它玩罢了。

颜路清装模作样地叹了口气："毕竟你这么神通广大，我都能读心了，我就想着，可能你真的能摘星星也说不定。"

玛卡巴卡艰难解释："……但是我们这些都是限定在一定范围内的。玛利亚，宇宙才是爸爸。"

颜路清被她这句"宇宙才是爸爸"给逗笑了："行了，你退下吧，我逗你玩呢。"

嘴上这么说，她的大脑还在不停地转，各种"摘星星"方案逐个排列，又逐个排除。

等从方案一到方案十依次研究，已经想了好一会儿的时候，颜路清才意识到自己在做什么，蓦地清醒过来——

她竟然在一本正经地想各种摘"假星星"的方案，甚至还在思索哪个美观，哪个浪漫。

……所以才说不能让敌国派来叫顾词的公主诱惑她啊！

颜路清一下子从床上坐起来，表情又悔恨又羞耻。她曲起手指，闭着眼弹了一下自己的脑门。

你虽然天天拿老婆做比喻，但你其实没有老婆啊！家主你清醒一点！

颜路清弹自己是为了减轻一下那种羞耻感，顺便清清脑子。

当晚吃饭的时候，她还没想好要用什么样的表情面对某位"敌国公主"，就被敌国公主点了名。

他说："你额头怎么了？"

顾词这一问，一直在旁边的小黑才注意到颜路清的额头。白皙的皮肤中间有一小块红。

这观察得也太仔细了吧……他就完全没注意，简直让身为保镖的他生出了大大的羞愧和自责。

小黑刚这么想完，又很快想到了另一点——颜小姐和顾词好像在谈恋爱呀！那他一个保镖比不过男朋友也是合情合理的嘛。

小黑顿时原谅了自己。

颜路清不知自己保镖心里的"山路十八弯"，下意识伸手碰了一下自己眉心靠上一点的地方，那是刚才弹脑门的位置。难道说……留下了痕迹？

她拿起筷子，故作镇定道："洗澡的时候不小心磕的。"

顾词饶有兴致地观察着她的脸。她皮肤白，饱满适中的额头中间出来一个淡红小点就很明显："磕得挺像被人弹了额头。"

颜路清夹菜的筷子一顿。

"不过怎么有人敢弹你，"顾词顿了一下，语速放缓，像是在故意拖着一般，"但也不可能，是你自己弹的吧？"

颜路清："……"

我会读心还是你会读心？

颜路清弹自己的那处简直要开始发热。她维持着表情，继续把视线集中在菜上，没去看顾词的脸："我又不傻，就是随便磕的而已。"

"嗯。"她听到顾词带着微微笑意的应声。

随后他并没有再开口的意思，应该是蒙混过关了，颜路清总算松了口气。

昏君斗不过敌国公主，真的。

……

吃完饭，颜路清接到了一个电话，是颜老爷子打来的，问她什么时候上学。

颜路清一想到之前埋头苦学的时间就感到头皮发麻。如果做噩梦有最可怕的事情排行榜，那么学习大学物理和电子电工简直是她做噩梦都会排到顶端的东西。

而且那还是顾词给她讲，那是敌国公主，要是换个老师来教她，她真的会郁闷死。

颜路清小声说："爷爷，我屁股还是疼。"

此时她正像往常一样跟顾词坐在沙发上看电视，电话打来时她没避着他，顾词还贴心地给电视调小了音量。

说完这句话，颜路清明显感到他扫过来的视线。

颜老爷子在那边也有些尴尬，清了清嗓子："我前两天问过你的医生，说是不太严重，几天就好了……"

"可是——"颜路清抢先道，"爷爷，它真的疼，就是疼。"

敌国公主又扫来一眼。

颜路清最近在家闲得实在太舒服了，想着能拖一天是一天，趁着老爷子还没来得及求证，她又说："而且……爷爷，我最近也不太好。"

颜老爷子一愣："什么不太好？"

"就是，我这精神状况被这事儿刺激得……"颜路清很隐晦地道，"有些不太稳定。"

"……"

这招成功击退了颜家老大。

颜路清一脸笑容地挂断电话，对顾词道："你把电视声音调回来吧，我打完了。"

不经意间对上了顾词的视线，颜路清看着他维持着那种像是看着外来生物一样的眼神，对着自己点了点头："我听到了。"

沉默了一瞬。

颜路清觉得自己好歹是个高中总被当作学霸的人，还是有必要解释一下……她镇定地看着顾词："其实我还是挺爱学习的。"

顾词笑了笑，点点头："就是不想上学。"

"……"

说完，他继续把电视声音调大，仿佛早已习惯了她的这种行为方式。

恰好片头曲播完，连续剧的又一集开始播放，颜路清也没再说话，捞了个抱枕抱着，两人继续看电视。

颜路清看得正入迷，手机突然一振。直到一集结束了，她才滑开屏幕看消息。

是颜老爷子发来的微信。

【颜家老大】：你不吃药怎么会好？按时吃药，稳定之后立刻去学校。

"……"

颜路清看着"吃药"两个字，决定胆大包天地不回复这条消息。

她一开始纠结过精神病的大脑到底有没有发生病变，搜索了许久发现怎么说的都有。后来她密切观察自己的身体，感到自己确实偶尔会头疼，但——

这具身体哪儿不疼？多走两步还喘，跑个八百米估计得当场昏厥过去，压根儿就没有完全健康的部位。

她乐意接受身体各个部位的调养，不过不管调理哪个器官，治精神病的药是绝对不会吃的，这是底线。

原本以为可以暂时不需要考虑回去上学这档子事儿了，至少能清闲好几天，但颜路清没想到，自己第二天莫名收到了一条好友申请。

【叶子】：我是群聊"××级计算机系总群"的叶子。

颜路清第一想法：难道这是哪个老师派来催她上课的？

所以她点了"拒绝"，但是过没多久，添加申请又发来了。

她觉得就算真是来催自己的，那也还是解释清楚比较好，于是点了"添加"——

弹到了两人对话框，对方很快便发过来一条信息。

【叶子】：[早 .jpg]。

表情是一个猫猫。

颜路清也礼貌性地回了个"早"，而后直接问明来意。

【在逃圣母】：你加我是有什么事吗？

【叶子】：你好！／可爱

【叶子】：其实我在期中考试那天看到你，就想加你了。一直在纠结，纠结到现在……

"……"

颜路清看着这人正在冒粉色泡泡的头像，点了一下——

"太漂亮了，这个妹妹！"

"是我的菜！"

颜路清：啊……

随后叶子又发来一条消息。

【叶子】：那个，同学，我能问下你为什么只参加了一次考试，之前和现在都不来上课吗？

颜路清对这开头很熟悉，不过她并没有和这里的人深交的打算，更遑论这种明显是男女生之间的交往。

她觉得应该扼杀在摇篮里才行。

【在逃圣母】：实不相瞒，因为我是个精神病患者，之前在休学中，所以没去上课。

她看到叶子的头顶冒出的泡泡里带着无数问号。

【在逃圣母】：本来想考完试就回去上课，没想到考完又发病了……

发完，颜路清立刻把他删除。

叶子同学，这下肯定能断了念想吧？

颜路清虽然删好友下手毫不留情，但是看到对方内心的夸赞，说不开心那是不可能的。

——毕竟曾经饱受夸赞的家主在来到这个世界之后，压根儿就没几个人当着她的面真心夸过她。

快到吃早饭的时间，颜路清心情很好地下了楼，恰好碰到出来倒水的顾词。

她想了想，用手顺顺自己的头发，走过去站在他身后和他打了声招呼："早啊。"

顾词转过身，刚起床也是美颜盛世的样子，拎着杯子看着她："早啊，闺密。"

"……"为什么顾词嘴里的"闺密"越叫越顺了？这称呼明明还是由自己提议的。

颜路清被他这称呼卡了一下，才继续讲自己想说的话："欸，我问你个问题。"

"嗯。"

"你觉不觉得，我跟之前有什么变化？"颜路清说完，怕他以为是在提问性格，补充道，"我是指外表。"

顾词端着杯子喝了口水，能清晰地看到喉结滑动，以及脖颈上的脉络。

喝完后，他说："有变化。"

"有什么变化？"颜路清听到他的回答有些兴奋，一兴奋她就又多说了一句，"我总觉得我之前长得有点可怕。"

以前？

顾词手指微微停顿了一下，眼里划过一丝笑意，然后又喝了口水，状似很随意地问："哦，你以前不长这样？"

颜路清刚才在看顾词喝水，她也不知道自己在看什么，大概是眼睛自己动的。毕竟敌国公主真是无时无刻不迷人。

所以当听到顾词问她的这句话，她还稍微愣了下。

"……嗯？不是，我以前长得也差不多一样，但是——"颜路清懒得绕弯了，直截了当地问道，"但是你就不觉得，我比以前好看了点？"

顾词半垂着眼和她对视。

严格来讲，顾词对先前的"颜路清"印象并不深刻。哪怕她和他是多年同学，哪怕她害了他，哪怕她是让很多人恨到骨子里的变态。

对他来讲，那只是一个代号。

对于不想关注的人，顾词都是照代号处理的。他连她完好的脸和神态是怎样的都想不起来，唯独有点印象的，大概就是最后解决掉她的场面。

而此时的颜路清看着他，他发现这张脸分外鲜明地出现在了脑海里，眉眼、鼻唇、下巴……眼睛最为突出。

她的杏眼可以说是很标准的杏仁形状，想要睁大的时候又可以睁得很圆，就比如现在的一脸期待。

这又让他想到了那出现过几次的可怜狗狗眼神。

顾词突然的沉默让颜路清十分拉不下来脸。她不知道这人到底是真的在思考要怎么夸她，还是在思考要怎么用不惹她生气的方式笋她。

所以颜路清咬咬牙，决定干脆强硬起来，直接明示："——我可是这家的主人。"

顾词刚才看着她的脸微微出神，正要说话的前一秒，就被她这句话给堵了嘴。

他看着她期待中掺杂恼怒的神情，还要硬绷着等他回答，忍不住笑了一下："当然是现在好看。"

颜路清："……"

他夸了。

但是又好像没夸。

说实在的，看脸上的表情，顾词这话说得相当真诚。但颜路清也不知道自己是怎么回事……她莫名想再多听几句。

正当她想再说点什么，大黑突然到她身边汇报："早饭好了。"

她沉默两秒，还是决定先吃饭再说。

颜路清因为早上这事儿，一口气憋得不上不下：她竟然得靠着家主的身份威逼利诱才能得到一句来自顾词的夸奖！

她并没有注意到是自己威逼利诱得太着急了，只知道自己的自尊心被这件事不断冲刷。

再加上之前种种"明明我才有读心术却仿佛被敌国公主盗用了来对付我"的场景，颜路清开始发愤图强。由于老爷爷已经直言没什么好教她的了，她便自己找影视资料学习。资料多数是教学，其中有部分是剧集和影视片段，她主要想学一下那些人的神态和语言。

虽然在发奋，但每天的两小时奇迹词词换装还是要换的。一百个皮肤，她得在二十天内玩完才行，毕竟二十天内不玩完，就不能天天见到公主词了。

而那些她为公主词挑选的特效放在别人身上——就比如小黑，虽然颜路清宠小黑，但她也要说实话——实在是土得辣眼睛。

自那之后又过去了两天，到了顾词学校的考试时间。

他考试和颜路清完全是两个画风。颜路清当时可是全家欢送，整出了高考的感觉，而顾词就好像一个高中毕业的人去考初中的考试，没有一个人鼓励或欢送。

最后只有颜路清最有仪式感，在玄关处和他说了句："顾词，加油啊。"

"好。"顾词笑着回："谢谢闺密。"

等他走了，颜路清忍不住问大小黑："你们怎么不给他加加油？"

大黑一愣："您及格不就是他教的吗？"

小黑也一愣："对啊，都能当教授了还用我们担心啥？"

"……"

他出门后，颜路清就更加肆无忌惮地外放看视频。

从日出到日暮，等顾词考完试回来，颜路清躺在沙发上扬声问他："回来了？考得怎么样？"

顾词听着她那句尾调上扬的"回来了",以及久违的"考得怎么样",抬眼看过去。颜路清正躺在沙发软扶手上,手里举着手机,目光看向他这里。

这个场景,竟然让人觉得非常温馨。

顾词一边走到沙发旁,一边说:"不知道。"

"?"颜路清明显一脸疑问。

顾词从以前开始就这样,被问到成绩一般都说"不知道",如果有人追问,他才会看心情回答下一句。

颜路清坐起身,纳闷:"以你的水平怎么会不知道?"

该不会是考砸了吧?

随后就听他答:"不知道哪里会扣分。"

颜路清:"……"是我嘴贱。

她狠狠地瞪了顾词一眼,继续看手机,没注意到顾词经过她身边的时候,也扫过了她屏幕上带着醒目标题的视频。

顾词在她右手边的沙发上坐下,颜路清看着手机就变得心不在焉,她又悄悄移开一点目光去看他在干吗。

出乎预料的是,顾词正用手指捏着鼻梁,眼皮耷拉着,很累又很困倦的样子。

颜路清一愣:"你怎么了?"

"没什么,有点累。"

"因为考试?"

"不,只是最近睡眠不好。"顾词说完,捏鼻梁的手放下,掀起眼皮看她,"怎么,你有办法?"

颜路清正想说"没有",随后想到自己一直以来在忙活的是什么,瞬间有种醍醐灌顶般的感觉——

她还正愁不知道要怎么骗顾词答应她做催眠呢!

虽然影视剧里演的很多随时随地都可以控制人行动的情节,颜路清不知道真假,但她知道自己绝对做不到。她所有的学习都建立在对方得配合自己的前提下。

催眠公主词!机会这不就来了吗!

果然,上帝永远偏爱有准备的人。

颜路清快高兴疯了，却仍然拼命克制自己的面部表情，把笑容硬生生压下去，嘴角都有点抖。

"我……"由于太过开心，刚说了一个字，颜路清甚至被莫名呛了一下，咳了两声才继续说，"你记得我去蝶叶山的时候，被双胞胎拉着去逛庙会那次吗？"

"带回来了一堆你怎么都解不开的玩具。"顾词笑了一下，"嗯，我记得。"

颜路清："……"服了，前面那句大可不必。

不过这个小插曲压根儿没影响到她的好心情，颜路清继续说："庙会除了卖东西，还有很多教人小把戏之类的摊位。当时她俩去学了塔罗牌和占卜，我去学了催眠——我可以帮你的，真的，这个其实就是助眠功效——"

还没等她继续推销自己的靠谱，顾词突然问道："和算命一起学的？"

"……"真是开了天眼了。

考虑到算命那天的乌龙，颜路清怕他觉得不靠谱就不同意，所以立刻摇头否认："不是的，那是两个摊位，我怀疑算命的那摊位是骗子，但这个绝对不是。"

他好像真的挺累，连眨眼速度都变慢了。颜路清觉得他此时的状态非常适合催眠，但是又怕他觉得自己太猴急会生疑心，所以只是道："反正你可以放心啦，这个真的比算命靠谱很多，而且是我用心学的。"

"好啊。"顾词一脸相当自然的表情，不知道为什么，甚至还有几分心情很不错的样子。他问："什么时候开始，现在吗？"

"？"

两人吃完晚饭，在顾词的主动询问下，颜路清稀里糊涂地带着他到了他的房间。

别墅内的灯光亮度和色调是可调节的，顾词房间一直用的是默认值。颜路清把灯光调到暖色调，室内比之前暗了许多之后，才开始了自己的表演。

颜路清把在大师兄身上使用的方法用在了顾词身上。先是对视、引导、语言暗示、营造氛围，等等。

第一步就出了点问题。

这个对视是要两人完全专注地看着对方。准确地说，是要求被催眠者专注地看着催眠者，眼神也是有引导力的。

这就出现了一个大问题。

看大师兄的时候，颜路清心如止水。可看面前这位漆黑漂亮的眼瞳，她只觉得自己要被那双眼睛吸进去，简直快要成了反向催眠。

大概对视了半分钟的时候，顾词突然举了一下手，示意停止："我有疑问。"

颜路清有些紧张："什么疑问？"

"催眠我的人比我更不专注，"顾词眨了眨眼，"这还能成功吗？"

"……"侮辱性极强。

颜路清看着他似笑非笑的表情，咬了咬牙："当然能成功！重来。"

凝视过后是放松，颜路清让他躺下闭眼，她还要继续说一些让人身心舒适的话。

放松之后就是跟导式。通过语言暗示，在极为安静的环境下说出能让对方在内心做出认可回应的语言……过程颜路清基本都背过了，所以没出什么差错。

就是闭着眼的那位好像有点不对劲。

顾词的表情，怎么看怎么像是有一层淡淡的极浅的笑。

按说不该有任何表情，但……这大概也算是进入舒适状态标志的一种？

这么想着，颜路清又放下心来。

前面的过程她不清楚具体耗时多久，只觉得因为顾词太过配合，整个流程下来竟然和前不久自己催眠大师兄一样顺利。她开始尝试和顾词对话——

一开始的问题都是自己刚才重复过的，他只要开口回答了第一次，就说明成功。

所以当顾词躺在那里，出声给了肯定回答的那一瞬间，虽然只有一个字，也带给了颜路清莫大的惊喜。

家主现在简直兴奋到手指蜷缩。

成功了……

她成功了！

终于可以想问什么问什么了！

敌国公主词又怎么样！不还是被颜氏催眠新星治得服服帖帖！

——今天是"翻身农奴把歌唱"的家主和中计的笨蛋美人老婆。

虽然被大量喜悦淹没，但喜悦中还是掺杂了点愧疚感。颜路清打算问完几个问题之后真的给他助眠，让他睡个好觉。

颜路清看着他的脸，兴奋过后，开始沉思自己到底要问什么。

她又走近了点儿，看着顾词的脸。

颜路清日常见到的画面，都是顾词在这个床上或者床边坐着、站着和她讲话的样子，而他闭着眼躺在床上的只见过两次——第一次是她刚来这里的第一天，那会儿她甚至觉得顾词像个死人，第二次就是现在。

现在比起当时多了很多生机，但这两次不管哪个场面，都是真真正正的睡美词。

只不过万万没想到，来的第一天，颜路清满心想让他快点醒，而今天，她想让他快点睡。

颜路清最开始想要催眠顾词，是因为金手指被他屏蔽了。但是后来两人之间发生了更多的事，有了更多的交集，她觉得顾词身上有越来越多的 bug，自己频频被他看透，而且说的话还语焉不详……

可恶！好不容易把大佬催眠了，竟然不知道该先问什么！

颜路清想来想去，又想到了最近的一次导致她发愤图强的导火索。

她早上收到了陌生男同学的微信申请，看到了夸赞，于是心血来潮地去问顾词有没有觉得自己变好看了——不就随便问了这么一句，他竟然还犹豫！

会不会……如果她没搬出家主身份，他可能还不会夸？

颜路清愤愤地看向躺在床上的人。这眼睛白长得那么好看了，是摆设吗？她变漂亮了这件事连路人甲都能知道，为什么朝夕相处的他会犹豫？

颜路清这一回忆，火气又"噌噌"往上冒。

敌国公主害人不浅，本来颜路清想的那些都是围绕着"你有什么秘密"之类的问题，结果现在她非常急切地想知道他对她真实的想法，这些一下子压过了之前所有她对顾词的好奇。

好在昏君还没完全失去理智。她思索了一番，觉得不能一上来就问"顾词，你觉得颜路清长得怎么样"，还是得先问个综合的问题，看顾词回答再进行后续。

颜路清调整好语调，用和先前一样平稳的声音，问了个非常"官方"的问题：

"顾词，你觉得颜路清人怎么样？"

会是好，还是一般，还是无感？又或者是其他的形容词？总不会说出"她是个精神病"这种答案吧……

虽然问题问得好像没有水平，可是真的能有很多种回答。颜路清又紧张又期待——毕竟，这大概是顾词内心最真实的想法。

室内陷入了瞬间的沉默。

——经过了这么久的思索，这么久的铺垫。

——问出了这样一个问题。

由于光线昏暗，加上紧张和期待，颜路清没注意到某公主的嘴角经历了千辛万苦才勉强控制住的小细节。

不久，房间内响起熟悉的清冷声线，带一点鼻音，很好听。

"颜路清啊……"

不知道为什么，颜家主不自觉地屏住呼吸，仿佛已经忘记了自己才是主导这一切的那个人，紧紧盯着闭着眼的今日限定笨蛋老婆。

而他的完整答案随之而来——

"她很可爱。"

一字一顿，宛如重锤砸进了颜家主红了耳根的耳朵里。

38

这种感觉相当新奇，颜路清有一瞬间甚至生出了种顾词其实是在睁着眼撩她的错觉。

颜路清想过很多种回答，也想过顾词说的答案可能不在她设想的范围内。

但不管是那种，她觉得大概也就是个笼统的答案。比如曾经的同学啊，对他不错的朋友啊，人挺好的啊……

但是——可爱？

可爱？

这算哪门子回答？

颜路清小时候有过很长一段时间的婴儿肥，五官又十分好看，所以经常被夸可爱。但自从她开始抽条长高，长到十几岁的时候，已经很少听到有人用这个词来形容自己，多数都是"长得漂亮"一类。

　　但她此时问的不是长相，顾词答的也不是。

　　她的朋友们如果被问到"颜路清是个什么样的人"这种问题，颜路清都能替她们讲出答案：一个沙雕。

　　"沙雕"前面可能加上各种名词，比如"超级大沙雕""长得很好看的沙雕""看起来仙女实则是个沙雕"等，总之绝对高度统一。

　　所以为什么……他会说出这种回答？

　　"她很可爱"？

　　颜路清在脑海里一回忆，耳边似乎又响了一次顾词的嗓音，仿佛刚才的场景重现——她一下子觉得自己要热爆炸。

　　这竟然是真心话？

　　这跟公主词的画风一点也不搭啊！

　　颜路清简直不知道该用什么心态来问接下来的问题，万万没想到，一上来就是如此出乎意料的答案。

　　那还纠结个屁，直接跟着直觉走，想问什么问什么好了。

　　她等耳朵热度降下去，才再次出声道：

　　"你觉得颜路清和以前有哪里变得不一样？"

　　大黑经常会从眼神中透露出觉得她变化很大的信息，以及别墅里接触过以前的颜路清的人，都会表达一下她和从前判若两人。

　　但她没问过具体是哪里变了，因为她不想听到他们说，他们其实是把她的变化当成一次新的发病。

　　问完没过三秒，她听到顾词回答："很多。"

　　颜路清小心脏扑通了两下："……比如呢？"

　　顾词说："她变漂亮了。"

　　？！

　　暴击 ×2。

　　为什么被催眠之后这么会说话啊！

　　颜路清如愿以偿地得到了公主词真心的夸赞，但她除了成就感，感受到最多的竟然是一种难以言喻的……紧张？

以及再度袭来的热潮。

她从来不知道这副绝症患者一样的身体，还可以体验到这种热血沸腾的感觉，真的好燃。

她对顾词的第二个回答非常满意。既然他说的是实话，那之前那次拿家主身份威胁的事情，颜路清决定一笔勾销。

再次平静下来，颜路清想了想，又问了她一直被周围的人所误解的事情。

"你觉得现在的颜路清……有精神病吗？"

"没有。"

颜路清蓦地一愣："……"

没有？

她原本想在顾词回答过这个问题之后，再问他觉不觉得现在的自己是一个新的人格——因为这是她一直以来所猜测的。

但这个问题的答案竟然是"没有"？

颜路清立刻问："可是她有确诊病例，你为什么会觉得没有？"

她的语速有些加快，但顾词的"没有"，一直都是相当平稳的语调。

他说："我只相信我见到的。"

"……"

颜路清此时的关注点已经不在催眠顾词的初衷上面了。

顾词真的这么想？他觉得她没病？

"那你觉得为什么颜路清会发生那么大的变化？"

"这要问她自己。"

颜路清："？"

还可以这么回话的吗？

颜路清短暂地怔住，又很快回过神来，再次确认道："所以，颜路清在你眼里一直是一个完全正常的人……是吗？"

这个问题的答案来得比之前要稍微久那么一点。

顾词答："也不算。"

"？"为什么不算正常人啊？不是说觉得她没病吗？

还没等问出口，紧接着，她就听到了顾词的下半句——

"不排除她有故意扮蠢的举动。"

颜路清："……"

好！好一个故意扮蠢！

好家伙，哪怕被催眠了也非要损一下才行，对吧？

"笋国公主"实锤了。

颜路清在心里狠狠吐槽了一番后，瞪着那张脸。可敌国公主太好看，她从眉眼瞪到嘴唇，瞪着瞪着，怒气又奇迹般地被浇熄。

家主无语了。

颜家主本来这一天就在全神贯注地学习，给顾词做之前那些工作的时候，又高度集中了注意力。没想到被某人的回答搞得像在坐过山车一样，忽上忽下，一松一弛，导致现在她的精神十分疲惫。

怒火熄灭后，更多的倦意席卷而来。

最后已经不愿意费脑子想了，颜路清随口说："有没有什么你想对颜路清说的话？"

这可能是问题与答案之间停留得最长的一次。

顾词再度传来的声音依旧四平八稳，分外悦耳。但不知道是不是错觉，她好像在熟悉的声线里分辨出一点点的笑意。

"有。"他说，"希望她天天开心。"

颜路清从没想过，自己完成了催眠壮举后会是这样的后果。

——她原本觉得自己很累，可当洗完澡躺在床上，却翻来覆去怎么也睡不着，越想越觉得浑身哪儿哪儿都不对劲。

一会儿热，一会儿冷，一会儿觉得被子烦人，睡不着又玩手机，妄图催生睡意，却越玩越精神。

一直折腾到凌晨，玛卡巴卡大概是察觉到她的不正常，主动联系了她。

"玛利亚，你跟顾词发生什么事了？怎么情绪波动这么大呀？"

顾词这个人形屏蔽仪很神奇。玛卡巴卡不仅无法观看她和顾词发生任何事情的现场直播，就算她在脑海里回忆关于她和顾词发生的事，玛卡巴卡也看不到，是全方位的屏蔽。

而在此时此刻，对于自己想什么都不会被它看到这点，颜路清心里竟然生出一丝庆幸——这种事情她可以给别人转述，但她不想让任何人亲眼见到那个现场，哪怕人工智障也不行。

颜路清大概转述了一下，毕竟玛卡巴卡一直知道她在学催眠的事，所以瞒着也没有必要。

"玛利亚好厉害！"玛卡巴卡的关注点竟然和她完全不同，声音惊喜道，"你竟然能把顾词催眠！"

"……"颜路清无语，"事到如今，我都已经不关注这个了，你就不想对他的回答做出点评价吗？"

"评价就是……"它想了会儿，"我能听出你们关系好，顾词既然觉得你可爱，那你肯定不会遭到和原书一样的结局啦，这不是挺好的吗？"

"……"就这么单纯吗？

可是为什么她睡不着，脑海里挥之不去的全是顾词说"她很可爱""她变漂亮了""希望她天天开心"三连击时的样子和声音？

不愧是人工智障，颜路清挥退了玛卡巴卡，再次逼着自己入睡，好在这次是倦意胜出，她一觉睡到天亮。

次日早饭桌上。

周围一切如常，只有颜路清自己在心里各种纠结，揣着一肚子心事。她特地比平时早下楼，只想和顾词错开吃早餐的时间，没想到自己刚坐下，顾词就出现在餐厅门口。

——他竟然也提前到了。

他看起来精神很好，眼下干干净净。今天是个美貌值几乎满点的公主词。

"还没谢谢你。"顾词看着她，眼睛弯弯地说，"闺密，昨天真的很有效。"

颜路清明明还没吃东西，却莫名觉得一噎："……都叫闺密了，不用客气。"

匆匆吃完早饭，颜路清想到他的期中考大概也是两天，临走前又说："今天考试加油啊。"然后得到顾词的一句"谢谢"。

一切如常。

真的和平常一模一样。

可能人工智障才是对的，那些回答说明他们关系不错，顾词对她观感挺好，仅此而已。

颜路清不想在家荒废掉这一整天,她觉得自己应该找点什么事情做,转移注意力。思来想去,她给这身体背了那么多锅,也该用这身体的"钱"快乐一下。

颜路清选择去逛街。

她带上大黑、小黑去了市中心商场,原本以为自己可以像电视里演的那样指着一排衣服说"全部包起来",但真到了现场,她发现她还是做不到——

因为每一排里面都有丑到爆炸的衣服啊!

开始逐件挑选衣服后,她听到大黑在身边跟小黑感慨:"颜小姐现在品位好多了,我还纳闷为什么她这次只叫了我们两个人出来,原来是她不像以前那么买衣服了。"

小黑没经历过,好奇道:"以前买什么衣服?"

大黑:"会让你觉得做衣服的和买衣服的人都瞎了的衣服。"

"……"颜路清听到这里,实在忍不住回头吐槽,"大黑,你是不是被顾词带坏了?怎么说话一股'词味儿'。"

大黑的脸不甚明显地红了一点。

不过别说,他吐槽得还挺好笑。

颜路清回过头继续挑衣服。

逛街逛了许久,"买买买"的最开始的确非常快乐,但颜路清买到大小黑两手满当当之后,她就有些疲惫了。逛着逛着开始频繁走神,不自觉地走到一家店门口,又被身后小黑提醒:"颜小姐,这是男装店……"

大黑非常快速地捅了小黑一下:"你别不懂事!肯定是要买给顾……"

颜路清一听这话,瞬间从神游当中清醒过来——她确实站在一家知名男装品牌店的门口。

但她没离开这家店铺,反而径直走了进去,顺便回头看着自己的两个保镖:"不是。"

小黑一愣:"什么不是?"

颜路清否认了大黑说的话:"我进来不是给顾词买,是想让你们两个挑衣服的。"而后她又笑了笑,"这一个多月你们也辛苦了,随便逛逛吧,挑什么都行,我买单。"

虽然颜路清那样说,大小黑肯定还是不敢放开了买。但她硬给他们挑了好几套兄弟装，让两人不收也得收。

最后兄弟俩很开心，大概觉得她今天应该心情特别好，说的话也多了起来，一唱一和跟讲相声似的，把颜路清逗得十分快乐。

三人下午出了门，一直到颜路清逛不动了才回到家，已经是日暮降临。

顾词坐在沙发里，听到门那边人脸识别的声音响动，便抬眼看过去。

门还没开，说笑声先传了进来。

"你俩下次跟我出去，就穿那套条纹的，"少女的声音扬起，跟早上判若两人，"欸，真的好看，特别有威慑力！"

颜路清先进了门，后面跟着满手购物袋的大黑、小黑。

顾词的眼睛扫过那几个商标，最后精准停在了某男装品牌上面。

不止一个，好几个袋子。

颜路清还毫无察觉，兴致勃勃地说着话，换好了鞋，往客厅走的时候才看到顾词的身影。

"你回来了啊？"她笑容还挂在脸上，"竟然比我还早。"

颜路清指挥大小黑："你俩把这些送到楼上更衣间去吧。不要拆，我待会儿自己拆。"

她很享受把新衣服包装拆开挂在衣架上的感觉。

吩咐完毕，颜路清走到沙发上坐下，习惯性地打开电视，而后有些惊奇地看着顾词。

"你今天怎么没开电视？"

顾词看她的表情，已经完完全全恢复到了昨天以前的模样，和今早完全不同。

他突然有点想笑，还有种陌生的情绪悄然滋生。

像是无法掌控。

但表面上什么都看不出来。

顾词问道："怎么突然去逛街了？"

颜路清一边调台一边说："哦，没什么，就是散散心。"

"散心。"顾词重复了一下她最后两个字，而后转头又问，"你不开心？"

"……"颜路清手指微顿，沉默了一瞬，"倒也不是不开心。"

就是有些事情没想明白。

比如家主和老婆、昏君和敌国公主的纠葛。

家主对老婆的想不明白，老婆对家主的也想不明白。

颜路清的脑回路是这样的：她纠结的时候确实是真真切切地纠结过了，但是还是捋不清，那就只好暂时不捋了。

天大地大，开心最大。

颜路清没法说这些给顾词听，搪塞道："哎，你也知道我爷爷一直让我回去上学什么的，但我在家里懒惯了，不想去……可是总有一天还是得回去读书啊，所以才心情不好。"

她说完，转头去看顾词的表情，恰好对上了他的视线。

他虽然没笑，但表情看起来还算温和，随后微微侧过身，一只手搭在沙发靠背上，语声随意道："你去逛街，为什么买男装？"

颜路清先是愣了一下，而后立刻反应过来，他肯定是看到了大小黑拎的袋子。

"啊……我就是路过，然后想着犒劳一下大黑、小黑，就给他们买了几套衣服。"

其实好像不是的。

她当时虽然在走神，但似乎是在想着面前这位敌国公主。而后来是因为听到了大黑那句"颜小姐来给顾词买"，她突然生了逆反心理——今儿个家主还真就不买了！

不过敌国公主问这个干吗？

她疑惑地看着顾词，发现他慢慢勾出了一抹笑，声音变得低缓："只给他们两个买了？"

"……"

家主突然愣住。

为什么莫名有种被老婆抓到给自己秘书买名牌衣服的感觉？

颜路清点点头："……嗯，没给别人买。"

她真的只是给这两个"秘书"买了。

却没想到顾词闻言，先是点了点头："哦。"

然后两人之间的距离突然拉近了点儿——她看到公主今天巅峰值的美貌在眼前放大，显得更加惊艳。

"别人有，我没有。"顾词笑着看她，眼尾的弧好看极了，他说，"颜路清，这就是当你闺密的待遇？"

<h1 style="text-align:center">39</h1>

狼不知什么时候跑到了沙发旁边，一会儿蹭蹭颜路清，一会儿蹭蹭顾词，见二人久久都不理自己，又跑走继续折磨其他人。

颜路清震惊地瞪大眼睛。

她刚才随手打开的电视此时正播着肥皂剧。与之相比，顾词声音并不大，但他说的内容却一字不漏地传到了她的耳朵里。

颜路清一开始没觉得顾词会说出什么惊人的话来，毕竟两人之前的交谈都蛮正常的。

万万没想到，竟然会从他口中突然冒出这样一个转折。

颜路清此时此刻惊恐又刺激地发现，自己先前随便一想的场景貌似跟现在完美契合——她仿佛一个跟小秘书有一腿的丈夫，偷着给小秘书买了很多名牌衣服和包，然后被家里那位给抓包了一样。

虽然不论是顾词和她的身份关系、还是事件本身都毫无关联，但这画面的既视感实在是强到离谱。

如果颜路清此时头顶可以有个对话框，那里面一定一个"？"

两人这么对视着沉默了五秒。

颜路清极为迟疑地出声："你是……"

他刚才说，大小黑有，他却没有，质问她难道这就是闺密的待遇。

思来想去。

这是……这是……在向她要衣服？

颜路清微微皱着眉，以一副很困惑的模样，终于道出了完整的句子："你是不是喜欢那个牌子？所以也想要那个牌子的衣服？"

顾词："……"

这个世界上怎么会存在有这种脑回路的人？

不知道研究她可不可以作为一个物理课题，那应该可以研究到生命尽头。

颜路清再次从顾词的眼神中读出了一股难以言喻的情绪，可还没等她说话，他就先一步开口。

"你不用想那么多，就回答我的问题。"顾词神情恢复如常，语气也转为平淡温和，"你不逛男装就算了，逛了，为什么要区别对待？"

"况且不管怎么看，被区别对待的都不应该是闺密。"

这番话自然得像是在跟她讨论今晚吃什么。

不仅自然，还相当有条理、有逻辑。仿佛回到了顾词给她讲课的时候，但态度比那时候少了几分严肃。

虽说顾词经常拿"闺密"出来开玩笑，她也早已听习惯了，但万万没想到这个哏可以如此灵活多变地用在此处。

"所以，"顾词看着她，目光清湛，"为什么没给我买？"

"……"

颜路清一边疑惑：为什么顾词可以把这种话问得这么自然？

一边在心里回答：还能因为什么？因为我今天叛逆。

恰好有人打开了客厅的灯，有束细小的光打在了他薄薄的眼皮上。

颜路清刚才一直觉得顾词怎么可能会问出这种问题，仿佛被附身了。

可现在她看着顾词的眼睛，却又觉得面前这个半开玩笑半认真地问她到底为什么没给自己买的顾词，反而更加真实。

他这么自然，搞得颜路清也开始放下那些猜测和疑惑，以一种非常放松的心态回答："那是因为你跟他们俩又不一样。"

顾词动作一顿，眼神微闪，淡笑着问："哪里不一样？"

"他们俩没什么衣服穿啊。"颜路清觉得兄弟俩天天穿那么一套，她都要看烦了。随后又对顾词道："你看你又不缺衣服，是吧？"

"……"

顾词眼皮一跳。

这就是所谓的"不一样"？

曾经有人评价过顾词，说他给人的第一印象是外表生得太好，让人非常有距离感，但稍微接触一下又会觉得他像是个温和有礼的人，极少生气。

但当再接触久一点，又会发现，他不常生气不是因为性格温和，更不是因为脾气好，而是因为他根本不在乎。

不在乎的人不会去记长相，不在乎的事也不会给情绪。

一向是他掌控情绪。

但现在——包括最近一个多月内的某些时候，他不止一次感到了人类情绪控制的不易。

"因为他们缺，所以你送。"顾词突然笑了声，"这是你送礼物的法则吗？"

颜路清觉得这话题差不多可以过了，没仔细想就承认道："嗯嗯！"

顾词又极为突兀地"哦"了一声，那声音拖得挺长："原来在你眼里，我缺花环啊。"

颜路清："……"

言下之意——你以前也不是缺什么送什么的人物。

这撑得这么精准让人怎么接啊！

颜路清正一脸尴尬，来叫她吃饭的大小黑救了她一命。

"晚饭已经……"

大黑说到一半，便感觉到有道视线搁在自己身上，十分明显。等他说完后抬起头，撞上了顾词平静的眼神。

大黑一头雾水地离开了。

顾词似乎不打算再继续刚才的话题了，从沙发起身，朝着餐厅走过去。

颜路清跟在他身后，突然想到了催眠的时候顾词最后说的那句话。反正他也不知道，颜路清准备盗用一下那个句式——用来哄哄他。

两人走着走着，颜路清拉了一下距离自己很近的顾词的袖子。

他脚步一顿，隔了几秒，回过头垂眼看她："怎么了？"

颜路清抬起手，半空中停了停，犹豫几秒，还是继续朝上——

她微微踮脚，碰到了他软软的头发。

顾词没躲，但愣了一下，眼神里有罕见的疑惑和茫然。

"你在干什么？"

颜路清做这种事也有点不好意思，双颊粉嫩嫩的，睁大了杏眼看着他。

"哄哄我闺密。"

"……"

紧接着，她的声音比刚才更小，听着十分可爱——

"明天就给他买，希望他不要再吃醋了。"

颜路清原本想要和顾词像之前一样出门逛街，但没想到昨天跟大小黑仅仅走了一下午，早上起床的时候，腿就仿佛不是自己的了。差点儿连床都下不来。

顾词很早就出门了，说是学校找他有什么事。颜路清自己在家更是懒得动，最后她直接线上采购了一波，等送到别墅的时候，恰好是顾词回来的时候。

颜路清没问他去干吗，只知道自己的快乐时刻到了——如果说之前的换皇冠小游戏是奇迹词词，那么现在就是换装小游戏，3D，"闪耀词词"。

她指着那一大堆袋子对他说："这里是一部分，你房间里还有一些。你先试一下尺码吧，万一不合适的话就都挑出来。"

说完这话的下一秒，她看到顾词似乎立刻就要拒绝的表情已经摆在了脸上。

但神奇的是，他拒绝的话却莫名没说出口，反而盯着她的眼睛看了几秒，然后就真的一言不发地低头开始挑袋子，似乎打算照着她所说的做。

颜路清虽然不知道短短几秒内他脑内经历了什么，但对于这个结果，她是相当喜闻乐见的。

顾词很快拎出几个袋子，看向她的时候眼神有些玩味："不过，有个问题。"

颜路清："什么？"

"我试衣服是在房间里试完就好，还是……"顾词声音一顿，"得出来一趟？"

颜路清觉得自己还是有发言权的，言语暗示道："毕竟是我花的钱……"

总得给她看看吧？

顾词看着她的表情，想到很多天前，自己在一晚上之内和两个人说了自己目前的"职业"。

看来那三个字还真是无比贴切。

他说："好。"

顾词回房间换衣服的时候，隔壁小黑酸得要命："顾词先生的衣服是我的十倍。"

等他试了一件开门出来，小黑又酸气冲天："他的衣服比我的好看多了。"

颜路清心说：你们怎么还轮流酸对方。

然后她客观开口评价道："他的衣服和昨天的那几件也差不太多，你得承认，主要是他长得好看。"

然后接下来，颜路清真的如愿以偿，看到了换装小游戏的效果。虽然顾词换了几套之后就没耐心试了，但不得不说，真是视觉盛宴。

她尤其喜欢一件白衬衫，什么图案都没有，非常像是那种干干净净的高中校服里的衬衫，少年感满满，是所有单品里最适合顾词的一件。

他穿这件的时候，颜路清的眼睛简直都要发光了："啧，我眼光真好……"

酸酸的小黑继续酸酸地说："颜小姐明明挑得一般，是他长得好看，套个麻袋也好看。"

颜路清："……"不知道为什么，大小黑说话真的开始不自觉地带上了词味儿。

今天是修复了闺密感情的一天，下午愉快度过，最后以其乐融融的一顿晚饭结束。

有顾词在的地方，玛卡巴卡就会被屏蔽，所以颜路清每天晚上一回到自己的房间里，一般就会立刻听到玛卡巴卡连线的声音。

她洗澡的时候，照惯例给它讲了讲发生了什么，像是对朋友叙述那样，一边讲一边还顺便自己回忆回忆。

颜路清是突然开窍发现顾词是在吃醋的。

她以前经历过女孩子几人友谊间那种吃的小醋，没有过男朋友，所以没见过男生吃醋。再加上她不会把顾词和"吃醋"俩字联系在一起，自然没能理解他的行为。

但自从套上了吃醋之后，一切就突然解释通了。

最神奇的一点，是在颜路清点出"吃醋"两字后顾词的反应。

通常人被点破，都会出现"哈？吃醋？我才不可能吃醋""你想太多了，你不要自恋"等反应。

但顾词不是。

他一点不害羞，一点也没否认。虽然有可能是他懒得解释，但颜路清觉得更像是坦坦荡荡地承认了。

这个行为联系到他之前说过的所有话，全都让颜路清觉得莫名可爱。

——这个念头出现在脑海里的时候，她蓦地一愣。

随即，玛卡巴卡的声音也随之响起。

"玛利亚，你有没有发现——"

颜路清回过神："嗯？发现什么？"

"发现……你最近大脑活动里提到顾词的频率有点超标了呢？"

颜路清愣了一下："你不是看不到吗？"

它的声音幽幽响起："我的确看不到，但通常我这边显示一团乱码的话，那就是你在思考或者回忆和顾词有关的事情。"

"我统计了一下数据，大概最近一周多的时间，是真的、真的很超标，你要看看结果吗？"

"……"颜路清犹豫三秒，拒绝道，"不用了。"

但她还是说慢了，话音未落，眼前猝不及防就出现了一张统计图。

玛卡巴卡突然在她耳边开始念材料科普，颜路清一边看着统计图，一边仔细辨别了一下它在念的内容。

听了好半天才发现，它念的是历来进入书中世界的人和书里的人谈恋爱把自己谈死了的失败案例。

颜路清无奈："其实你不用这样，我和顾词完全不是……"

玛卡巴卡打断他："不是的，玛利亚，我这么担心是因为现在关于顾词的信息我什么都看不到！我也不懂是系统 bug 还是什么别的……我担心你会有危险啦。"

颜路清莫名松了口气："哦，是这样。"

但那口松了的气并没有维持太久，就又提了上来。

这是玛卡巴卡的担忧。

那她自己的呢？

她要永远留在书里的世界吗？

她要留在这里，以后如果到了原主该死的年纪，她会怎么样？

还有顾词……

原本这几天真的蛮快乐，现在这么一想，就仿佛被戳破了的气球——那么大的快乐，啪！没了。

颜路清沉思着擦干头发，出了浴室，想着"顾词"两个字，想到玛卡巴卡给自己看的统计图，就听到了自己手机的响铃。

她看了眼来电显示，接起来："爷爷。"

老爷子一开口就气势如虹："我问过你们别墅的人了，也问过你家庭医生了，你现在是一点事儿没有，明天开始去上课，听到了？！"

颜路清张了张嘴，她想找理由搪塞的话应该还是能找出来，但她卡在了半路。

她又想到了玛卡巴卡给她看的图，想到了自己真正的身份。那种心情就像一颗石子被投入平静的湖面，然后不断下沉、下沉，最后轻轻沉在湖底。

看似微不足道，又好像足以改变某一刻的心境。

她轻声说："嗯，听到了。"

这下换颜老爷子愣住。

十多秒后，老爷子才再次开口："课表我发你，明天记得去。今天早点休息。"

挂了电话。

颜路清很快收到了课表，第一节课是九点钟，那么正常时间起床就可以。

"玛利亚……为什么突然要去上学啊？你不是不喜欢吗？"

颜路清没答，反而问道："距离顾词走的剧情还有多久？"

"十七天。"

也就半个月。

颜路清想，那就先读半个月。

"我为什么去上学？"她掀开被子准备上床酝酿睡意，"当然是不敢再和公主词相处了啊，反正最后他都要走，这是剧情需要。而且我听了你给我科普的那些……就更不想跟他低头不见抬头见了。"

还有那个统计图——

很离谱，为什么她每天的思想可以那么单调？虽说那里面估计有不少都是在琢磨怎么给顾词换皮肤之类的，但那也多到太夸张了吧！

世界那么大，她要去看看，她要去想别人了。

颜路清怀着又怅然又失落的心情入睡。

次日一早，她穿着自己新买不久的衣服下楼，休闲又不失学生气的组合，甚至还化了淡妆。

这番打扮让楼下几位男士都愣了一下。

大黑最先说："您要出门？"

颜路清点头："今天开始上学——爷爷让我去的。"

大黑恍然大悟："明白，我去通知司机。"

吃早饭时，顾词问她："你不是不想去吗？"

"没办法，"她脸不红心不跳，"我也是不得不去。"

其实哪有不得不，装个疯就好了。

好在顾词没有再追问其他。

只是她在临要出门的时候，察觉到顾词似乎一直跟在她身边。颜路清不知道他在做什么，或者他是在观察什么，于是只顾走自己的。

一直到她走到玄关处，开始换鞋的时候，肩膀突然传来一点重量——

顾词拦了一下她的肩膀。隔着衣服，触碰的距离和力度恰到好处，不过分亲密，却也不生疏。

她回过头。

"毕竟是上学，"顾词视线扫过她的两只手，暗示意味明显，"你至少带个空包。"

"……"

颜路清装了一个本子到空包里，背着去上学了。

在考试的时候，她跟一个同专业的女孩是前后桌，加了一圈微信，属这个女孩最熟悉。那女孩常年梳着麻花辫，外号"小麻花"。恰好颜路清找不到班级的时候，正遇上一路飞奔的小麻花。

颜路清一把扯过她："小麻花！你去教室吗？带我一起呗——"

小麻花回过头，看见她的脸，顿时十分惊喜："啊，是你，漂亮妹妹！"

打完招呼便迅速扯着她的胳膊带着她走到了教室。

老师刚到，两人踩点在后排找了位置坐下。小麻花说："你可终于来了，我今天还想找你问问呢，怎么考了个试之后就再也没影儿了？"

颜路清笑笑，心说要不是她想离开那个地方静静，现在也依旧不会来学校遭罪。

上午的课还算正常，一节计算机导论，一节英语。

第一节课颜路清踩点来，到了课间休息的时候，小麻花一嗓子"我们系新来了个漂亮妹妹"吆喝过来不少跟她打招呼的人，很快一上午就过去了。

中午时间安排得紧，不够颜路清回家来回坐车，所以她跟小麻花说完自己打算一个人待在教室的时候，小麻花露出了同情的眼神："啊，那你好惨啊。"

随后这姑娘的眼睛转了转："不然我陪你吧，正好我今儿个睡够了，不打算午休。而且咱们在教室里睡不着，打会儿游戏也行呀！"

颜路清怎么也没想到这竟然也是个网瘾少女。

两个网瘾少女碰头，那怎么可能还会有午睡存在？两人坐在教室里一头扎进了王者峡谷。

颜路清带妹基本玩打野，她看小麻花的常用英雄里有瑶，再加上阵容合适，就让她选了瑶骑在她头上。

颜路清打着打着，又想起——上一次有瑶妹骑她的时候，那个瑶妹还是顾词。那场她发挥得奇差无比，因为总是想笑。瑶瑶公主被她带死了很多次，一边发"呵呵，打得不错哟"那个嘲讽对话，一边依旧乖乖骑在她头上。

小麻花突然一句话打断了她的思绪。

"欸，宝，你这个 ID 是什么意思啊？"

颜路清手指一顿。

她现在的 ID 乍一看就像是乱码，是某天晚上登录的时候她无聊打了两把，哪怕之前的游戏 ID 再好，看多了也会觉得腻，所以她就又改了一个。

【gzcyyds】——"公主词永远滴神"首字母缩写。

谁知道那天晚上她在想什么，改了这么个 ID。

不过，这七个字母估计全世界只有她自己懂是什么意思，想想还挺刺激。

颜路清想了半天也没想出好理由，最后只好含糊回答："随便按了几个字母取的，哈哈。"

几局下来，颜路清发现自己顶着这个 ID 喷人都似乎思路更顺畅了。这是怎么回事？是笋国公主的神奇 buff 吗？

比如他们看阵容拿了瑶的那局，队友都挺好，对面倒是开局嘲讽小麻花：

[全部]【带四猪打五狗（后羿）】：混子英雄敢选出来？瑶，这把就盯着你打，废物。

颜路清必须承认，瑶这英雄想混确实能混，她也被玩这个的混子恶心过。

但是，如果诚心想混，用什么英雄不能混？不都是操控英雄的玩家在混？

颜路清没立刻回话。她专心刷野怪，等四级之后指挥小麻花跟着她一起，成功把后羿抓死了一次，一血到手。

她到这时才开了全部回撑。

[全部]【gzcyyds（镜）】：后羿，嘲讽了半天以为你多牛，就这？

[全部]【gzcyyds（镜）】：你真是比你家楼下垃圾桶里的塑料袋还能装。

她这话发出来的一瞬间，看着这个七字母 ID，便觉得自己颇有几分笋国公主的气势。

不光小麻花笑得要岔气，我方队友也在发"哈哈"，连敌方都有一个没心没肺的在发"哈哈"。

后来颜路清像是住在下路一般，后羿被杀得不敢出塔，没关系，她还能越塔杀。他的队友来了也不好使，颜路清大不了跟他强行换。

杀完后，她打字——

[全部]【gzcyyds（镜）】：后羿，答应我别在深夜里排位，别让广大妹妹见识你的走位。

到最后她再去下路杀后羿，甚至能控制最后一下的血量，特地把人头让给了小麻花。

然后发——

[全部]【gzcyyds（镜）】：后羿被混子瑶杀啦！天哪！

小麻花快要笑死了。

打游戏最容易生恨，也最容易加深友谊。尤其是配合默契的两个人，能快速建立起牢固的姐妹情，更别提颜路清还霸气地帮她撑了那个废物。

"这都不算事，真的。"颜路清摆摆手，"我打游戏，只有一种情况能让我主动加别人好友——那就是局内没骂够。"

"哈哈哈哈哈哈哈——"小麻花笑出了鹅叫声，好半天才平复，"不是，你说话也太好玩了，我真喜欢你！"

下午两节课相比上午，简直就是一个地狱一个天堂。

第一节是电工，第二节是物理。小麻花说一般这两门不会挨得这么紧，鬼知道今天的课表是怎么排的。

上第一节课还不到十分钟的时候，颜路清就已经不行了。

她原本看到分数的时候，觉得自己真不错，可能也有学理科的天分——但现在她认清了，这些知识没有个顾词那样的老师吊着胃口，那她真是一丁点天分都没有。

小麻花也没听课，在旁边写写画画。颜路清实在无聊，忍不住凑过去问她："你写什么呢？"

"嘿嘿，给我男朋友的情书。"说完，女孩常挂着开朗笑容的脸上突然泛起了红晕。

颜路清愣了一下。

小麻花却突然好奇："哎，对了，我还没问呢，你这么好看，有男朋友吗？我看上午我吆喝完，我们班有几个单身汉见了你已经蠢蠢欲动了哦！"

"没有男朋友。"颜路清立刻接了下一句，"不过，我应该暂时不会谈。"

小麻花失望地"啊"了一声："那好吧，不过仔细一看，咱们班男生的颜值和你也不太搭。"

两人又随便吐槽了几句课程，颜路清忍不住说："小麻花，我问你啊。"

"嗯？"

"你觉得男生说女生可爱，是什么意思？"

"有人这么说你啊？"小麻花掰手指数，"有两个说法。"

"第一个说法是，男孩子只会觉得喜欢的女孩可爱，因为'可爱'是个很特殊的形容，是戳心了才会觉得可爱。"

"还有个说法，当有人说你可爱的时候，可能是没词儿了。因为不漂亮的叫文静，不漂亮又不文静的叫可爱——"说完后，小麻花又立马加了一句，"但是你不符合这点。"

颜路清又是一愣："嗯？"

小麻花理直气壮："你长成这样，肯定不符合这个定律啊。所以说，这个'可爱'只可能是第一条！"

听到前半句，颜路清忍不住笑了出来，她太喜欢小麻花这张嘴了。

不过……

"喜欢？"颜路清想了想，"好像更不可能……"

"是吗……"小麻花贼溜溜地瞄她，试探道，"那你干吗这么在意他说了什么啊？你喜欢他？"

"那也不可能。"颜路清依然坚信自己曾经给自己下的定义，"我对他的喜欢就停留在……嗯，你喜欢过什么纸片人吗？玩过乙女游戏吗？类似那种喜欢吧。"

"？"小麻花震惊，"可是他是个真实的人啊，你怎么会把真人当成纸片人来喜欢？"

颜路清：……因为我进入了书中的世界啊。

不过仔细想想，"纸片人"确实是个先入为主的概念。但颜路清在看小说的时候，对于其他角色的态度更像是纸片人，对顾词……她一直都是真心实意的喜欢。

她认真地发各种评论、给他所在的章节投雷的时候，大概都没有把他当成一个虚拟的人，而是当成了一个真的在另外一个世界里面活着却又死去的人。

所以才会那么心疼，那么上头。

看这本书之前，她还真不这样——身为一个没有心的沙雕，就连对三次元的生活都没心思，又怎么会对纸片人上心？

顾词还真是第一个。

两人聊完之后，颜路清又勉强自己听了一会儿课，快要听到吐的时候，终于把电工给熬完了。结果休息了十来分钟，等到下一节上物理的时候又不行了。

不光她俩不行，交际花颜路清之前考试的时候把同专业的妹妹几乎都加了个遍，她俩发现那些妹妹现在也都不太行——朋友圈像是在搞批发，一刷一排都是复制粘贴。

都坐在同一间教室，颜路清和小麻花也跟风发了这一条——"电工物理，一生之敌。

想喝快乐水，还想吃炸鸡。"

配图：快来个家长接孩子放学吧。

"不谈我了，"颜路清发完便收起手机，"谈谈你和你男朋友吧，现在听两节这个课阴气太足了，给我讲点阳间的事暖和暖和。"

"行啊，"小麻花"扑哧"一笑，"我跟男朋友谈了两年多啦，是从高二开始的。不过现在是异校恋，哎……他成绩太好了，在 T 大读土木工程呢。"

颜路清转笔的手指一顿。

T 大？这不是顾词的学校吗？确实学神云集。

接下来的时间里，小麻花尽职尽责地当了一个讲故事的角色，能看得出她是真的喜欢这个男朋友，讲两人的甜蜜经历比打游戏的时候还双眼有光。

终于，靠着小麻花的甜蜜爱情故事，总算迎来了下课铃声。

小麻花一边收拾课件一边说："说起 T 大，我之前偷偷潜入了他们内部的一个群聊，里面是学霸里那批比较活泼可爱的姐妹，经常聚在群里一起讨论哪个院系又出了什么帅哥美女。"

颜路清只听到了美女，顿时举手："有美女？我也想加。"

小麻花给她比了个 OK："待会儿拉你。"

随后小麻花继续道："话说前段时间他们期中考，据说有个一直没露面的物理系的大帅哥突然去考试，见过的都说好，史上颜值最高——！可惜学霸姐妹们不太好意思拍，群里传的图实在太糊了，只能看出气质一绝，不然真想也给你看……等等——"

颜路清因为下课实在太高兴了，压根儿没仔细听，只是大概捕捉到了"史上颜值最高"等词语。

但说着说着，她发现小麻花的视线凝固在教室后门，语调转而上扬："欸？"

颜路清："你欸什么呢，下课了下课了！"

"就是……我们班后门站着的这个帅哥，怎么那么像我刚才给你说的那个？"

"哪个？T大帅哥？"颜路清拎着包站起来，"可那不是T大的吗？你认错了吧。"

"说是这么说。"小麻花纳闷极了，"但是那人气质和轮廓都很绝，我应该不会认错的啊……"

颜路清坐在靠后排的位置，正随着人流往外走。走着走着，到了后门口的位置，她发现不知为何，周围人移动速度都变慢了。

颜路清这才抬起头看着前方，没承想这一抬，猝不及防见到了一个此时正应该在别墅里的人——

顾词穿着她最满意的那件白衬衫，外面罩着一个简单的黑外套，眉目生得惊艳却又透着疏离。明明站在一个普通的教学楼走廊里，却仿佛头顶有打光灯一样。

他原本靠在走廊的窗台上，和颜路清对上视线的瞬间，直起身朝着她走过来，在教室后门门口站定。

"……顾词？"颜路清疑惑到了极点，一脸迷茫地看着他，"你不是在家吗？你怎么来了？"

身后的小麻花："？"

在家是什么鬼？不是说没男朋友？

小麻花还没来得及往下想，人来人往的走廊里，这位大帅哥做了个像是真的接小孩放学的家长一般的动作——他突然伸手拉下了颜路清的包，拎在了自己的手里。

整个动作自然而然，震惊了所有暗戳戳围观的人，也震惊了当事人。

颜路清目瞪口呆地看着这一切，想到自己四十分钟前发的朋友圈，有荒谬的联想出现在自己脑海里。

她再次出声问了一遍："你……来这里干什么？"

然后她看到顾词拎着自己的包，脸上笑意缓缓漾开。

"来接你放学啊。"

图书在版编目（CIP）数据

他怎么还不逃 / 车厘酒著 . — 成都：四川文艺出
版社，2022.7（2022.9 重印）
ISBN 978-7-5411-6369-2

Ⅰ . ①他… Ⅱ . ①车… Ⅲ . ①言情小说—中国—当代
Ⅳ . ① I247.5

中国版本图书馆 CIP 数据核字 (2022) 第 082439 号

TA ZENME HAI BU TAO

他怎么还不逃

车厘酒　著

出 品 人　张庆宁
责任编辑　邓　敏
责任校对　段　敏

出版发行　四川文艺出版社（成都市锦江区三色路 238 号）
网　　址　www.scwys.com
电　　话　028-86361781（编辑部）

印　　刷　三河市冀华印务有限公司
成品尺寸　146mm×210mm　　　开　本　32 开
印　　张　10.5　　　　　　　　字　数　330 千
版　　次　2022 年 7 月第一版　印　次　2022 年 9 月第二次印刷
书　　号　ISBN 978-7-5411-6369-2
定　　价　48.00 元